Maldonne

pour Martine &
Mony : ce polar
à l'Anglaise.
Avec mes sympathie
[signature]

Rolande Tisseyre

Maldonne

Roman

EDITIONS DU
PIERREGORD

Collection Plumes d'oie

© Création des couvertures, maquette et composition : Bréa.

© Editions du Pierregord, Calviac-en-Périgord, 2006
ISBN : 978-2-35291-004-6 - EAN : 9782352910046
www.perigord-editions.com

Cet ouvrage est de pure fiction. Bien que la Dordogne soit authentique dans ses beautés, ses gourmandises, ses mœurs douces ou farouches, elle est ici entièrement fantaisiste dans sa toponymie. Tous les personnages sont imaginaires même si c'est parfois dommage.

PERSONNAGES
Famille Cassagne

Albina Cassagne née Moredo	Veuve d'Albin Cassagne
Sabine Laborde Cassagne	Fille ainée d'Albina
Michel Laborde	Mari de Sabine Laborde, Architecte
Maria (l'ainée) et **Rosalba**	Filles de Michel et Sabine
Aurélien Cassagne	Fils d'Albina
Cornelia Cassagne	Fille d'Albina
Francis Monsec	Fiancé de Cornelia, Kinésithérapeute à Baignère de Tarbes

*

Colette Chalard	Employée de maison à la Malvie
Carine	Sa fille handicapée
Augustin Chalard	Père de Colette, Charpentier
Maître Henri Chollet	Notaire
Josiane	Clerc du notaire
Robert Ménoire	Homme d'affaires, acheteur de la Malvie
Pauline	Épouse de Robert Ménoire
Dr Albert Cabanne	Ami d'Albina, retraité

POLICIERS
HÔTEL DE POLICE DE MONFÉRAND

MARTIN CADILLAC	Commissaire
YVES DE LA VERGNE	dit Vergne, inspecteur
GARRIGUE RENÉ	Inspecteur
PUJOL ANDRÉ	Inspecteur
ROSINE	Administratrice
PROCUREUR	Martial la Brande

*

PROCHES DE CADILLAC
À MONTIGNAC

ALICE CADILLAC	Sa tante
THOMAS CALLENDER	Ex superintendant de Glasgow, voisin de Cadillac et Alice
LILI CALLENDER	Épouse de Thomas, journaliste culinaire
POMPOM (Paul Salviac)	Voisin et jardinier des précédents

23 mars 1980

*E*n tenue de golfeur, revigoré par sa douche, tout rose et fleurant la citronnelle, maître Chollet gagna l'étude contiguë à son appartement pour y chercher l'écharpe oubliée la veille. Mais son entrain s'évapora sur le seuil. Que signifiait ce désordre dans les dossiers ? Il téléphona aussitôt à Josiane, son clerc, qui l'assura d'une voix ensommeillée qu'elle avait bien rangé tous les dossiers la veille. Il soupira. Depuis qu'elle avait un nouveau coquin qui, supposait-il, devait être dans son lit, il y avait du relâchement dans son travail. Il verrait ça lundi. Il vaudrait mieux pour elle, qu'elle soit à l'heure.

1

Trop tard, le docteur Cabanne s'aperçut qu'il avait pris la petite voie sur berge sans avoir remarqué le panneau "riverain seulement." Perdu dans ses pensées, il avait choisi le chemin bordé de platanes, sans doute par nostalgie des routes tranquilles et ombragées de son enfance. Un canard de barbarie au milieu de la route consentit à se déplacer vers le talus en dodelinant dignement. Le docteur lui adressa mentalement ses excuses, mais le cœur n'y était pas. Pourquoi être si préoccupé par cette invitation d'Albina ? Il l'avait ressentie comme un appel au secours, sans aucune logique. Si elle avait été souffrante, elle aurait appelé son jeune remplaçant. Et d'ailleurs, elle faisait partie de ces gens qui ne sont jamais malades. Il ne l'avait vue en qualité de médecin que pour l'accouchement de ses trois enfants. Pour le reste... Sa pensée s'envolait encore vers des souvenirs anciens qu'il ferait mieux d'oublier, mélange irrationnel d'images gaies ou sombres, aussi présentes que si elles dataient d'hier. Par quel paradoxe la voix brisée d'Albina lui avait-elle rappelé leur incoercible fou rire ce jour d'été de leur lointaine jeunesse où ils s'étaient retrouvés littéralement entremêlés sous un tas de livres épars qui s'étaient renversés sur eux avec leurs étagères sans qu'ils y aient pris garde dans le feu de leur passion, je suppose ? Le canapé expédié à l'autre bout de la pièce était encastré dans la porte-fenêtre et aucun d'eux ne parvenait à expliquer comment il avait pu atterrir là, ce qui redoublait leur fou rire. Le mari n'a-t-il jamais su ? Probablement pas. Les honnêtes femmes savaient taire leurs incartades en ce temps-là, sans briser leur ménage pour des peccadilles dont le seul responsable était un dérèglement hormonal explosif. Marie non plus n'a rien soupçonné, Dieu merci. Mais c'était dans une autre vie. Une autre ? Non. Nos actes nous suivent, pour le meilleur et pour le pire. Et le voilà aujourd'hui à imaginer le pire. Sans doute parce qu'il a toujours su qu'il y avait un secret dans la vie d'Albina. Rien à voir bien sûr avec leur brève aventure galante. Non. Il pressentait un secret noir, aux sources tragiques. Même à lui, elle n'en parlait pas. Un fantôme du passé aurait-il resurgi ?

Le ruisseau scintillant disparaît derrière les murs du parc de "la Malvie" où les grands tilleuls, chênes et magnolias laissent entrevoir la somptueuse maison qu'un nouveau riche du siècle dernier a fait construire pour étaler sa richesse en prétendant la cacher. Mais elle est tout de même réussie, très belle même dans sa patine, faite pour abriter une famille heureuse à l'abri du besoin et des chagrins du monde. Il ne lui manque aujourd'hui que des cris d'enfants jouant dans le parc, et peut-être l'éclat de fleurs qu'aucun jardinier ne saurait faire pousser sous l'ombre austère de ses grands arbres.

Albina vient l'accueillir sur le perron, toujours droite, mais moins imposante qu'autrefois, comme si ses épaules avaient abandonné un peu de leur orgueil. Sa crinière encore touffue et cendrée ne prétend plus être blonde. Nos corps capitulent sagement quand vient l'âge des abandons, même si l'esprit veut toujours paraître.

Le cœur serré, il comprend pendant le déjeuner qu'aucun propos trivial, amical ou mondain, ne parviendra à dissiper le désarroi de son hôtesse. Elle ne tente même pas de le cacher, comme si elle était loin, hors d'elle-même, perdue dans une sphère immatérielle où rien ni personne ne saurait l'atteindre. Au dessert, il se décide enfin à la questionner.

« Voyons... il faut me dire ce qui ne va pas.

— Quoi que je vous dise, vous devez d'abord me promettre de ne jamais rien dire à personne. Jamais. »

Elle me vouvoie, pense-t-il, comme si leur tutoiement privé n'était pas de mise ici, alors qu'ils sont seuls.

« Tu sais bien que je sais me taire, voyons !

— Il faut me le jurer.

— Alors, je jure !

— Albert... Ne sois pas désinvolte, s'il te plaît. C'est grave... Écoute-moi. Je vais déshériter mes enfants. À ma mort, ils n'auront rien. »

Interloqué, il cherche ses mots, mais elle l'arrête d'un geste impérieux.

« Laisse-moi finir. C'est assez difficile comme ça. Je viens de vendre la maison en viager et j'ai donné mes rentes à un hospice, pour moi ou pour d'autres, si... s'il m'arrive quelque chose. J'ai pris un notaire à Paris pour qu'on ne sache rien ici. J'ai aussi donné des instructions à ma banque en Suisse. La lettre est partie. Tout sera donné à... une institution de charité. Tu n'as pas besoin de savoir laquelle. Ce qui compte, c'est qu'il ne me reste plus rien. »

Albert voudrait poser mille questions, mais finalement décide d'écouter. Pour dissiper la tension, il se lève et va remplir leurs verres de l'excellent bordeaux qu'on a toujours trouvé à sa table. Mais elle s'est encore réfugiée dans son mutisme.

« Tu vas quitter cette maison ?

— Non. J'en ai gardé la jouissance jusqu'à ma mort.

— Mais... À qui l'as-tu vendue ?

— Quelle importance ?

— Et tu avais de l'argent en Suisse ?

— Une fortune. Elle venait de mon père. Je n'y ai jamais touché.

— Mais pourquoi ?

— Il y a deux ans, mon père est venu en Europe, à Zurich, se faire opérer, et je suis allée le voir à la clinique. À sa sortie, il m'a demandé de l'accompagner dans une banque où j'ai signé avec lui un compte joint. Je lui ai demandé des explications, mais il n'a jamais voulu m'en donner. Il a tout de même fini par me dire qu'il héritait de ce compte à la suite de la mort de Juan qui était son homme de confiance à l'hacienda... Il m'a assuré qu'il n'avait jamais touché à l'argent qui était dans cette banque. J'ai pensé à une histoire fiscale, bien sûr. Mais ce n'était pas ça... »

Elle finit d'un trait son verre, comme pour se donner le courage de continuer.

« Il est mort au printemps dernier. J'étais la seule héritière. J'ai fait tout vendre en Argentine. J'ai seulement demandé qu'on m'envoie les papiers et les photos. Le commissaire priseur qui a fait ça n'a pas pris la peine de les trier. Quand la malle est enfin arrivée, j'ai tout lu et tout compris. J'ai détruit tous les papiers.

— Qu'as-tu compris ?

— Qui était Juan. J'ai reconstitué l'histoire sans beaucoup de preuves, mais son vieux passeport était explicite. Juan était en réalité Hans Klingen. Il avait quitté l'Allemagne à la fin de la guerre avec un gros magot qu'il a déposé dans une banque à Zurich, où il a fructifié jusqu'à nos jours. Puis il est parti pour un long périple qui l'a amené finalement chez nous en Argentine. Je suppose bien entendu que cet argent

18

avait été confisqué par les nazis à de riches familles juives avant qu'ils ne les massacrent. Les nazis savaient faire ça à grande échelle, comme tu sais. Que savait mon père ? Je n'en ai aucune idée. Il a employé Juan pendant plus de trente ans. Je suppose qu'en récompense, Juan lui a tout légué à sa mort. Et tout ce qu'il y a sur ce compte m'appartient... M'appartenait jusqu'à hier.

— Mais tu n'as jamais eu un soupçon durant toutes ces années ?

— Non, je te l'assure. J'étais toute jeune quand Juan est arrivé. Nous étions perdus dans la pampa. Je n'avais aucune raison de soupçonner Juan qui disait être un Hollandais venu du Surinam. Maman était riche, l'hacienda prospère. Nous n'avions pas besoin d'autre chose. J'ai cru mon père quand il m'a dit qu'il n'avait jamais touché à cet argent, et je le crois encore.

— Mais comment est-il possible que personne n'ait rien soupçonné ? Les Israéliens ont fait des enquêtes très poussées pendant des années !

— Apparemment, Juan n'a jamais été inquiété. Il devait avoir de bons faux papiers. Je n'en sais pas plus.

— Seigneur ! Mais... tu ne crois pas que tu aurais dû donner ces papiers aux autorités au lieu de les détruire ? Ils auraient recherché les victimes.

— Toute cette boue qui s'étalerait partout ! Ces procès interminables. Toute cette haine, ces convoitises qui surgiraient ! Toutes ces salissures qui retomberaient sur ma famille. Qui croirait que mon mari et moi n'avons jamais touché à cet argent volé de la plus ignominieuse façon ? J'ai imaginé la mémoire de mon malheureux mari, un saint homme qui a toujours enseigné la droiture à ses élèves, souillée par des soupçons infâmes. Je n'ai pas pu m'y résoudre. J'ai jugé que le silence et l'oubli valaient mieux. L'argent ne profitera qu'à des gens vraiment malheureux. Je m'en suis assurée, tu peux me croire. Ma conscience est tranquille. Mais toi ? Est-ce que tu me juges mal ?

— C'est peut-être la sagesse. Je ne veux pas juger. Mais si tu es satisfaite, pourquoi cette tristesse ? Parce que tu déshérites tes enfants ?

— Non. Ce qu'ils ont déjà devrait leur suffire. Ils ne manquent de rien.

— Si tout est réglé, de quoi t'inquiètes-tu ?

— Quelqu'un, peut-être un de mes enfants, a compris mes intentions. Il n'attendra pas ma mort naturelle s'il croit pouvoir ramasser le magot. Je ne crains pas de mourir, mais je ne veux pas qu'il s'enrichisse ainsi. Ni lui ou elle, ni aucun des deux autres.

— C'est épouvantable ! Et tu soupçonnes vraiment un de tes enfants ? Comment peux-tu être vraiment sûre de ce que tu dis ?

— Je le sais, crois moi. On m'a surveillée de près, ces derniers temps. Mon secrétaire a été forcé. J'ai dû ruser et agir vite.

— Mais si tu crains pour ta vie, pourquoi ne pas faire savoir que tu n'as plus rien ?

— Qui croirait que j'ai tout donné ?

— Je te crois bien, moi. »

Elle hausse les épaules, et il comprend pourquoi. Lui-même parvient difficilement à la croire. Il a vu tant de situations tragiques dues à la cupidité humaine ! Il se sert un autre verre pour se donner le courage de lui demander lequel de ses enfants elle soupçonne. Mais elle rompt le silence de sa voix brisée, dans un murmure qu'il entend à peine.

« J'ai un service à te demander. »

2

Dimanche matin. Cadillac regarde son réveil. Pas tout à fait 7 heures. L'heure divine pour traînasser au lit. Seulement, le dormeur paresseux a un double : Cadou, le gentil garçon qu'il était autrefois, sage, vertueux et un peu fayot, qui lui sert de conscience. Et Cadou n'approuve jamais la mollesse.

"Tu pourrais au moins faire une liste de ce que tu devrais faire. Je ne compte pas sur ta vertu, mais en cherchant bien, tu y trouverais peut-être quelque chose de distrayant.

— Quoi par exemple ?

— Faire du sport pour commencer.

— Ça, jamais. Tu ne m'auras pas là-dessus.

— Tu préfères sans doute te retrouver à quarante ans, mou de partout, avec un gros derrière et de petits yeux enfoncés dans une figure pleine de graisse. Tu mettrais tes bourrelets au-dessus, ou au-dessous de ta ceinture ?

— Bon, ça va ! OK, je vais faire du vélo avec Lucien. On ira chercher des girolles.

— Alors, grouille-toi."

Cadillac s'exécute avec un soupir de martyr bien que l'idée de faire du VTT en forêt, avec arrêt pique-nique et recherche de champignons soit ce qu'il imagine de mieux pour profiter d'un joli premier dimanche d'avril.

Il va monter sur le vélo qu'il a épousseté quand la sonnerie du téléphone retentit. Cadou, toujours présent, l'oblige à répondre.

« Cadillac.

— Chef, c'est Tourette. Je suis de garde à la permanence, vous vous souvenez ?

— Et alors ? Vous voulez une médaille ? Je vous préviens, j'ai beaucoup à faire. Si c'est un petit vol à la tire...

— C'est pas ça... Le docteur Lacoste vient de m'appeler. Un accident à "la Malvie". La grosse maison Napoléon III ou *IV*, vous savez à Sainte-Ruffine. La propriétaire est tombée dans l'escalier. Morte.

— Et pourquoi m'appelez-vous, si c'est un accident ?

— C'est que... le docteur Lacoste est un peu bizarre. Il dit qu'il a demandé au docteur de la victime de l'accompagner sur place et il paraît que le collègue en question insiste pour demander une autopsie.

— Qui insiste ? Lacoste ou l'autre, son collègue ?

— L'autre. Le docteur Albert Cabanne. Il est à la retraite. C'était un ami de la victime. Vous le connaissez ?

— Un peu. Autre chose ?

— Je ne sais pas si ça vaut la peine d'y aller. Lacoste a conclu à un accident, et signé le permis d'inhumer. Ils ont peut-être déjà enlevé le corps. Ça doit pouvoir attendre lundi. »

Mais Cadillac sait déjà que rien d'autre ne l'intéresse et que demain est beaucoup trop loin. Il a senti son pouls battre plus vite, et reconnu en lui tous les signes de cette tension qui met ses sens en éveil lorsqu'il imagine, à tort ou à raison, qu'un grand fauve rode sur son territoire. Il devrait téléphoner au procureur et au lieutenant, puisque la Malvie est en limite du secteur de la gendarmerie. Mais c'est ennuyeux de les déranger, peut-être pour rien, si tôt un dimanche matin.

"Et surtout, ça t'évite de t'entendre dire que tu devrais suivre les procédures", lui dit Cadou. Cadillac l'ignore, range son vélo et téléphone à son inspecteur préféré.

*

Lorsque Cadillac arrive à la belle maison Napoléon III ou IV, il la reconnaît tout de suite. Il est déjà venu là quand il était petit. Les souvenirs remontent en désordre de son inconscient vers sa mémoire, mélange d'images un peu floues qu'il tente de faire revivre... Il y a un grand piano quelque part à l'étage... Dans une pièce avec un balcon à balustres... L'ombre dansante des grands arbres dessinait d'éphémères arabesques sur l'épais tapis rose sur lequel, ahurissante surprise, il était permis de se rouler... La voilà sûrement, celle qui a des portes-fenêtres au-dessus du porche en avancée. Une merveilleuse chambre grise... Il y avait des malles au grenier, des livres anciens écrits dans de drôles de langues, des pupitres d'écolier laissés au rebut. Des sombreros, aussi, qu'il mettait pour jouer à Zorro avec Aurélien. Ils étaient encore copains à cette époque-là.

« Tudieu, la belle baraque ! dit Yves de la Vergne, le jeune inspecteur qui l'accompagne. C'est sidérant qu'elle ne soit pas déjà transformée en hôtel quatre étoiles. »

La porte d'entrée grande ouverte leur offre la vue du monumental escalier qui leur fait face lorsqu'ils entrent dans le hall désert.

« Elle a dû tomber de là-haut. Bel escalier ! Chouette arme du crime, si c'en est une. Mais comment a-t-elle pu se tuer avec un tapis aussi épais ? »

D'un geste des pouces et index de ses deux mains, il simule un cadrage de caméra.

« Je verrais assez bien un Hitchcock avec Grâce Kelly... Elle descendrait en déshabillé de satin rose...

— Repos, Vergne. Vous me fatiguez. On n'est pas au cinéma. »

Offensé par l'insensibilité artistique de son supérieur, Yves décide de se venger d'une réplique percutante, lourde d'ironie bien sentie.

« À vos ordres, chef. Pas de cinéma, chef. »

Mais il ne percute rien du tout. Cadillac s'approche de la porte ouverte sur leur droite, qui conduit à un salon où ils ne trouvent personne. Yves, qui l'a suivi, se retient à temps de dire tout haut qu'il évoque un chouette bordel peint par Toulouse-Lautrec. Avec une différence regrettable toutefois : il y manque des filles en corsets pigeonnants entrouverts sur des chemisettes délacées. Cadillac, lui, imagine plutôt le jeune Marcel épiant, derrière les lourds brocards pourpres de la fenêtre, l'arrivée tardive de sa mère en calèche.

« Si vous voyez le fils, Aurélien, tâchez de le retenir. Et observez-le bien », dit-il en retournant vers le hall d'entrée.

Une silhouette apparaît en haut de l'escalier. Est-ce Sabine, la fille aînée d'Albina ? Il a un pincement au cœur. C'est bien elle, mais déjà sa taille s'est épaissie. Elle doit aller sur ses quarante ans. Est-ce Dieu possible ? Ils étaient ensemble à Carnot. Elle, c'était une grande pas du tout intéressée par les mouflets boutonneux des petites classes. Il avait quand même réussi à la serrer de près dans une boom. Il était bougrement amoureux d'elle, ce jour-là. Seulement ce jour-là ? Il ne sait plus. Presque en même temps, il avait rencontré Cornelia, sa jeune sœur, bien plus fantasque et inaccessible. Il se souvient qu'il en était fou comme presque tous ses copains, peut-être parce qu'elle savait à la fois les attirer et leur résister ?

Sabine, digne et froide et comme désarçonnée par leur présence inattendue, les invite à monter d'un geste. Elle a dû le reconnaître aussi, mais ne le montre pas. Ils la suivent dans une chambre sombre aux lourds rideaux à demi fermés. Un compromis, sans doute, entre le plein jour qui serait trop cruel pour la morte, et l'obscurité totale, trop sinistre.

Albina est étendue sur un impressionnant lit à baldaquin, endormie pour toujours de son grand sommeil, pense Cadillac. Son cœur se gonfle soudain de pitié. C'est pourtant un sentiment contre lequel il devrait être blindé avec le temps. Aucun signe de mort tragique sur son visage, sauf peut-être une expression de dureté qui ne correspond pas à l'image de la gentille dame qui sentait bon la poudre de riz et leur préparait de savoureux goûters. Il n'a pas l'occasion de l'observer davantage, car Aurélien s'approche de lui, hautain comme un majordome qui aurait repéré un clochard dans un palace.

« On m'avait dit que tu étais flic. Quelque chose pour ton service ? Tu as bien choisi le moment. Et sans t'annoncer bien sûr. Toujours le même tact, je vois. »

Cadillac l'ignore en espérant avoir eu l'air assez méprisant. Sabine, toujours silencieuse, le regarde d'un air absent, comme si elle était ailleurs, loin dans son chagrin ou peut-être dans ses calculs. Une mort ne bouleverse pas que les cœurs chez les riches. Vergne, l'aristo, est parfait dans ses salutations distinguées et condoléances empressées. Sa maman lui a bien appris ces manières-là, ce qui fait de lui un collaborateur parfaitement sortable dans les situations délicates comme celle-ci. Même Aurélien s'accommode de sa présence sans le narguer.

Cadillac retourne sur le palier d'où il contemple rêveusement l'escalier meurtrier, lorsqu'une porte s'ouvre en face de lui. Il est un instant ébloui par le reflet du soleil que lui renvoie la laque impeccable d'un piano à queue. Derrière, sur un fond de verdure touffue, se détachent les balustres du balcon de pierre. Il se demande par quel étrange phénomène sa mémoire a retenu cette vision et oublié le spectaculaire escalier... Bien sûr, il sait pourquoi ! L'explication refoulée est remontée jusqu'à sa conscience par le relai d'un sentiment plutôt moche qu'elle avait dû lui inspirer autrefois : l'envie, tout simplement. Il y avait des escaliers, chez lui comme chez tout le monde, mais rien d'aussi intimidant qu'un piano à queue, objet rare destiné à une élite, à quelque caste supérieure dominant les simples mortels du haut de son Olympe. Est-il complètement guéri de ces bêtises ? Guérit-on jamais de nos premiers sentiments ?

Il reconnaît vaguement la robuste jeune femme qui a refermé derrière elle la porte de la pièce au piano. Il l'a déjà vue quelque part. Mais où ?... À Montignac... Colette ! Colette comment ? Dessart ? Démart ? Chassard ? Chalard ! La fille du charpentier qui a refait le toit de son pigeonnier.

« Bonjour. Je suis Martin Cadillac. Êtes-vous bien Colette Chalard ?

— C'est moi.

— Vous travaillez ici ?

— Oui. C'est moi qui ai trouvé madame, ce matin. Je devais pas venir, mais j'avais oublié mes lunettes. Et comme je devais chanter à la chorale... »

Cadillac est toujours étonné des confidences spontanées que lui font les gens. Il fait toujours peur et se demande pourquoi. Il aimerait mieux inspirer confiance, mais quelque chose en lui inquiète ou provoque la méfiance. Il se dit toujours qu'il finira bien par s'y habituer, mais n'y est jamais parvenu jusqu'ici. Être flic et vouloir être aimé ! *Tu es comique Cadillac.*

« Je ne comprends pas comment elle a pu tomber, dit-il.

— Nous non plus, on comprend pas. Elle était solide pourtant, la pauvre. Mais enfin, on peut toujours trébucher. Moi, l'autre jour, je me suis étalée devant la boulangerie alors que...

— Étiez-vous seule quand vous l'avez trouvée ? Vous avez dû avoir très peur.

— Oh, oui. Je ne savais pas quoi faire. J'ai bien vu tout de suite qu'elle était morte. Mes jambes tremblaient, je peux vous le dire. J'ai cru que j'arriverais pas jusqu'au téléphone, mais Sabine est venue vite. Heureusement, j'avais pu arranger un peu madame avant qu'elle arrive. C'était pas un spectacle pour une fille de voir sa maman comme ça. Le docteur dit qu'elle n'a pas souffert, mais c'était une vision terrible. Terrible. Elle était... Les yeux... Là, par terre, en bas. Comme une poupée de chiffon. »

Aurélien, qu'Yves n'a pu retenir plus longtemps, s'est approché.

« Pourquoi cette visite ? On t'autorise à venir fouiner ? Ou tu joues seulement les charognards ?

— En effet, la charogne est mon gibier favori. On se reverra. Vous venez, Vergne ? »

Il faut connaître Cadillac comme le connaît Yves, pour deviner la fureur de son chef à des signes qui ne trompent pas : les veines du cou palpitantes, un tremblement maîtrisé dans la voix, une raideur de tout le corps tendu comme un arc. Craignant un accès de colère, il va se réfugier silencieusement dans la voiture garée devant le perron et il prend le volant d'un air affairé. Cadillac ne se décide à lui parler sur un ton presque désinvolte qu'après qu'ils aient franchi la grille du parc, comme si rien ne s'était passé.

« Alors ? L'avez-vous bien observé ? Qu'avez-vous remarqué ?

— Le fils ? Plutôt beau gosse dans le genre éphèbe en fin de carrière. Un tombeur de filles, sans doute ?

— Complété d'un plaqueur de filles. Nuance. Au moins un suicide à son passif.

— Ça ne m'étonne pas. Arrogant. Frimeur. Beau parleur. Je le vois assez bien dans un bureau chic où il doit être plutôt décoratif. Il a une balafre au menton. Il a dû tomber sur un bec au moins une fois.

— Bien vu. Le bec c'était moi. Je l'ai laissé sur le carreau, un jour, dans une cour de récréation. Un duel en règle. Nous devions avoir dix, douze ans.

— Trop jeunes pour que ce soit une histoire de filles, alors.

— C'est la meilleure de la journée, celle-là !

— Vous étiez précoce ! Moi à douze ans... »

Toujours cette impulsion de lui parler de moi, se dit Yves, in petto. Comme si c'était le bon moment pour une psychanalyse. Passe à autre chose, vieux, et vite.

« ... Bref. Qu'est-ce qu'on peut faire ? Puisque c'est un accident...

— Vous filez chez le docteur Lacoste. Je veux son rapport au plus tôt. Vous le porterez chez moi. Et tâchez de lui faire traduire son patois médical.

— Vous croyez qu'il y a un coup tordu ? Ou bien... »

Il se retient à temps de poursuivre : *"vous avez un compte à régler avec le joli balafré ?"*

« Ou bien quoi ? Vous me déposerez à ma voiture. J'irai à Mandouce voir le docteur Cabanne.

— Celui qui dit que c'est louche ?

— A-t-il dit ça ?

— Pas comme ça. Mais puisqu'il bassine Lacoste pour que nous demandions une autopsie... Il a déjeuné avec la victime, hier. Vous le saviez ?

— Non. Intéressant.

— Et le procureur ? Si c'est un accident...

— Je l'appelle.

— Et la gendarmerie ? C'est leur secteur... »

Yves réalise, trop tard, qu'une fois encore il a trop parlé. Comment rattraper la bourde ? Un coup d'humour ?

« D'accord ! Je parle trop. Vous allez demander ma mutation à Paris. Mais réfléchissez. Je suis bon, comme souffre-douleur. Je suis même très, très bon. Vous aurez du mal à me remplacer. »

"Ouf, c'est gagné !" Cadillac répond d'un grognement indistinct plutôt amusé, sa colère oubliée pour quelques minutes au moins. Juste le temps d'arriver à Montignac par les voies sur berge de notre belle Dordogne. Ne pas, en plus, commettre l'erreur fatale de se payer les embouteillages de la nationale. Une erreur par jour suffit bien avec Cadillac. Même le dimanche. Surtout le dimanche.

3

Dans la cuisine de la Malvie, Colette regarde Aurélien préparer le café avec les gestes brusques et maladroits de quelqu'un qui ne parvient pas à contrôler sa colère. Bien sûr, elle lui avait proposé de le faire, mais il l'en avait remerciée sèchement. Elle ne peut s'empêcher de penser que ses "merci" ne viennent jamais du cœur. Ils sont même parfois blessants comme des gifles, comme s'il s'abaissait à réclamer son dû à des usurpateurs. Elle se sent de trop dans cette cuisine qu'elle considérait un peu comme la sienne jusqu'à aujourd'hui. Elle sait bien que ce café n'est qu'un prétexte pour échapper à la chambre mortuaire. Une cuisine est bien le meilleur refuge d'une maison, surtout d'une maison troublée par le malheur.

« Tenez. Ça, c'est le sel. Le sucre est dans ce pot.

— Merci. Vous pourriez aller nous chercher des croissants, s'il vous plaît ?

— Des croissants ? Mais ils sont là, encore au chaud dans la corbeille. Je les ai apportés ce matin. »

Cette fille est d'une lourdeur pas croyable, pense-t-il. *Incapable de comprendre que j'ai envie d'être seul. Comment ma mère a-t-elle pu la supporter si longtemps ?* En réalité, il doit reconnaître qu'il s'en prend à elle parce qu'il n'est pas fier de lui. Quel idiot il avait été de provoquer Cadillac. Bien sûr, c'était dû à l'oppression de voir sa mère dans cet épouvantable cercueil. Mais ce n'était pas une excuse pour avoir affiché aussi brutalement son antipathie. Il s'était fait un ennemi d'un homme dangereux, au lieu de profiter de l'occasion de l'apitoyer. Il s'était affolé et conduit comme un parfait imbécile, et maintenant il passait ses nerfs sur cette pauvre fille. *Triple crétin.*

« Excusez-moi, s'il vous plaît Colette. Je me comporte comme un sale type. J'ai honte de moi.

— Mais non. Ça ne fait rien. Vous devriez rentrer chez vous. Je m'occuperai de tout avec Sabine.

— Merci. Croyez bien qu'on apprécie tout ce que vous faites. Mais Sabine doit rentrer chez elle. Ses filles l'attendent. Et puis il faut s'occuper de l'enterrement, des formalités...

— C'est déjà fait. Monsieur Guichard a tout réglé. Même la place au cimetière.

— Guichard ? Le croque-mort ? Comment aurait-il pu tout régler ?

— C'est vrai. Madame avait tout arrangé avant de mourir. Vous savez, aujourd'hui on peut payer son enterrement à l'avance. C'est ce qu'elle a fait.

— Vraiment ? Mais elle ne nous a rien dit ! C'était quand ? Vous le savez ?

— Pas plus tard que la semaine dernière. On disait avec monsieur Guichard que c'était comme si elle avait eu un pressentiment, la pauvre. Mais il faudrait peut-être faire dire une messe ? Vous voulez que je m'en occupe ? »

Elle voit le visage d'Aurélien prendre cette expression d'enfant, comme s'il allait pleurer. Sa mère lui a raconté comment il savait se faire cajoler quand il était petit. Elle disait que personne, jamais, ne résistait aux larmes de ses grands yeux aux longs cils de bambi.

Elle aussi voudrait le consoler, mais elle réprime

vite cette impulsion. Il lui a appris durement à garder ses distances surtout dans les moments, peu rares, de rage froide où il ne parvenait pas à obtenir ce qu'il voulait.

« Une messe ? Mais oui... Oui... Vous avez raison. Je m'en occupe. J'y vais. »

Il sort, en oubliant son café sur la table. Colette se dit qu'Albina n'avait pas eu de chance avec ses enfants. Cornelia s'était arrangée pour ne pas venir. Sabine... Sur le moment, ça lui avait paru normal, mais en y réfléchissant, elle était choquée qu'elle ait enlevé les boucles d'oreille de sa mère. Bien sûr, ce n'était pas la peine de les enterrer. Mais il lui semblait que c'était trop rapide. Et ses bagues ? Elle regarderait tout à l'heure, mais elle était presque sûre qu'elle n'avait plus que son alliance. Pourvu qu'on ne l'accuse pas elle, Colette, d'avoir volé les autres. Elle décide qu'elle doit partir au plus vite de cette maison, et va jeter le café froid dans l'évier.

4

Cadillac roule lentement sur la route des coteaux qui mène à Mandouce. Arrivé sur la crête, il repère une trouée dans les arbres qui lui permet de voir à des kilomètres à la ronde. Il décide de s'arrêter pour contempler ce paysage de tapisserie, si doux que les guides touristiques ne lui ont pas encore décerné le titre de panorama, qui ne va pas sans quelques excès.

À ses pieds, se déploie la paisible vallée creusée par un ruisseau si petit qu'il n'a toujours pas de nom. Il l'a pourtant patiemment façonnée en quelques siècles et méritait mieux que cet anonymat. Tant de beauté que nous trouvions simplement normale avant que les étrangers ne viennent nous apprendre qu'elle est exceptionnelle ! La maison du docteur doit être celle à flanc de coteau du chemin blanc qu'on lui a indiqué. Mais lorsqu'il s'en approche, il la trouve déserte. Un petit chien qu'il tire de sa sieste hésite à faire l'effort d'aboyer avant d'y renoncer. Il pousse quand même un grognement pour faire son devoir de gardien, puis recherche consciencieusement la position qui lui rendra sa béatitude, un instant troublée. Cadillac le traite de fainéant, sans résultat visible, et part explorer les alentours. Installé devant sa maison au bord du ruisseau, à l'ombre d'un saule pleureur qui balance sa ramure au vent, le docteur Cabanne lit un livre ouvert sur ses genoux, tout en surveillant distraitement le bouchon de sa canne à pêche.

Il voit s'approcher la haute silhouette d'un homme à la démarche souple dont la carrure élancée se découpe dans le contre-jour. L'allure qu'il devait avoir lui-même dans sa trentaine quand des regards de femmes s'attardaient encore sur lui. Misère de vieillir ! Le connaît-il ? Des traits réguliers, comme dessinés par la main ferme d'un graveur du grand siècle, le front doit être haut sous la crinière châtain indisciplinée, la mine grave, un peu impérieuse d'un *condottiere*, peut-être suggérée par les épais sourcils qui se rejoignent presque au-dessus du nez droit. Oui, quelque chose de romain. Pas un italien, tout de même ? Ses récentes lectures sur la peinture vénitienne ont dû lui troubler l'esprit. Seigneur, mais bien sûr ! Martin Cadillac ! Comment l'oublierait-il ? Qui, au monde, pourrait oublier l'effroyable tragédie dont il fut, le témoin, il y a presque trente ans ? Il croit n'avoir jamais rencontré, au cours de sa longue carrière, de drame aussi poignant. À son arrivée sur les lieux de l'incendie, les énormes flammes léchaient encore les derniers vestiges de l'immeuble. Deux pompiers portaient sur un brancard les restes calcinés d'un des leurs, sans que personne ne prenne garde à l'enfant qui s'était approché. Il avait fallu trois hommes pour le maîtriser et ses hurlements résonnaient encore à ses oreilles. Il devait avoir six ans. Comment savait-il qu'il s'agissait de son père ? Qui l'avait laissé s'approcher de l'incendie ? Sa mère n'avait peut-être pas pu le retenir ? Elle était morte quelques mois plus tard. De chagrin disaient les gens. Mais, comment le jeune Martin avait-il pu survivre avec cette effroyable image ? Une cassure avait dû se produire en lui pour la vie. Sa tante Alice, qui avait tout laissé pour s'occuper de lui, avait dû savoir comment s'y prendre pour cicatriser une plaie inguérissable...

Et puis, pense-t-il, *je ne l'ai revu que beaucoup plus tard, quand je coachais encore les jeunes sportifs au lycée. Il doit bien y avoir vingt ans. Tous ces adolescents sont devenus des hommes pendant que, je devenais un vieillard. Quel âge peut-il avoir ? Trente ans, peut-être ; trente-cinq plutôt.* Il revoit le jeune Cadillac sur le terrain de football, ce grand garçon dont la technique très particulière l'avait frappé. Aucun de ses assauts n'était gratuit ; on devinait que tous ses gestes étaient commandés par un cerveau avare de la force des muscles à sa disposition. Ses coéquipiers lui reprochaient à juste titre de manquer de réflexe. Mais si la décision était prise, il fonçait rageusement, redoutable pour qui se mettait sur son chemin. *Un chef né. Ne m'a-t-on pas dit qu'il était dans la police, justement ? Voilà, j'y suis ! Alice m'a parlé de sa promotion quand il est devenu commissaire. Il n'a pas perdu de temps pour me trouver. Aurais-je à ce point trahi Albina ?*

« Bonjour docteur. La pêche est-elle bonne ?

— Martin ? Je devrais dire "commissaire" peut-être ?

— Je crois que Martin suffira... Mais, dites-moi, y a-t-il vraiment du poisson dans si peu d'eau ?

— Bien sûr. J'y ai même pêché un goujon gros comme ça, le croiriez-vous ?

— Peut-être. Mon métier, hélas, consiste à ne rien croire de ce qu'on me dit.

— Un peu comme les médecins, alors. Les vétérinaires sont plus tranquilles de ce côté-là. Tenez. Asseyez-vous là. Ce que je ne me lasse jamais d'entendre, c'est le bruit de ce vaillant ruisseau.

— Je vous comprends. Mais j'aimerais aussi entendre ce que vous avez à dire sur la mort d'Albina Cassagne.

— Ah... Je n'ai rien à dire malheureusement. J'ai seulement suggéré qu'on fasse une autopsie. Rien de plus. Et ça, vous le savez déjà apparemment.

— Je vais essayer d'être logique. Si vous demandez une autopsie, c'est parce que vous ne croyez pas à un accident. Si vous ne croyez pas à un accident, c'est parce que vous croyez qu'on l'a poussée dans l'escalier, auquel cas c'est un assassinat. Si vous croyez à un assassinat, vous devez me le dire sans tourner autour du pot.

— Je ne crois rien.

— Vous mentez. Sinon, vous n'auriez rien dit. Je continue dans ma logique. Si vous croyez à un assassinat, en vous taisant vous devenez le complice d'un criminel que vous protégez.

— Erreur. Je ne connais aucun criminel. Et je ne vous en dirai pas plus.

— Donc, vous gardez un secret. Ce qui ne m'aide pas beaucoup et n'aidera pas à venger la victime, si c'est ce que vous voulez. Je n'ai aucune raison de faire pratiquer une autopsie, puisque le docteur Lacoste a signé le permis d'inhumer. Le procureur ne marchera pas. Il faudrait au moins que vous me donniez une piste.

— Désolé, commissaire. J'ai dit tout ce que j'avais à dire. »

Cadillac est trop fin renard pour ne pas comprendre qu'il n'apprendra rien de plus aujourd'hui. Dans les cas comme celui-ci, il convient de mettre en action le plan B, lequel repose sur une vertu capitale : la patience. Dommage qu'elle ne soit pas son fort. *Il devra s'entraîner, voilà tout.*

Avant de partir, il jette un œil intéressé au livre que lisait le docteur : *"Le trésor des nazis."* Pas follement gai comme lecture, un dimanche matin, surtout pour accompagner le clapotis cristallin d'un *"vaillant ruisseau."*

5

Dans le sombre hall de la Malvie, Colette, le visage fermé, finit de nouer son éternelle écharpe autour du col de son manteau défraîchi. *"Celle que maman lui a offerte il y a presque dix ans"*, pense Sabine avant de se reprocher sa mesquinerie. *Pourquoi n'a-t-elle jamais réussi à l'aimer ?*

« Merci encore, Colette. Je ne sais pas comment nous aurions fait sans vous. »

Elle attend une réponse qui ne vient pas, avant de pouvoir fermer décemment la porte sur Colette qui, pour la première fois de sa vie, lui tourne le dos et descend le perron sans se retourner ni la saluer.

Sabine hausse les épaules. Est-ce si mal d'avoir fait enlever le corps de maman ? Que voulait Colette ? Des cérémonies pour complaire à des voisins et curieux qui aiment s'attarder devant une dépouille inerte en voie de décomposition ? Elle croit entendre la voix imaginaire de Colette lui dire : *"C'est comme ça que vous parlez de votre mère ?"*

Un étau lui serre le cœur. Comment faire taire cette douleur qui l'étreint depuis deux jours sans répit ? Elle se dirige vers le salon où elle sait qu'elle trouvera des alcools. N'importe quoi pour faire taire son angoisse. Elle aurait dû être soutenue par sa famille. Mais quelle famille ? Aurélien, qui demande toujours de l'aide sans jamais en offrir ? Cornelia, qui arrivera trop tard avec une splendide excuse ? *Mes filles qui m'empruntent de l'argent pour la fête des Mères, un jour trop tard ?*

Son mari... Lui, au moins, sera là. *Oh Michel ! Que ces heures sont longues sans toi.* Elle se sert un grand verre de cognac qu'elle boit avec application en grimaçant et regarde la pendule. *Par quel miracle cette pendule est-elle toujours à l'heure ?* Sa mère avait dû la remonter avant de mourir. *"Insouciance"*, c'est le nom inscrit sur le socle de la statuette en régul d'un jeune garçon qui joue à la toupie. Insouciance ! *Où donc est passée la mienne ? Quel diable prend nos âmes pour les tourmenter ? Sept heures dix. Je dois rentrer. Michel ne va plus tarder. Autant finir cette bouteille presque vide. Si les gendarmes m'arrêtent, j'aurais une bonne excuse. Une mère qui vient de mourir, ça vaut bien une amnistie pour alcotest positif.* Cette pendule et les chandeliers sont à elle, maintenant. Seront à elle. Et pas qu'eux... Tout le reste. Tout. Le parc, la maison. Aurélien n'en voudra pas. Cornelia voudra s'en défaire à tout prix. Ou plutôt à son prix. Ils seront gourmands, rapaces plutôt, mais elle aura sa maison. Sa belle maison...

L'étau se desserre dans sa poitrine. Un dernier pour la route...

*

Sur la route qui la conduit chez elle, Sabine éteint avec rage la radio qui lui débite des fadaises sur les états d'âme d'un chanteur de rock après son troisième ou quatrième mariage. Elle ne s'était même pas rendu compte qu'elle écoutait ces âneries depuis la Malvie. *Je n'aurais pas dû boire autant. Heureusement que la voiture connaît la route par cœur et tous les platanes par leur prénom et que Michel comprendra. Pourvu qu'il soit rentré !* Il est le seul remède à cette folle angoisse qui la taraude, pire, bien pire que toutes les douleurs physiques qu'elle a pu connaître. *Ne pas pleurer, pitié ! Femme saoule pleurant, l'abjection totale !*

Divine surprise, les lumières de la cuisine sont allumées. Sa voiture est là !

Ô consolation ! Des bras puissants, une force tendre, une présence qui abolit tous les doutes. Pleurer enfin, comme on ressuscite après une noyade.

« Je suis là, je suis là... Tout ira bien.

— J'ai trop bu.

— Ça ne fait rien. La nuit est à nous. La vie est à nous. »

Les ténèbres sont toujours là, mais repoussées au loin, loin de la nouvelle vie qui s'ouvre devant elle, devant eux.

6

Martial La Brande, le jeune procureur, est assis sur le lit d'une chambre d'enfant si encombrée de jouets que Cadillac se demande comment le pauvre petit Guillaume arrive à s'y remuer. Il se dit qu'à sa place il se sentirait menacé par cet amoncellement envahissant d'objets imitant les gadgets des adultes, et surtout par l'énorme ours en peluche qu'il verrait en dévoreur d'enfants plutôt qu'en compagnon de jeu. Lui, à son âge, n'avait qu'un camion-grue dans sa chambre, beaucoup de livres et pas de télévision ou presque. Il y en avait bien une dans la maison, mais toute moche, sans zappeur, et installée par terre dans le recoin d'une pièce si inconfortable qu'il ne restait jamais bien longtemps à la regarder. Brave Alice qui voulait l'encourager à lire ! Mais la nature humaine est ainsi faite qu'il lui en veut encore obscurément.

« Vous permettez Martin ? Je finis l'histoire du haricot et de la sorcière, et puis nous serons tranquilles. »

Plus tard, lorsqu'enfin Guillaume veut bien dormir ou faire semblant, et qu'ils sont confortablement installés devant la cheminée du salon, dégustant des toasts au foie d'oie arrosés d'un sauternes plus vieux que leurs grands-pères, La Brande, qui a vu l'embarras de Cadillac, s'adresse à lui d'un ton badin.

« Êtes-vous content de l'inspecteur Yves de la Vergne, Commissaire ? Je ne suis pas tout à fait sûr d'avoir eu raison de vous le recommander.

— Il est bien élevé, intelligent et je le crois honnête.

— Tout ce qu'il faut pour faire un bon policier, alors ?

— Si vous le dîtes... »

La Brande grimace de bon cœur. Cadillac est parfois difficile, imprévisible, obstiné et déroutant, mais d'une certaine façon, ses convictions sont contagieuses. C'est un exercice enrichissant de lui résister... ou de faire semblant. Il ose à peine s'avouer qu'il aime tenir la bride sur le cou de ce cheval fougueux. Dommage qu'il soit un puissant boulonnais de labour et pas un léger arabe de course... Si c'est bien le cas. À vérifier.

« Si vous me disiez ce que vous voulez obtenir de moi ? Encore une de vos intuitions, je parie ?

— Elles ne m'ont pas beaucoup trompé, jusqu'ici.

— Exact. C'est pourquoi je veux bien vous entendre en privé. »

Et La Brande a l'art d'écouter. Cadillac sait bien que tout ce qu'il va dire sera enregistré dans le moindre détail par le cerveau méthodique du procureur. Il plaide sa cause aussi bien qu'il le peut, mais doit s'avouer à lui-même que son intuition repose sur du vent. Pas d'hugolesques aquilons, non, mais un simple, minuscule, impalpable courant d'air de trou de serrure.

« Voyons, commissaire ! Vous n'êtes pas sérieux. D'abord, si affaire il y avait, elle serait du ressort de la gendarmerie.

— Je sais. J'ai vu le lieutenant. Si vous êtes d'accord, il veut bien me laisser l'enquête.

— Vous allez vite en besogne ! Admettons. Ensuite vous avez une mort accidentelle et une famille qui montrerait des dents de tigre si on parle d'autopsie sans raison.

— Je ne demande pas d'autopsie. Et de toute façon, le Cram arriverait trop tard pour une enquête scientifique.

— Alors, que voulez-vous ?

— La permission d'enquêter quelques jours sur les aspects financiers de cette affaire.

— Il n'y a *pas* d'affaire Cassagne !

— D'accord. Mais le lieutenant m'a suggéré que la succession pourrait porter sur des sommes énormes.

— Où a-t-il vu ça, lui ? Les ragots ?

— Euh... Je ne sais pas. C'est peut-être une légende, mais on dit que la victime était très fortunée. Je voulais m'en assurer, c'est tout. Si je pouvais voir la banque ; le fisc, peut-être ; le notaire aussi.

— Ses enfants vont hériter, voilà tout. Écoutez. Je veux bien fermer les yeux si vous faites du zèle de votre propre chef. Mais si la moindre plainte de la famille vient écorcher mes chastes oreilles, je vous sonne les cloches officiellement avec cymbales et grand orchestre. »

Sûrement pas, se dit Cadillac. *S'il y a des vagues, il se protégera en m'envoyant une note interne de protestation dont il gardera prudemment un double dans ses archives. C'est assez réglo, après tout.*

« Je vois. Merci quand même. Et si c'est un crime, ce sera un crime parfait.

— Rien n'est parfait en ce monde, mon cher. Sauf, peut-être, ce sauternes, qu'en dîtes-vous ?

7

Cornelia monte le perron de la Malvie, fraîche et légère comme une aigrette au vent. La grande porte d'entrée fermée la désarçonne. Elle était toujours ouverte aux beaux jours de son enfance. Dans le hall, elle s'arrête, son élan brisé, comme dans ces cauchemars où aucun muscle ne vous obéit. Elle voudrait faire un signe de croix, mais l'a tant fait par dérision, pour se moquer d'une camarade de classe dévote, qu'elle parvient seulement à porter sa main à sa bouche. Ses genoux se plient, peut-être en une génuflexion involontaire... Cet innocent escalier, celui de ses glissades d'enfant, est devenu l'épouvantable complice de la mort de sa mère.

« Nous sommes ici. »

La voix vient de la cuisine où elle trouve Sabine et Aurélien devant des tasses de café vides.

« Je suis venue dès que j'ai su...

— Bien sûr. »

Cornelia hésite. Ignorer le sarcasme ou au contraire l'utiliser ? Puisqu'on l'agresse, elle peut éviter de débiter les explications qu'elle a préparées.

« Je veux voir maman. Elle est là-haut ?

— Tu arrives un peu tard, dit Sabine. Le cercueil est parti. Mais tu peux toujours la voir dans la chambre mortuaire, chez Guichard. L'enterrement n'aura lieu que demain à dix heures. Tu daigneras peut-être y venir ?

— Suffit, Sabine ! »

C'est Aurélien qui semble épuisé. *"Sonné"*, se dit Cornelia qui ne l'a jamais vu ainsi, les yeux rougis comme s'il avait pleuré. Mais ce n'est pas pensable. Elle l'a déjà vu pleurer, rageur ou cajoleur, mais toujours pour parvenir à ses fins. *Comediante,* disait leur père qui, pourtant, capitulait comme les autres devant ses caprices. Elle s'aperçoit avec surprise qu'il a changé. Elle doit ajuster l'image de l'adolescent gracile que sa mémoire préserve toujours, à celle de l'homme adulte devant elle qui, soudain, lui paraît étranger.

« Désolée de n'avoir pas été là. Comment est-ce arrivé ?

— Elle a dû trébucher ou se tordre un pied en haut de l'escalier. Le docteur dit qu'elle a basculé en tombant. Les vertèbres cervicales se sont brisées sous le poids de son corps quand elle s'est renversée. Il nous dit qu'elle n'a pas dû souffrir.

— Le coup du lapin, ajoute Aurélien, l'air absent.

— C'est Colette qui l'a trouvée ? Elle n'est pas là ?

— Nous ne l'avons pas vue ce matin. Elle nous fait la tête parce que nous n'avons pas gardé maman ici pour la veiller. Tu sais comme elle est vieux jeu. Mais Sabine ne pouvait pas, et moi... Je ne vaux rien pour ces choses-là. Si tu avais été là, peut-être...

— Francis et moi sommes partis de la Ferrière très tôt, dimanche matin. Personne ne nous a avertis avant ce matin.

— Et bien sûr, vous n'avez pas écouté les messages ?

— Nous n'y avons pas pensé. C'est aussi bête que ça.

— Bien sûr ! J'aurais dû te dire que tu avais gagné le gros lot au loto. On t'aurait vu arriver à la vitesse du son...

— Vous allez arrêter toutes les deux ! rugit Aurélien. C'est indécent et nous avons des dispositions à prendre. Dans le calme de préférence. C'est aussi une bonne discipline pour penser à autre chose. Nous en avons besoin tous les trois.

— D'accord. Quelles dispositions ?

— Parlons d'abord de la maison. Sabine voudrait qu'elle reste dans la famille, intacte si possible. Moi, je n'en veux pas. Et toi ?

— Vous savez bien que jamais je ne viendrai m'enterrer dans ce trou. Même en coupant tous les arbres...

— Bon, bon... Alors, puisque Sabine veut la garder, elle nous rachètera nos parts, dit Aurélien.

— Nous verrons... Rien ne presse, dit Cornelia en se dirigeant vers la sortie. Je vais voir maman. Où se trouve ce Guichard ? »

Sabine pense à ce *"nous verrons."* L'épreuve de force a commencé. *Cornelia ne lâchera rien tant qu'elle n'aura pas, non ce qui lui est dû, mais tout ce qu'elle peut obtenir. Elle sait que j'irai très loin pour avoir la Malvie. Mais, pensée consolante, elle ne sait pas jusqu'où.*

8

Cadillac traverse la cour pavée qui sépare sa gentilhommière du modeste pavillon où vit sa tante Alice. C'est un arrangement qu'il trouve scandaleusement absurde. Il dispose pour lui tout seul d'une trop grande maison où il sait qu'Alice verrait bien une marmaille d'enfants que lui ferait une épouse commodément fertile. Ouais... Il a finalement dû s'incliner le jour de ses vingt-et-un ans où elle a déménagé sans écouter ses protestations. Il lui arrive de louer l'étage à quelques étudiants, s'ils consentent à se mouvoir en chaussons et abominent comme lui la musique techno. Et pas de filles depuis le jour où une de ses crises de somnambulisme a failli tourner en drame de la Commedia dell'arte. Il ignore qu'Alice a toujours pris soin de prévenir discrètement ses locataires des cauchemars qui parfois le réveillent, hurlant et en sueur. Elle en donne rarement la raison, peut-être parce qu'elle veut croire que l'épouvantable tragédie qui a changé leur vie cessera de les hanter si elle prétend l'ignorer. Elle sait pourtant que rien ne l'effacera, et Martin restera toujours, pour elle, l'enfant meurtri dont les plaies ne guériront jamais. Aujourd'hui comme alors, il cache bien les traces du malheur qui l'a si cruellement frappé ce jour tragique où il a vu l'atroce carcasse de son père mutilée par le feu. Son deuil est enfermé pour toujours dans son cœur, pour lui seul, sans partage, même avec elle. Elle avait tout laissé pour s'occuper de lui, une carrière d'institutrice, une jolie maison qu'il avait fallu vendre, un amoureux qui s'était découragé et elle ne le regrettait pas. L'enfant, qui devait, peu après, perdre sa mère, aurait-il survécu à son atroce désespoir si elle n'avait pas été là, jour après jour, nuit après nuit, cherchant des mots de consolation qui toujours lui paraissaient dérisoires ? Elle déplore que le sujet soit tabou. Toutes ses ruses et manœuvres pour le sortir de son mutisme se heurtent à une farouche obstination qui n'a jamais fléchi en presque trente ans. Contre tous les usages, ce n'est pas le portrait du président de la République qui orne le mur de son bureau, mais celui de son père en uniforme de pompier. Martin avait fini par apprendre que l'incendie était criminel ; elle sait qu'il s'est juré de le venger et imagine même qu'il lui renouvelle cette promesse tous les jours. Et personne ne se hasarde à lui demander deux fois, pourquoi il a choisi d'être policier.

*

Dans la cuisine-salle à manger du pavillon, il trouve Alice et leur voisine Lili, penchées sur un problème culinaire qui semble conflictuel. Lili, qui a préparé le dîner auquel il est invité, s'exclame en le voyant :

« Ah Martin ! Aidez-moi. Alice refuse de croire qu'on peut faire un bon pot-au-feu aux poissons.

— Je repars. Adieu, mesdames...

— Non ! Ce n'est pas fair-play. Vous devez au moins goûter !

— Jamais de la vie. Je vais vous dire un truc : si la recette était bonne, les Français l'auraient inventée.

— Quel chauvinisme ! Vous n'avez pas le monopole

de la bonne cuisine ! Nous avons en Angleterre de très bonnes recettes que vous ne connaissez même pas. Tenez, par exemple, le gigot au miel avec de la sauce à la menthe...

— ... Serait meilleur sans miel et sans sauce à la menthe, voilà tout. J'étais heureux d'être invité à dîner, mais puisque c'est un traquenard...

— Voyons, dit Alice, tu n'as qu'à appeler ça une bouillabaisse un peu spéciale. Lili lui a donné ce nom pour appâter ses lecteurs anglais. Ça n'a pas l'air mauvais. »

Cadillac aime bien Lili, mais ses goûts culinaires classiques se rebiffent devant cette cuisine journalistique pour touristes anglophones. Alice, comme lui, a du mal à s'y faire, mais avec une tolérance plus marquée pour les innovations audacieuses.

Il se demande comment ces deux femmes, si différentes en apparence, s'entendent si bien. Alice n'a jamais teint les cheveux blancs qui encadrent un doux visage de Récamier dont les rides ont à peine altéré sa beauté délicate de poupée de porcelaine. Elle aurait dû vieillir comme fanent les fleurs, mais a mûri comme ces arbres qui gagnent en majesté avec l'âge et semblent indestructibles. Pourtant, la légèreté est restée avec la grâce des gestes toujours patients et mesurés. Il ne l'a vue maquillée que sur une photo ancienne où elle semblait parader dans une robe moulante, décolletée comme une star de cinéma sexy. *"C'est tante Alice ça ?"* avait-il grimacé, choqué et réprobatif, en remettant la photo sacrilège au plus profond de son tiroir.

Lili doit avoir le même âge qu'Alice, a-t-il calculé, mais la ressemblance s'arrête là, abruptement. Elle utilise généreusement tous les artifices que les fabricants d'antirides et colorants mettent à grands frais à la disposition des coquettes. Peut-être parce qu'elle est en puissance de mari ? Une impression de force se dégage d'un visage un peu lourd où la bouche charnue s'ouvre sur des dents qui évoquent le carnivore repu. Ses cheveux drus, bouclés et blond cendré, sa carrure plantureuse qu'elle souligne encore par des habits à épaulettes, son pas de brigadier à la charge et surtout sa voix grave de contralto souvent ponctuée de rires sonores, finissent de lui donner une allure un peu *hommasse* qui, paradoxalement, rassure au lieu d'effrayer.

Cadillac est déçu de ne pas voir son mari qu'il croyait de retour de son séjour en Écosse.

« Thomas n'est pas là ?

— Il ne rentre que demain. Vous êtes sur une enquête intéressante ?

— Mmm.... Peut-être... Non. »

Au ton évasif faussement léger, à un plissement involontaire du front entre ses sourcils qu'elle appelle ses mauvaises rides, Alice comprend qu'il est sur la piste d'une victime, réelle ou imaginaire, qui demande à être vengée. Mieux vaut glisser. Il finira par se découvrir.

« Si tu nous trouvais une bonne bouteille ?

— Et comment veux-tu que je trouve ça, moi ? Du rouge pour le pot-au-feu, ou du blanc pour la bouillabaisse ?

— Du rosé alors, dit Lili, iconoclaste... »

Finalement, Cadillac doit admettre que le dîner n'était pas si mauvais et Alice est une mine d'information sur Albina et les Cassagne.

« Étaient-ils riches ? Franchement, c'est difficile à dire. La maison avec ses meubles venait d'Albina. Sa mère qui était fortunée la lui avait donnée quelque temps après son mariage, probablement assortie de quelque rente. Si on y réfléchit bien, ils n'avaient pas un grand train de vie. Pas de grandes réceptions, une seule petite voiture ordinaire, jamais de grands voyages ou ce genre de choses. Les enfants Cassagne n'avaient rien de plus que toi, à part une maison spectaculairement belle. Je ne sais pas si le salaire du mari suffisait à l'entretenir, mais ils n'avaient sans doute pas besoin de beaucoup plus. Le professeur Cassagne était un homme adorable, un peu dans la lune. Il donnait des cours gratuits de latin-grec à ses élèves après les classes. Tu t'en souviens peut-être ?

— Bien sûr. Ce n'était pas un homme qu'on pouvait oublier. Mais il y avait l'entretien d'une grande maison...

— Oui. Albina a pris une employée de maison à plein temps, mais seulement après la mort de son mari. Colette, qui malheureusement a eu une petite fille handicapée mentale. Je crois d'Albina était très généreuse avec les deux.

— J'ai entendu dire qu'elle avait une grosse fortune.

— On l'a dit. Elle venait d'Argentine. Et il y a toujours de méchants ragots pour dire qu'elle aurait hérité de trésors nazis ou autres méchancetés du même genre. La médisance est l'arme la plus lâche des jaloux. Je me souviens d'une fille de notable qui était tombée enceinte sans être mariée. Au lieu de dire qu'elle avait eu un amant, les mauvaises langues trouvaient à dire qu'elle avait couché avec tout le village et quelques passants... »

Cadillac l'entend à peine. Les trésors des nazis... Son esprit s'est envolé au bord d'un vaillant ruisseau, où un docteur laconique et menteur lisait un livre qu'il allait lui emprunter.

9

Cadillac aime bien le cimetière de Monférand
où il vient parfois méditer les jours de doute
ou de vague à l'âme. Il se souvient avec un
pincement au cœur de sa dernière visite, un soir où un
grand vent tourmentait le placide cyprès, fidèle compagnon de la tombe de ses parents. Il avait reçu la lettre de rupture d'Annette et dans sa tête tourbillonnaient
les mille réponses tendres, amoureuses, mélancoliques
qu'il n'avait finalement jamais écrites. Un simple message amical sur un répondeur - que son mari pouvait
entendre sans soupçons - avait remplacé le long poème
que lui dictait sa peine. Époque de barbares avec ses
gadgets électroniques. *"Barbare toi-même"*, lui avait
lancé Cadou.

Mais aujourd'hui, dans le même décor, se joue une
autre pièce dont il connaît de nombreux personnages.
Il l'intitulerait : "Enterrement d'une mystérieuse dame
venue d'ailleurs."

Il est accompagné de son inspecteur Yves de la
Vergne, dit plus prosaïquement Vergne, qui est venu
avec sa mère comme ils en sont convenus. Elle est cha-
peautée d'aigrettes grises pour la circonstance, toujours
superbe, même si le soleil est cruel avec l'épaisse couche de fond de teint qui la rajeunirait de dix ans dans
la pénombre. Mais Cadillac sait bien que le fard mul-
ticolore de ses cils, sourcils et paupières n'empêchera
pas son œil incisif d'enregistrer les moindres détails

sociaux et mondains de la cérémonie. Vergne, lui, est si parfait dans ses expressions de compassion attristée que son chef se demande s'il remplit bien sa fonction d'observateur. Il doit reconnaître qu'il est bluffé par l'aisance, la vivacité mondaine de son subordonné. Il a appris qu'Yves n'a pu entrer dans la police qu'en trichant de deux centimètres sur sa taille. Souffre-t-il d'être un petit modèle ? Ou bien est-ce un atout dans son métier parce qu'il inquiète moins qu'un homme de plus grande stature comme lui-même ? Il ressemble à ce jeune acteur qu'il a vu dans Ruy Blas... Comment s'appelle-t-il ? Il l'aurait bien vu dans le rôle. Doué pour tout, ce garçon. Dommage qu'il ne puisse pas compter sur sa fidélité. Il s'attend tous les jours à recevoir sa démission pour cause de plan de carrière à accomplir dans quelque ministère. Yves trouverait burlesque cette analyse si seulement elle lui venait à l'idée. Seul Cadillac sait qu'elle lui viendra bien assez tôt.

Mais voilà la famille.

Cornelia. Oh, la belle gazelle, régale des yeux ! Les bas noirs sont pour le deuil, bien sûr, pas pour être sexy. Son air un peu hautain masque peut-être sa timidité ? Ou bien le professeur son père lui a appris à se comporter en Romaine ? À moins qu'elle n'ait pas su dans quel registre trouver une expression d'orpheline ?

Sabine, elle, offre l'image convenue du chagrin : voilette noire sur le front, cernes sous des yeux hagards, soutenue par son mari, ses deux filles auprès d'elle. Pourquoi lui font-elles penser aux deux méchantes sœurs qu'il a vues récemment dans la Cendrillon de Rossini ? Esprit mal tourné de flic une fois de plus ?

Tiens... Aurélien n'a pas son air de bellâtre arrogant.

Il croise un instant son regard, neutre, sans animosité cette fois. Blême et défait comme une endive mi-cuite, il semble épuisé. Il a peut-être bu, se dit Cadillac avant d'avoir honte de lui-même sans l'intervention de Cadou. *Après tout ce garçon enterre sa mère. Je tourne au vieux cynique.*

Yves lui fait du coude et, d'un geste imperceptible, lui désigne le docteur Cabanne qui s'esquive de la cérémonie pour éviter de présenter ses condoléances aux orphelins. Devrait-on dire : aux héritiers ? Voilà justement le notaire, Me Chollet, compassé comme il se doit. Comment l'aborder discrètement ? Il doit être à cheval sur le secret professionnel.

Colette Chalard, loin derrière la famille, a bien triste mine. Une fillette aux doux yeux de mongolienne lui serre la main dans un geste si attendrissant que pour la première fois Cadillac est ému et lorsque les cloches se mettent à tinter, ses glandes lacrymales lui jouent un si mauvais tour qu'il doit faire semblant d'éternuer pour expliquer les larmes qui lui montent aux yeux.

Pour expliquer à qui ? Son sixième sens en alerte lui dit qu'il est observé. D'un coup d'œil en périscope, il balaye l'assemblée et découvre l'espion : Thomas Callender, ex-superintendant de police de Glasgow, devenu son voisin à Montignac pour cause de retraite loin des brumes écossaises. Il est venu officiellement accompagner sa femme Lili et Alice qui ont dû lui rapporter son intérêt pour la mort d'Albina Cassagne. À moins que Lili n'ait été la seule rapporteuse ? Probable.

Il se demande s'il est content ou agacé de n'être plus seul sur l'enquête. Les deux bien sûr, mais plutôt content tout de même. On a bien le droit être honnête avec soi-même, une fois de temps en temps.

Maldonne

10

Lorsqu'il entre dans son restaurant favori et commodément voisin de l'Hôtel de Police, "Chez Pierrot", dont il prétend qu'il est le meilleur du grand Sud-Ouest, *donc* de France, Cadillac est comme toujours saisi par les bonnes odeurs qui s'échappent des cuisines. Et comme toujours, il essaie par jeu de les identifier pour savoir quel sera le plat du jour. Exercice difficile. Omelette aux cèpes, sans doute discrètement relevée d'ail... Marinade de gibier mijotée juste à point ? Civet de lapin, plutôt... La chasse est fermée et il n'est pas question de surgelé dans ce temple de la gastronomie. Si vous voulez mettre Pierrot en colère, ce qui est imprudent, il vous suffit de suggérer qu'il cache un congélateur quelque part dans ses réserves. Dans ce cas, la réponse ne tarde pas : *"Ce n'est pas une Néfaste-Food, ici, Môssieur. Si c'est ce que vous aimez, vous allez en face, au "Self-Flash-Burger." Ils ont tout ce qu'il faut pour les mange-mouscaille."*

Du soupirail monte l'arôme familier des fûts de bordeaux que Pierrot garde si jalousement que même lui, son client préféré, n'a jamais eu le droit d'en approcher. *"Si vous voulez baguenauder dans ma cave, commissaire, il faudra me présenter un ordre du juge signé par un huissier. Ce n'est pas un musée ici. Comme à la grotte de Lascaux où les touristes ont failli détruire les esculptures avec leur gaz carbonique."*

À travers la porte vitrée, il peut voir Thomas déjà

54

installé à leur table, étudiant le menu avec l'attention soutenue d'un savant déchiffrant des textes sacrés. Avec sa couronne de cheveux blancs indisciplinés et ses lunettes perchées à l'extrême bout de son nez, il a l'air d'un professeur débonnaire, toujours prêt à rire avec ses étudiants. Cadillac se demande comment cette tactique pouvait marcher auprès des mauvais garçons de Glasgow, des durs à cuire bien plus féroces que les nôtres à l'en croire. Il ne l'a jamais vu dans ses fonctions, mais imagine assez bien comment le superintendant qu'il était alors pouvait ferrer ses victimes avec jubilation, peut-être même avec cruauté après un savant cuisinage, comme un chat dévorant une souris qui a cessé de l'amuser.

Il va vers son ami, curieux d'entendre ce qu'il va lui raconter de son récent voyage en Écosse. Probablement des fariboles.

« Croiriez-vous, mon cher Martin, que dimanche dernier je jouais au golf avec Sean Connery à Saint-Andrews ?

— Si vous avez de bonnes photos avec les négatifs et plusieurs témoins honorables... »

Thomas rit de bon cœur. Il est si heureux d'avoir rencontré Martin ! L'idée d'une retraite en Dordogne venait de Lili et il s'y était résigné faute d'en avoir trouvé une meilleure, sûr de périr d'ennui loin de ses collègues et privé de son inlassable combat contre la pègre de Glasgow qui toujours renaissait de ses cendres.

Il était venu en Dordogne suivre de près l'enquête sur la disparition d'une jeune écossaise dont on perdait la trace dans la région. Un préjugé tenace l'avait persuadé de l'inefficacité des services de police français qu'il voulait encourager à faire plus d'efforts. Mais il avait rencontré le jeune commissaire Cadillac et avait dû admettre qu'il était aussi enragé que lui à résoudre l'affaire. Lili, qui ne connaissait pas la Dordogne, avait tant insisté pour l'accompagner qu'il avait dû s'y résoudre sans imaginer qu'après trois jours à peine de *"shopping"*, comme elle disait, elle aurait trouvé la maison de ses rêves. Cadillac, que la fougue de ce policier anglais amusait, les avait invités à dîner et Alice avait parlé de la ferme voisine qui était à vendre. Avant de repartir, Thomas s'était retrouvé un peu abasourdi chez un notaire en train de signer ce que les Français appellent un *compromis*. Finalement, il avait adopté son voisin avec reconnaissance, amitié et même plus que ça. Les jours de nostalgie où il devenait sentimental, il finissait par s'avouer qu'il aurait bien aimé avoir un fils comme lui. Où même l'avoir pour fils. Alice lui avait raconté la tragédie qui avait fait de Martin un orphelin inguérissable et un jour lui était venue l'idée absurde, incongrue de l'adopter. Il essayait d'en rire, de la repousser, mais elle était toujours là, revenant d'elle-même comme une rengaine obsédante. Heureusement, il était probable que leur pudeur les empêcherait à jamais d'aborder le sujet. Seules les femmes ont le secret des confidences émues, semble-t-il.

« Dites-moi, Martin, à propos de cette affaire Cassagne, il n'y a pas d'enquête officielle si je comprends bien ? Je vais pouvoir vous être utile, alors ? Vous êtes trop voyant, et moi plutôt rassurant en retraité inoffensif. À ce propos, Me Chollet, le notaire, m'a trouvé assez bon pour jouer au golf avec lui cet après-midi. »

"Il est encore plus givré que moi", se dit Cadillac qui réussit de justesse à ne pas rire et poursuit :

« Vous pêchez à la ligne aussi ? demande-t-il.

— J'ai gagné des concours de pêche au saumon en mer du Nord. Vous n'avez pas vu mes trophées ?

— Il faudra peut-être vous mettre au goujon.

— Goujon ? Gudgeon ? Good heavens ! Et qui pèche le goujon ?

— Un docteur qui me cache des choses.

— C'est impardonnable ! »

Au silence qui se fait dans la salle, ils comprennent, avant même de la voir, que la comtesse Arlette de la Vergne vient de faire son entrée avec son fils Yves. Pierrot, lance sa serviette sur son épaule d'un geste enlevé de jongleur expérimenté, essuie ses mains à son vaste tablier, pose sa toque sur le comptoir, et s'empresse de venir faire un baisemain goulu à sa distinguée, mais trop rare cliente.

« Madame la comtesse. Vos commensaux sont déjà là.

— Merci, Pierrot. Vous connaissez mon fils, bien sûr ?

— Bien sûr... Monsieur le vicomte. »

Yves s'arrange pour lui faire un croche-pied qui réduit à néant l'élégance de sa courbette et suit dignement sa mère vers la table de Cadillac en vérifiant l'horizontale d'un nœud papillon imaginaire.

Ce déjeuner était une idée de Thomas qui n'était pas homme à manquer l'occasion de faire un bon repas en bonne compagnie tout en savourant le plaisir suprême de suivre les méandres d'une enquête à son goût. Et comme il ne laissait rien au hasard, il avait même préparé le menu après s'être enquis des goûts culinaires de chacun de ses convives. Rien de plus irritant que quatre personnes lisant et commentant un menu au lieu de satisfaire plus utilement sa curiosité, ce que sa commensale, comme dirait le bon Pierrot, faisait amplement.

« Ma chère Arlette, lui dit-il, votre science du cœur des hommes est proprement émerveillante. »

"Il fait vinaigre dans son approche tactique", se dit Cadillac qui ne connaissait même pas le prénom de la dame.

« Dommage qu'elle ne m'ait pas servi à éviter trois divorces. Mais passons. Une chose m'a intrigué à cet enterrement. J'ai remarqué un couple qui est resté discrètement à l'écart et ne manquait pas une miette de ce qui se passait. Je ne les ai jamais vus par ici et ils ne se sont pas présentés à la famille. Ils avaient un superbe cabriolet Jaguar rouge. Des parisiens, d'après le numéro d'immatriculation que j'ai donné à Yves.

— Des relations d'affaires d'Aurélien ?

— Je ne crois pas. Il ne leur a prêté aucune attention. Vous savez sans doute qu'Aurélien est directeur de quelque chose à la STICA. Directeur artistique, je crois.

— C'est-à-dire qu'il doit glander en corrigeant des épreuves de publicité par-ci, par-là ? suggère Yves.

— C'est possible. Il se présente comme un homme d'affaires, mais moi je ne lui confierais pas les miennes. J'aurais bien trop peur de me retrouver un jour avec de touchantes explications au lieu de dividendes. À ce propos, je crois qu'il a des actions de la STICA. Sa mère les a probablement achetées pour lui procurer son poste.

— N'ai-je pas lu quelque part qu'ils avaient été repris par un grand groupe ? demande Cadillac.

— Oui, ils viennent d'être rachetés. En tout cas, le personnel valse là-dedans. Ils ont pris une femme d'affaire parisienne qui ne fait pas dans le sentiment. Elle a déjà mis quelques vieux cadres en préretraite et les a remplacés par des gens qu'on ne connaît pas ici.

— Aurélien risque de devoir se recycler alors ? Et Sabine ? demande Cadillac. Que pensez-vous d'elle ? Elle semblait tellement désemparée...

— Sabine est une femme de tête parfaitement capable de pleurer avec conviction à un enterrement. Moi aussi, d'ailleurs, quand il le faut. Elle a pris du poids, ce qui est dommage. C'est le commencement de la fin de la jeunesse, je suppose. Cela nous arrive à tous.

— Vous illustrez mal cette théorie », dit Thomas qui en fait un peu trop d'après Cadillac. Mais il se trompe.

« La flatterie ne vous mènera pas loin, Thomas, dit-elle. Remarquez que je n'ai pas dit nulle part. »

Elle laisse à son auditoire le temps d'apprécier sa répartie, puis reprend :

« Sabine est une maîtresse femme. Ce qui ne veut pas dire une mauvaise femme, attention ! Elle a du caractère et le sens de ses intérêts, mais cela n'exclut pas chez elle une grande sensibilité, et même des sentiments nobles. »

"Retour à la case départ", se dit Cadillac qui n'avait pu s'empêcher d'imaginer Sabine en matricide au cœur de glace et doit réviser au moins la deuxième partie de sa proposition.

« ... Très amoureuse de son mari. Vous avez vu le bel homme ? J'en aurais bien fait mes dimanches dans ma folle jeunesse. » Et s'adressant à Yves :

« Avant de rencontrer ton père, bien sûr ! On dit qu'il est cavaleur, ce qui explique peut-être pourquoi elle pleurait tant. Deux raisons au lieu d'une en quelque sorte. Je me demande s'il n'a pas d'ennuis d'argent. Il est architecte et son cabinet n'a pas l'air de marcher bien fort. Il va souvent à Arcachon et j'ai appris qu'il venait de mettre son bateau en vente. Remarquez, c'est peut-être pour s'en acheter un plus grand ? Les marins trouvent toujours leurs bateaux trop courts de dix mètres.

— Ou de quinze, dit Thomas en soupirant. Et Cornelia ?

— Vous pensez sûrement : une jolie fille sans cervelle ? Mumm. Je ne m'y fierais pas trop. Elle choisit ses fiancés avec discernement. Le dernier toujours plus riche que l'avant-dernier. Je m'étonne d'ailleurs de ne pas avoir vu celui du moment à l'enterrement. Francis Monsec, le fils du sénateur. Il a vingt ans de plus qu'elle et une thalasso quelque part dans les Pyrénées ; des connexions en Andorre, aussi dit-on.

— Vous y voyez des implications ?

— Mais mon cher, comment voulez-vous qu'une pauvre femme comme moi, qui ne sort jamais de son trou, comprenne quelque chose à ces affaires-là ? Il n'y a pas de lois spéciales en Andorre sur les impôts et tout ça ?

— Devrais-je aussi aller en Andorre ? demande Thomas à Cadillac qui, cette fois, rit sans retenue. »

11

Cadillac est impatient d'en finir avec cette réunion de bureau qui traîne et l'ennuie. En temps normal, il aime assez bien faire le point avec ses inspecteurs sur les affaires en cours et organiser ce que Garrigue appelle sans états d'âme la *"traque aux nuisibles."* Mais aujourd'hui, le cœur n'y est pas. Il regrette une fois de plus son impuissance à remettre dans le droit chemin le voyou plutôt sympathique que Garrigue vient d'attraper. Ce pauvre garçon va être pris dans un système répressif qui l'enferrera plus avant dans ses révoltes malévoles contre le monde discipliné des honnêtes gens qu'il a appris à mépriser parce qu'il n'y trouve pas ses repères. Et finalement, inexorablement, ce sera lui la victime à moins que quelque force rédemptrice venue d'on ne sait quel horizon ne vienne le tirer de là. Mais la police n'est pas là pour sauver les âmes, se dit Cadillac. C'est le travail du pape, du grand rabbin ou du grand imam et de leurs équipes. À chacun sa tâche. Il ferait mieux de revenir au sujet de la réunion. Seulement, son esprit est ailleurs, obsédé par son échec probable dans l'affaire Cassagne. *"Il n'y a pas d'affaire"*, lui a dit sagement le procureur. Il n'arrive pas à avoir le même détachement et se demande pourquoi il se croit investi d'une mission, comme si le visage douloureux d'Albina, un instant entrevu dans la pénombre, lui demandait vengeance. *C'est malsain et ridicule. Occupe-toi de tes petits voyous. C'est pour ça qu'on te paye... Mouais.*

En résumé, il n'y a presque rien pour justifier son obstination à poursuivre l'enquête. Au positif, le docteur Lacoste a fini par admettre avec réticence qu'Albina *aurait* pu avoir été frappée par derrière par une matraque en caoutchouc ou une chaussette remplie de sable - par exemple - ce qui ne laisse aucune trace. L'autre docteur, l'ami de la victime, demande une autopsie, mais garde un secret, *probablement* parce qu'elle le lui a demandé, peut-être pour protéger ses enfants ou bien seulement l'un d'entre eux. Ce n'est pas maigre, c'est squelettique. Même en ajoutant que les héritiers présumés ne sont pas d'innocents agneaux et semblent avoir besoin d'argent, il faut admettre que c'est le sort d'à peu près quatre-vingt-dix pour cent des Français. Des Parisiens inconnus se montrent à un enterrement, et alors ? Aucun renseignement aux RG sur eux, ni de condamnation d'après Vergne qui les a identifiés d'après le numéro d'immatriculation de leur Jaguar. Il faut pour l'instant se contenter de leur nom : Robert et Pauline Ménoire, en attendant de retrouver leur voiture si elle est toujours dans les parages. Et maintenant, on poireaute parce que maître Chollet attend de savoir s'il n'existerait pas aux archives nationales un testament postérieur à celui qu'il possède pour procéder à la liquidation. Thomas a tout juste réussi à soutirer au notaire qu'Albina *aurait* eu l'intention de partager ses biens entre ses enfants et Colette. Autrement dit, rien d'anormal...

« Tu disais, Garrigue ?

— Pour cette affaire du camion volé, j'irai avec Vergne revoir le transporteur. Je me demande s'il n'y aurait pas une histoire d'assurance là-dessous.

— Tu iras tout seul. J'ai besoin de Vergne.

— Mince alors ! Les poulets ça marche par paire, chef.

— Vas-y avec ta maman si tu as peur. Vergne, on y va.

— Où ça ? demande Yves inquiet.

— Vous verrez bien. »

Il sort, suivi d'Yves, laissant ses inspecteurs Garrigue et Pujol, perplexes.

« Toujours l'affaire Cassagne, je parie dit Garrigue. La plus jeune des filles a dû lui taper dans l'œil. Tu ne l'as jamais vue à la piscine ? Cette carrosserie ma mère ! La Ferrarri des sirènes ! L'autre jour, j'attendais qu'elle se noie pour lui porter secours, avec bouche à bouche et tout, tu vois, mais je rentrais tellement mon ventre que c'est moi qui aie failli me noyer... »

Il est interrompu par le retour inopiné de Cadillac, et prend un air affairé avec le premier papier qui lui tombe sous la main.

« Et pourquoi n'as-tu pas encore trouvé ce cabriolet Jaguar rouge dans la région ? demande Cadillac. Il n'est pas assez voyant, peut-être ! Il te le faudrait de quelle couleur ?

— Mais, chef... »

Le reste de la protestation se heurte à une porte close. Dans le couloir Cadillac n'entend que la voix intérieure de Cadou qui lui souffle : *"Ça s'appelle de l'acharnement et tu gaspilles les forces de police. C'est puni par la loi."*

Il fait mentalement un bras d'honneur à son vertueux double et rejoint Yves qui l'attend au volant de la voiture de service dans la cour.

« On va à la Malvie.

— Ce n'est pas vrai ! Vous avez un bon prétexte au moins ?

— On en trouvera un en route. »

Yves embraye mollement, à la mesure de son

enthousiasme. Le jeune garçon qui arrête son vélo devant la grille de l'hôtel de police pour les laisser passer trouve que les policiers américains de la télé sont nettement plus rapides que les nôtres.

12

Le joyeux pépiement des oiseaux entre avec le soleil par les fenêtres ouvertes du salon de la Malvie, mais hélas, pas au bénéfice de ses occupants qui ne semblent pas disposés à se réjouir des innocentes beautés de ce monde.

Sabine, assez solennelle, attend qu'Aurélien et Cornelia soient assis avant de leur tendre d'un geste théâtral une liasse de papiers qu'elle tient en main.

« Lisez ça, dit-elle. C'est arrivé au courrier ce matin pour maman. »

Aurélien et Cornelia se rapprochent pour prendre les documents : une lettre et des feuillets qui ressemblent à des relevés de banque.

« Qu'est-ce que ça veut dire ? demande Cornelia qui lit à haute voix quelques passages de la lettre. Du cabinet Springer à Zurich... Adressé à ? À qui ? Pas de nom. Juste un numéro. Qui dit que c'est pour maman ?

— Regarde l'enveloppe. Pourquoi lui envoyer ça si ce n'est pas son compte ?

— Je continue, dit Cornelia. Banque NHL... *"Conformément à vos instructions, nous avons procédé à la fermeture du compte numéro quarante mille machin... après la transaction du... versement au compte numéro vingt-six mille trucs... de huit millions neuf cent vingt-deux mille FS."*

« Montre, lui dit Aurélien qui lui prend les papiers... Huit millions de francs suisses ???

— Pas possible dit Cornelia. Où tu mets la virgule ?

— Il la met où il faut, dit Sabine. Presque neuf millions de francs suisses, soit à peu près trente-six millions de francs français. L'équivalent en dollars est écrit en bas du relevé. Six millions et quelques.

— Attends, dit Cornelia déboussolée. Je n'y comprends rien. Ça veut dire que nous allons hériter de six millions de dollars ?

— En effet, tu ne comprends vraiment rien. Ça veut dire que nous n'hériterons pas de six millions de dollars parce que maman les a donnés à quelqu'un d'autre, il y a moins de deux semaines. »

Dans le silence qui suit, Aurélien devenu livide relit attentivement les documents.

« Mais pourquoi elle, aurait-elle fait ça ? demande Cornelia abasourdie. Et d'où vient tout ce fric ?

— Sûrement de l'héritage de grand-père. Je ne vois pas d'autre explication. Il devait être bien plus riche que nous ne pensions. Peut-être cette histoire de mines de cuivre dans les pampas était-elle vraie après tout ?

— Mais pourquoi maman ne nous a rien dit ? Pourquoi ?

— Je me demande ça depuis ce matin, dit Sabine. C'est à devenir folle.

— On ne peut pas attaquer, récuser ce versement ? demande Cornelia. Voir un avocat, je ne sais pas...

— Pas besoin d'avocat pour savoir que si l'argent était à elle, elle avait le droit de le donner à qui elle voulait de son vivant.

— Il doit y avoir une explication ! s'exclame Aurélien. Maman ne pouvait pas nous faire un coup pareil sans raison. Une de vous deux lui a dit ou fait quelque chose qu'elle n'a pas digéré.

— Et pourquoi pas toi ? lui lance Sabine piquée. Elle a bien dû s'apercevoir que tu ne venais la voir que pour lui soutirer un chèque ou une faveur.

— Merci bien ! Ou alors, elle n'a pas voulu que ton mari hérite de tout ce fric. Parce qu'elle savait que tu le lui donnerais et qu'il en profiterait pour se tirer. Moi, au moins, je suis son fils. »

Sabine bondit de sa chaise comme une fusée pour le frapper avec le premier objet qu'elle a trouvé à sa portée, le tisonnier de la cheminée. Mû par un réflexe fulgurant, Aurélien l'esquive et parvient à saisir le bras de sa sœur dans son dos. Il lui fait une clé qui la fait crier, puis va calmement remettre en place le tisonnier qu'elle a lâché. Cornelia est frappée de stupeur.

« Vous êtes aussi abominables l'un que l'autre.

— Toi, la sainte nitouche, tu ferais mieux de te taire, lui répond Aurélien, menaçant. »

Cornelia va répondre, mais finalement décide de suivre son conseil. Dans le silence oppressant qui suit, Sabine se dit que, finalement, le seul lien qui les unit encore est leur intérêt commun pour une manne à venir dont chacun veut la meilleure part. Elle n'éprouve plus ni amour ni haine pour son frère et sa sœur et se demande ce qu'ils éprouvent pour elle. La même indifférence intéressée sans doute. Ou alors, son cœur est devenu sec comme ce rosier offert par sa mère et qui est mort parce qu'elle n'a pensé à l'arroser que lorsqu'il était trop tard ?

Cornelia est la première à retrouver son calme.

« L'un de nous devrait aller à Zurich pour se renseigner, non ? dit-elle.

— Je veux bien y aller, dit Aurélien. »

Elles hésitent à répondre, sûrement pour se donner le temps de trouver quel piège peut cacher sa proposition, pense Aurélien. Il se sent désaxé comme après un choc violent et se dirige vers la fenêtre ouverte. Il est toujours sourd aux chants des oiseaux, mais voit bien la voiture qui avance dans l'allée.

« Voilà qui va nous mettre d'accord, dit-il. La police. »

*

Lorsque Cadillac entre dans le salon, timidement suivi d'Yves qui reste près de la porte et se fait tout petit derrière lui, le seul document visible sur la table est le dernier Sud-Ouest ouvert à la page des sports.

« Excusez-nous, nous ne voulons pas déranger. Colette Chalard est-elle ici ?

— Non. Elle n'est pas revenue depuis... Elle doit être chez elle, dit Aurélien.

— Pauvre Colette ! dit Sabine. Elle ne va pas bien du tout depuis la mort de maman. Vous ne pourriez pas la laisser tranquille ?

— Ce n'est rien de méchant, rassurez-vous. Nous vérifions juste quelque chose. Nous irons voir chez elle. Excusez-nous encore. Vous venez, Vergne ? »

Mais Vergne est déjà sorti.

Dans le salon, plus personne n'ose parler avant que la voiture n'ait disparu sur la route.

« Il me terrorise, finit par dire Cornelia. J'en ai la chair de poule. Qu'est-ce qu'il peut bien vouloir à Colette ?

— Rien, dit Aurélien. Il est venu nous faire peur et il a réussi. Il croit que nous avons assassiné maman.

13

Michel Laborde à son bureau, raccroche le téléphone. Son associé l'interroge pour la forme.

« Toujours pas là ?

— C'est ce que dit la secrétaire.

— C'est peut-être vrai ? Il devait aller à l'étranger cette semaine. »

Michel hausse les épaules. Il voit bien que ce projet de construction qui les remettrait à flot n'accroche nulle part. Les déjeuners sont annulés, les secrétaires excusent leurs patrons sans conviction et même les seconds couteaux sont injoignables.

Découragé, il se lève et va vers la grande baie vitrée d'où il peut voir la paresseuse Dordogne s'étaler nonchalamment vers les vignes et vergers de l'autre rive. Des cygnes silencieux se laissent porter par l'eau sombre, image archaïque et trompeuse d'un éden enchanteur, comme si tout n'était qu'idylle dans le monde autour d'eux.

Il étouffe dans ce bureau et sort après s'être excusé auprès de son associé. À vrai dire, il ne sait où aller. Il a besoin d'être seul. Il a promis à Sabine de rentrer tôt, mais sans spécifier d'heure : *"Dès que je pourrai"*, lui a-t-il dit prudemment. Mais pourquoi, au nom du ciel, pourquoi faut-il qu'il soit toujours obligé de mentir, de faire ce qu'il ne veut pas ? On se marie à vingt ans parce qu'on est idiot, on fait des gosses parce qu'on est inconscient, on choisit un métier parce que c'est celui qui se présente le plus facilement, et à quarante ans les mâchoires du piège vous ont harponné sans recours. Terminus, Michel Laborde ! Les trains pour une autre vie ne sont plus à quai... Reste la vie de famille, la grande affaire. Elle veut de l'amour avec un grand A, assorti de fidélité obligatoire jusqu'à la fin des temps, éternité comprise. Et voilà l'heureux mari réduit au baisage ronron un an au plus après les épousailles, aux soirées télé en hiver ou barbecue en été, rajoutez un bouquin par-ci, un film par-là, de quoi pourrait-il se plaindre ? Tout le monde lui dit qu'il faut voir les bons côtés de la vie et il a longtemps essayé. Il faudrait qu'il se mente à lui-même comme il ment aux autres pour trouver le résultat tolérable. Il aime ses filles, bien sûr, et il est content de les avoir, mais pourquoi devrait-il leur sacrifier tous ses rêves ? Il doit reconnaître aussi que Sabine le laisse s'échapper sans trop le harceler. Il s'en tire le plus souvent avec de simples soupirs soulignés de regards de chienne battue. Elle doit savoir que sans la soupape de sûreté de ses escapades en mer il aurait depuis longtemps mis les voiles, au propre comme au figuré...

Ses pas l'ont amené dans un quartier neuf qu'il évite en temps ordinaire. Devant lui se dresse le hideux groupe scolaire conçu par son cabinet. Pas de quoi être fier. Dans sa jeunesse, il croyait que son métier l'amènerait à réaliser de beaux ouvrages, à dessiner dans l'exaltation des projets grandioses en harmonie avec les paysages et adaptés aux plus pures aspirations humaines. Il se doutait bien qu'il devrait faire quelques concessions isolées aux bureaucrates incultes grisés par leur modernité, mais rien de méchant, sûrement ?

Il ne lui a pas fallu plus d'un an pour comprendre le choix simple qui s'offrait à lui : faire moche *ou* fermer boutique. Et ça, c'était le bon temps ! Aujourd'hui, c'est faire moche *et* fermer boutique.

C'est ce qui lui pend au nez si son associé ne reprend pas le cabinet. Celui-là a la chance d'être aveugle sur le mercantilisme destructeur de notre époque où les architectes sont les plus à plaindre, mais aussi à blâmer. Voilà un homme qui voit le bon côté des choses ! Heureux tant que ça bétonne dans les banlieues. C'est encore la joie au cœur qu'il remplacerait toutes nos belles halles par des parkings sans ombre.

Une cloche sonne quelque part et il se souvient qu'il devait faire quelque chose à six heures... Téléphoner à Nadège. Mais pour lui dire quoi ? Qu'aujourd'hui encore il ne pourra pas la voir ? Il n'est pas d'humeur à supporter des jérémiades même câlines. Elle attendra. Sabine a quelque chose d'important à lui révéler concernant l'héritage, si grave qu'elle ne pouvait rien dire au téléphone. Il sait déjà que ce sera une mauvaise nouvelle. Tournant le dos à son œuvre manquée, il se décide à retrouver sa maison et la toute dernière en date de ses déceptions.

14

Dans la voiture qui les conduit chez Colette, Yves se demande dans quel guêpier Cadillac veut encore l'entraîner.

« D'accord, je suis nul, dit-il, mais puisque vous êtes un génie altruiste vous pourriez au moins me dire ce que vous avez appris à la Malvie. J'ai remarqué dans la page des sports de Sud-Ouest que Marmande avait battu Cahors. Ça nous avance beaucoup ?

— Nous avons dû les inquiéter en leur disant que nous cherchions Colette.

— Et alors ? Et d'ailleurs qu'est-ce qu'on va lui dire à Colette ?... Et qu'est-ce que vous cherchez là-dedans ? »

Depuis un moment, Cadillac explore le contenu de la boite à gants d'où il sort un dossier qui semble l'intéresser. Il en extrait un formulaire administratif qu'Yves veut lui reprendre.

« Hé ! Laissez ça ! C'est le questionnaire pour mon inscription aux séances de tir. »

Sans écouter les protestations d'Yves, Cadillac le met dans la poche de sa veste en y joignant une carte Michelin.

« Je vous le rendrai. Tournez là à gauche. C'est la maison qu'on voit d'ici. »

La voiture s'arrête devant la barrière un peu déglinguée d'un jardinet mal tenu où une gamine joue maladroitement avec un balai au manche cassé qui a connu des jours meilleurs au temps de ses lointains aïeux. Ils reconnaissent Carine qui continue à balayer avec application une allée bordée de jouets en plastique gravement estropiés.

Colette vient leur ouvrir le portail. Elle se souvient de Cadillac qui lui a fait si peur quand elle l'a découvert sur le palier de la Malvie, comme une apparition. Un policier inquiète toujours, même un simple gendarme du pays. Et celui-là est un haut gradé. Ça se comprend rien qu'à le regarder. Il a fait mettre en prison le fils Valette qui avait volé une camionnette pleine de fourrures, sur un parking, la veille d'un jour de marché.

Elle ne peut s'empêcher de penser que ces gens-là, comme les huissiers ou les juges, ne sont pas tout à fait normaux. Il doit falloir être un peu spécial pour choisir comme métier de traquer les autres. Il faut des gens forts comme Cadillac pour ne pas avoir pitié des bandits ou céder par faiblesse comme elle ferait, elle.

Elle se demande même si, avec son regard perçant, il ne lit pas dans ses pensées. Elle en mourait de honte. S'il savait ! Ça datait du jour où elle était allée porter un casse-croûte à son père qui réparait le toit de son pigeonnier. Quand il était venu vers elle, gentiment pourtant, il l'intimidait tellement qu'elle n'avait pas osé le regarder en face. Elle avait juste eu le temps de voir la couleur de ses yeux : noisette avec des paillettes dorées. Avant ce jour-là, elle croyait que c'était une expression toute faite réservée aux romans. Et plus tard, chaque fois qu'elle lisait un livre, elle le voyait, lui, dans le rôle du héros. Comme Bastien de la Grange dans "Lorsque l'espoir renaît, ou Victor Morgan dans "La revanche d'Anaïs."

« Entrez, leur dit-elle. Je ne vous attendais pas. »

73

Carine accourt pour lui porter une fleur de pissen-lit d'un air grave.

« Merci ma chérie. »

Elle se tourne vers Yves, comme pour s'il fallait donner à ce jeune policier une explication logique à un geste aussi simple.

« Je ne peux pas avoir une seule fleur ici. Dès qu'il en arrive une, Carine la cueille pour me la donner. »

Tu te demandes toujours où se cache l'amour, se dit Cadillac. Réponse : dans les pauvres chaumières, comme le disaient les contes moraux et philosophiques d'antan.

Colette les fait entrer dans sa cuisine où les vestiges de la vie paysanne d'un temps révolu luttent contre les commodités modernes dans un combat dont l'issue fatale ne fait aucun doute. La cheminée en vraies pierres est peinte en fausses pierres jointoyées de noir. Les bancs du cantou ont été remplacés par un réfrigérateur d'un côté de la butanette et par un lave-linge de l'autre. Sur le manteau de la cheminée, il est heureux de voir que l'Angélus de Millet a résisté au progrès, mais en regardant de plus près, il voit poséepar terre, sûrement en attente d'un clou prêt à l'accueillir, une photo aérienne géante où figurent la maison et ses environs. Il dit mentalement adieu à l'Angélus qu'il ne reverra sans doute plus s'il a l'occasion de revenir dans cette maison. Il n'ose pas proposer de l'acheter pour le sauver du poulailler où il atterrira sûrement sur de la paille humide entre deux barriques à l'abandon. Les Glaneuses ont dû passer à la trappe depuis longtemps, remplacées par le poster encadré d'un jeune guitariste aux longs cheveux bouclés qui se donne l'air pénétré de quelqu'un qui connaît bien les misères de la vie. Il a signé "À Colette, avec amitié."

La télévision installée sur un guéridon au bout de la grande table de ferme ancienne recouverte de venylia montre de jeunes et beaux étudiants polémiquant sur une plage paradisiaque à l'autre bout du monde. Ils ne semblent guère apprécier le privilège d'évoluer dans ce décor de rêve, à en juger d'après leurs mines belliqueuses. C'est difficile à dire sans le son que Colette vient de couper sans avoir pu se résoudre à anéantir l'image et ainsi la couper des échos du vaste monde.

Par terre, sous la fenêtre élargie par un maçon pressé, il voit deux cagettes de livres de la collection Harlequin. Il a lu quelque part qu'aucune femme de plus de trente-cinq ans ne lisait ces romances, et conclut en voyant une caisse plus remplie que l'autre, que c'est probablement celle du départ. Colette doit bien approcher ces fatidiques trente-cinq ans où les rêves chimériques sont à jamais minés par trop de désillusions. Elle a peut-être été jolie dans la fraîcheur de ses dix-huit ans ? C'est difficile à croire. Pas assez de cheveux et plantés trop bas, un visage sans grâce au menton fuyant, et malheureusement une expression du regard chafouine qui a dû beaucoup lui nuire. Son cœur se serre de pitié. Pauvre Colette ! Quel mauvais dieu t'a ainsi maltraitée ?

« Surtout, ne vous faites pas de souci parce que nous sommes passés, lui dit-il. Il y a des papiers à remplir. Vous savez, c'est toujours comme ça quand il y a une mort par accident. Ah, cette paperasse ! Nous perdons plus de temps à nous en défaire qu'à courir après les voleurs. »

Il attend une réaction, peut-être un sourire complice pour une bonne plaisanterie, ou une protestation contre l'inefficacité de la police, mais Colette garde un air si sérieux qu'il poursuit. Il tend à Yves le formulaire qu'il lui a discrètement subtilisé dans la voiture.

« Tenez, inspecteur. Remplissez ça et qu'on n'en parle plus. Quelle est la première question ? »

Devant l'air ahuri d'Yves, il continue en le regardant fixement.

« Je crois que c'est une question d'heure ? L'heure de l'accident...

— Ah oui, c'est ça dit Yves, qui se réveille enfin et sort son stylo tout en cachant de son mieux l'intitulé de la feuille. Voilà... Euh... Heure à laquelle vous avez trouvé la victime dimanche matin ?

— Attendez... ça devait être vers neuf heures. Exactement, je sais pas.

— Ce n'est pas grave. Disons neuf heures. Ensuite, heure à laquelle est arrivée la deuxième personne ?

— C'était Sabine. Heureusement, elle était chez elle quand j'ai téléphoné. Elle est venue tout de suite. Elle a dû mettre vingt minutes à peu près. Vous savez, je ne regardais pas l'heure. Elle a tout de suite appelé le docteur. Il a pas mis plus de dix minutes pour venir. Il a dit tout de suite qu'elle était morte sur le coup en tombant. Et que c'était arrivé entre dix heures et minuit, samedi soir.

— Donc Sabine est arrivée vers 9 h 20. Le docteur vers 9 h 30, et Michel, le mari de Sabine ?

— Mais il n'est pas venu ! Il venait de partir pour Arcachon quand j'ai appelé.

— Bien... Voyons la suite... Aurélien ?

— Aurélien n'était pas chez lui. Sabine lui a laissé un message au répondeur. Il est venu vers midi.

— Midi... Cornelia ?

— Cornelia, pareil. Sabine lui a laissé un message aussi, mais elle l'a pas eu. Elle est venue que lundi matin. Moi, je l'ai jamais vue parce que je suis pas retournée dans cette maison et que j'y reviendrai jamais.

— Mais pourquoi ? demande Cadillac toujours de son air innocent. N'ont-ils pas été corrects avec vous ? »

Colette semble un instant sur le point de s'épancher, mais après une hésitation son visage se ferme. La réticence l'a emporté. Par prudence ou loyauté ? se demande Cadillac sans trouver la réponse.

« Bon, ça ne nous regarde pas. Y a-t-il d'autres questions sur ce formulaire ?

— Juste une dernière. Quand avez-vous vu la victime vivante pour la dernière fois ?

— Samedi matin. Quand j'ai préparé son déjeuner avec le docteur Cabanne. Je suis partie à midi juste.

— Pauvre femme ! Peut-être qu'elle avait des soucis ? Trébucher comme ça, aussi bêtement.

— Des soucis... Tout le monde en a... Mais je ne vous ai pas offert de café. Vous en voulez un ? Je peux le réchauffer. »

Cadillac va dire quelque chose, mais Yves se rebiffe et lui prend la parole.

« Mais non. Ne vous dérangez pas. D'ailleurs, il n'y a plus de questions, dit-il en repliant le questionnaire qu'il met ostensiblement dans sa poche.

— Merci encore et pardon de vous avoir dérangée, dit Cadillac en se levant. Espérons que nous n'aurons plus besoin de vous embêter. »

Mais au moment de sortir, il se retourne sur le seuil avec la carte Michelin qu'il semble étudier de près et retourne vers Colette.

"Le coup de Columbo, maintenant !" se dit Yves pressé de partir. *"Qu'est-ce qu'il va encore inventer ?"*

« Vous ne sauriez pas où se trouve la ferme Tandou, par hasard ? Ma mère m'a demandé d'aller y chercher un poulet, seulement je ne vois pas où c'est.

Vous pourriez me le montrer sur cette carte ? Elle m'a dit que c'était un peu après Cadouin vers la Salvetat, mais je n'arrive pas à trouver la Salvetat. »

Colette prend la carte et lui montre du doigt ce qu'il cherche. Pendant que Cadillac la remercie, Yves s'esquive vers le jardin où Carine vient lui offrir fièrement un ver de terre qu'il prend avec sérieux, ému de ce joli geste. Il explore ses poches et, rejetant les pièces de monnaie qui pourraient offenser Colette, ne trouve qu'un trombone martyrisé à lui offrir en échange. Apparemment le troc est bon quand même et Carine vient montrer son nouveau trésor à sa mère avant de repartir en courant vers son balai qui sûrement l'attendait pour quelque affaire urgente.

Dans la voiture Yves se permet un sarcasme.

« En direction d'un poulet maintenant, chef ? Cru ou cuit ? Cru, je suppose, s'il faut le faire parler ?

— Inutile, il m'a déjà renseigné. Je sais maintenant que Colette peut lire sans lunettes le nom d'un petit lieu-dit sur une carte Michelin. Alors, pourquoi est-elle repas-sée à la Malvie dimanche matin, si elle n'avait pas besoin de lunettes pour sa chorale, ainsi qu'elle nous l'a dit ? »

Yves siffle entre ses dents. « Joli ! » dit-il sur le ton d'un chroniqueur sportif qui salue un passing-shot magistral.

« Et n'aimeriez-vous pas savoir qui est le père de Carine ? ajoute Cadillac. Voilà une belle et noble tâche pour un jeune inspecteur : découvrir le papa d'une pau-vre petite innocente qui n'a que sa maman à qui offrir des fleurs.

— Un jour je vais me révolter, dit Yves, d'un ton sombrement prophétique. C'est peut-être même imminent.

— En attendant, j'ai une belle affaire à vous proposer.

— C'est non.

— Vous écrivez mon rapport annuel ce qui est un très bon exercice pour un futur préfet et je vous offre une séance de thalassothérapie à Baignères de Tarbes. Ça vous permettrait de roder votre nouvelle moto aussi.

— Mumm... C'est peut-être. »

15

Maître Chollet, la bedaine satisfaite après un bon déjeuner, les fesses à l'aise sur le cuir culotté de son fauteuil de consul, savoure comme toujours le plaisir de recevoir un riche client dans son bureau où l'acajou et le bronze témoignent de l'opulence de trois générations de Chollet, tous notaires comme lui.

Son clerc Josiane est moins bien lotie dans ce qu'elle appelle sa cabine, un cubicle chichement cloisonné pris dans l'ancienne entrée qu'elle doit partager avec le couloir et la salle d'attente réservée aux sacro-saints clients.

Mais là, pour une fois, elle ne songe pas à protester tant son étonnement est profond. Elle n'arrive pas à croire ce qu'elle vient de lire et reprend depuis le début la lecture du courrier nouvellement reçu de Me Labrousse, notaire à Paris. Ça mérite une relecture attentive et même deux, tellement l'affaire est énorme.

"Cher maître et confrère,
À suite du décès de madame Albina Cassagne, née Moredo, j'ai l'honneur de vous adresser les documents suivants :

a) — Copie de l'acte de vente en viager de la propriété dite la Malvie, cadastrée à Sainte-Ruffine, figurant sur l'extrait de cadastre ci-joint, vente au profit des époux Ménoire conjointement.

b) — Copie de l'inventaire des meubles de la maison qui font également partie de la vente, établi par Me Lespic, huissier à Monférand.

c) — Le chèque de 10 000 F des dits-époux correspondant au premier et dernier versement mensuel de la rente pour le mois écoulé.

d) — Copie du testament de Mme Albina Moreno, qu'elle a signé en notre étude, le même jour du mois écoulé, et qui devrait confirmer les dispositions du testament déposé en votre étude précédemment, soit : un partage, en quatre parts égales de la quotité disponible des biens restants, entre ses trois enfants Sabine, Aurélien, Cornelia et son employée de maison Colette Chalard, demeurant au lieu dit "Peyrol", commune de Puyferat.

Suite au décès de la venderesse, la maison et ses meubles sont donc maintenant libres de toute jouissance et la propriété exclusive des époux Ménoire, qui vous contacteront pour entrer en possession de leur bien.

Votre étude étant chargée de la liquidation des autres biens et liquidités, je reste à votre disposition pour compléter les formalités y afférentes s'il y a lieu.

Veuillez agréer, etc..."

Josiane n'arrive pas encore à croire ce qu'elle vient de lire. Sans jamais avoir été à la Malvie, elle sait bien comme tout le monde par ici que c'est une maison magnifique, presque un château, qui doit bien valoir plusieurs millions de francs. Et ces gens, les Ménoire, vont l'avoir pour dix mille francs ! Dix mille ! Même pas le prix de la guimbarde qu'elle vient d'acheter d'occasion ! C'est totalement impensable !

Elle ne sait rien des trois enfants d'Albina, mais voit très bien qui est Colette Chalard qu'elle a rencontrée à la vente de charité de Sainte Ruffine au profit des enfants handicapés. Elle a une gamine mongolienne qu'elle a du mal à faire garder quand elle travaille. Elle n'a pas voulu la laisser dans une maison spécialisée parce que la pauvre petite pleurait tout le temps. C'est horrible, totalement horrible si ces gens ont dépouillé ces deux malheureuses. Mais... est-ce que cette Albina Cassagne n'est pas morte d'un accident ? Oui, c'est ça. Elle l'a lu dans le journal. Tombée dans l'escalier. On se tue comme ça, en tombant dans un escalier ? Bizarre. Et si quelqu'un l'avait poussée ? Pourquoi pas ces gens, ces Ménoire à qui sa mort rapporte des millions ? Maître Chollet lui a dit un jour que beaucoup de gens mouraient à point sans qu'il y ait d'enquête. Et ce n'est pas lui qui irait alerter les policiers ! Il est au service des clients, lui, pas de la justice...

Elle répond à un coup de téléphone d'un client et devrait reprendre son travail, mais n'y parvient pas. Quelqu'un devrait au moins prévenir la police. Juste pour voir s'il n'y a rien de louche. Mais qui ? Elle ? Si ça se savait, elle pourrait perdre sa place. Une lettre anonyme ? Elle serait la première soupçonnée de l'avoir envoyée. Et elle ne connaît aucun policier à prévenir discrètement. Sauf, peut-être... Il y a bien ce policier retraité anglais qui joue au golf avec son patron. Il a un nom imprononçable et lui a dit de l'appeler Thomas. D'ailleurs, elle a gardé sa carte. Très gentil, marrant comme tout. Il voulait l'inscrire à un club de cricket pour femme ! Quelle blague ! Mais à l'occasion, s'il rappelle, elle peut toujours lui demander conseil, comme si c'était une affaire dont elle a entendu parler... Oui. Bonne idée. Pourquoi pas ?

L'oreille collée à la porte du bureau de Me Chollet, elle l'entend qui pérore toujours avec son client. En comptant encore dix bonnes minutes pour les salamalecs, elle a le largement le temps d'aller à la photocopieuse.

16

Installée dans sa cuisine où la grande table est encombrée de victuailles qui luttent pour l'espace avec de nombreux ustensiles, son Macintosh, ses cahiers de recettes et quelques fiches éparses, Lili est absorbée par la fabrication laborieuse d'un gâteau au miel et aux noix dont la pâtissière de Montignac a bien voulu lui donner la recette. Elle a dû oublier quelque chose. C'est toujours comme ça quand les recettes ne sont pas écrites. On est toujours dans le vague, l'approximatif, quand ce n'est pas le flou intégral. Pourtant, ce gâteau était si bon qu'elle s'est juré d'y arriver. Thomas, qui entre au moment où sa mixture au blanc d'œuf battu semble décidée à s'effondrer, est reçu distraitement. Il sort d'un panier de pêche un tout petit poisson qu'il dépose délicatement entre deux bocaux comme un trophée sans gloire.

« Le dîner, dit-il sans rire.

— Thomas, je travaille.

— Bon, je te laisse. Mais vois-tu, moi aussi je peux écrire un article maintenant.

— Sur la friture d'un bébé poisson ?

— Sur les différences considérables qui existent entre la pêche au saumon et la pêche au goujon. »

Il laisse Lili à ses problèmes culinaires pour s'installer au salon dans son fauteuil favori. Il a besoin de méditer et va se servir un whisky. Aucun Français ne se croirait en France dans cette ancienne fermette radicalement transformée au goût anglais. Les fauteuils-patapouf et le canapé sont conçus pour offrir le plus grand confort, la seule tentative d'élégance échouant au chintz abondamment fleuri de roses épanouies qui font de leur mieux pour dissimuler la lourdeur sans grâce des appareillages à ressort qu'ils camouflent. Les meubles de ferme ont disparu, à l'exception de quelques rescapés qui ont été relégués dans l'ancienne étable aujourd'hui aménagée en cuisine-laboratoire.

Les autres meubles importés des maisons en brique du nord sont petits, légers, vernis "à la française", comme ils disent. Ils se plient dans tous les sens du nord au sud, d'est en ouest et de haut en bas. Ils sont ornés d'objets sans autre fonction que décorative, et de livres divers répartis sur toutes ces pièces d'ameublement qui n'ont même pas de nom chez nous. La grande cheminée sablée à blanc offre une véritable exposition d'instruments anciens aujourd'hui obsolètes, mais briqués et clinquants comme de faux bijoux sur une honnête femme qui aurait mal tourné.

Thomas, d'un caractère généralement optimiste, est pour une fois démoralisé. Il voit bien pourquoi Martin suspecte un crime dans l'affaire Cassagne, et son instinct de policier lui dit aussi que ses questions sont légitimes. Mais cette fois, sans enquête officielle ni aucun fil conducteur, il se demande comment ils pourront savoir la vérité. Comparé aux enquêtes qu'il menait en Écosse avec ses équipes, ses ordinateurs et ses réseaux internationaux, il se dit que c'est un peu comme s'il dirigeait un orchestre les yeux bandés, les mains derrière le dos, lui tout seul étant tous les instruments à la fois. Et comment pourrait-il aider Martin ? Il a tout juste appris du docteur Cabanne aujourd'hui, au cours de sa patiente approche, que c'est le genre d'homme discret à qui on peut confier en toute sécurité un dangereux secret. Big deal! Pourra-t-il, même après trois mois de pêche au goujon lui tirer seulement quelque information sérieuse ? Improbable. Il se demande même si le bon docteur ne l'a vu pas venir avec ses gros sabots.

Il a essayé d'approcher Sabine à sa galerie de peinture tout juste pour apprendre qu'on ne savait pas quand elle serait là. Il aurait pu prétendre être intéressé par une des horreurs abstraites exposées sur les murs, mais à quoi cela l'aurait-il avancé ?

Le golf avec le notaire pourrait donner quelques informations d'ici un mois ou deux, mais alors la piste du crime sera froide. Si crime il y a...

Il ira voir Martin ce soir pour lui conseiller de renoncer.

Lili vient le rejoindre et de ses mains enfarinées lui tend un petit papier.

« Thomas ? Tu as l'air bien sombre. Quelqu'un a téléphoné pour toi. Josiane quelque chose. Elle voudrait que tu la rappelles. Voici son numéro personnel. Tu ne dois pas l'appeler à son bureau chez le notaire. Elle est jolie ? Je dois m'inquiéter ? »

Thomas saute de son fauteuil, comme éjecté par une puissante fusée. Il ne peut pas lui répondre, car il est déjà au téléphone.

« Mademoiselle Josiane ? Ici Thomas, dit-il, tout miel tout sucre comme le gâteau raté de Lili. »

17

Yves ne peut plus se cacher qu'il s'est fait avoir en beauté par Cadillac.

Il est arrivé ce matin à l'établissement thermal sous un soleil radieux, tout content de sa ballade sur de belles routes tranquilles des Pyrénées sur sa superbe Harley-Davidson en rodage dont il paierait le crédit grâce à l'augmentation que lui vaudrait le succès de sa mission. Grisé par les images de ce qu'allait être son séjour dionysiaque dans cette station, il se voyait déjà bichonné, chouchouté, massé par de mignonnes officiantes ; il pourrait draguer à son aise de belles femmes seules et languissantes dont les peignoirs de bain s'entrouvriraient négligemment à son attention sur des cuisses légères et satinées. Et tout ça, aux frais du patron avec en prime une petite enquête amusante à fignoler, histoire de passer le temps entre deux séances de bains, piscine, aquagym et tout ça. Il rentrerait bronzé et dans une forme à péter le feu.

Petite déception tout de même à l'accueil, dans le hall désert d'un hôtel au béton angulaire, aux murs ornés de publicités médicamenteuses, et, bonne chose pour l'enquête, d'une grande photo où tout le staff en blouses blanches sourit derrière le patron, coq satisfait dans une basse-cour bien garnie. "Le directeur Francis Monsec et son équipe vous souhaitent un agréable séjour." Un peu mégalo, le dirlo. Bon à savoir.

Justement, le voilà. Mais il passe si vite qu'Yves a tout juste le temps de noter en vrac ce qu'il voit : blouse verte antibactéries déboutonnée, mains dans les poches, fonçant tête baissée comme un grand patron de clinique qui n'a pas de temps à perdre entre deux transplants d'organes... Assez haut de taille, la quarantaine en forme, avec, sur l'arrière du crâne, un début de calvitie qu'il ne doit pas encore voir en se rasant le matin. D'après la photo, le visage n'a rien de remarquable et semble même un peu mou en dépit d'un air qui se voudrait conquérant sans y parvenir. Voilà donc l'oiseau que la belle Cornelia a choisi de plumer, mais pourquoi celui-ci ?

L'après-midi avait commencé par un massage exécuté de main ferme par une mama musclée comme une catcheuse olympique, bien décidée à faire entrer dans tous les pores de sa peau une mixture atrocement puante, "bonne pour la circulation." La douche au jet avait été une torture qui devrait être interdite par la Convention de Genève. Sa peau écarlate protestait encore de ce traitement à haute pression certainement conçu pour décaper des goudrons récalcitrants.

Mais le bouquet final, c'était la soirée. Il était là, dans la salle à manger quasi déserte, mourant de faim à sept heures et demie, contemplant dans son assiette un potage verdâtre aux "concombre et yaourt allégé."

À sa gauche deux quinquagénaires endiamantées - ou plutôt enstrassées - exprimaient avec la supériorité de leur accent pointu - à l'intention des ploucs locaux sûrement éblouis - leurs triomphes mondains dans leur fief de Passy et plusieurs stations à la mode. Plus loin, une femme seule détaillait au téléphone, au bénéfice d'un sien mari, les instructions concernant ce qu'il fallait où ne fallait pas donner aux enfants pour leur dîner.

D'après le compte d'Yves, elle devait bien avoir une demi-douzaine de bouches à nourrir et un mari demeuré à qui lui-même n'aurait pas confié son chat. En face de lui, le dîneur était un vieux monsieur vêtu d'un blazer de commodore à qui il avait eu l'imprudence de sourire en rentrant dans la salle avant de réaliser avec horreur que le vieux beau avait pris sa politesse pour une avance inespérée et ne le quittait plus des yeux. S'il me fait de l'œil, je saute sur ma moto et je rentre ce soir, se dit Yves. Quand je pense que j'ai veillé deux nuits de suite jusqu'à deux heures du matin pour rédiger le rapport annuel de Cadillac et que je suis remercié par cette soirée de cauchemar ! Il me le paiera...

Il est heureusement délivré de ses pensées vengeresses par la serveuse qui lui apporte une assiette dans laquelle un blanc de poulet sans sauce se tient à l'écart de trois feuilles d'épinard artistiquement enroulées sur elles-mêmes. C'est une grande fille aux rondeurs bien distribuées et plutôt jolie qui se donne des airs de career-woman dans un tailleur anthracite avec ses cheveux tirés pour faire sobre et chic. Elle le sert avec la dose de dédain qu'elle croit nécessaire à bien marquer sa qualité de collaboratrice aidant aux affaires sans rapport aucun avec un statut de simple serveuse. S'il en croit son badge, elle s'appelle Marion. Yves décide de jouer son va-tout. Il n'a rien à perdre. Si ça rate, il repart demain et basta.

« Marion, dit-il, si vous ne me sortez pas de ce coin tout de suite, je fais un esclandre, j'appelle le SAMU, la police, les pompiers, n'importe quoi.

— Pardon ?

— Vous voyez, le vieux commodore, là ? Il me fait de l'œil. Si vous ne pouvez pas me placer ailleurs, je suis capable de faire une scène très embarrassante.

— Suivez-moi », dit-elle après un coup d'œil oblique vers le vieux beau et un demi-sourire qui a échappé à son contrôle.

Elle a de l'humour, se dit Yves. *Je suis sauvé.* Elle l'installe à l'écart dans un coin isolé de la deuxième salle qui ne doit servir qu'en haute saison et allume des appliques à son attention.

« Merci, dit Yves, le Bon Dieu vous le rendra. Ne partez pas, s'il vous plaît ; ce n'est pas tout. Je voudrais une assiette bien garnie. Il ne traînerait pas des frites dans la cuisine ? Une choucroute ? Une paella ?

— Je vois. Régime sumo. Le chef s'est fait un gratin de lasagnes. Vous voulez que je lui demande s'il veut bien partager ? »

Sans répondre, il lui jette un regard éperdu. Elle repart vers la cuisine en se retenant de rire.

Ce qu'Yves ne sait pas c'est que Marion est depuis trois jours en pleine lecture du dernier best-seller d'une journaliste jeune, jolie et branchée dont les problèmes ressemblent étrangement aux siens. Épouvantable ! En résumé, si vous n'êtes pas mariée à trente-cinq ans, c'est pratiquement fichu, et vous devez vous attendre à passer le reste de votre vie à pourchasser des hommes qui veulent de moins en moins de vous. C'est même le nouveau credo de Cosmopolitan qui, chose incroyable, dit aujourd'hui à peu près la même chose que sa mère. Elle n'a même pas trente ans et déjà tous les hommes qui lui plaisent sont mariés ou attelés à des copines qui ont dû être plus malignes qu'elle. Sa décision est prise : elle va se mettre sérieusement à l'affût et trouver un mari dans les trois mois qui viennent. Trois, pas quatre, ni même trois et demi. Un coup d'œil sur la fiche du nouveau client lui a appris son nom : "Yves-Marie de la Vergne, scénariste, célibataire, vingt-six ans, pratique le judo et le tir de précision." Ce pedigree ! Jeune et beau, sportif, artiste et aristo, riche à en juger d'après sa Harley-Davidson, et pas en main puisqu'il vient tout seul en thalasso. Une occasion comme ça, c'est une fois par vie. Il ne va pas lui échapper comme ça. Il repart dans quatre jours, il n'y a donc pas de temps à perdre ; et pour commencer, elle a changé ses escarpins pour des chaussures à talon plat et offert à la serveuse reconnaissante, de la remplacer au service de table pour la soirée.

Lorsqu'elle revient avec une assiette débordante de lasagnes qu'elle cache soigneusement des autres clients qui pourraient de se révolter, Yves se demande toujours comment il pourrait s'y prendre pour la décider à sortir avec lui. Elle doit être mariée ou fiancée jusqu'aux dents, et le règlement doit lui interdire de flirtailler avec les clients. Il faut la jouer fin guidon.

« Vous n'auriez pas une minuscule minute à m'accorder pour me dire ce que je peux faire de ma soirée si je ne me flingue pas dans ma chambre au son de France-Culture ?

— Il y a une discothèque en ville. Le Windsor. Mais ce n'est pas recommandé pour la cure.

— Et... heu... Je ne sais pas où c'est. Vous ne... Je veux dire, vous ne pourriez pas m'y accompagner pour me montrer le chemin ? Je vous ramènerai bien sûr... »

*

Le Windsor est exterminateur pour les oreilles et n'est pas autrement gai, mais on peut y danser joue contre joue. On peut en repartir en se tenant par la

91

main et marcher sur des sentiers sauvages à la lueur d'un clair de lune follement romantique ; et puis, dans une encoignure de porte, se quitter chastement en endiguant au mieux ces débordements qui traîtreusement vous attaquent sous la ceinture. On murmure un "à demain" qui chante, les paupières lourdes màis le cœur léger comme pétale de marguerite.

*

Yves trottine d'un pas encore élastique sur la belle route des crêtes d'où il a une vue splendide sur les Pyrénées, mais ses mollets presque tétanisés sont heureux d'arriver à la clairière où Marion doit venir le rejoindre. Il reprend son souffle en exécutant quelques figures gymnastiques comme pour saluer noblement les dieux qui ont préservé ce paysage et contemple la vallée à ses pieds. L'endroit est bien choisi. Le centre thermal est juste au-dessous de lui et il a une vue plongeante sur la maison moderne de Francis Monsec qui le jouxte. Dans la cour, il voit la Lancia rouge de Cornelia et se demande avec un peu d'inquiétude si elle le reconnaîtrait. Peu probable. Il n'a été dans la même pièce qu'elle, le salon de la Malvie, que quelques secondes dans une demi-pénombre et à moitié caché derrière Cadillac. Avant de partir, il avait toutefois trouvé plus prudent de se laisser pousser une moustache, mais y a renoncé pour ne pas ressembler à un amalgame bâtard d'Hitler et de Charlot. La barbiche ou les rouflaquettes n'ont pas non plus résisté à l'idée des moqueries de ses collègues. Il a donc décidé qu'elle ne pouvait pas se souvenir d'une vision aussi fugitive et s'est contenté de faire couper ses cheveux presque à ras, façon skinhead récupéré par la haute couture.

Finalement, il n'est pas mécontent de cette aventure clandestine qui l'assimile plutôt à un espion qu'à un policier. Ça pourra servir *si* Cadillac devient trop insupportable et *si* son dernier tonton réussit à le convaincre de faire carrière dans la diplomatie. Il a quand même un peu honte de la grosse fable qu'il a dû raconter à Marion. Comme toujours, quand on s'embarque dans un mensonge, les détails "pour faire vrai" s'accumulent et le voilà dans le rôle d'un scénariste venu faire des repérages avant le tournage du premier épisode de la série policière que vient de lui commander France 3-Bordeaux. En plus du repérage qui explique son séjour dans la région, il écrit le second épisode où il est question d'une vieille dame riche assassinée. Seulement, le pauvre scénariste est en panne d'idées et ce séjour va réveiller ses muses endormies. Francis Monsec lui apparaît romanesque. Il a des points communs avec son héros, un grand patron exilé dans un modeste établissement de montagne par amour pour sa belle qui ne songe qu'à le plumer. Il pourrait s'en inspirer si elle voulait bien lui donner des détails sur la vie, le travail, les revenus, le caractère, les fréquentations de son patron... Vraiment géniale cette idée de scénario. Il pourra même prendre des notes sans avoir à se cacher.

Lorsque Marion arrive avec le panier de piqueniques, toutes ses questions sont déjà au point. Ce qui est un peu triste, c'est qu'il devra partir sans laisser d'adresse. C'est la rançon du mensonge : il devra couper tous les ponts. Cette vergogne, ma mère, si elle apprenait qu'il a inventé cette histoire idiote de feuilleton TV! Il y a les sentiments, aussi. Il ne faudrait pas qu'elle s'attache à lui. Ce serait moche de lui faire de la peine. Mais elle est plutôt distante, et il n'a donc rien à craindre de ce côté là.

Après que Marion eût étalé une nappe et déballé un impressionnant "en-cas" où le foie gras précède un assortiment royal de petits fours, fromages et tartelettes, il se décide à entrer dans le vif du sujet.

« Ce qui compte, ce sont les détails, dit le scénariste improvisé en se demandant où il a bien pu pêcher cette idée. Ce sont eux qui réveillent l'imagination de l'auteur, mais aussi du public.

— D'accord, mais tu ne pourrais pas trouver un personnage plus ragoûtant que ce Francis ? Ton audimat va passer sous la barre autorisée.

— Tu ne comprends pas. Justement, il est parfait. Le coupable idéal. Tu disais donc qu'il essaye de se faire passer pour médecin alors qu'il n'est que kinési-thérapeute. Il est marié ?

— Veuf. Fiancé à une nana pleine aux as.

— Ah oui ? Celle qui est arrivée dans la Lancia rouge ?

— Tu l'as vue ? Je l'ai croisée tout à l'heure. Elle portait un tailleur fuchsia alors que sa mère est morte dans un accident la semaine dernière. Elle croit qu'on ne le sait pas ici, mais j'ai entendu un message qu'on lui a laissé sur le répondeur. Quelqu'un l'a effacé et je me demande si ce n'est pas elle. Ça aurait pu lui faire manquer une leçon d'équitation avec son chéri.

— Les gens riches n'ont pas de cœur. Elle était vraiment ici quand sa mère est morte ?

— Tout ce que je sais, c'est qu'ils sont arrivés ici dimanche dans la matinée. Nicole qui était de permanence les a entendus. Ils étaient encore là dimanche soir en tout cas. Elle aurait pu écouter les messages du répondeur.

— Mais ce n'est pas sûr ?

— Sûr... Non. Comment veux-tu vérifier ça ? Ce n'est pas possible.

— Tu disais qu'elle était riche ?

— D'abord, il ne s'intéresserait pas à elle si elle était pauvre. Tu vois le terrain là-bas, à gauche du centre, jusqu'à la ligne de peupliers ? Ils l'ont acheté pour faire un centre d'équitation avec des haras. C'est moi qui ai rempli les papiers pour les permis. Elle a contresigné la caution pour les plans de l'architecte parce qu'on sait par ici que le centre perd de l'argent. À mon avis, elle doit croire que l'affaire est prospère. Elle va se faire avoir. Il est un peu du genre maquereau, lui. C'est avec l'argent de sa première femme qu'il a pu faire construire le centre.

— Tu disais qu'il était veuf ?

— Oui. Sa femme s'est tuée en montagne. Ils faisaient de la varappe et elle est tombée dans une crevasse. Lui s'en est sorti, mais elle était morte quand les secours sont arrivés.

— Ouahou ! Il n'aurait pas pu la pousser ?

— Bien sûr qu'il aurait pu ! C'est ce que tout le monde a pensé tout en plaignant officiellement le pauvre veuf. Un fils de sénateur, que veux-tu ? Mais si nous parlions de gens convenables ? De moi, par exemple. Ou de toi ?

18

Cadillac ne peut s'empêcher de penser que c'est un mauvais présage. Le faucon a encore attrapé un de ses pigeons paon dont il vient de trouver les plumes ensanglantées sur le chemin de sa maison. Le quatrième dans la semaine, le douzième depuis le début du mois, ce qui veut dire que son pigeonnier, qu'il a mis des années à faire vivre, va mourir. En juillet, il sera désert. Le prédateur connaît maintenant ses habitudes et attaque dès qu'il a le dos tourné. Il a déjà anéanti sa volière où il n'enfermait ses tourterelles et colombes qu'à la nuit tombée. Il aimerait se mettre à l'affût et fusiller cette mauvaise bête, mais c'est interdit depuis quelques mois. Les politocrates parisiens font des lois et décrets dont ils sont très fiers en rentrant le soir dans leurs appartements où la nature, telle qu'ils l'imaginent, les attend sous la forme d'un chat siamois vautré dans des coussins de soie près de plantes vertes exotiques. L'idée que leurs décisions pour la protection des prédateurs pourraient avoir des conséquences néfastes ne les effleure même pas. Comme celle de condamner à mort ou à la réclusion à perpétuité la merveilleuse race des pigeons paon, des colombes et tourterelles, pour faire proliférer les faucons qui ne risquaient aucune extinction. Pour cette raison, il lui arrive d'être secrètement du côté des chasseurs rebelles, et c'est le cas, véhémentement, aujourd'hui.

Il trouve, comme toujours, un réconfort à entrer dans la grande salle de sa gentilhommière, où presque rien n'a changé depuis l'époque où ses grands-parents l'habitaient. Il y reconnaît ses attaches au plus loin d'un passé rassurant qui le console des malfaisances qu'il côtoie tous les jours. Le lit à baldaquin est resté dans un angle de la pièce où les plus vieux dormaient dans la seule pièce chauffée de la maison ; la grande table patinée par les ans, les fauteuils culottés, l'armoire monumentale, dont un de ses convives assurait qu'elle créait des courants d'air quand ses portes étaient ouvertes, sont ses compagnons de jeunesse. La cheminée cantou finit de donner à l'ensemble un caractère intemporel, même si elle est éteinte aux beaux jours ensoleillés comme aujourd'hui, et si la marmite toujours en place ne contient plus la nourriture d'une maisonnée de ces temps conviviaux.

S'il n'a rien changé à ce décor réconfortant c'est un peu par paresse, mais aussi parce qu'il est secrètement irrité par la destruction radicale de l'âme des maisons locales par presque tous les citadins français et la plupart des étrangers. Ils croient bien faire en gardant les jolies pierres, mais dénaturent leur destination première en détruisant toutes les traces de leur passé paysan, éradiquant ainsi le charme et la poésie d'une vie plus paisible. À tout prendre, il préfère les transformations réputées de mauvais goût des autochtones, comme Colette, à celle des résidents secondaires qui remplacent les poulaillers par des bassins à nénuphars, ou utilisent les bois des crèches pour en faire des bars d'inspiration californienne. C'est du nettoyage ethnique, du désherbant sur nos racines, Attila revisité !...

« Martin ? »

Assourdi par ses imprécations intérieures, il n'a pas entendu son voisin Thomas qui a dû frapper avant d'entrer. Thomas voit aussitôt que quelque chose ne va pas au double pli vertical qui sépare l'arc autrement parfait des sourcils de son ami. Il a souvent remarqué que son visage était très peu mobile, les traits parfois figés, peut-être par un self-contrôle qu'il ne s'attendait pas à trouver chez les gens du sud. Éternels clichés ! Seul son regard trahit ses émotions, qu'il devienne trouble et distant s'il est mécontent, ou étincelant de fureur, ou encore amusé. Son sourire est rare, et comme toujours dans ces cas-là, est perçu comme une marque de sympathie chaleureuse. Thomas ne l'a jamais vu en face de ses suspects, mais il imagine bien la crainte qu'il doit inspirer lorsqu'il décide d'être glacial, ou au contraire la confiance que ses rares sourires peuvent provoquer s'il veut se donner la peine de séduire.

Aujourd'hui quelque chose l'a fortement contrarié, mais Thomas sait par expérience qu'il n'aura pas de confidence. Si l'affaire était bénigne, il s'en amuserait avec humour, mais si elle est grave, ce qui semble être le cas ce soir, il l'enterrera au plus profond de lui-même. De toute façon, il en saura davantage en interrogeant Alice. Alors, patience...

« Thomas ! Installez-vous. Je nous sers un verre.

— J'ai apporté ce qu'il faut et je vais faire le service. Vous devriez vous asseoir et lire les documents que j'apporte.

— Intéressants ?

— Terrifiques ! Je sais, avec la preuve en main, à qui profite la mort d'Albina Cassagne.

— Pas à ses enfants ?

— Non mon cher. Ou en tout cas pas qu'à eux. Lisez, vous comprendrez. »

Il tend à Cadillac les documents notariés que Josiane lui a confiés et ouvre délicatement la bouteille de médoc qu'il a apportée tout en observant son ami du coin de l'œil. Lui-même est très perplexe sur cette affaire. Josiane dans son indignation semblait penser que les acheteurs de la Malvie étaient avares au point de décider de supprimer la vieille dame dès le contrat de vente signé pour n'avoir rien à rien débourser ou presque. Mais il est difficile de croire qu'ils aient été idiots à ce point là. La plus élémentaire prudence aurait dû leur conseiller d'attendre quelques mois pour ne pas éveiller les soupçons. Ou bien quelque chose les pressait terriblement. Mais quoi ? Et pourquoi madame Cassagne a-t-elle vendu en viager alors qu'elle n'avait pas besoin d'argent, si ce n'était pour déshériter ses enfants ? Et dans ce cas-là, pourquoi avoir fait une chose aussi terrible ?

Cadillac souligne la fin de sa lecture par une mimique admirative accompagnée d'un geste du pouce plutôt rare chez lui.

« Bravo ! Comment avez-vous eu ça ?

— Mais mon cher, depuis quand les policiers donnent-ils leurs sources ? Et je ne peux même pas vous laisser cette copie. J'ai promis de ne la confier à personne. »

Cadillac est presque sûr que ces documents ne peuvent venir que d'un employé de chez Me Chollet, mais n'en dit rien.

« Dommage. Je les aurais bien montrés au procureur. Joli coup ! Il se pourrait même que nous soyons informés de cette vente avant les héritiers. Si c'est le cas, on risque d'avoir quatre morts par syncope le jour où ils apprendront la nouvelle.

— Savez-vous quelque chose de ces acheteurs, ces

Ménoire qui ont fait une si belle affaire ? demande Thomas.

— Très peu. Inconnus aux RG, pas de condamnations. J'avais demandé à Garrigue de les chercher dans les hôtels de la région et il les a trouvés au Prince Noir de Monpazier. Si nous allions y dîner ce soir avec Lili ? Ils y sont peut-être toujours.

— Je voulais vous inviter à partager le produit de ma pêche et Lili a fait un gâteau, mais votre idée pourrait être meilleure... »

*

L'hôtel du Prince Noir est à sa manière un bijou parfait en dépit de sa modestie apparente ou peut-être à cause d'elle. Son raffinement discret, sans tape à l'œil, n'intimide pas les gens modestes du cru tout en séduisant les connaisseurs plus exigeants qui savent apprécier la perfection quand ils la rencontrent. D'une atmosphère un peu nostalgique de début du siècle, se dégage d'un décor familial qui met à l'aise même les clients les plus coincés de madame Montaut, dite Nanette.

Nanette, cheveux d'argent encadrant un visage doux de mémé-gâteau, la poitrine opulente et souvent en tablier, tient la maison d'une main ferme tout en ayant l'air d'être dépassée par les événements. Du grand art, se dit Cadillac qu'elle vient accueillir à bras ouverts sans avoir à se forcer. Lui et elle, seuls, savent de quels ennuis il a sauvé son fils à la suite d'une imprudence qui aurait pu lui coûter très cher. Cadillac, qu'elle a connu enfant, peut lui demander à peu près tout ce qu'il veut. Il laisse Thomas et Lili s'installer sur la terrasse et l'entraîne dans une arrière-salle déserte.

« Que je te regarde ! Mon Dieu que tu es beau ! Encore plus que quand tu étais petit. Et ce n'était pas rien. Il faudrait quand même que tu te décides à faire des enfants. C'est un crime contre l'humanité de rester célibataire comme ça. Avec toutes les belles filles qu'il y a par ici!

— Justement, elles me plaisent toutes.

— Menteur ! Alice doit s'arracher les cheveux de ne pas avoir de petits neveux et nièces... D'accord, je n'insiste pas. Mais dis-moi, toi, tu veux un renseignement. Je le vois à ton air de deux airs.

— Ton don de double vue, sûrement ? Tu as eu des clients qui s'appellent Ménoire, je crois. Sont-ils toujours ici ?

— Ceux qui ont la Jaguar ? Ils sont partis, mais ils reviennent ce soir. J'ai l'impression qu'ils cherchaient une maison à acheter et qu'ils l'ont trouvée. Ou alors ils sont allés voir ailleurs et reviennent chez mamie Nanette parce qu'ils ont compris. Mais dis-moi, j'espère que tu ne leur veux pas de mal ? Des clients comme ça rapportent plus au contribuable à siroter nos meilleurs bordeaux qu'à moisir dans tes cabanons.

— On n'en est pas là ! Je voudrais juste savoir ce que tu peux me dire. Depuis quand sont-ils là, à qui ont-ils téléphoné, où étaient-ils samedi 1er avril, qu'ont-ils fait depuis leur arrivée, tout ça, quoi... Et aussi comment les trouves-tu.

— Riches. Lui est dans le commerce des bateaux, je crois. Il téléphone toute la journée. Je te montrerai le listing du téléphone, si tu veux. Tu verras, beaucoup d'appels vers l'Asie, la Malaisie, Jakarta... Tous ces pays là-bas. Mais dis-moi, pourquoi tu t'intéresses à eux ?

— Une histoire plutôt moche. J'aime mieux ne pas en parler. Je n'en sais pas assez pour l'instant.

— J'ai compris, lui dit Nanette d'un air entendu. Va t'asseoir, je te prépare ce listing. Des gens qui ont l'air si bien ! Mais ils s'engueulent tout le temps. D'ailleurs, tu vas voir. Ils dînent là ce soir. Je vais vous placer à portée d'oreille.

— J'aimerais autant qu'ils ne me voient pas.

— Alors viens dîner à la cuisine avec moi. Je mettrai tes amis anglais à côté d'eux. Ça te va ?

— C'est parfait. Comme toujours au Prince Noir.

— Et attends de voir ce que nous a fait le chef avec des girolles et des ris de veau... »

La terrasse du restaurant ombragée de treilles et rosiers odorants domine un vallon doux au regard avec, dans le lointain, l'imposante silhouette du château de Biron, véritable montagne construite de main d'homme contre ces Anglais qui reviennent aujourd'hui en flots de touristes ou résidents. Pour se justifier quand ces vieilles questions de guerre reviennent sur le tapis, Thomas remarque : *"Que voulez-vous, notre plus beau roi, Richard Cœur de Lion, était Occitan. Savez-vous qu'il ne parlait même pas anglais ?"*

Lili, qui après vingt ans de mariage, est toujours amusée par la richesse infinie de l'imagination de son mari l'observe à la dérobée. Les Ménoire ont été installés à une table près d'eux comme convenu et les manœuvres d'approche de Thomas n'ont pas encore commencé alors qu'ils vont entamer les hors-d'œuvre. Serait-il pris de court pour une fois ? Il suit les gestes précis de José, le garçon venu leur servir la bouteille de

Saint-Julien qu'il leur a chaleureusement recomman-
dée, chausse ses lunettes, renifle le verre avec suspicion, puis, avec mille grâces, s'adresse à Ménoire à la
table voisine. On y est ! Le scénario est au point : il est
totalement béotien en matière de vins, fait peu
confiance aux moultes palabres des sommeliers et ne
sait pas si le Saint-Julien qu'il a commandé est le chef-
d'œuvre qu'il prétend être ou une piquette trafiquée.
Son distingué voisin de table voudrait-il le goûter à sa
place ? Lili admire silencieusement l'imparable stratagème. Robert Ménoire, ravi d'étaler sa science, leur
fait un cours magistral sur les mérites comparés de nos
vins, accompagné d'une leçon de lecture des étiquettes
avant de venir s'asseoir à sa table avec sa femme
Pauline qui semble ravie d'échapper au languissant tête
à tête avec son mari.

Lui est un assez bel homme qui porte bien les cinquante ans que lui donne Lili. Il serait dans le négoce
des bateaux et elle le voit bien en effet manœuvrant un
voilier. Une abondante tignasse de cheveux gris-argent
auréole un visage fin auquel un nez en bec d'aigle
donne un air de rapace encore accentué par ses traits
burinés de marin. Les muscles fermes et noueux que
laisse voir sa tenue estivale suggèrent une grande force
bien maîtrisée par des gestes précis. Sa femme,
Pauline, plus délicate, d'une élégance un peu apprêtée,
n'a pas beaucoup plus de quarante ans. On l'imagine
mieux dans un salon que sur un bateau, à moins qu'il
ne s'agisse d'un très grand où elle peut rester en cabine
pour bronzer à l'aide d'une machine à UV filtrés. Ou
alors, pense Lili, comme Marilyn Monroe dans "La
rivière sans retour", elle a un truc pour rester impeccablement maquillée et coiffée sous d'énormes rincées de

vagues déferlant furieusement sur sa mise en plis. En tout cas, le couple semble mal assorti. Elle se demande comment eux-mêmes sont perçus par les Ménoire. Thomas doit leur apparaître comme un brave gentleman anglais, naïf et fortuné. Elle, comme une inoffensive femme au foyer qui fait joujou avec un peu de journalisme culinaire pour se distraire loin des grandes villes de son pays natal.

Pendant que Lili et Pauline échangent en s'amusant des recettes de cuisine incongrues, Thomas, qui a jugé les préliminaires suffisants, entre dans le vif du sujet.

« Vous devriez acheter une maison dans le pays, dit-il.

— Mais c'est déjà fait ! s'exclame Pauline avec enthousiasme, abandonnant Lili à sa dernière recette. La plus belle maison que j'ai vue de ma vie.

— Vous ne l'avez pas payée trop cher au moins ? Les affaires se font rares par ici et les vendeurs ont tendance à demander des fortunes pour le moindre pan de mur délabré. »

Pauline va répondre, mais son mari la devance.

« Nous la voulions vraiment. Alors... Comme on dit chez nous : "On ne compte pas quand on aime."

— J'ai un collègue qui écrit un livre sur les plus belles maisons de la région, dit Lili. Voulez-vous que je lui en parle ? Dès qu'elles sont dans les beaux livres, ça augmente leur valeur.

— C'est prématuré, dit Robert un peu sèchement, coupant une fois encore la parole à Pauline. D'ailleurs, nous repartons demain.

— Demain ? s'exclame Pauline. Mais...

— N'ennuyons pas nos amis avec nos histoires d'allées et venues s'il te plaît. Vous me disiez, Thomas, que vous étiez à la retraite. Que faisiez-vous donc en Écosse ?

— Je travaillais pour un groupe spécialisé dans les affaires immobilières. D'ailleurs, je n'ai pas coupé les ponts. Je suis toujours leur correspondant dans la région. Si un jour vous vouliez revendre votre maison, je vous présenterais de très bons acheteurs. »

"J'ai épousé l'homme le plus menteur de la planète", se dit Lili qui parvient de justesse à ne pas rire. Pauline est indignée à l'idée de vendre sa maison.

« Elle ne sera *jamais* à vendre, dit-elle d'un ton presque menaçant.

— Et vous, Robert, que faites-vous ? demande Thomas.

— Oh... Pas grand chose. J'achète et je revends des bateaux.

— Uniquement des gros, je suppose ?

— Pas forcément. »

Lili remarque qu'il préfère rester vague et se demande pourquoi. Thomas a dû noter aussi les réticences de Ménoire. Il embraye très vite tant que le sujet est chaud.

« J'ai dû laisser le mien en Écosse et je dois dire qu'il me manque beaucoup. Nous étions à Arcachon la semaine dernière pour voir si nous pouvions en dénicher un dans nos prix. »

"Quand il y aura un prix Nobel des menteurs, il a toutes ses chances", se dit Lili. Mais elle entre dans son jeu.

« Thomas, tu sais bien que ce n'est pas notre priorité en ce moment.

— Ah, les femmes ! dit Thomas en se tournant vers Ménoire d'un air complice. Toujours raisonnables. Mais vous devez connaître Arcachon ?

— Oui. Notre bateau y est amarré. Nous y étions en mars, dit Pauline. Nous avons fait le tour de la région. C'est d'ailleurs comme ça que nous avons pu acheter la maison.

— Quel genre de bateau cherchez-vous ? demande Ménoire.

— Un fifty-fifty, dit Thomas. Mon ambition est un vingt mètres, mes moyens iraient jusqu'à douze, quinze mètres ; et ma femme me verrait bien sur une barque pour traverser la baie à la rame. Moi ramant, bien entendu. »

L'atmosphère plus détendue, ils rient tous les quatre.

« Si vous êtes à Arcachon le week-end prochain, nous pourrions nous y retrouver, propose Ménoire.

— Mais que voilà une bonne idée ! s'exclame Thomas. »

Lili observe Pauline. Elle n'avait pas la moindre idée d'un week-end à Arcachon. Et c'est une idée qui n'a pas l'air de lui plaire du tout.

Plus tard, dans la cuisine, le serveur José vient rapporter l'addition de leur dîner, à Nanette qui finit de déguster une glace avec Cadillac.

« Il faut tout mettre sur la note de Ménoire. Monsieur Callender a bien insisté pour payer lui-même, ou au moins une bouteille, mais il n'y a rien eu à faire.

— Il n'y a pas à dire, ce Ménoire est généreux », dit Nanette.

Elle se lève en même temps que Cadillac et lui remet un paquet en lui faisant un clin d'œil en aparté.

« Tiens, tu prêteras ce livre à Alice. Je le lui avais promis. Il faudra me le rendre. N'oublie pas.

— Aucun risque dit Cadillac. Merci beaucoup, pour nous deux. »

Elle regarde par la fenêtre.

« Les Ménoire vont prendre une tisane dans le jardin, comme d'habitude... Tes amis s'en vont... »

Pauline et Robert Ménoire sont silencieux lorsque José vient poser devant eux le plateau de leur infusion.

« Merci José, dit Robert. Nous avons fait un bon dîner en excellente compagnie. Mais dites-moi, j'ai oublié de demander à notre invité quel était son métier. J'ai peur de faire une gaffe quand nous nous reverrons. Vous le sauriez ?

— Je sais seulement qu'il était dans la police en Angleterre. Mais il est à la retraite maintenant.

—Ah... Un métier intéressant. Merci José. Ce sera tout pour ce soir. »

Dès qu'il est parti, Pauline regarde son mari avec stupeur.

« Comment as-tu deviné...

— Qu'il mentait ? Sa femme avait l'air d'entendre ses histoires pour la première fois. Demain nous rejoignons le Carioca et nous partons pour La Rochelle. »

Il ne regarde pas dans la direction de Pauline parce qu'il sait très exactement quelle expression de déception outrée affiche son visage. C'est peut-être cela qui est si fatigant dans les vieux mariages. Jamais une surprise... Jamais une bonne, plus exactement.

Dans le parking, Cadillac rejoint Thomas et Lili.

« Quel dîner ! lui dit Thomas. Nous devrions venir plus souvent. C'est-à-dire, si j'en ai encore les moyens parce que je vais peut-être acheter un bateau.

— Quoi ! s'exclame Lili. Tu n'es pas sérieux ?

— On peut toujours rêver. Et puis, les marchandages pour un bateau d'occasion demandent réflexion.

Mais dites-moi, Martin, il faudrait que j'en sache un peu plus sur celui que veut vendre le mari de Sabine Cassagne. Comment s'appelle-t-il déjà ?

« Michel Laborde. Son bateau c'est "Le vagabond." Port d'attache : Arcachon.

— Michel Laborde. C'est tout de même utile de connaître le nom de ses futurs amis. »

Cadillac s'adresse à Lili en lui désignant Thomas.

« Où l'avez-vous trouvé, Lili ? lui demande-t-il.

— Pardon ! s'indigne Thomas. C'est moi qui l'ai trouvée. Elle allait épouser mon supérieur hiérarchique. Il s'est retrouvé en Australie avant la cérémonie sans comprendre pourquoi. Je crois qu'il y est toujours d'ailleurs... »

Lili éclate de son formidable rire sonore et intensément communicatif. Elle parvient à peine à articuler à l'attention de Cadillac entre deux hoquets :

« Ça, c'est le plus gros mensonge de la soirée ! Et croyez-moi, il s'est surpassé lui-même aujourd'hui... »

Même Thomas finit par rire aux larmes à l'imitation de Cadillac qui se tient les côtes, plié en deux sur le capot de la voiture.

Sur le perron, José qui vient secouer les miettes des nappes sur le perron pour le petit-déjeuner des oiseaux matinaux voit ses clients convulsés de rires et en fait autant par contagion. Une bonne maison, le Prince Noir.

19

Dans l'après-midi Yves a pu échapper à la wal-
kyrie masseuse et au jet écorcheur par une
série de manœuvres dont il est assez fier. Il a
pu stimuler ses muscles à l'aquagym puis se détendre
dans des bains bouillonnants pas désagréables.
Cadillac est presque rentré dans ses bonnes grâces. Pas
au point tout de même de l'appeler pour lui parler de
sa découverte sur la mort suspecte de la première
madame Monsec. Qu'il moisisse un peu.

Il a dîné en ville d'un cassoulet sérieux auquel
Marion n'a pas résisté en dépit de ses théories fumeu-
ses sur le cholestérol et maintenant, à la nuit tombée, il
voudrait bien mettre à exécution le plan qu'il a eu tout
loisir de peaufiner au cours de ses ébats aquatiques. Il
veut espionner la maison de Monsec où Cornelia va
passer la nuit. Il aurait bien demandé à Marion de l'accompagner, mais elle risquerait de trouver louche cette
expédition nocturne. Et puis, il n'a pas envie de repartir dans deux jours en laissant derrière lui une réputation de satyre s'il ne parvient pas à se comporter en
parfait gentleman, ce qui devient d'heure en heure plus
difficile.

Ce qui l'ennuie, c'est qu'il ne voit pas comment il
pourrait s'y prendre pour savoir où étaient Monsec et
Cornelia la nuit du samedi 1er avril. Marion qu'il a
interrogée en biais circonvolutifs ne savait rien.
Faucher un agenda ? C'est idiot. Ils n'auront pas écrit

dessus : 23 h 00 : "Assassiner madame Cassagne."
À supposer que ce soit le cas, bien entendu.

« Je fourmille d'idées, dit-il à Marion. Je ne voudrais pas qu'elles s'envolent. Alors, je propose d'écrire au moins une scène ce soir. On pourrait se retrouver après onze heures ? Ou tu préfères demain ?

— Raconte-moi tes idées.

— Impossible. Je vais m'embrouiller. Tu connais le précepte : la pensée exige l'encre. »

Cette fois, il sait d'où lui vient la formule : d'un prof de philo qu'il avait essayé de bluffer au chiqué sur un texte non travaillé. Marion lui répond d'un air absent.

« Oh... Bon, je ne savais pas. Alors, raccompagne-moi. »

Il est déçu par tant d'indifférence. Dommage. Vraiment sympa cette fille autrement. Ce n'est pas de chance qu'elle soit froide comme ça... Frigide aussi, sûrement ?

Marion ne connaît rien au monde de plus érotique que d'être la passagère d'une puissante moto, les bras serrés autour du torse du conducteur sous prétexte de bien se tenir, l'intérieur des cuisses rivé aux siennes comme pour mieux se caler aux marchepieds, le nez dans l'odeur de cuir neuf d'un blouson, avec, plus haut, dans la tiédeur du cou, des effluves d'ambre musqué à tourner de l'œil.

Aucune femme normale ne résisterait à une combinaison aussi diaboliquement aphrodisiaque. Mais il vaut mieux qu'il la dépose sagement chez elle. S'il lui faisait la moindre avance, elle sait bien qu'aucune décision tactique ne résisterait à la fureur de ses pulsions physiques. Déjà pendant le dîner, elle devait éviter de regarder ses mains. Seigneur, ce qu'elle imaginait tout en prétendant s'intéresser à son scénario ! Elle n'est pas en train de tomber amoureuse au moins ? C'est toujours comme ça quand elle se croit maligne. À tous les coups, elle se retrouve dans la situation exactement contraire à celle qui, d'après ses calculs, devait inexorablement se concrétiser. La nuit porte conseil... Sauf si elle fait les mêmes rêves que la nuit dernière. Pas racontable, ça non plus.

*

Yves commence à se demander sérieusement s'il ne s'est pas trompé de métier. Le rez-de-chaussée de la maison de Monsec est éclairé a giorno et il n'a été mordu par aucun chien, mais il a une peur bleue d'être découvert avec ce clair de lune qu'il n'avait pas prévu. Et d'ailleurs à quoi sert cette planque imbécile ? Que pourrait-il bien apprendre ? Il a trouvé une assez bonne cachette dans un décrochement du mur de la terrasse à condition de s'accroupir derrière un citronnier en container cubique. Le problème est qu'il n'entend absolument rien de ce qui se dit derrière les grandes baies vitrées du salon où Monsec, assis derrière son bureau, téléphone à quelqu'un, pendant que Cornelia, lovée sur un canapé, regarde la télévision. Tout ce qu'il peut faire est de suivre comme elle, mais sans entendre le son, ce feuilleton policier dont il a vaguement entrevu un épisode précédent, un soir, avant d'éteindre le téléviseur pour cause d'invraisemblance outrée. Sur l'écran une maigrichonne commissaire parisienne et ses inspecteurs baraqués tirent tous azimuts dans une gare bondée sur de présumés bandits en risquant de

tuer des smalas de pères et mères de familles nombreuses. Il avait même lu quelque part une critique qui qua-
lifiait la série de "réaliste" ! Feu de Dieu ! Si lui-même
ou Cadillac tiraient un seul coup de feu dans une situation pareille, ils devraient s'en expliquer pendant des
mois entiers et se retrouveraient en cabane bien avant
les bandits pourchassés. Lui-même n'est jamais armé
et Cadillac n'a qu'un revolver enfermé à double tour
dans le tiroir de son bureau dont lui seul a la clé. S'il ne
l'a pas perdue, "sans le faire exprès", ce qui ne l'étonnerait pas.

Monsec téléphone encore en compulsant un répertoire ouvert devant lui. Il s'adresse parfois à Cornelia,
mais Yves n'entend toujours rien. Il ferait mieux d'aller
se coucher. *Mauvaise idée se terminant par un fiasco
sans casse* c'est nettement mieux que *"policier sans
mandat pris en flagrant délit de..."* de quoi, d'ailleurs ?
Il n'avait même pas pensé à préparer un *scénario* vrai-
semblable pour le cas où il serait découvert. Il serait
temps.

Ah... Le générique défile sur l'écran. Cornelia
éteint le téléviseur et se lève.

Panique ! Elle s'approche de la porte-fenêtre qu'elle
ouvre en grand. Le cœur battant à six mille tours, il
s'accroupit derrière le citronnier la tête entre les
genoux en se jurant de donner sa démission dès lundi
matin au plus tard. Je me ferai boulanger, dentiste, vio-
loniste, n'importe quoi, mais plus jamais, jamais ça.

Monsec raccroche et vient la rejoindre. Miracle !
Le danger est passé. Il n'est pas découvert. Ils vont
s'asseoir plus loin sur les fauteuils de jardin à portée de
voix.

« Il revient quand de Zurich ton frangin ? demande
Monsec.

— Il rentre de Mérignac après-demain soir. Mais à mon avis, il reviendra la queue basse. Je suis sûre que les Suisses ne lui diront rien.

— S'il est malin, il obtiendra bien un tuyau, une piste au moins. Ça pourrait suffire pour démarrer une enquête. Mais qu'est-ce que tu veux qu'on fasse avec un compte numéroté si on ne sait pas qui est derrière ? Six millions de dollars ! Ça devrait suffire pour vous remuer les fesses.

— Que veux-tu faire ? Tu connais les banques suisses. Il faudrait une action en justice pour qu'elles divulguent quoi que ce soit. Et en plus, le fisc pourrait tout saisir s'il se met en piste.

— Ça, tu n'en sais rien. Il vous en piquerait peut-être la moitié, mais il vous resterait un bon million de dollars à chacun. Une paille ! Écoute, j'en reviens à mon idée. Il faut que vous disiez que ta mère n'était pas saine d'esprit. Plaider l'incapacité mentale, la folie passagère, je ne sais pas moi. Un truc dans ce genre. Je trouverai bien un docteur pour le prouver. J'ai laissé un message à Robert. Il ne peut pas me refuser un certificat.

— Je ne suis pas sûre que ça serve à quelque chose. Aurélien est allé à Zurich pour rien. C'est à ses frais, alors je m'en fiche.

— Nous pourrions explorer la maison demain soir avant son retour. Il y a sûrement une cachette quelque part. Le daron qui l'a fait construire avait dû penser à une planque. Sous un plancher, derrière une cloison...

— On a déjà tout fouillé, centimètre par centimètre. Tu oublies que j'y suis née dans cette maison. Rien. Aucun document bancaire d'aucune sorte. Elle les a peut-être brûlés.

— Je te parie que moi, je te la trouve cette cachette.

— On peut essayer. Mais je n'y crois pas trop. Il vaudrait mieux nous concentrer sur la vente de la maison. Sabine la veut comme une malade, mais je ne vois pas comment elle pourra racheter nos parts. D'ailleurs, son mari voudra sûrement la vendre pour partir avec l'argent quand elle aura encaissé. Qu'est-ce qu'il t'a dit Lelièvre ? Il vaut mieux la vendre aux enchères ou tout donner à une agence ?

— Il y a les meubles aussi. Il vient de me dire qu'ils pourraient valoir presque aussi cher que la maison. Je crois qu'une vente aux enchères irait plus vite et rapporterait plus. Si tu veux que nous commencions les haras dans l'été, il vaut mieux accélérer les choses.

— Pas "nous" ! Les haras c'est moi, ne l'oublie pas.

— Mais non, ma poulette, je n'oublie pas. Tu l'auras ton haras ! Et si nous rentrions ? Je te montrerai comment un étalon... »

Yves n'entend pas le reste qu'il murmure à l'oreille de sa Dulcinée. S'ils font des enfants ces deux-là, il faudra les noyer. Il est volontaire.

Il entend un gloussement de Cornelia puis la porte-fenêtre qui coulisse au moment où son genou droit ankylosé allait l'obliger à bouger et peut-être à se trahir ignominieusement.

Onze heures. Quel scoop, cette histoire ! Six millions de dollars qui passent sous le nez de ces rapaces ! Ça mérite de réveiller Cadillac. Il va aimer.

20

Sur le parking du Prince Noir, Cadillac va monter dans sa voiture, toujours amusé par les rires de Lili qui ne sont pas tout à fait éteints quand son radiotéléphone sonne.

« Vergne ? Content de vous entendre ! Alors, cette cure ? »

Thomas s'est approché, oreilles déployées en éventail, fort peu satisfait de n'entendre que des : "Ah oui ?"... "Vraiment ? vous êtes sûr ?"... " Incroyable !"...

« Branchez l'ampli, crie-t-il éperdu de curiosité à Cadillac, qui fait semblant de ne pas l'entendre et continue d'écouter Yves pour son seul profit.

— Rassurez-vous, ils n'auront pas la maison non plus. Rien, même pas les meubles... Non ce n'est pas une blague... Mais comment avez-vous pu apprendre tout ça en deux jours ? C'est du super travail de flic, ça ! Ou du travail de super flic. Et même les deux. Félicitations en tout cas. On organisera un pot en votre honneur... Si, si, je vous assure, c'est sensationnel. Vous rentrez demain. Vous m'expliquerez tout ça en détail... Je sais bien que j'avais promis la cure complète. Rassurez-vous, je paierai ma dette à fond. Et même plus. Le rapport que vous m'avez remis est très, très bon. Il vaut plus que ça. Merci encore. On en reparle demain ? Il faut combien de temps pour rentrer avec votre moto ? On a besoin de vous ici. Il faudra aller à Arcachon. Disons que je vous attends pour déjeuner ?

Pour dîner, alors ? Allez, on met le champagne au frais. Et encore bravo. »

Il raccroche.

« Alors ??? Quelles sont ces nouvelles sensationnelles ??? lui demande Thomas.

— Je regrette, monsieur Callender. Secret professionnel », lui répond Cadillac sans rire.

Le rhéostat du rire de Lili, qui était remonté en zone 6 en voyant la folle curiosité de Thomas, dépasse le 100 dans le rouge absolu quand elle voit sa mine déconfite.

Les bébés moineaux qui dormaient sagement dans le vieux tilleul au-dessus d'eux sont réveillés par des explosions de rires qu'ils doivent trouver intempestives ? Les humains n'ont aucun tact.

*

Dans sa chambrette monacale aux prétentions et tarifs mondialistes, Yves est un peu déçu de n'avoir pu épiloguer plus longtemps avec Cadillac qui a raccroché un peu trop vite à son goût. Il n'a pas rêvé. Il l'a bien entendu dire : "super travail de flic, sensationnel, très, très bon rapport, un pot en votre honneur..." Ça fait ronron un peu partout en lui, entre son estomac, son cœur, sa tête et le catalogue complet de tous ses autres organes.

Finalement, il s'emballe souvent contre lui, mais il doit admettre qu'il aime bien son patron. C'est contre-nature, réactionnaire, antisyndical, mais c'est comme ça, voilà tout. En tout cas ce soir. Il se soignera demain s'il le faut... Demain ? Il y a quand même un truc qui cloche. Voyons... Il doit repartir demain aux aurores ?

Impossible. Marion lui a dit qu'elle ne serait pas là. Elle doit passer la matinée en ville avec la comptable. Il ne peut pas partir comme ça, comme un voleur. Pas vraiment comme un voleur puisqu'il va payer la note, mais tout de même. En y réfléchissant bien c'est quand même la meilleure solution, celle qui était prévue depuis le début. Il lui laissera un mot gentil d'au revoir avec un chouette bouquet de fleurs. Et d'ailleurs, elle s'en fiche. Quel sentimental, il fait ! Et vaniteux, avec ça. Comme son deuxième beau-père qui lui avait dit en substance : *"Toutes folles de moi, mon vieux. J'ai dû mettre mon téléphone sur liste rouge."* Ressaisis-toi, Vergne ! Tu n'es pas le seul artichaut sur l'artichautier. Et laisse tomber les fleurs. Marion t'a bien dit qu'elle ne voulait pas avoir l'air de draguer les clients.

... Super flic, a dit Cadillac ! S'il avait idée de la trouille que j'ai eue... Arcachon, il a dit ? Je ne vais pas encore me faire avoir sur un coup tordu, moi ?

21

Garrigue entre sur la pointe des pieds dans le bureau de Cadillac qui s'explique au téléphone avec le jeune, mais non point vénérable procureur. Il n'aimerait pas, lui, s'aplatir devant ce pisse-froid. Mais Cadillac sait y faire. Il n'y a qu'à l'entendre.

« Mais, monsieur le Procureur, il me semble qu'il n'y aurait pas d'abus à monter une petite opération de douane qui semblerait de routine. D'ailleurs, il ne peut pas y avoir de casse. Je ne vois pas la famille Cassage faisant des vagues... D'accord... J'y penserai. Merci. »

Il raccroche, l'air pensif, puis réalise que son fidèle Garrigue l'attend patiemment. Il est un peu tard pour se demander s'il a tort ou raison de vouloir lui confier une mission qui exige du doigté. On ne sait jamais avec lui où peuvent l'entraîner ses indignations, ni de quel côté son imagination peut déborder dans une situation imprévue.

Pourtant, Garrigue est un de ses meilleurs inspecteurs, d'une efficacité redoutable lorsqu'il s'agit de percer les systèmes de défense des suspects roués. Les finesses rhétoriques des plus malins glissent sur son front bas comme sur des plumes de canard, mais il est en prise directe avec leurs ressorts émotifs primaires. Sans jamais être violent, il sait toucher où le cœur va faiblir.

Ils se sont connus sur les bancs des petites classes, lui en tête de la classe, Garrigue en lanterne rouge. C'était une autre histoire dans la cour de récréation où le cancre se transformait en colosse, héros invincible dont les muscles d'acier étaient toujours en alerte au service d'une âme candide. Il n'oubliera jamais un événement qui avait dû marquer bien d'autres élèves. À la surprise générale, Garrigue avait laissé s'installer la suprématie d'un nouveau venu niçois qui avait pris sous son aile les plus mauvais garçons de l'école et commençait à racketter.

Jusqu'au jour où, sans prévenir, Garrigue fit tomber le Niçois d'un croc en jambe suivi d'un formidable coup de poing au bas de la nuque qui aurait pu le tuer. Ensuite, il l'allongea sur le ventre, s'assit sur les reins de sa victime tout en lui plongeant la tête dans le sable chaque fois qu'il faisait mine de vouloir respirer. Les copains furent invités à profiter de sa banquette, ce dont certains ne se privèrent pas. Par la suite, le Niçois marchait sous les préaux affecté d'un tic irrépressible qui consistait à se retourner brusquement pour surveiller ses arrières, geste qui s'avéra fatal pour sa carrière de racketteur, laquelle exige un prestige sans faille, comme l'avait bien calculé Garrigue, somme toute.

Cadillac a parfois honte de se laisser aller à des remarques du genre : *"On a l'Hercule qu'on peut"*, ou *"si Garrigue a compris, tout le monde a compris."* Le malheureux a eu la malchance de répliquer un jour une phrase qui lui a collé à la peau : *"moi, je comprends mieux quand on m'explique."* Mais en général ses collègues préfèrent rire de lui dans son le dos. C'est plus prudent.

« Vous m'avez demandé, chef ? »

Chose incroyable, dès le premier jour où Cadillac

était entré dans ses fonctions de commissaire à la brigade de Monférand, Garrigue l'avait vouvoyé. Cadillac avait cru qu'en continuant à le tutoyer, ils retrouveraient naturellement leur premier tutoiement, mais ça ne s'était pas produit, et aujourd'hui le pli était pris, probablement pour toujours.

« Connais-tu la Malvie ?

— La maison des Cassagne ? Bien sûr. Vergne m'a expliqué où c'était.

— Écoute, j'aimerais que tu ailles la surveiller demain soir, mais on n'a pas vraiment de mandat. Ce serait embêtant si tu étais repéré.

— Dîtes, je sais encore courir. Et puis, si on me trouve, j'aurais qu'à dire que j'ai le béguin de la plus jeune. Comment elle s'appelle déjà ? Cornelia ? J'aurai pas trop à me forcer pour ça. Je pourrais avoir un bouquet de fleurs. Un truc comme ça. »

L'idée du formidable Garrigue avec un bouquet de fleurs dans un jardin de la Malvie est si comique que Cadillac doit faire un effort pour garder son sérieux.

« Et qu'est-ce que vous voulez que j'aille y faire ?

— D'après Vergne, elle va fouiller la maison la nuit avec son amoureux. Essaye de voir s'ils emportent quelque chose. J'aimerais savoir quoi. Tu pourrais écouter ce qu'ils disent aussi.

— Il faudra que je rentre dans la maison alors ? J'ai intérêt à y aller en charentaises. »

Le plus beau, c'est qu'il est peut-être sérieux ! À l'idée de Garrigue en charentaises avec bouquet pour séduire Cornelia, Cadillac ne peut plus retenir son rire qui part exceptionnellement en éclats.

— Pourquoi vous riez ? demande Garrigue sourcils froncés, le corps tendu d'un taureau qui a cru voir une cape rouge.

— Le procureur vient de me dire d'y aller sur la pointe des pieds. J'aurais pu lui répondre que nous préférions y aller en charentaises. Tu vois sa tête ? »

Les sourcils de Garrigue se détricotent. La cape rouge était un coquelicot.

« Valait mieux pas. Il n'a pas d'humour, cet homme-là. »

22

Aurélien traverse la passerelle de l'aéroport, toujours indécis. Va-t-il dire à ses sœurs que leur mère a viré tout son compte au profit d'une œuvre de charité inattaquable, comme l'a laissé entendre Springer sans le dire explicitement ? Elles pourraient deviner que tout est de sa faute à lui. Sabine l'a déjà entrepris là-dessus. Elle serait féroce si elle savait. Et Cornelia le poursuivrait de ses cruautés jusqu'à la fin de ses jours. Il n'y a qu'une explication à ce geste insensé de sa mère. Elle a dû apprendre qu'il avait imité sa signature pour la garantie de l'appartement.

C'est invraisemblable pourtant. Cette décision de les priver tous les trois de son magot caché était-elle une vengeance ? Une façon de dire : *"je sais de quoi vous êtes capables"* ? Une leçon pour lui qui s'était cru si fort, mais aussi pour ses sœurs qui n'étaient pas des anges non plus ? Finalement, il vaut mieux leur laisser croire que Springer ne lui a rien dit du tout, ce qui est d'ailleurs vrai à la lettre.

« Vos papiers, monsieur. »

Il avait presque oublié qu'il était encore en zone internationale... Ils prennent leur temps à examiner son passeport. Avec tous leurs scanners et bidules, c'est plus long aujourd'hui qu'au temps des fiches de police écrites à la main...

« Veuillez me suivre s'il vous plaît. »

Le douanier n'a plus cet air débonnaire qu'il avait avec le passager précédent. Il sort de sa cabine, s'assure que son revolver est en place et rejoint un homme en civil qui porte un badge qu'Aurélien n'a pas le temps de lire.

« Par ici, s'il vous plaît. »

Aurélien se rend compte que ses mains tremblent de peur. Elles sont devenues moites et la sueur coule entre ses omoplates. Les deux hommes l'ont encadré et il doit les suivre dans une salle presque vide équipée d'une cabine.

« Veuillez poser votre serviette sur cette table et passer dans la cabine », lui dit l'homme en civil qu'il trouve blafard comme le *Commandeur* dans le "Don Juan" qu'il a vu la veille, à l'opéra de Bordeaux.

« Il faudra vous déshabiller. Vous pouvez prendre cette robe de chambre. Ça risque d'être un peu long. »

Aurélien fait tout ce qu'on lui demande comme un automate. Tout en lui est éclaté de terreur. Il est trop faible, même pour réfléchir. Dans sa tête vide résonne un seul mot : Cadillac. Cadillac va l'avoir.

Il est encore hébété lorsque le *Commandeur* revient, une liasse de papiers à la main. Il reconnaît le dossier de Springer, mais aussi ses papiers personnels.

« Nous allons garder ces documents et vous donner un reçu. »

La jeune femme boudinée dans un uniforme trop étroit pour elle à qui il rend la robe de chambre semble inquiète pour lui. Il doit faire peur.

« Ça ira ? Vous vous sentez bien ?

— Oui... Oui... Très bien.

— Vous êtes libre, lui dit le *Commandeur* qu'il espère ne pas revoir en enfer. Passez de ce côté s'il vous plaît. La police judiciaire se mettra en rapport avec vous. »

Ils ne m'interrogent même pas ! se dit Aurélien. *Ils voulaient seulement mon dossier... Ils savaient que j'avais ce dossier... Cadillac savait. Comment ? Comment est-ce possible ?*

Les parois vitrées qui le retenaient prisonnier hésitent un instant avant de coulisser. Ce matin encore, elles étaient rassurantes comme la liberté alors qu'elles pouvaient en une seconde faire de vous un paria. Il ne se sent même pas délivré, comme si elles s'ouvraient sur un univers inconnu aux mâchoires ouvertes, prêtes à le harponner.

Il boirait bien un cognac au bar, mais l'idée de rester une minute de plus dans cette antichambre de l'enfer déguisée en lieu d'accueil innocent lui donne la nausée.

Au chauffeur de taxi qui lui demande où aller, il répond : *"en ville."* D'ici là il trouvera peut-être le nom d'un ou d'une amie chez qui pleurer tout son saoul ?

Mais les premiers faubourgs de la ville sont déjà là et il n'a l'adresse d'aucune maison amie à donner au chauffeur. Il prie pour que le cabinet de son avocat soit encore ouvert.

23

Garrigue gare assez loin de la Malvie son Alpine de course trafiquée dont le moins qu'on puisse dire est qu'elle est voyante. Il aurait bien pris son vieux break Peugeot que personne ne remarque jamais, mais il n'a pas eu le temps de changer un pneu crevé avant sa mission. Il aime faire des rallyes en amateur de temps en temps ; Il s'est vite aperçu qu'il n'aurait aucune chance de gagner avec ses cent cinq kilos (*zéro tonne virgule cent cinq, dit Vergne*) qui sont un handicap *de poids*. Alors, plutôt que de dépérir en se mettant au régime yaourt-pample-mousse à l'année, il a tout simplement enlevé la carros-serie de sa *"speedeuse"*, comme il l'appelle parce qu'il connaît un peu d'anglais technique. Il faut bien quand on se frotte aux internationaux. Pour compenser, il a trouvé des lunettes d'aviateur de la belle époque et s'est fait confectionner sur mesure un costume qui le fait ressembler à un cosmonaute. Et ceux qui rigolent n'ont qu'à lui dire s'ils ont trouvé mieux pour tomber les fil-les. Mais ce soir, pour essayer de passer inaperçu, il s'est contenté de sa tenue de jogging bleu-marine "spé-cial-planque" dont il a effacé au feutre noir l'inscrip-tion "Harvard University", malheureusement trop phosphorescente.

Un premier tour au petit trot autour de la Malvie, histoire de repérer les lieux, lui a appris que la grande grille d'entrée était fermée et que le parc était entouré de hauts murs difficiles à escalader sans se lancer dans des sauts périlleux pour acrobate de cirque. Mais une porte de jardin, assez vermoulue, vers l'arrière de la maison, devrait faire l'affaire. Chaque fois qu'il attrape un voleur, il le ramène sur les lieux du larcin pour se faire expliquer la technique. Il est devenu un vrai spécialiste de l'effraction invisible, à force. Seulement, le chef lui a bien dit de ne rien faire d'illégal. Ça déplaît au procureur. Il en a de bonnes celui-là ! Il veut le produit de la pêche, mais à condition de ne pas se mouiller. Avec Cadillac, ils se comprennent. Il est pour la légalité lui aussi, mais quand c'est important, on essaye quand même de trouver une manip qui contourne un peu les marges. Il suffit de trouver une combine pas encore interdite, parce que les politiciens, là-haut à Paris, n'y ont pas encore pensé, ou une loi tellement mal écrite que même les juges n'y comprennent rien, ou encore deux lois totalement contraires, si bien qu'on peut choisir celle qu'on préfère. Il vaut quand même mieux ne pas se faire attraper. Ça fait des complications dont on n'a pas besoin.

Le portaillou n'est pas un problème. Un coup d'opinel et le parc est à lui. Rentrer dans la maison serait une autre affaire et il devra attendre qu'elle soit ouverte, toujours pour la légalité. *"Fais comme tu le sens"* lui a dit le chef qui lui fait une confiance totale pour les opérations qui demandent de la finesse.

Après une exploration prudente, il décide que le mieux est de se cacher dans la cabane qu'il trouve près du bassin. Le cadenas est fermé, mais il est monté sur un crochet fiché dans l'aubier d'un bois cussoné qui s'enlève d'un simple coup de pouce. Il y a même un vieux fauteuil de mémé en osier. En y allant doucement, il pourra s'y asseoir et, s'il finit de l'escagasser, ce ne sera pas trop grave pour son avenir déjà compromis. Avec son transistor à oreillettes, il pourra suivre le match Nancy-Montauban. Tout roule impeccable jusqu'ici. Il n'y a plus qu'à attendre.

C'est vers la mi-temps qu'il s'est passé quelque chose. Il a eu des remords quand il a réalisé qu'on ne l'avait pas envoyé en mission pour savoir comment Montauban allait pouvoir égaliser. Il a enlevé les oreillettes et mis tous ses sens en alerte. Pendant un long moment, il a cru que le silence était total. Et puis... Un froissement de feuilles... Des pas ? Peut-être. Un gibier ? Un chat ? Non. Il lui semble qu'une ombre a bougé à plus d'un mètre du sol. Cette fois, il la voit... ou croit la voir. Un homme ou une femme qui chercherait quelque chose de l'autre côté du bassin ? Il commence peut-être à délirer ? Les planques ont cet effet-là, c'est connu. Il croit revoir l'ombre derrière un arbuste. Il faudrait qu'il aille voir, mais comment, sans se faire repérer ? Les gonds de la cabane n'ont pas dû être graissés depuis la révolution. Il décide de sortir, mais reste figé sur place. Quelqu'un ouvre le grand portail. Les phares de la voiture qui entre ont failli l'éclairer. Il réintègre la cabane le cœur battant. Ils ne se rendent pas compte, tous ceux qui croient qu'on est blindé parce qu'on le cache bien, qu'on a peur. Avec la réputation qu'ils vous font, ils vous obligent à crâner, et tous, y compris le chef, disent : *"Il est en acier, Garrigue."* Et si un jour il meurt d'une crise cardiaque, ils seront tout étonnés de voir qu'il était fait comme les autres. Son grand père, un homme fort qui était résistant pendant la guerre, lui a expliqué un soir comment il a eu la peur au ventre tous les jours pendant deux ans dans la résistance. *Mais relax, René, ce ne sont pas des nazis qui vont te brancher des électrodes au nombril dans une baignoire. C'est juste une belle pépée un peu louche qui vient faucher des trucs dans la maison de sa mère, et c'est toi qui es du côté de l'autorité. Alors, dis à ton cœur que ça suffit de palpiter à soixante-quinze.*

La Lancia rouge de Cornelia se gare sur le chemin devant la maison. Elle éteint les phares et sort, suivie d'un grand mec aux cheveux un peu longs et frisés qu'il ne connaît pas. Elle va quelque part près du bassin et revient vers l'entrée qu'elle ouvre avec une clé. Le hall d'entrée s'allume et ils referment la grande porte derrière eux.

Mais lui, ce qui l'intrigue, c'est l'ombre vraie ou présumée qui semblait chercher quelque chose dans le parc, ou bien qui voulait entrer dans la maison. Il devrait laisser ces deux-là, qui seront pour un moment dans la maison, et aller voir où ce fantôme a bien pu s'évaporer. Il laisse s'installer le silence total, croit entendre un froissement derrière le grand cèdre vers la sortie, puis plus rien. Il a peut-être rêvé, mais il vaut mieux aller voir. En se glissant le long des murs, il sort par le grand portail ouvert et repart au trot faire le tour du parc. Toujours personne. Son fantôme aurait pu se cacher n'importe où dans les jardinets qui bordent la rue. Il ne peut rien faire ce soir sans ameuter tout le quartier. Il vaut mieux qu'il revienne à la Malvie.

Seulement, ça ne lui plaît pas cette idée de rentrer dans la maison par cette grande porte fermée. *"Fais comme tu le sens"*... Il se faufile dans le parc en suivant la ligne d'arbres qui le cache de la maison et s'approche de la Lancia. *On va voir ce qu'ils transportent.* Il ouvre le coffre qui s'allume. Pourvu que les deux autres ne regardent pas par la fenêtre ! Un vrai foutoir là-dedans. Des revues de mode, des brochures de la thalasso avec photo d'une belle pépée en maillot de bain sur un plongeoir. *Il ne doit pas s'embêter, Vergne.* Un carton avec un imperméable plastique, des bottes de cavalière, un sac de voyage entrouvert plein de fanfreluches dont une culotte avec soutien-gorge en dentelle rouge, et sur le côté une poche à fermeture éclair ouverte d'où dépassent des papiers fourrés là en désordre. Il les range dans sa poche. Ça ne peut pas faire de mal un peu de ménage dans un pareil gourbi.

Et là, il a une inspiration. Qu'ils fauchent ce qu'ils veulent. On va voir comment ils vont s'en sortir. Il sait quoi faire avec la valve des pneus. *Tu dévisses la première à gauche, puis la deuxième à droite.* Ça siffle, mais les deux loustics ne peuvent pas entendre de la maison. *Et maintenant tu m'expliques comment ils vont pouvoir repartir discrètement avec la marchandise.*

Et départ au pas de course sur la pointe des pieds. Pas vu pas pris une fois de plus, mais il se sentira mieux le plus loin possible de cette maison.

Et après ? Cadillac aura peut-être une idée ? Il vaudrait mieux l'appeler.

*

Cadillac ne le félicite pas, loin de là.

« Bien. Tu as dégonflé les deux pneus ? Ça veut dire qu'ils devront appeler un garagiste. Débrouille-toi pour me faire passer la facture. Tu as bien compris, René ? »

Garrigue n'en revient pas. Il ne l'appelle René que quand il est contrarié. Et il a dit "bien", mais comme font les parents qui se sentaient péteux quand leur gosse venait de faire une grosse connerie par leur faute.

« D'accord chef, dit-il, le cœur serré. Mais c'est moi qui...

— C'est moi qui ai eu tort de te faire confiance. L'incident est clos si j'ai la facture. Rendez-vous demain matin. »

Foutu métier. Il devrait penser plus sérieusement à se faire vigile dans le privé comme on le lui a proposé. C'est mieux payé et on rentre à heure fixe à la maison. Mais il sait bien que demain matin, il se réveillera comme tous les autres matins, étonné de la chance qu'il a d'être un vrai inspecteur de police et impatient d'aller voir au poste à quelle nouvelle nuisance il pourra s'attaquer.

24

Garrigue entre dans le hall de l'hôtel de police où le planton, qui lit *l'Équipe* comme tous les matins et même tous les après-midi derrière son comptoir, le reçoit jovialement.

« Salut Garrigue. Dis, tu as vu hier soir cette raclée que Nancy a flanquée à Montauban ? »

Il est content parce qu'il est du nord, mais Garrigue, après s'être assuré que le pro-Nancy n'avait pas assorti sa remarque d'un air narquois, préfère ne pas épiloguer. C'est bien assez douloureux comme ça. Il a déjà monté quelques marches vers son étage quand le cerbère se souvient de quelque chose.

« Hé ! Vous ne vous intéressez pas à un dénommé Cassagne Aurélien, là-haut ?

— Si. Pourquoi ?

— L'équipe de nuit l'a ramassé dans le caniveau complètement bourré. On l'a mis dans la cage aux clodos pour la nuit. Il dort encore. »

Garrigue redescend l'escalier lentement, calmement. Montauban va être vengé. Cet olibrius a failli ne pas lui passer une information capitale, la priorité du chef et de la brigade.

Il s'approche du comptoir, ouvre sans se presser le portillon qui protégeait le factotum et s'approche du nordiste qu'il soulève par les revers de son uniforme dont les trois boutons sautent simultanément. Lorsque son visage est à trois centimètres du sien, il consent à commenter.

« Toi, le planqué, on te paye pour être flic, d'accord ? La rétention d'information, c'est puni par la révocation ici. Vu ?

— Mais... qu'est-ce que j'ai... ? parvient à bégayer le planton.

— Tu surveilles Cassagne toutes les cinq minutes et tu m'appelles quand il se réveille. C'est clair ? »

C'est limpide aussi pour la femme de ménage qui pousse son chariot dans lequel Garrigue jette *l'Équipe* confisquée qu'il enfouit au plus profond du sac-poubelle. Ils ont dû écrire quelque chose qui n'a pas plu à l'inspecteur dans ce journal, se dit-elle.

Tout heureux d'arriver dans le bureau de Cadillac avec ce scoop inattendu, Garrigue s'aperçoit que son chef est encore plus étonné que lui. Autrement dit, Cassagne s'est laissé cueillir tout seul, comme un poisson malchanceux qui serait tombé dans une nasse oubliée. Un joli coup de hasard que Cadillac va exploiter à fond, c'est sûr. Il a cet air lointain qui lui vient quand il hésite sur une marche à suivre et déambule silencieusement d'une fenêtre à l'autre à la recherche d'une idée. Finalement, avec ces gestes lents qui accompagnent une décision tout juste mûre, il prend sur son bureau une grande enveloppe à l'en-tête du "Service des Douanes de l'Aéroport" sur laquelle est écrit "Remettre en mains propres au commissaire Cadillac." Avec de grosses étiquettes : "Par CRS", "Priorité." Il enlève les papiers de l'enveloppe, garde la lettre officielle du service des douanes et autre chose que Garrigue ne voit pas, et lui tend les autres.

« Mets ça dans une enveloppe. Tu la donneras à Cassagne de ma part. Et dis-lui bien que je lui fais une fleur. Il ne doit pas les détruire.

— Mince alors ! Et pourquoi vous les gardez pas ?

— J'ai une copie. Si je les refilais à la brigade financière maintenant, ils viendraient nous emmous-cailler. Ça ne change rien pour eux s'ils l'ont plus tard. Ils ont des années devant eux. Moi, je ne les ai pas, voilà tout.

— Mais pourquoi vous lui donnez les originaux ?

— Ça ne change rien. Ils n'ont pas plus de valeur et il me les rendra quand je voudrai. »

C'est possible, se dit Garrigue. *C'est même presque sûr. Encore les passerelles avec les règlements. C'est gonflé quand même. Il veut vraiment savoir si la pauvre vieille a été rectifiée par un de ces zèbres. Ça ne rigole pas sur cette question. Dommage qu'il ne mette pas le paquet comme ça avec ses petits casseurs.*

« C'est plus sûr de les garder.

— J'ai mon idée. »

Garrigue la voit bien, son idée. Il a fait une peur bleue à Cassagne et maintenant il va se présenter comme son défenseur. Le chaud et le froid. Air connu, le plus grand classique de la police, jamais éculé, le plus payant depuis que les hommes ont inventé d'être féroces entre eux et qu'il a fallu leur opposer des justi-ciers auréolés de factices vertus. Ça ne coûte rien et ça déboussole tellement les suspects qu'ils en tomberaient presque amoureux de vous. Après, ils vous mangent dans la main.

« Tu lui offriras un café chez Pierrot. Mets-le sur ma note. Et tâche d'être gentil avec lui. »

C'était donc bien ça. Au prix d'un café, même avec confiture et croissants au beurre, c'est une bonne affaire. Mais pourquoi ne va-t-il pas lui-même faire le généreux auprès de Cassagne ? Pardi ! Quoi de mieux pour lui faire comprendre qu'il est le grand manitou ?

Celui qui tire les ficelles au sommet avec des équipes de grands costauds à son service. Ça maintient la pression.

« Pas de problème. Je m'en occuperai quand il sera sorti de son coma. »

Il voudrait parler de ce qui s'est passé hier soir à la Malvie, mais préfère attendre. À tous les coups, il va avoir droit à une leçon pour les pneus dégonflés, comme font ces docteurs qui vous menacent d'un cancer si vous n'arrêtez pas de fumer. Mais ça ne vient pas. Garrigue se demande s'il doit lui parler du fantôme entrevu la veille dans le parc, quand Cadillac perd son air rêveur et le regarde droit dans les yeux comme il sait faire quand il veut vous exploiter à fond.

« Tu n'as rien remarqué de spécial hier soir à la Malvie ? »

Il doit lire dans les pensées.

« Un truc bizarre. Je ne sais pas si je n'ai pas rêvé. Il m'a semblé voir une ombre, mais quand j'ai voulu voir de près elle avait disparu. Il faut dire que je ne pouvais pas bouger sans me faire voir. C'était pas commode.

— Ah ?... Et si la vie de ta fille en dépendait, dirais-tu ce que tu as vu ? »

Le salaud ! Mais après tout, c'est une bonne question qu'il n'avait pas trop osé se poser à lui-même. Formulée comme ça, elle vous noue les tripes et dope l'imagination.

« En poussant à fond, je dirais que j'ai vu un homme ou une femme en train de chercher quelque chose.

— Quel genre de chose ?

— J'en sais rien. Peut-être un magot ? Ou l'arme d'un crime ?

— Un homme ou une femme ?

— Sur la vie de ma fille, je ne sais pas, *Commissaire...* »

25

Aurélien a pris plus d'aspirine que de café, mais il a encore un bœuf pesant de tout son poids derrière les sourcils. Il peut à peine avaler son croissant, et pourtant Pierrot a fait les choses en grand avec l'assortiment complet de confitures maison auquel Garrigue fait honneur pour ne pas le vexer. Aurélien regarde de plus près une fois encore les papiers que lui a remis Garrigue.

« Ce sont vraiment les originaux ?

— Ça se voit, non ? Ça n'intéresse pas trop le patron, ces histoires fiscales. Et puis, il doit vous avoir à la bonne. Vous étiez copains, je crois ?

— On était ensemble au collège. Copains... non. Et qu'est-ce qu'il veut en échange ?

— Mais rien du tout ! En tout cas, il ne m'a rien dit. Si vous avez quelque chose à lui dire, je peux transmettre.

— Vous pouvez lui dire que l'argent en Suisse est allé à une œuvre de charité. Je n'en sais pas plus.

— Je le lui dirai. Seulement, pour les papiers en question, vous avez bien compris ? Moi, à votre place, je ne les détruirais pas. Ou je n'irais pas raconter une rigmarole comme quoi je ne les retrouve plus.

— Je ne suis pas fou. »

Aurélien patauge encore dans l'irréel, mais il a retrouvé un semblant d'humanité. Cette main tendue de Cadillac l'a sauvé de la noyade, et là il n'est plus asphyxié au fond du gouffre. Ça ressemble à la planète qu'il connaît, même si les deux portes de prison qui se sont refermées sur lui l'ont métamorphosé en une créature chancelante qu'il a du mal à reconnaître.

« Je vous raccompagne chez vous ? demande Garrigue.

— Si vous voulez. Merci.

— Si ça ne vous fait rien, on pourrait faire un détour. »

Un détour ! C'était donc un piège ! Quand il a vu les originaux, Aurélien s'était dit que rien n'obligeait Cadillac à les lui donner. Bien sûr, il avait dû garder des copies, mais ça ressemblait à une marque de confiance. Il avait pris ça pour un drapeau blanc, et même une très grosse faveur qui l'avait fait chavirer. Quel imbécile il était ! La main n'était tendue que pour mieux lui enfoncer la tête dans l'eau glauque des affaires criminelles. Qui fait des cadeaux ? *Pas toi, lui répond le nouvel Aurélien. Mais souviens-toi qu'on t'en a fait. Tu les as pris pour ton dû. Et maintenant, il va falloir rembourser.*

Garrigue voit que Cassagne est reparti dans ses épouvantes. C'était une idée à lui de l'emmener faire un tour à la Malvie pour voir si la Lancia y était toujours, et une bonne occasion d'y revenir avec une raison valable. Mais ce n'était pas les instructions du chef. *"Sois gentil avec lui."* Ce n'est pas le moment de faire des blagues. Surtout que si Cadillac ne l'a pas trop enguirlandé pour les pneus dégonflés, il ne le ratera pas s'il fait capoter ses plans.

« N'ayez pas peur. C'est une idée à moi. Si elle ne vous plaît pas, je vous ramène chez vous. Parole de Garrigue. C'est que je n'ai jamais vu la Malvie et, ma nièce qui la connaît, en parle comme la huitième merveille du monde. »

Encore un piège ? Aurélien ne peut s'empêcher de trouver rassurant cet espèce d'Obélix qui l'a délivré de l'atroce odeur de pisse de la cellule où il s'est réveillé ce matin, piégé comme une bête dans les grilles d'un abattoir. Et ce sera une occasion de voir ce qu'il se passe à la Malvie, où il n'aurait pas le courage d'aller tout seul.

« Allons-y, si vous voulez. »

*

La Lancia est toujours là, avec une estafette de dépannage qui obstrue le chemin d'entrée de la Malvie. Le garagiste Vertjoli gonfle les pneus de la voiture avec son compresseur. Garrigue est content de reconnaître son mécanicien d'occasion, un as qui a gonflé le moteur de son Alpine. Il sort de voiture avec Aurélien qui semble étonné. Mais il est tellement sonné, le pauvre, qu'on n'arrive plus à déchiffrer ses expressions.

« Salut, Christian ! Hé bé ! dis donc ! Deux pneus à la fois !

— Salut Garrigue. Ouais. Mais, ils sont juste dégonflés. C'est des petits vandales qui ont fait ça. Pas trop méchants. Ils auraient pu les crever. Je me demande ce qu'ils y trouvent de rigolo. Des clients pour toi.

— Ils ont des vicelards comme ça, vers Villeneuve. Il paraît qu'ils n'emportent rien. C'est juste pour le plaisir de saccager. S'ils viennent dans le secteur, on va s'occuper d'eux. Vous savez à qui elle est cette voiture ?

— À ma sœur, répond Aurélien qui se demande un instant s'il est tombé dans autre un piège. Mais ça ne colle pas. Il n'arrive pas à voir Cadillac en donneur d'ordre de petit vandalisme aussi mesquin. Et que fait Cornelia ici ?

— Elle peut porter plainte, dit Garrigue. Je me ferai un plaisir de m'occuper de ces sapajous.

— Vous verrez avec elle, dit Aurélien, évasif. Nous y allons ?

— Allons-y, dit Garrigue qui s'apprête à le suivre, mais se ravise et fait demi-tour pour s'adresser à Vertjoli en aparté.

— Tu m'attends, Christian ? lui dit-il. Je n'en ai pas pour longtemps. »

Vertjoli acquiesce d'un mouvement de tête.

« Alors, on va la voir cette maison ? » demande Garrigue soulagé, à Aurélien. « Oh, mais dîtes, c'est plutôt un château ! »

Cornelia et son roméo frisé sont dans un séjour aussi beau que celui qu'il a vu au château de Pau. Pas le même style de meubles on dirait, plus raffiné, mais la même épaisseur des rideaux ; des lustres et des candélabres en plaqué or ; des tapisseries sur les murs comme au château du golf. On pourrait passer des heures à les reluquer, tellement c'est bien fait, tout cousu à la main. Une chouette pendule sur la cheminée avec dessus un joli mouflet qui joue à la toupie. "Insouciance." Elle lui plaît bien. S'il pouvait se les payer, c'est des choses comme ça qu'il s'achèterait. Mais il faudrait la maison qui va avec aussi. Celle-là va se vendre sans doute, les meubles d'un côté, les murs déshabillés de l'autre, avec leurs cicatrices des cadres emportés. C'est une pitié. Il a vu ça un jour dans une vente aux enchères où il surveillait des recéleurs. C'était comme si on massacrait la maison en prélevant sa chair pour ne laisser que sa carcasse morte.

Cassagne a tout de suite annoncé la couleur en présentant "l'inspecteur Garrigue." Il ne faut pas en tirer de conclusions. Tout le monde fait ça. On a tous quelque chose à se reprocher. Ce qui est curieux, c'est que Cornelia n'a pas l'air de voir dans quel état est son frère. Si lui, René Garrigue, arrivait aussi liquéfié que ça chez sa sœur, elle le mettrait au lit avec des tisanes et appellerait le docteur. Et là, rien. Comme si elle ne voyait qu'elle-même à travers lui et les autres. Son julot frisotté se donne des airs de monsieur, mais n'a aucune classe. Un faux dur, comme il les connaît bien. Le genre qui commence par crâner en parlant de ses relations haut placées, et puis qui dénonce tous ses copains pour se tirer d'affaire. Il est dans la politique. Sûrement du *pas très propre*, une main sur le cœur, l'autre dans la poche du contribuable.

« L'inspecteur aimerait visiter la maison, dit Aurélien.

— Oh, mais je ne voudrais pas déranger. Je vois que vous êtes en famille. Ce sera pour une autre fois. Si vous voulez porter plainte pour votre voiture, je peux m'en occuper. En général, ça accélère les choses.

— Nous sommes en deuil, inspecteur, dit Cornelia. Je n'aurais pas le courage. »

En deuil ! Tu parles ! Avec une robe comme ça qui expose ses nichons comme dans un strip-tease juste avant l'effeuillage.

« Alors, je n'insiste pas. Je vous ramène chez vous ? demande-t-il à Aurélien qu'il ne sait toujours pas comment appeler.

— Merci. Puisque la Lancia va être réparée, Cornelia me raccompagnera bien ?

— Mais bien sûr. »

Elle dit ça en se levant pour bien faire comprendre à Garrigue qu'on a déjà été assez bon avec lui au château.

Il regrette de ne pas assister à la discussion qui va suivre. Il est presque sûr que Cassagne ne va pas leur raconter son excursion en cabanon et que les autres vont trouver une explication alambiquée s'il leur demande pourquoi ils étaient là, cette nuit. Il demanderait bien de visiter le parc, mais c'est débile comme idée. Il faudrait les équipes techniques de Bordeaux pour trouver des indices concordants, comme ils disent. Finalement tout ce qu'il a appris, c'est que Cornelia est une jolie garce. Et que ce n'était ni elle ni le frisé qui cherchaient un magot, une arme ou autre chose, hier soir dans le parc. Mais ça, il le savait déjà.

En bas du perron, il retrouve Vertjoli qui a fini son travail et charge son compresseur.

« Tu sais, lui dit Garrigue, j'ai une idée pour attraper ces sapajous. Tu mettras la facture sur mon compte.

— Pardon ? demande Vertjoli qui croit avoir mal entendu.

— Oui. Une idée à moi. Trop compliqué à expliquer.

— Comme tu voudras », répond Vertjoli, vraiment surpris. *C'est pas tous les jours qu'ils sont aussi sympa dans la police.*

26

Sabine vient d'accompagner ses filles au bus scolaire et roule vers sa maison située à flanc de coteau sur une route de forêt si étroite que les chevreuils l'enjambent d'un seul bond aérien de danseuse étoile.

Sa maison est une ancienne ferme restaurée dans le souci premier, semble-t-il, d'effacer la honte de son origine paysanne comme en témoignent les bâtiments anciens flanqués, ici et là, d'excroissances, vérandas et autres utilités modernes qui claironnent l'ascension sociale des maîtres des lieux. La haute voûte de la grange a perdu son portail en bois, remplacé par une immense vitrine qui, aujourd'hui, met en lumière un salon dont les généreux volumes impressionnent les visiteurs. Confortablement installés dans les grands canapés de cuir fauve devant une table basse venue d'un lointain continent, ils peuvent y admirer l'impressionnante cheminée renaissance confisquée à quelque château malchanceux. Une piscine bâchée attend dans la cour les quelques semaines de l'année où elle ne sera plus une dangereuse nuisance et pourra servir aux ébats d'amateurs d'eau chlorée.

La vue est toujours aussi belle au lointain, mais n'est plus mise en image dans ses premiers plans par les honnêtes noyers, pommiers où châtaigniers qui nourrissaient les familles aux temps où l'on allait au marché à pied. Des arbres de parc à la mode font de leur mieux pour les remplacer sans y réussir. Un magnolia peine à grandir dans la caillasse du plateau, un chêne d'Amérique s'étiole trop près d'un cèdre du Liban long, jaune et maigre, les haies de pyracanthe taillées au cordeau séparent sévèrement le parc du champ voisin, frontière plus dure que granit entre deux mondes devenus *incommunicando*. Gilbert, le paysan voisin, y a semé du maïs avec les subventions de Bruxelles. Il ne le récoltera sans doute pas, et n'y a gaspillé ni l'eau rare du plateau ni son engrais, ni sa sueur. Après avoir sagement calculé qu'un dédommagement pour sinistre pourrait lui permettre de subsister chichement une saison encore, il se dit qu'il lui reste pour l'hiver un petit bonheur encore autorisé : celui d'y traquer les sangliers qui se croiront bien cachés dans les hautes tiges sclérosées. Gilbert regrette parfois l'or des champs de blé de sa jeunesse, parsemés de bleuets et coquelicots, qu'il aimait dessiner dans ses cahiers d'écolier. Mais ils n'ont pas l'air d'aimer le blé, à Bruxelles. Alors, suivant ce qu'ils décideront là-haut pour l'année prochaine, il pourrait se résoudre à vendre ses terres à l'architecte voisin qui parle d'y faire des tennis. Sa femme, elle, a plutôt l'air de vouloir tout vendre. Il ne les a jamais vus d'accord sur quelque chose, ces deux-là. C'est drôle qu'ils soient toujours ensemble. L'argent doit faire la soudure. Faudrait pas qu'il vienne à en manquer dans cet attelage bancal...

Sabine croise la voiture du facteur "Cul-Vissé" (abréviation pour "Cul-vissé-sur-son-siège"), ainsi appelé au pays parce qu'il est prêt à toutes les manœuvres, même périlleuses, pour atteindre les boîtes aux lettres sans sortir de voiture. Tout heureux de l'aubaine ne n'avoir pas à monter jusqu'à la maison du plateau dite "Bapou", il remet son courrier à Sabine, reprend ses prospectus coloriés dont elle ne veut pas, et fait un demi-tour acrobatique sur les bas-côtés du talus pour assurer plus loin sa mission communicatrice.

Sabine repère aussitôt la lettre du notaire. Elle croit savoir ce qu'elle contient puisque les arrangements ont déjà été pris, mais l'ouvre sans attendre, le cœur battant. C'est bien la convocation pour l'ouverture du testament de sa mère lundi. Copies à : Cornelia, Aurélien et... Colette Chalard. Bien sûr, Colette ! Sa mère lui aura légué quelque chose. Pourvu tout de même que ce ne soit pas trop généreux ! Elle aurait dû y penser en faisant ses comptes. Elle a fait et refait ses calculs et elle est arrivée à un résultat tout juste ric-rac pour racheter leurs parts de la Malvie à Aurélien et Cornelia. La grande inconnue reste le montant des liquidités et placements de sa mère. Elle en saura plus tout à l'heure en allant à la banque où elle a pris rendez-vous. En attendant, elle a basé ses calculs sur le prix de vente de l'hacienda et en a déduit les droits de succession estimés, en comptant large pour éviter les mauvaises surprises. Il devrait rester un million, ce qui serait un peu juste, peut-être un et demi. Dans ce cas, Michel ne serait pas obligé de revendre son bateau. Elle sait bien quel énorme sacrifice cela représente pour lui. Que lui-même y ait consenti, l'a beaucoup émue. Il va même à Arcachon ce week-end parce qu'il croit avoir trouvé un client.

Ils vendront Bapou aussi, mais ce n'est pas un sacrifice pour elle de quitter cette maison où elle ne sait jamais où se mettre. Michel est fier des transformations qu'il a pu y accomplir, à son goût pour une fois, sans avoir eu à subir la tutelle des petits chefs administratifs qui brident si durement sa créativité.

Mais il est rarement là, toujours à courir à son cabinet en ville et sur les chantiers. Il sera tellement mieux à la Malvie pour son travail de bureau et sans loyer à payer. Il n'a pas encore choisi la pièce où il installerait ses équipements et reste vague là-dessus. C'est sûrement l'embarras du choix dans une maison avec quatre magnifiques pièces de réception !

Le salon de musique serait le plus prestigieux, mais il faudrait enlever le piano, ce qui n'est pas pensable. Ses filles prennent des leçons de solfège et elle aimerait tant que la maison revive comme autrefois quand résonnaient encore dans ses murs les "Rêveries" de Chopin que jouait leur père ! Le salon ne peut pas être touché, ni la salle à manger, bien sûr, ce serait du vandalisme, et la bibliothèque, avec ses livres précieux, ne conviendrait pas au rangement des dossiers modernes de Michel. Il serait mieux dans l'orangerie qu'il suffirait d'aménager parce qu'elle est difficile à chauffer en hiver. Il a parlé d'un chauffage par le sol plus économique, parce que la chaleur s'évanouit à hauteur d'homme et ne va pas se perdre au ciel. Mais ça détruirait le carrelage d'origine, très rare, d'après les connaisseurs. Sabine revient comme toujours à sa première idée, la seule qui la séduit vraiment et résout tous les problèmes : l'aménagement du sous-sol qui n'est pas vraiment une cave avec ses larges vasistas, même si les plafonds sont un peu bas. C'est une très belle surface qui ouvre sur le bassin et le massif de rhododendrons qu'on doit pouvoir raviver. Avec des lampes halogènes et la belle décoration qu'il concevra pour tirer parti de l'espace, il y sera très bien et ce sera même une amélioration pour la maison. En vérité, la seule imaginable, la seule tolérable depuis ce jour de l'an 1850 où le bâtisseur a accroché le dernier tableau, regardé son chef-d'œuvre, et décrété avec un légitime orgueil : "*C'est parfait. Ne changeons plus rien.*" Elle se sent proche de lui. Il serait d'accord avec elle : on peut faire un cabinet d'architecte en entresol, comme elle aime mieux dire.

Elle va faire revivre cette maison qui s'éteignait avec sa vieille mère. Oh ! Que cela vienne vite ! Que cette attente est un supplice !

27

Yves gare sa moto dans la cour de l'hôtel de police, fourbu, mais guilleret, savourant déjà les compliments que va lui valoir le récit de sa périlleuse mission. Dans l'exaltation grisante des kilomètres avalés avec désinvolture par son puissant bolide, il a eu tout le temps de l'enrichir de détails dont il ne sait déjà plus s'ils sont vrais ou inventés.

Il grimpe au trot jusqu'à l'étage qu'il trouve étrangement désert. Personne dans les bureaux ni les couloirs, sauf la fidèle Rosine dont la fonction officielle d'après son bulletin de paye et l'inscription sur sa porte est "Directeur Administratif." Rosine est la seule femme de l'étage, depuis que la taciturne secrétaire Monique a décidé d'émigrer à l'étage supérieur avec les comptables, l'attachée de presse et les autres tâcherons de l'administration. Mais est-ce la situation de son bureau-capharnaüm planté au milieu de tous les autres, ou encore une prédisposition naturelle ? Rosine est en réalité confesseuse, infirmière, aide-comptable, assistante sociale, mama et grande sœur. Elle est aussi une précieuse traductrice du patois juridico-administratif qu'aucun homme de la maison ne se hasarde à interpréter sans sa science des intentions supposées du législateur. De plus, Rosine est au courant de tout et si vous voulez savoir où vous étiez à vingt heures douze un certain mercredi du mois dernier, vous n'avez qu'à le lui demander. Elle sait.

« Salut Vergne. Alors, cette thalasso ? Montre-moi un peu tes muscles...

— C'est pas dans tes prix, ma poulette. Où ils sont tous ?

— Dans la salle de réunion à former les nouveaux pour l'îlotage. "Dans le cadre de la nouvelle réforme", comme ils disent sur la circulaire de la préfecture. Tu devrais descendre voir Garrigue en professeur. Mais prends des kleenex. Conseil d'amie.

— Et le patron ?

— Sais pas. Je crois que sa pépée l'a appelé. Mais je ne t'ai rien dit.

— Quelle pépée ? Pas Annette, quand même ? Je croyais que le mari...

— Les maris sont une chose, les sentiments, si on peut appeler ça comme ça, en sont une autre. Tu devrais le savoir à ton âge... »

Elle a dit ça tout en fouillant dans l'un des nombreux amoncellements de papiers en équilibre instable sur son bureau et, par génie ou par miracle, y trouve ce qu'elle cherche.

— Tiens, Garrigue m'a donné ça pour toi. Ce sont des papiers qu'il a piqués dans la voiture de Cornelia Cassagne, suspecte de je ne sais quoi. Il parait que tu comprendras à quoi ça rime.

— Cadillac n'a pas laissé de message pour moi ?

— Pas à moi en tout cas.

— Bon... Bien... Parfait... »

Quelque chose dans l'intonation des répliques hachurées d'Yves alerte Rosine. Il y a un gros problème quelque part. Il est en colère. Mince alors ! Et pourquoi ? Il enchaîne, d'une voix qu'elle ne lui connaît pas :

« Tu regardes mon bulletin de service. Je suis de

repos jusqu'à mardi. Si on veut me voir avant, il faudra qu'il demande à mon syndicat. »

C'est encore plus grave qu'elle ne croyait.

« Attends... Tu ne dois pas aller à Arcachon ce week-end ?

— J'aime pas la mer. Ciao ! »

Il sort en claquant la porte si fort que le duffle-coat kaki qu'elle s'est acheté pour son anniversaire en tombe par terre avec le portemanteau. Il n'a même pas pris l'enveloppe que Garrigue a préparée pour lui. Femme de décision, elle prend le téléphone et tombe sur un répondeur

« Chef, c'est Rosine. Vous devriez me rappeler au sujet de Vergne. Urgent. Non. Très urgent. Ciao ! »

Yves redescend l'escalier sans toucher terre, positivement lévité par sa colère. Il remonte sur sa moto, met son casque du geste décidé que devait avoir Hannibal ajustant le sien au départ de l'escalade des Alpes sans escale, inflige un coup de talon impérieux à la pédale de démarrage de son engin qui se met à hurler et s'apprête à embrayer... Mais pour aller où ? Comment ajuster deux idées pratiques dans le torrent d'imprécations qui déferle en vrac dans sa tête ? : *"On va fêter votre retour... On met le champagne au frais"... Quand je pense que j'ai laissé Marion sans même avoir pu m'expliquer avec elle pour accélérer son enquête même pas autorisée... C'est la dernière fois, la der des ders que je me fais avoir. D'ailleurs, mardi, c'est ma démission qu'il aura, le chef. Je vais lui taper ça. Cool. Glacial. Polaire. Arctique. Pas d'explication. Rien. Juste : "Monsieur le Commissaire, compte tenu des circonstances, je me vois dans l'obligation de..." ... Non : " Au Commissaire Cadillac, de l'Inspecteur Yves-Marie de la Vergne. Ceci est ma démission. Salutations distinguées"... Non. Il ne va pas s'en tirer comme ça : "Cher et distingué confrère, il vous plaît d'aller baiser DES femmes mariées au lieu de remplir les devoirs de votre charge pendant que vos équipes se décarcassent et risquent leur vie et leur réputation et n'ont plus de vie privée étant sur vos ordres au service de la justice..." Il faudrait tourner ça un peu mieux, mais c'est l'idée. Avec copie au procureur, ça fera bien dans son tableau d'avancement, tiens. Il va essayer de me rattraper avec de belles palabres, c'est sûr. Mais c'est là que je l'attends. De marbre, je serai... Bon, mais où je vais moi maintenant, d'ici mardi ? Pas envie de rentrer chez moi tout seul. Si je retournais à Baignère ? Ouais... Et qu'est-ce que je vais raconter à Marion ? : "Tu sais, j'en ai une bien bonne à te raconter. Tu vas rigoler, tiens-toi bien : je ne suis pas scénariste, mais poulet démissionnaire." Je me dégonfle voilà tout. Elle me plaisait bien cette fille. Encore heureux que je sois parti à temps avant de tomber amoureux. Et la faute à qui toute cette histoire ? Il s'en lave les mains, le commissaire. Allez, j'embraye. Direction à gauche en sortant et on verra bien.*

« Vergne ? Hé, t'en va pas... »

Garrigue, tout chic en costume-cravate et chaussures vernies, s'approche de lui en chaloupant comme il a vu faire dans les milieux universitaires.

« J'ai un message du chef pour toi. Comme t'arrivais pas, il a dit qu'on te laisse tranquille pour aujourd'hui. On se verrait tous demain quand tu seras reposé. Il était drôlement content de ton boulot, dis donc. À tel point qu'on passe pour des cloches, à côté... À propos, tu as regardé les papiers que j'ai empruntés à Cornelia ? Tu verras, je crois qu'elle était dans les parages de la Malvie avec son loustic, le soir de la mort de sa mère. Tu regardes de près et tu confirmes. Ça te va ?... Dis, ça n'a pas l'air d'aller ?

— Écoute, je vais d'abord prendre une douche. Je crois que j'en ai besoin pour m'éclaircir les idées.

— Ça se comprend. Allez, à demain, vieux.

— À demain. »

Yves a soudainement très envie de rentrer chez lui.

28

Dans son bureau "paysagiste" de la "Banque du
Sud", Laurence dispose de quelques minutes
avant l'arrivée de Sabine Cassagne-Laborde,
et tape sur son clavier le numéro qui donne accès à son
compte bancaire. Elle s'attend à une demande d'avance
sur l'héritage de sa mère et préfère vérifier la situation
financière de sa cliente. Dans le cas - peu probable,
mais toujours possible - où la banque le lui refuserait,
il vaut mieux avoir préparé une excuse bien étayée. Le
directeur a consenti à Sabine quelques faveurs dans le
passé, mais c'était surtout pour plaire à sa mère, une de
leur plus ancienne cliente dont le compte n'a jamais été
dans le rouge. La mort de la vieille dame pourrait
changer les choses.

Voyons... Les comptes de la Galerie. Des revenus
dérisoires. Sabine a dû vendre une dizaine de tableaux
dans l'année et sa commission doit à peine payer le
loyer. Laurence, qui est allée une fois à un vernissage
s'extasier poliment devant des gribouillages dont elle
ne voudrait pas dans son garage, trouve même que
c'est un exploit d'en avoir vendu autant.

Voyons le compte personnel... Alimenté sporadi-
quement, sans doute par le mari, ce qu'elle ne peut pas
vérifier parce qu'il n'a pas de compte chez eux. Elle
connaît un peu ce Michel Laborde, l'architecte à qui la
banque avait confié la réfection des bureaux, il y avait

deux ans, sur recommandation de sa belle-mère. Un beau parleur, un peu trop habitué à séduire, mais sympathique. Déçu par son métier, il le dénigrait avec une dérision contagieuse... Il y a de quoi le comprendre rien qu'en regardant les bâtiments modernes autour de soi. Elle l'avait consulté un jour où elle s'était crue lésée par un entrepreneur, et ses conseils s'étaient révélés judicieux. Elle se souvenait encore de ses avances assez cavalières, mais faites avec grâce, et il avait pris sa rebuffade avec humour, ce qu'il convenait de mettre à son crédit. Don Juan, mais fair-play. Mais pourquoi l'excuser ? Elle devrait être à fond du côté de la vertueuse épouse et ne blâmer que le mari aussi notoirement cavaleur. Seulement, elle n'y parvient pas tout à fait. C'est difficile de trouver Sabine attirante. Elle doit être ennuyeuse avec ses airs toujours compassés, sa mine grave, et jamais un sourire. *Tragediante.* Ce n'est pas raisonnable de laisser un mari s'ennuyer au bureau *et* à la maison, si on tient à lui.

Mais ce ne sont pas mes affaires. Voyons les autres comptes. Rien. Pas de placements, même pas un compte épargne. On dirait presque un compte d'étudiante fauchée...

Sabine arrive à l'heure, l'air préoccupé comme toujours, et après les salutations et condoléances d'usage, ne lui demande aucune avance. Elle n'a eu ni le temps ni le courage d'explorer les papiers de sa mère et a trouvé plus simple de s'adresser à sa bonne banquière qui a toujours été de si bon conseil. Ils vont vendre la Malvie, dit-elle, et elle voudrait savoir si après le partage et le paiement des droits de succession, il resterait assez de liquidités pour lui permettre d'ouvrir une galerie à Bordeaux où le public est plus ouvert sur l'art moderne qu'à Monférand.

Si elles regardaient ensemble le compte de sa mère, elle pourrait avoir une idée plus précise de ce à quoi elle doit s'attendre. Laurence est ennuyée parce que c'est le directeur en personne qui gère les comptes de madame Cassagne mère et il faudrait lui demander la permission de renseigner l'héritière présumée. Mais il est vrai que Sabine pourrait consulter les dossiers de sa mère chez elle, et c'est bien compréhensible qu'elle n'ait pas le courage de faire des comptes dans une maison encore en deuil, si tôt après l'affreuse tragédie. Elle capitule devant l'air honnête et confiant de Sabine et avoue connaître le code d'accès personnel du directeur. Elle ne voit pas de mal à lui montrer sur l'écran ce qu'il en est de la situation bancaire de sa mère.

Compte courant : huit mille et quelques francs. Que ça ? Curieux.... Vérifions... Oui, c'est bien ça. Compte épargne ? Ah !?... Fermé le 24 mars dernier. Les titres ?... Liquidés le même jour... Sicav... Même chose... Pep... Tous ! Plus rien au portefeuille. Tout épuré. C'est vraiment étrange.

« Mais... où est allé cet argent ? » demande Sabine. Laurence, soudain alertée par l'angoisse mal dissimulée de la voix de Sabine, trouve en effet qu'il y a une anomalie. Elle est repassée sur les dernières opérations du compte courant et a juste eu le temps de voir le montant de deux énormes chèques dans la colonne des débits. Quelque chose ne va pas. Elle a été follement imprudente et devrait en référer aussitôt à son directeur. Vite une issue... Elle efface aussitôt l'écran qu'elle a tourné vers elle...

« Ah, zut. Cette machine se remet à dérailler. »

C'est la seule parade qu'elle a trouvée, et pour lui donner plus de vraisemblance, elle actionne sur le clavier une série de commandes qui dérèglent l'appareil, tout en priant le ciel que sa comédie ait trompé Sabine. Pas glorieux comme échappatoire, mais que faire d'autre ? Pour éviter de rencontrer le regard de Sabine, elle continue son manège lorsqu'elle entend une faible voix dire : "J'ai trop chaud."

Sabine voudrait se lever pour voir l'écran que Laurence a maintenant tourné vers elle, mais ses genoux n'obéissent pas. *Me ressaisir... Me tenir droite... Comment fait-on d'habitude ? Ça se fait tout seul... J'ai trop chaud... Un vertige, puis un interminable plongeon dans un trou noir... un grand trou noir tourbillonnant.*

En levant les yeux, Laurence voit Sabine s'effondrer sur elle-même, la tête dodelinant, les bras ballants. Une folle panique s'empare d'elle. Un flot d'idées sans suite explose dans sa tête. *"Appeler au secours... Je l'ai tuée... La procédure..."* Elle se trompe de bouton et appuie sur celui de l'alarme générale qui bloque les portes de la banque et alerte l'Hôtel de Police.

29

Maria et Rosalba Laborde descendent du bus scolaire, surprises et ravies de voir, aubaine rare, que leur père est venu les chercher. Elles lui sautent au cou et continuent de pépier quand il les installe à l'arrière de la voiture. Le flot continu de leur babillage a empêché Michel de leur annoncer, dès leurs premières embrassades, que Sabine ne va pas bien. Après tout c'est peut-être mieux ainsi puisqu'il ne veut pas les effrayer. Il le leur dira en cours de route, comme s'il s'agissait d'un simple incident.

L'aînée, Rosalba, lui dit qu'elle est particulièrement contente qu'il soit venu, lui, et non leur mère. Elle est si parfois si bouchée qu'elle aurait pu lui refuser la permission de sortir ce soir pour l'anniversaire d'une copine. Même en lui jurant d'être rentrée à 11 heures, elle aurait été capable de refuser. Maria proteste qu'elle est invitée aussi. Rosalba se moque d'elle. On n'a que faire d'une gamine de douze ans à une boom, et d'ailleurs Brigitte n'a jamais employé le pluriel. Elle a dit *"tâche"* de venir, pas *"tâchez"*...

Les chamailleries qui s'ensuivent fatiguent Michel. Ses deux filles semblent se détester de plus en plus, au point de ne plus pouvoir se supporter. Il se demande comment elles feraient si, au lieu d'une grande maison où chacune a sa chambre, elles devaient partager la même comme c'est le cas de beaucoup de gamins autour d'eux. Les disputes, marchandages et bagarres aux poings, pieds et ongles n'en finiraient plus.

« Votre mère n'est pas bien, leur dit-il finalement. Elle a eu un malaise et le docteur a dit qu'elle devait se reposer. Il lui a fait une piqûre et elle dort. N'allez pas l'embêter avec vos histoires.

— Qu'est-ce qu'elle a ? demande Maria.

— Simplement une grosse fatigue, comme une dépression. Il lui faut du repos. Beaucoup de tranquil- lité. Ce serait bien si vous la laissiez en paix pour une fois.

— Mais puisqu'elle dort, dit Rosalba, ça ne la dérangera pas si je sors ? Tu n'auras qu'à m'accompa- gner et venir me rechercher. Il n'y en a que pour dix minutes. »

Michel est toujours ahuri par les réactions de ses filles, comme d'ailleurs par celles d'autres jeunes de leur âge. Le monde leur appartient par simple acte de naissance et tout de ce qu'il offre de désirable leur est dû. Les refus sont inadmissibles et même scandaleux. Le monde a-t-il changé à ce point en une génération, ou bien sont-ils, lui et Sabine, dans un cas singulier avec des enfants particulièrement égoïstes ? Il se sou- vient de sa jeunesse à lui, entre une mère exigeante qui ne lui cédait jamais rien *"pour lui apprendre que tout se paye dans la vie"*, et un beau-père avare, épousé pour son argent qu'il ne lâchait jamais. Il l'avait fait mettre en pension, sans doute après avoir calculé que c'était le moyen le moins onéreux de se débarrasser de lui. Une vieille tante confiseuse venait parfois lui ren- dre visite au parloir en apportant des sucreries presque avariées qu'il négociait avec ses codétenus, comme il les appelait, contre des timbres dont il faisait collection avec l'espoir d'amasser un pécule à la sortie. Seule la mort du vieux lui avait donné une liberté qu'il trouvait grisante alors, inconcevable presque, surtout lorsque sa mère, qui glissait depuis longtemps vers une folie douce, fut elle-même parquée dans un hôpital où elle devait toujours divaguer. Il lui fait la grâce de lui épargner ses visites ; elle lui a bien épargné les siennes tout au long de ses années de jeunesse recluse...

Mais les hommes sont idiots, et au lieu de profiter totalement de sa liberté et de partir en mer comme il aurait dû faire, et l'y inclinait son âme de bourlingueur, il s'était remis la corde au cou avec Sabine. *"Pour payer ton bateau"*, avait dit cyniquement un de ses amis. Ce n'était même pas ça. En réalité, c'était la solution de facilité. Il n'avait eu qu'à se laisser épouser par Sabine qui voulait être sa femme à en perdre le boire et le manger, et Albina, qu'il avait su séduire sans beaucoup d'efforts, n'avait rien eu contre le pauvre, mais méritant fiancé de son aînée.

Il se souvient de la première fois où Sabine l'avait invité à la Malvie. Elle trouvait normal d'habiter une maison pareille ! C'était son dû aussi. Si d'autres n'avaient pas ces trésors, ce n'était pas de sa faute à elle. C'était parce qu'ils n'avaient pas de chance, voilà tout. En allant aux toilettes, il avait eu une révélation. Tout d'acajou, de porcelaine, de bronze, avec du linge blanc immaculé qu'il n'avait pas osé toucher et une odeur de cire mêlée de lavande... Dans sa vie à lui, après le pensionnat "devenu trop cher", il essayait d'éviter leur WC qui puait le tabac, la sueur crasseuse, l'urine rance du vieux, et allait se réfugier au café d'en face où au moins les commodités sentaient le désinfectant. Triste à dire, mais c'était plutôt ça que l'achat d'un bateau qui l'avait décidé à épouser Sabine ; un passeport pour un pays de beauté embaumée loin de l'enfer malodorant des pauvres...

« C'est quoi une dépression ? demande Maria.

— C'est quand tu es très triste. Que tu as un gros chagrin, par exemple.

— Et pourquoi elle a un gros chagrin, maman ? »

Michel se l'est demandé aussi. A-t-elle eu de mauvaises nouvelles à la banque ? Il n'a pas osé questionner Sabine qui était à peine remise quand leur médecin est arrivé, et la banquière, qu'il a interrogée, l'a assuré que rien dans leur conversation n'avait pu lui causer un choc. Le docteur, appelé d'urgence par la banque, avait diagnostiqué un simple malaise vagal, rien de cardiaque. Il ne fallait pas s'inquiéter. C'était la première fois qu'il entendait parler de cette sorte de malaise qui était spectaculaire, mais non dangereux.

« La mort de sa mère a été un grand choc pour elle, tu sais. »

Michel se demande si c'est vrai. Peut-être était-ce un contre-choc, après tout ? Il en doute. Elle devait l'attendre, cette mort, pour enfin posséder la Malvie, la seule chose qu'elle semblait réellement vouloir dans la vie.

« Mais elle était vieille, mamie. C'est normal qu'elle soit morte, dit Rosalba.

— Il y a des gens qui ont de la peine quand on meurt, même si on est vieux. »

Des gens qui ont un cœur, ce qui ne semble pas être ton cas, pense-t-il. Tes larmes tariraient vite si je mourais. À la première contrariété venue. Rosalba est la digne fille de sa mère, se dit-il. De son père aussi, après tout. Des deux, devrait-il dire.

30

Yves a dormi du sommeil du juste et se souvient vaguement au réveil d'un cauchemar assez hitchcockien où un squelette mal caché derrière un citronnier le narguait au fond d'un ravin. La douche efface cette vision morbide, tout comme elle relativise sa honte de s'être donné en spectacle hier devant Rosine. Après tout, c'est normal si ce foutu métier use les nerfs. Pour ne jamais craquer, il faudrait être d'acier trempé tel Cadillac ou Garrigue, ou au moins avoir leur stature physique pour s'attaquer aux dangereux bandits qui ont l'audace de bafouer les lois. Il finira par se blinder comme eux, sans doute ? Mais sont-ils vraiment aussi inoxydables qu'ils le paraissent, ou bien crânent-ils par machisme corporatif ? Rosine le sait, peut-être ?

Et Marion ? Elle a dû trouver son mot maintenant. Elle va peut-être chercher à le retrouver ? Mais il a tellement brouillé les pistes qu'elle n'y arrivera pas. C'est dommage, après tout. Comme ça, il saurait qu'elle tient à lui. Il se regarde dans le miroir affolé par ses oreilles ridicules que ses cheveux coupés ras ne cachent plus. Tu fatigues le monde, Vergne, à te croire irrésistible. Rase-toi de plus près et va voir au bureau si tu peux te rendre utile pour justifier ton salaire.

*

Cadillac a fermé la porte de son bureau, signe aussi clair qu'un clignotant rouge, pour ses collaborateurs, qu'ils doivent le laisser seul. Il a étalé devant lui le dernier rapport de la Préfecture qu'il prétendra lire si l'un d'eux transgresse l'interdit. Il a déjà parcouru ce document qui détaille des problèmes de sécurité qu'il ne connaît que trop bien, tout en restant vague sur les solutions qui esquivent toujours l'essentiel. Il devrait l'analyser et proposer des solutions concrètes, mais il verra ça plus tard.

Le fauteuil tourné vers les grands arbres du parc qui finissent de se garnir de feuilles en velours vert pâle, son esprit est ailleurs, préoccupé par sa propre impuissance à sortir d'une impasse presque affligeante de banalité. Que doit-il faire avec Annette ? L'épouser parce que, pour l'instant, ils sont amoureux ? C'est-à-dire, l'encourager à divorcer comme elle semble quelquefois le vouloir, séparer ses deux fils de leur père, s'engager, lui, à être un bon beau-père même si les gamins le détestent, créer une famille en lui faisant d'autres enfants ? N'est-ce pas trop ? N'est-ce pas fou ? Et lui, veut-il vraiment cela ? La réponse est qu'il ne sait pas, tout simplement. L'alternative est un *backstreet* absurde et dégradant ou une rupture douloureuse et sûrement inévitable à plus ou moins long terme, avec ou sans scandale. Et puis ? Lui continuant à papillonner d'une amourette à l'autre sans jamais s'engager par tiédeur ou lâcheté, ne bâtissant sur le sable que d'éphémères relations aux lendemains décevants ?

Est-il vraiment amoureux d'Annette ? Et elle de lui ? L'abondante littérature qui fleurit sur l'amour d'un pôle à l'autre ne l'aide même pas. Est-ce l'amour-toujours, le seul, le grand, le vrai des romantiques qui clamaient leur fidélité en alexandrins en la transportant

160

d'une amoureuse à l'autre ? Ou plus prosaïquement une passade qu'ils auront oubliée dans quelques mois ? Et s'il se jetait à l'eau, maintenant et pour toujours, ne serait-ce pas seulement pour faire taire cette douleur sourde blottie en lui, cette peine d'absence qui lui rappelle le manque des drogués dont il a tant pitié ? L'amour n'est-il que cela ? Un manque terrible qui anéantit votre raison, la transformant en jouet de nos sens ? *Cara mia*, je ne téléphonerai pas. Je t'écrirai que je veux te garder pour mes rêves, même si ça fait mal... Elle aussi va souffrir, consolée par son mari...

La folle poussée de jalousie qui monte de ses tripes actionne ses doigts. Ils saisissent le téléphone. S'il raccroche avant d'avoir composé tous les chiffres, ce n'est pas par vertu, mais parce que quelqu'un tambourine à sa porte. Il se demande s'il est sauvé par le gong d'un bon ou d'un mauvais ange, avant d'inviter son visiteur à entrer.

Yves ne peut être qu'un bon ange, et il est content de l'entendre lui relater en détail les hauts faits de son aventure pyrénéenne, les sordides complots de Cornelia et du crapuleux Francis Monsec.

« Vous ne m'aviez rien dit de cette première madame Monsec tombée si opportunément dans un ravin.

— Euh, non. On pourrait peut-être récupérer le dossier ?

— Ça ne servirait à rien. Si la gendarmerie n'a pas pu conclure à un homicide, nous ne pourrons pas davantage.

— Ça nous aiderait à cerner Monsec de plus près.

— Nous savons déjà qu'il est totalement abject. Et après ? Je peux essayer de retrouver l'enquêteur chargé

161

du dossier. S'il était convaincu que Monsec a tué sa femme, il ne résistera pas au plaisir de raconter à un collègue ce qu'il a sur le cœur. On n'oublie pas si facilement un échec pareil... Mais dites-moi, qui vous a aussi bien renseigné ?

— Euh, une fille à qui j'ai raconté que j'étais scénariste. Je suis parti avant de la détromper. C'est un peu moche. »

Voilà donc l'explication de sa colère d'hier, se dit Cadillac qui n'avait toujours pas compris l'appel affolé de Rosine. La fille a dû lui taper dans l'œil. Il doit trouver que je lui ai cassé un joli coup en le rappelant aussi vite.

« L'intention était bonne et l'idée astucieuse. C'est un très bon travail d'enquêteur en tout cas. Et maintenant, dîtes-moi si vous voulez aller à Arcachon ? Vous n'êtes pas obligé d'accepter.

— Je ne dis pas non, mais pour y faire quoi ?

— Thomas Callender vous attend pour tout vous raconter. Un de mes amis m'a prêté son appartement sur le port, si ça vous dit. Et les autres frais sont pour moi bien sûr. Ne lésinez pas. Vous m'avez rendu un grand service avec votre rapport. Je vous dois une jolie fleur.

— Mais... vous ne venez pas à Arcachon ?

— Hélas non. Je dois aller à un meeting officiel avec d'autres collègues. Pour une fois, on nous annonce une bonne réforme où il est question de prendre en compte les plaintes des petits plaignants et je tiens à y aller. Cela doit durer tout le week-end.

— Et ça se passe où, ce meeting ? demande Yves qui vient d'avoir une idée en forme de doute.

— À Cadouin. »

Comme par hasard, tout près du village où habite

Annette, pense-t-il. Mais il se contente de dire avec une molécule d'ironie dans son intonation :

« Je vois. »

Cadillac a capté la molécule. Ça veut dire que tout le service est au courant de sa liaison. Il devrait prendre une décision dès aujourd'hui, ce qui serait facile, mais surtout s'y tenir, ce qui semble impossible. Que lui conseillerait Thomas s'il lui faisait des confidences ? Question de pure forme, bien sûr, puisqu'il ne se confiera pas plus à lui qu'à quiconque...

Dans le hall d'entrée, un étage plus bas, Garrigue qui entre en coup de vent, est interpellé par le planton qui ostensiblement *ne lit pas "L'Équipe."*

« Dis, Garrigue, je ne sais pas si vous êtes au courant, là-haut, mais ce matin on a été alerté par l'alarme de la Banque du Sud, tu sais, la banque près de la cathédrale ?

— Oui et alors ?

— Alors, je te le dis comme ça, des fois que ça t'intéresserait, c'était une erreur. L'alarme, je veux dire... C'était seulement une cliente qui s'était évanouie.

— Et alors ? Tu veux que j'aille lui faire respirer de l'ammoniaque pour la réveiller ?

— C'est pas ça. Mais, j'ai vu dans le rapport que la dame en question s'appelait Sabine Cassagne-Laborde. Et comme vous avez l'air de vous intéresser aux Cassagne, là-haut... »

Il finit sa phrase dans le vide. Garrigue est déjà en haut des escaliers.

Il fait irruption dans le bureau de Cadillac qui s'apprêtait à sortir avec Yves.

« Chef, je viens d'apprendre que Sabine Cassagne s'est évanouie ce matin à la Banque du Sud.

— Ah ? !!! Intéressant. Si tu allais voir pourquoi ?
— C'est parti, chef. »

Cadillac réalise soudain qu'une fois de plus, il a eu un très mauvais réflexe. Le procureur lui a demandé une discrétion totale et l'intervention de Garrigue dans une banque risque de passer aussi inaperçue qu'un marteau-piqueur opérant sur scène au concert d'une diva. Mais, à son appel fortement sonore au-dessus de la rampe d'escalier, une voix répond : *"Il est sorti, chef."*

Alea jacta est, soupire Cadillac.

*

Garrigue fonce au pas de charge vers le guichet de la banque où une officiante s'apprête à servir un client qu'il bouscule.

« Inspecteur Garrigue, PJ. Je veux parler à votre directeur. Urgent. »

Tout en parlant, il lui montre sa carte de policier, pas du tout réglementaire, qu'il a fait faire spécialement par un de ses "amis" faussaire, bien plus impressionnante que le riquiqui badge officiel. À ne pas manier en toute occasion, mais elle a parfois son utilité. Sur un fond bleu-blanc-rouge, une grosse Marianne en toge, un sein à l'air, son bonnet phrygien à cocarde planté bien droit sur sa tête, tient d'une main une balance en équilibre, de l'autre une grande épée, pendant que sous l'un de ses pieds, un serpent fait une vilaine grimace en tirant une langue fourchue parce qu'elle lui marche sur la queue, tandis que son autre pied repose sur un mœlleux coussin galonné. Quelques timbres montrant des soldats belliqueux sont tamponnés de cercles à l'encre bleue sur les bords du document.

« Le directeur ? Mais c'est pourquoi, monsieur ?

— Je le lui dirai. Cela ne vous regarde pas. »

L'officiante inspire profondément et va lancer son bloc-notes à la tête du gorille mal embouché, mais elle a le tort d'hésiter un quart de seconde, ce qui suffit à la Sagesse pour maîtriser les pulsions incontrôlées de la demoiselle. On a déjà eu un drame ce matin, inutile d'en rajouter.

« Très bien. Je l'appelle », dit-elle du ton le plus méprisant qu'elle peut trouver dans son répertoire, ce qui a autant d'effet sur Garrigue qu'une plume de bébé-eider frôlant un iceberg de la grande banquise.

Le directeur se présente aussitôt et l'entraîne dans son bureau en essayant de conserver un maximum de dignité à ses courbettes. Garrigue l'évalue. Plus tout frais, le dirlo. À six mois de la retraite au plus. Il ne doit pas aimer les vagues. *Allez ! Je la lui fais à l'estomac.*

« Vous avez alerté la brigade ce matin parce qu'une de vos clientes s'est trouvée mal dans vos locaux ?

— Oui, mais ce n'était rien, je vous assure.

— RIEN ? Trois voitures de patrouille déroutées, une ambulance, six inspecteurs sur les dents, les brigades antigang et anti-terroristes de trois départements alertées...

— Mais je ne savais pas, dit le directeur affolé... »

Moi non plus, songe Garrigue, charmé par sa propre inventivité.

« Alors, je serai bref. Ni vous ni moi n'avons de temps à perdre. Ou vous me dites pourquoi cette pauvre femme a été terrassée ici, ou bien nous demandons un référé pour voir l'ensemble de vos dossiers en rapport avec cette alerte.

— Mais je vous assure, monsieur l'inspecteur, qu'il

n'y a pas besoin de faire de scandale, s'il vous plaît. Sa conseillère lui parlait tranquillement...

— De quoi ?

— Mais, de son compte, bien sûr.

— Son compte, elle le connaît. Je ne m'évanouis pas quand je reçois vos relevés, parce que je sais déjà ce qu'il y a dedans.

— Il était question, je crois, du compte de sa mère qu'elle n'avait pas eu le temps de lire.

— Alors, vous me donnez une copie de ce compte.

— Mais monsieur l'inspecteur, vous comprenez bien que je ne peux pas faire ça comme ça ! Le règlement... »

Garrigue prend son air le plus grave et hoche la tête comme s'il venait d'entendre une énormité proférée par un débile profond.

« Très bien. On demandera au juge. Je reviens avec le commissaire et les collègues de la Financière. Ne sortez pas d'ici sans dire où vous allez. Pour notre rapport, il faudrait que vous prépariez les *statuts* de la banque, votre acte de naissance, un extrait de votre casier judiciaire...

— Une seconde. Tenez, on m'a donné ce tirage. Si ça peut vous satisfaire... »

Il prend en tremblant un listing qui était bien en évidence sur son bureau immaculé et il le tend à Garrigue qui l'empoche.

« C'est tellement plus simple comme ça, vous ne trouvez pas ? »

Le directeur n'est pas très sûr de ce qu'il trouve ou ne trouve pas. Sauf qu'en septembre, il sera retiré dans le marais poitevin où il y a de tout *sauf* des vagues.

31

Michel trouve que Sabine a vraiment mal choisi son jour pour tomber malade. Il se demande si elle pourra se rendre dans l'après-midi chez le notaire pour l'ouverture du testament, et surtout si lui-même pourra partir pour Arcachon ce soir. En temps normal rien ne l'aurait retenu, mais il ne peut tout de même pas la laisser seule, endormie, sous sédatif, avec ses filles qui seraient capables de partir à leur boom en la laissant seule. À contrecœur, car il craint une rebuffade, il se dit qu'il peut essayer d'appeler Christine qui faisait le ménage chez eux dans le passé, à l'époque où ils menaient grand train. Elle s'occupait alors de la maison à plein temps, aidée d'un jardinier qui entretenait le parc. Ils avaient dû se séparer du jardinier, puis réduire les heures de Christine à un petit mi-temps jusqu'à leur décision de la renvoyer, faute de pouvoir la payer. Il ne sait plus quel prétexte Sabine avait trouvé pour qu'elle n'aille pas raconter partout qu'ils n'arrivaient plus à joindre les deux bouts. Une fable où il était question d'Ursaff et d'autres tracasseries administratives aussi palpitantes qu'il s'était empressé d'oublier.

Mais il n'a qu'un répondeur à qui il ne veut pas laisser de message. Qui chercher d'autre ? C'est incroyable tout de même qu'il n'arrive pas à trouver une âme charitable dans cette famille pour les dépanner une seule soirée. Lui-même n'a pas de parents, à part sa mère, si elle est encore en vie, mais Sabine a un frère et une sœur qui devraient être présents en cas de besoin. En tout cas, c'est ce qu'on lit dans des tas de livres. Inutile d'appeler Cornelia, la championne olympique de l'excuse imparable. Et Aurélien est le tout dernier recours. Mais, puisqu'il ne voit pas d'autre solution, il se résout à l'appeler.

Lorsqu'Aurélien entend la sonnerie du téléphone, il laisse prudemment le répondeur prendre le message. Sûrement un quémandeur. Pourtant, une surprise agréable serait la bienvenue. Il n'a en vue, pour la soirée, qu'une sortie avec la jeune stagiaire du bureau qui risque de faire la difficile après un dîner où il devra faire le joli cœur romantique, ce qui l'amuse de moins en moins. D'ailleurs dans l'état de nerfs où il est en ce moment, il n'est même pas sûr que la demoiselle, un peu boulotte pour son goût, arrive à déclencher ses ardeurs s'il réussissait à l'embarquer...

C'est Michel qui demande à être rappelé chez lui. Après une hésitation, il décide qu'il vaut mieux savoir pourquoi. Si c'était encore un coup fourré de Cadillac ? Pour l'instant, il n'y a pas d'enquête officielle, mais il pourrait aller fouiner au bureau où la nouvelle *pédégée*, une *Sainte-Juste* enjuponnée pourrait lui causer les pires ennuis. Autant rappeler.

Rien de grave. Sabine a eu un malaise et Michel a besoin d'être à Arcachon impérativement ce soir. Aurélien ne l'interroge pas davantage sur ce voyage en vertu du principe : *"si tu ne veux pas qu'on te raconte de mensonges, ne pose pas de questions."* Après avoir calculé qu'il évite ainsi une soirée dîner baratin qui pourrait s'avérer humiliante pour son ego, il accepte de passer la soirée à Bapou si Sabine ne va pas mieux.

Michel, soulagé, prépare son balluchon de marin. Ce soir, il sera sur son bateau, et d'attaque demain pour sa rencontre avec Robert et Pauline Ménoire.

32

À son retour de mission, Garrigue trouve le commissariat bien tranquille et réalise qu'on est vendredi. Vergne est tellement absent que même sa moto n'est plus là. La porte du bureau de Cadillac est fermée, ce qui veut dire qu'il est déjà parti ou bien ne veut voir personne. Même Rosine, la vestale, n'est pas à son poste. Dommage. Il lui aurait bien laissé le listing qu'il a récolté à la banque. Il se dirige vers son bureau, c'est à dire celui des inspecteurs. La pièce a été aménagée au deuxième étage de ce qui était autrefois l'hôtel particulier d'une famille Conchou dont aucun membre n'aurait jamais pu imaginer dans ses pires cauchemars ce qu'allaient devenir leurs salons, bibliothèques, boudoirs, et vestibules. S'il est vrai que les morts mécontents se retournent dans leurs tombes, les Conchou ont dû labourer tout le cimetière. Les cheminées, cloisons et décorations ont disparu vers quelque benne ou, avec plus de chance, vers quelque marchand et seules les moulures tarabiscotées du plafond sont une concession à la frivolité, fonction futile que ne leur dispute pas le mobilier métallique. Pas de rideaux aux fenêtres non plus et Cadillac, un matin où il était d'humeur massacrante, leur avait fait enlever les calendriers de filles à poil sur les murs. Ils n'ont même plus le droit d'épingler les cartes postales rigolotes des copains en vacances. Un peu puritain le chef quand il s'y met. Il a fait aussi enlever les plantes vertes et les hamsters de chez Rosine qui l'a eue mauvaise pendant une bonne semaine. Mais il faut reconnaître que c'est plutôt une amélioration. Il n'y manquait que des singes pour qu'on se croie aux tropiques dans son gourbi. Où mettre son listing ? S'il ouvre son armoire à casier, tout risque de dégringoler. Il a une hésitation avant de le poser sur le bureau de Vergne, mais décide d'y jeter un coup d'œil avant de s'en séparer.

Le plus dur à trouver dans les papiers de banque, c'est toujours la date. Dieu sait pourquoi, ils la fourrent toujours dans un coin où personne n'aurait l'idée d'aller la chercher.... Voyons... Ça y est. Mars... Et toutes ces colonnes...

« Salut René ! À lundi. »

C'est Rosine, son duffle-coat et sa casquette qui rentrent chez elle. Il est sauvé. Il lui tend les papiers.

« Dis... Tu ne pourrais pas me traduire ça avant de partir ?

— Voyons ? »

Rosine attrape le tout, pose une fesse sur le fauteuil dit des suspects, et lit en un éclair les cinq pages à la fois, sourcils froncés. Elle revient en arrière puis s'exclame.

« Eh, bé dis donc ! Albina Cassagne ? Ce n'est pas cette veuve qui s'est tuée en tombant dans l'escalier la semaine dernière ? Ça ne m'étonne plus que Cadillac s'intéresse à l'affaire. Écoute ça. La semaine avant de mourir elle a liquidé tous ses placements et les a mis sur son compte courant. Elle est allée à Paris au Ritz...

— Au Ritz ? Dis donc ! Comment tu sais ça ?

— Relevé de carte Visa. Ne m'interromps pas. Elle a loué une voiture avec chauffeur et elle a tout dépensé en deux chèques. L'un, d'un million deux cent mille francs tout ronds, l'autre de six cent mille trois cents francs. Ce qui doit faire cinq cents mille avec une TVA à vingt soixante pour cent.

— Mais à qui les a-t-elle donnés ?

— Ce n'est pas écrit ici. C'est toi le flic, tu te souviens ? Pour le deuxième avec la TVA, il doit y avoir une facture quelque part. Le premier est peut-être une donation ? En résumé, elle avait presque deux millions début avril, et il ne lui reste que huit mille et quelques francs. De quoi payer son enterrement, mais pas beaucoup plus. Et maintenant, si tu veux bien m'excuser... »

Elle part en chantonnant dans l'escalier le dernier tube de Tino Rossi. Garrigue a de quoi méditer et il aime ça. S'il s'était dépensé davantage en classe et un peu moins à la récré, avec ses prédispositions pour l'analyse et la déduction, il serait aujourd'hui commissaire.

Résumons : c'est du feu de Dieu cette histoire. Mémé Cassagne a dépensé presque deux millions dans le mois, juste quelques jours avant de passer l'arme à gauche. À tous les coups, elle l'a fait exprès pour que ses enfants n'héritent pas. Pourquoi ? Pardi ! Parce qu'elle savait qu'ils allaient la tuer ! Mais ils s'y sont mis tous les trois à attaquer la pauvre vieille ? Ou bien il n'y en a qu'un ? Ou deux ? C'est peut-être miss Cornelia petit cul et son frisé ? Ou Sabine qui tombe raide dans les pommes quand elle découvre le manque à gagner ? Où Aurélien qui se fait piquer à la douane par Cadillac, avec ses comptes en Suisse ?

Et le plus beau, c'est qu'il est arrivé trop tard le tueur. Et en plus, il va se faire choper par Cadillac. Perpète pour des queues de cerises. On ne se méfie pas assez des anciens. Tout de même ! Mamie Cassagne jouant les James Bond dans les palaces parisiens, ça valait la lecture ! En tout cas, elle l'a bien eu son tueur.

Elle doit bien rigoler, si on a une belle vue sur nous, de là-haut.

Mais il est six heures. L'heure pour l'honnête homme de rentrer chez lui, d'être charmé par sa mignonne fillette qui vient tout juste d'apprendre à dire *"papa"*, et régalé par sa femme qui est revenue ce matin de chez sa mère avec un coquelet proprement plumé. Il a même le temps de passer chez Jeannette faire une petite belote avec les copains. Juste ce qu'il faut pour arriver quand le coquelet sera prêt, rôti à point comme elle sait faire, Francine.

33

Par le guichet de son bureau-cagibi, Josiane peut observer à la dérobée la salle d'attente de l'étude où sont rassemblés les héritiers d'Albina Cassagne pour l'ouverture de son testament. Ils sont installés, tant bien que mal, sur des chaises aux supports métalliques tubulaires recouvertes d'un skaï qui a été brun avant que des décennies d'usage ne les aient faits tourner au beige pisseux d'aujourd'hui. Les affiches sur les murs détaillent à profusion les importantes charges et prérogatives de ces piliers de la république que sont les notaires. Tout cela, auquel il convient d'ajouter l'attente injustifiée, est étudié pour donner une leçon d'humilité aux pratiques du Maître et ainsi mieux mettre en valeur sa propre magnificence.

Josiane se dit qu'ils ont l'air d'attendre une douloureuse extraction de molaire chez un dentiste de mauvaise réputation plutôt que d'anticiper le bonheur d'une manne qui pourrait les faire riches dans les minutes à suivre. Elle-même n'héritera de rien de ses pauvres parents et n'aurait pas l'idée de s'en plaindre. Mais pour être juste, il faut dire que les choses seraient sans doute différentes s'ils possédaient une maison aussi belle que la Malvie.

Colette Chalard tourne les pages d'un magazine fatigué, ignorant les autres comme s'ils étaient de transparents zombies tombés d'une autre planète. Sabine, qui tient la main de son mari, semble occupée à contrôler des tourments intérieurs pour maîtriser une angoisse presque palpable. Aurélien feuillette distraitement un journal officiel ; il a l'air de s'ennuyer copieusement. La pin-up, en tailleur de cuir bleu qui la moule étroitement, doit être Cornelia. Elle regarde par la fenêtre d'un air pénétré, plutôt pour marquer ses distances avec un entourage indigne de son attention, que pour écrire un poème sur les petits zoziaux qui gazouillent dans les arbres du square. La fenêtre est si haut placée qu'elle n'a pas dû repérer Thomas Callender. Il vient d'y garer sa voiture et de s'installer sur un banc avec un livre.

L'interphone l'avertit qu'elle peut faire entrer les visiteurs. Le Maître ne daigne pas se déplacer, signe d'intense mépris qu'il réserve généralement aux *déshérités*. Ça s'annonce mal pour la famille.

Colette passe la première sans même répondre au "bonjour" distant du maître. Aurélien passe tout raide, ignorant la main tendue de Me Chollet qu'il apostrophe d'un : « Salut Riquet. Quand tu auras les moyens, pense à acheter des sièges convenables pour tes clients. »

Et vlan ! Un à zéro pour Aurélien, se dit Josiane qui commence à le trouver sympathique. Cornelia ne salue personne et va s'installer dans le meilleur fauteuil. Sabine et son mari, plus conventionnels, écoutent les brèves condoléances d'un air compassé approprié "au deuil douloureux qui les frappe", comme dit toujours le maestro officinal dans des circonstances identiques.

Josiane, qui n'oublie pas la mission secrète que lui a confiée Thomas, prend son courage à deux mains. Pendant que son patron fait semblant d'avancer les fauteuils, elle passe derrière le bureau, sous prétexte de s'assurer que les dossiers sont bien en ordre, et elle tente d'enfoncer la touche de l'interphone qui lui permettrait d'entendre de son cagibi ce qui se dit dans la pièce. Mais l'œil perçant de Cornelia qui l'observe, l'arrête net. Cette fille ne laisse rien passer. Elle en a connu une comme ça dans sa classe, un vrai poison, et sait qu'il n'y a rien à gagner et beaucoup à perdre à se mettre en travers du chemin de ces garces. Le cœur battant, elle retourne dans son cagibi d'où elle peut voir Thomas. Il est maintenant confortablement allongé sur le banc, toujours plongé dans la lecture de son livre. Josiane se demande si ce flegme est dû à l'insouciance d'un honnête homme que sa conscience laisse en paix, ou à la belle patience d'un vieux matou qui sait d'expérience que sa proie a peu de chances de lui échapper. Mais l'un n'exclut pas l'autre, après tout.

*

Sabine s'est préparée au pire et, en effet, elle vient de l'entendre, filtrée par la brume cotonneuse de ses sens abrutis par les tranquillisants qu'elle a ingurgités à haute dose. Leur mère a divisé leur héritage en quatre parts égales. Pas trois : quatre ! Colette aura un quart de tout. Un quart ! Et qu'en fera-t-elle ? Sans doute comme ces pauvres gens qui gagnent au loto et sont ruinés un an après, dépouillés par les requins dont ils deviennent aussitôt la proie. Elle se sent submergée par une puissante bouffée de haine envers sa mère. Comment a-t-elle pu ainsi dépouiller ses propres enfants ? Aussi lâchement, dans sa mort ? La sénilité ? Est-ce une excuse à une aussi abominable cruauté ? Elle entend Cornelia formuler la question qu'elle-même n'a pas osé poser :

« Ce genre de partage est-il légal ? Je sais que les enfants légitimes... »

— Tout à fait légal », l'interrompt le notaire qui poursuit dans des explications fastidieuses sur les quotes-parts familiales et autres que Sabine n'a plus le courage de suivre. Mais elle ne doit pas paniquer. Si leur mère a vidé son compte courant, il reste encore le coffre à la banque, qu'elle a loué quand son héritage a été réalisé. Elle avait fait les choses en règle et payé des droits de succession énormes... Oui, tout à fait énormes... Et comme elle était seule héritière directe...

Mais que vient de dire Me Chollet ? Elle n'a pas bien entendu... Il s'agit de la Malvie qui aurait été vendue. Vendue ? Elle a sûrement mal compris ? Sabine, éperdue, regarde autour d'elle pour trouver des repères. Cornelia a sauté de son fauteuil comme une marionnette frappée par la foudre. Michel est pâle comme un linge. Aurélien, la bouche ouverte semble vouloir proférer des mots qui ne viennent pas. Colette a un rire hystérique, ou alors elle pleure ? Cornelia dit des choses folles, incompréhensibles... "Vous voulez dire que notre propre mère aurait vendu la Malvie en viager quelques semaines, quelques jours seulement avant sa mort ? Mais c'est nul ! C'est impossible ! C'est un faux ! Nous attaquerons... " Sabine, le cerveau embrouillé capte quelques mots de la réponse de Me Chollet : "... Documents tout à fait en ordre... Tragique pour vous, mais parfaitement légal..." Elle comprend seulement qu'elle n'aura ni la Malvie ni rien d'autre. Que leur mère était un monstre qui vient d'anéantir sa vie. Plus rien n'a d'importance maintenant. Elle s'entend dire : "je veux sortir"... Puis l'horrible voix du notaire qui dit : "venez vite", à quelqu'un. Une jeune femme qu'elle a déjà vue s'approche d'elle... Michel est là, tout près d'elle pour la soutenir. Ils disent des choses gentilles. *Ils s'occupent de moi. Ça va aller. C'était un cauchemar.*

34

Thomas, toujours allongé sur son banc dans le square devant l'étude, les yeux mi-clos, savoure l'ombre des feuilles tendres du vieux tilleul, ombre tigrée d'aveuglants éclats de soleil qui caressent gentiment son visage. Il a posé son livre, le "Paradis Perdu" de Milton, et se souvient de son idée de le traduire en français lorsqu'il était venu s'installer en Dordogne. Et puis, il s'était lié d'amitié avec Martin Cadillac et les enquêtes lui prenaient trop de temps... Sa mauvaise foi le fait presque rire. L'idée est absurde, son vocabulaire français, trop pauvre, et il existe déjà de bonnes traductions, voilà tout. Mais les rêves comme les chats ont sept vies et le sien tarde à mourir. Il est toujours en train de se féliciter de sa dernière traduction :

"Il règne aussi dans les Cours et les Palaces et les Villes luxurieuses

Où le bruit des combats monte plus haut que leurs plus hautes tours",

lorsque son oreille à l'affût entend la lourde porte de l'étude se fermer. Il lui suffit de laisser coulisser son regard sans tourner la tête pour reconnaître la silhouette de Colette. Pas d'urgence ; ce n'est pas cette inoffensive créature qui l'intéresse, mais les enfants Cassagne, carnivores aux dents longues. Comment vont-ils réagir maintenant qu'ils savent envolée la fortune tant espérée ? Au moins, l'un des héritiers a compris que l'admirable vieille dame a déjoué ses plans. Elle y a laissé sa vie, mais il doit s'incliner devant un adversaire au courage de gladiateur qui le nargue par-delà sa tombe. Un crime pour rien. Il lui reste à ne pas se faire attraper. Il doit savoir maintenant par Aurélien que Cadillac est sur sa piste... Non. Pas forcément... Il peut toujours se croire en sécurité si Aurélien ne s'est pas vanté de sa peu glorieuse arrestation, ce qui après tout est bien possible. Et si, bien entendu, ce n'est pas lui, Aurélien, le coupable...

Mais... Gosh ! Thomas vient soudain de voir Colette monter dans une vieille Peugeot. Un vieux monsieur qu'il connaît referme la porte sur elle. C'est le docteur Cabanne qui l'a initié à la pêche au goujon. L'ami et confident de la défunte Albina Cassagne, le dernier, avec Colette, à l'avoir vue vivante ! Ces deux-là, conspireraient-ils ensemble ? Calme-toi Thomas, lui dit son double raisonnable, le poète en lui qui parfois rappelle le policier à l'ordre. Colette et le docteur se connaissent et il lui a offert de la conduire et de la ramener, c'est tout simple. D'accord, mais tout de même... Une intuition, ça s'écoute, ça ne se discute pas quand on est flic. Il veut savoir où ils vont et bondit vers sa voiture.

La fièvre littéraire qui s'est emparée de lui à la lecture du "Paradis Perdu" n'est pas tout à fait retombée lorsqu'il démarre. Cela, combiné avec l'envie qui l'étreint parfois de s'épancher auprès de ses anciens collègues, l'incite à imaginer une lettre qu'il écrirait à l'un d'entre eux, amusant, bon public et francophone. Autant s'adresser à lui en français pour s'exercer :

Cher Ian,

Tout va bien ici. Lili et moi-même nous portons bien. J'espère très fort qu'il en est pareil pour toi et Helen.

J'ai pensé que tu serais intéressé de savoir ce que je fais en ce moment dans la voiture de Lili (il s'agit d'une filature en voiture et la Jaguar serait trop remarquable). Comme tu vas voir, j'ai tout le temps d'écrire ceci. Je poursuis une antique Peugeot conduite très lentement par un vieux docteur sur une route tortillante de la campagne périgourdine que j'ai tout le temps d'admirer, jusqu'à pouvoir compter les ranconules et les myosotis qui bordent le chemin. Je crois qu'aucun cinéaste d'Hollywood ne serait intéressé à filmer cette poursuite si peu infernale que je n'ai pas encore passé la quatrième vitesse et pense sérieusement à rétrograder en seconde même sur les lignes droites. Un policier plus suspicieux que moi se demanderait si la Peugeot préhistorique ne transporte pas des explosifs avec un détonateur mouvant mal attaché à l'horloge, ce qui expliquerait la prudence du conducteur. Mais tout ce qu'il transporte est une jeune femme avec qui il conspire peut-être...

Je reprends, deux bonnes heures plus tard. Ils sont allés chez le docteur où ils sont restés très longtemps à se dire des choses que je n'ai malheureusement pas pu entendre, n'étant pas équipé comme toi d'appareils sophistiqués qui écoutent à distance. Mais le temps a passé très vite. En me cachant sous un pommier de la vallée voisine, j'ai trouvé des enfants occupés à nettoyer un petit ruisseau dynamique et à découper les arbustes fesse-piquants de la bordure. Je suis allé leur apprendre à construire une digue selon une méthode que j'avais conçue dans ma jeunesse. Follement joli et

179

amusant. Je me sentais plein de bonheur. Ce pays est plein de charmantes surprises. Les enfants n'ont pas compris pourquoi je me suis échappé si vite, et pourtant à regret, sans terminer la digue quand le docteur et Colette sont repartis, toujours dans la Peugeot archéologique. Ils sont retournés en ville où ils ont acquis un magnifique pot de fleurs qu'ils ont posé au cimetière sur la tombe de la vieille dame qui a été assassinée. (On ne sait pas encore par qui, mais lui était son docteur et elle, sa soubrette). Et puis, et ça, c'est le scoop, ils sont chez le concessionnaire Renault qui leur montre dans l'étalage une splendide Renault 16. J'ai conclu que Colette venait de se trouver brusquement assez riche pour s'acquérir une voiture neuve, et cela alors qu'elle vient d'apprendre qu'elle hérite d'un quart de zéro, soit d'un joli zéro tout rond si elle sait compter aussi bien que moi. Cela cache forcément quelque chose d'important. Mais elle est si méritoire avec une petite fille handicapée qu'elle élève seule, qu'il est presque impossible de la soupçonner. Je suis tout de même obligé de me demander : "A qui profite le crime", n'est-il pas ? À suivre...

Je t'écrirai plus tard, pendant le week-end à Arcachon où je dois enquêter, toujours secrètement, sur le bateau d'un commodore à qui la mort de la vieille dame a rapporté beaucoup de millions. J'aimerais bien acquérir le bateau, mais Lili ne voudra pas, et mon banquier non plus. Elle écrira des recettes sur la cuisine basque qu'elle vous enverra sûrement. Pauvre Helen cherchant dans Glasgow des ingrédients basco-béarnais comme on dit ici !

Prends soin de toi. Ton ami Thomas.

35

La brise légère qui joue dans le feuillage des grands tilleuls de la Malvie fait danser en reflets d'or la lourde soie moirée des rideaux du salon et Aurélien, le cœur serré, pense qu'il les voit vraiment pour la première fois. Eux et les autres trésors de cette maison qui a été le cadre enchanteur de son enfance. Petit prince boudeur qui ne savait voir ni l'or des jours ni la grâce tranquille de ce décor féerique, cadeau des dieux à un enfant ingrat, bien-aimé mal aimant, celui qui ne donne rien parce qu'il est lui-même le cadeau. Il se demande comment ces merveilleux privilèges ont pu faire de lui l'adulte insatisfait qu'il est devenu, presque aussi avide que ses sœurs et leur mari ou cavalier, tous, comme lui, convoitant avidement des possessions superflues. *J'aurai au moins apprécié ce qui m'était offert le jour où je l'ai perdu,* se dit-il. Il fait mentalement une révérence à sa mère. Chapeau bas à l'artiste qui a invité Némésis avant de quitter ce monde. Nous n'avons pas mérité mieux.

L'horloge carillonne au garçon insouciant qu'il est quatre heures. Un autre bruit familier qu'il n'entendra plus. Les départs sont de petites morts. Déjà, la nostalgie en lui est si poignante qu'il sort de sa rêverie. Le trivial sera peut-être moins douloureux ?

Il finit le whisky corsé qu'il s'était servi et s'approche des autres occupants de la pièce. Peut-être a-t-il trop bu ? Il croit les voir pour la première fois, assemblée plutôt menaçante qu'il n'a plus envie de fréquenter même s'ils sont sa seule famille. Il leur dit mentalement adieu et soudain, contre toute logique, se sent orphelin.

Sabine qui a retrouvé ses esprits semble toujours égarée sur une planète inconnue. Son mari Michel, a toujours été plus opaque, mais on devine à ses traits tirés qu'il est sonné comme un boxeur à peine remis d'un uppercut. Un perdant, se dit Aurélien qui se demande comment cette évidence ne lui est pas apparue plus tôt. Partira-t-il refaire sa vie sans le magot tant espéré, sur son bateau trop petit, vers des terres lointaines et un avenir incertain ? Il rêvait de fortune et de liberté, et maintenant ? Choisira-t-il fièrement la liberté impécunieuse ou bien les lendemains qui déchantent dans un relatif confort près de la morose Sabine qui va vieillir dans la rancœur ?

Même Cornelia est touchée. La féline indomptable a quelque chose de raide, de tendu, qu'il a rarement observé chez elle. Dans leur enfance, elle n'utilisait la force qu'en dernier ressort, lorsque toutes les armes de la séduction avaient échoué. Elle aurait fait un bon diplomate, se dit-il. Ou plutôt une redoutable reine dans des temps plus reculés où l'apothicaire savait glisser discrètement des poisons parmi les onguents et parfums, armes utiles, mais parfois insuffisantes pour l'exécution de grands desseins. Elle, au moins, est décidée à se battre pour obtenir ce qui ne tombe pas du ciel tout cuit, alors que Sabine s'évanouit quand ses calculs idiots ne donnent pas les résultats attendus.

Il trouve incongrue et déplacée la présence de Francis, le fiancé provisoire de Cornelia - plus provisoire et moins fiancé que jamais - dans cette réunion de famille où le linge sale qui s'étale a peu de chance de jamais retrouver sa blancheur. Mais il n'est pas là par hasard. Il n'est qu'un comparse que Cornelia aurait remercié sans état d'âme s'il n'avait pas son utilité.

« Si je comprends bien dit Francis Monsec, la Malvie n'est déjà plus à vous, ni ses meubles qui sont tous inventoriés ? On peut même s'attendre à tout moment à voir arriver un huissier qui nous priera de sortir ? »

Personne n'a l'envie ou le courage de commenter.

« Et d'après ce que dit le notaire, ajoute Francis, votre intérêt est peut-être de refuser la succession parce qu'en plus vous pourriez vous retrouver avec des dettes ? C'est bien ça ?

— Tu nous saoules ! hurle Cornelia. Tu vas nous répéter ça combien de fois ? OUI ! c'est bien ça... Même si ce n'était pas dans tes plans. »

Michel se tourne vers elle, étonné. C'est la première fois qu'il voit sa jeune belle-sœur exprimer ouvertement une colère. Miss Cool en toutes circonstances, a perdu son beau flegme. Peut-être même sa confiance en elle, ce qui serait une première. Est-ce la raison qui la pousse à risquer de déplaire à un riche prétendant ? Ou bien en a-t-elle déjà un plus fortuné en réserve ? À moins que celui-ci ne lui serve plus à rien ? Mais la vraie question qui les taraude tous, est ailleurs, et il se décide à la poser.

« Est-ce que quelqu'un, dit-il, pourrait m'expliquer pourquoi votre mère vous a fait ça ? Je n'arrive pas à comprendre.

— Nous étions des enfants gâtés-pourris, dit Aurélien. Des parasites. Dernièrement, nous ne la voyions plus que pour la taper. Un chèque par ci, une faveur par là... »

Sabine, qui n'avait rien dit jusque-là, sort de sa

torpeur avec une véhémence qui les surprend.

« Mais tous les enfants font ça ! Les parents ne déshéritent pas leurs enfants pour si peu. C'est contre-nature. C'est impensable !

— Notre mère a été déboussolée sous influence. Point final, dit Cornelia. Et nous allons demander à notre avocat de le prouver.

— C'est la seule chose à faire, dit Francis. Vous devez attaquer en force tous les trois.

— Toutes les deux. Ce sera sans moi dit Aurélien. Je m'incline. Notre mère ne nous devait rien.

— Et si Sabine et moi gagnons le procès, dit Cornelia, tu auras ta part sans avoir payé les frais. Bien calculé.

— Vous perdrez. Le notaire nous l'a bien dit.

— Pas si on peut prouver qu'elle n'avait plus toute sa raison vers la fin de ses jours, dit Francis. C'est tout de même dément ce qu'elle a fait. Et ces Ménoire qui font une si bonne affaire y sont peut-être pour quelque chose ? Avec un bon avocat, vous pourrez plaider l'influence sur un esprit fragile ou même sénile...

— Si vous plaidez ça, l'interrompt Aurélien menaçant, je témoignerai du contraire. Il y a des limites à l'indécence... »

Mais il est assez cynique pour penser aussitôt : *"Noble motif qui camoufle peut-être ma lâcheté."* Tant pis.

« Et puis, vous m'écœurez tous, ajoute-t-il. Bon vent. »

Il sort en claquant la porte. Cornelia serre les dents. Ça, c'est le bouquet final ! Elle a été aussi bête et moche que les autres en donnant le spectacle affligeant de charognards privés de leur pitance. Son frère a un palais délicat d'esthète décadent et se voit plus volontiers en chevalier blanc qu'en jouisseur de bonnes fortunes, ce qu'il a toujours été, même s'il aime gesticuler, sabre au clair, quand le danger est passé. Seulement, il est hors de question de se battre sans son appui, et encore moins en le laissant patauger dans un quelconque camp adverse. Il faut à tout prix le récupérer, ou bien, dans le pire des cas, d'une façon ou d'une autre, le neutraliser.

Elle rompt le silence qui suit cette sortie théâtrale.

« On s'y est mal pris. Il finira par changer d'avis. Tu devrais le suivre, dit-elle à Francis. »

Mais Francis ne bouge pas. Bien sûr, pense-t-elle. Avec sa vélocité de pachyderme, il doit calculer à petite vitesse ce que peut cacher cette invitation. Le temps qu'il comprenne et Aurélien sera loin. Elle se tourne vers Michel qui se lève et part suivre Aurélien, ce qu'il avait l'intention de faire de toute façon. Cornelia se sent trop épuisée pour supporter plus longtemps la compagnie de Francis et Sabine.

« Je vous laisse, dit-elle brusquement. »

Elle sort, et ils l'entendent monter l'escalier. Mais ils ne peuvent pas voir qu'elle pleure.

*

Cornelia entre dans sa chambre, celle qu'elle occupait après la nursery jusqu'à son départ vers une autre vie. Elle était restée son refuge, celui où elle pouvait revenir, enfant de la maison toujours bienvenue sans avoir à donner de raisons, où elle pouvait cacher ses hontes secrètes, se ressourcer après une déception ou un simple vague à l'âme. Tout est en ordre dans la pièce où chaque objet occupe toujours sa place immuable. *"Cornelia est une enfant soigneuse."* Elle se souvient de sa mère disant cela à une amie. Elle s'était sentie fière parce que c'était vrai. La toile de Jouy autour du lit étroit est toujours intacte, à peine pâlie par la douce lumière qui, jour après jour, a filtré entre les soyeux rideaux festonnés. Elle connaissait par cœur les motifs de la tapisserie, le nombre exact des moutons gardés par la bergère aux jupons bouffants, le puits, le grand chêne derrière lequel se cachait un berger à l'air coquin. Le petit chien qui avait vu le garçon aurait dû alerter sa maîtresse qui semblait compter les pommes dans son tablier. Il y en avait quatre. Le berger voulait peut-être les lui prendre ?

Son père, un doux colosse aux gestes calmes, venait tous les soirs lui raconter des histoires inspirées de poètes grecs ou romains qu'elle ne se lassait jamais d'entendre. Il les enjolivait, brodait ou inventait pour ne pas l'effrayer. Ainsi, il y avait l'esclave Spartacus, victorieux contre de cruels empereurs, sans qu'il fisse allusion à sa cruelle défaite finale, la belle Hélène qui déboussolait jusqu'aux dieux, la déesse Diane, qui d'une flèche, une seule, transformait un voyeur en pâté pour ses chiens, Thésée qui abandonnait lâchement Ariane sur une île déserte alors qu'elle lui avait sauvé la vie ; elle y avait trouvé Bacchus, un dieu sympathique, mais lui, avait mal fini. Bien fait pour lui. Et elle, petit tyran, rappelait son père s'il partait avant qu'elle ne soit tout à fait endormie. Il revenait toujours raconter une autre histoire qui la berçait. Elle pouvait s'endormir sans en attendre la fin qu'il poursuivrait le lendemain.

Mais un soir, il n'y avait plus eu d'histoires. Après le dîner, elle avait entendu les sirènes de l'ambulance suivies d'un silence encore plus angoissant et, trahison suprême, elle ne l'avait jamais revu. Sa mère lui avait dit qu'il ne fallait pas pleurer parce qu'il était au ciel. C'était des blagues, bien sûr, comme on en raconte aux enfants pour qu'ils vous laissent tranquille ; mais elle n'avait pas pleuré, pas plus qu'à l'église, quand ils avaient joué la belle musique.

Aujourd'hui comme alors, un pan de sa vie s'effondre, engouffrant ses certitudes. Sur quoi s'appuyer pour reprendre pied ? La réponse viendra plus tard. Ce n'est pas un jour pour reprendre le combat, mais pour panser ses plaies. Et quand elle aura retrouvé ses forces, il faudra repartir comme un petit soldat sans pleurer sur la terre brûlée derrière soi. Tournée vers le mur, elle essuie ses larmes que - l'honneur est sauf - personne n'aura vues. Les forces vives de sa vigoureuse jeunesse, un instant chancelantes, se remettent en place, prêtes à charger. Elle sourit à la tapisserie. Naïve bergère, c'était une chose de te vendre à ma sœur, c'en est une autre de laisser des kidnappeurs te ravir sans combattre. Car, combat, il y aura, jusqu'à la dernière flèche de mon carquois.

*

Michel voulait courir derrière Aurélien, mais il découvre soudain la justesse de l'expression "avoir les jambes en coton." Il doit s'appuyer sur la balustrade du perron et craint un moment, tant son cœur bat fort, qu'il ne flanche, terrassé par les violentes émotions qu'il est impuissant à combattre. Il se surprend à penser que ce serait la meilleure solution. Une belle mort, peut-être ? Et pourquoi pas ? À quoi bon se battre, espérer, rêver qu'on a sa place dans ce monde et même qu'on peut l'améliorer, quand les dés sont pipés dès le premier jour ? La mauvaise fée qui s'est penchée sur son berceau a fixé son sort : tu auras des rêves trop grands et des échecs à leur mesure, a-t-elle décidé. Jusqu'ici elle a gagné. Qu'a-t-elle dit d'autre, la méchante fée ? Qu'il se relèvera chaque fois et continuera à lutter vainement jusqu'au coup fatal qui fera de lui une épave ? Il se croyait blindé, mais cette ultime trahison d'Albina le touche plus qu'il n'aurait cru possible et il ne parvient pas à revenir à la raison. Car Aurélien a raison après tout, elle ne leur devait rien, et à lui moins qu'à ses propres enfants. Une maigre consolation : il n'est pas le seul à avoir sous-estimé la force cachée par sa fragile apparence habillée de délicates dentelles. Comme lui, ils ont cru qu'elle était la pourvoyeuse, celle qui toujours donne et jamais ne reprend... Il se souvient d'Albina, de la merveilleuse Albina d'autrefois qui l'avait invité à l'appeler "maman" ou "mère", s'il voulait. Mais l'idée l'avait choqué. Comment appeler du même nom la méchante goton qui l'avait engendré et cette lady aux gracieuses manières qui avait des ressources infinies d'indulgence et lui trouvait mille excuses quand il se confessait à elle de quelque peccadille ou de manquements plus graves à la morale. Il lui avait demandé la permission de l'appeler Albina, comme il aurait fait avec une amie. C'est à cause d'elle qu'il s'était marié. Séduit par la mère, il avait crédité la fille de mérites qui n'appartenaient qu'à elle, avant de découvrir, trop tard, que la fraîche et blonde Lorelei, un instant entrevue, serait un poids lourd allant s'alourdissant, un boulet au pied dont il ne pourrait se défaire sans être poursuivi de remords où qu'il aille se cacher. *Oh ! Tout oublier. Trouver un trou où les mauvais génies, lassés par mon insignifiance, me laisseront en paix. Dire adieu galère ; puisqu'on n'a pas voulu de moi au soleil, je me terrerai dans l'ombre. Si encore j'avais un passé glorieux, ou même sans tache, une conscience qui murmurerait "tu étais juste et bon, tu peux garder la tête haute." Mais non. J'ai toujours triché pour rien. J'ai cru être le meilleur quand je n'étais qu'un pion au destin dérisoire, manipulé par des forces hostiles. Fais ton bilan, ex-enfant mal aimé, ex-jeune homme prometteur, futur survivant pathétique de rêves de grandeur même pas héroïques.*

« Michel ? Tu vas bien ? »

Il s'aperçoit qu'il est devant Aurélien qui le regarde curieusement, appuyé à la porte ouverte de sa voiture.

« Non. Pas très bien. Tu as une minute ?

— Les minutes sont longues aujourd'hui...

— Oui... Marchons ensemble dans le parc, tu veux ? Il fait si beau... »

Aurélien ne répond pas, mais il ferme la portière et le suit. Un merle pressé ramasse le vers qu'il vient de déterrer et s'enfuit sautillant sous les branches tombantes du vieux cèdre. Ils se dirigent vers la pièce d'eau et le bassin négligé où cresson, lentilles d'eau et joncs glauques finissent d'envahir les nénuphars, tous deux saisis par la magie tranquille de ce coin de paradis dont ils sont chassés.

« Tu n'as jamais jardiné ? demande Michel.

— Non. Je ne sais rien faire de mes dix doigts. Quand nous étions petits, nous pensions qu'en dehors de l'école notre devoir était de nous amuser. »

Michel pense à ses filles qui n'aident jamais leur mère et lui encore moins.

« Tous les gosses d'aujourd'hui sont comme ça.

— Possible. Mais j'aurais dû changer en devenant adulte, non ?

189

— Qui change ? répond Michel. »

La remarque d'Aurélien lui suggère une annonce imaginaire qu'il verrait bien en encadré dans un journal professionnel : "Jeune à perpète, bonne présentation, grec, latin lu, écrit, parlé, cherche emploi gratifiant dans la vie, non manuel bien sûr. Faire offre. On étudiera."

Je vais mieux se dit-il, étonné de retrouver un sourire intérieur, comme si la douleur qui le poignardait se trouvait assoupie. Il comprend qu'elle s'est tue parce qu'il a décidé de se confier. Aurélien n'est pas l'ami idéal, mais en a-t-il de meilleurs ?

« J'ai quelque chose d'important à te dire. Difficile. À toi seul. Tes sœurs m'arracheraient les yeux si elles savaient. »

Aurélien le regarde surpris. Il a du mal à reconnaître son beau-frère dans cet homme aux traits tirés, aux yeux cernés, qui semble avoir épuisé les dernières ressources de son énergie. Il se demande de quelle confidence il va être chargé et s'aperçoit qu'il n'est pas pressé de savoir. À chaque jour suffit sa peine et il en a eu sa dose aujourd'hui. Il ne répond pas, laissant Michel chercher ses mots.

« C'est moi qui ai présenté les Ménoire à ta mère.

— QUOI ?

— Oui. Laisse-moi t'expliquer. Je les ai rencontrés à Arcachon et ils semblaient intéressés à acheter un bateau. Tu sais que je voulais vendre le mien...

— Je sais. Et t'en acheter un plus gros avec l'argent de Sabine que tu aurais larguée quand elle aurait hérité.

— Merci. Je m'attendais à celle-là. Mais ne m'interromps pas, s'il te plaît. C'est assez difficile comme ça. Ils voulaient aussi acheter une maison à restaurer à leur goût ou en faire construire une dans la région. J'en aurais été l'architecte et le maître d'œuvre. C'était une aubaine inespérée pour le cabinet. Ménoire est riche et il aurait fait un bon client. Pour les épater, j'ai eu l'idée de les recevoir à la Malvie. Tu sais que ta mère trouvait ça naturel et était heureuse d'aider ? Toi-même...

— D'accord. Donc les Ménoire te croyaient chez toi à la Malvie.

— Mais non ! Je n'ai jamais dit que c'était chez moi ! Le décor faisait plus riche que mon cabinet, voilà tout. Tes sœurs et toi avez fait la même chose cent fois ! Ne me dis pas le contraire. Mais laisse-moi finir. Pauline s'est extasiée devant la maison et je la lui ai fait visiter.

— Bravo ! Tu as fait quine !

— D'accord, j'ai été l'instrument du destin, répond Michel qui s'anime et poursuit avec force. Tout à fait d'accord. Mais explique-moi comment j'aurai pu deviner que les Ménoire qui voulaient construire ou restaurer une ruine pourraient vouloir acheter une maison finie ? Comment imaginer que Pauline Ménoire, qui ne rêvait que de décorer à sa façon, de restaurer, de *"créer un cadre à elle"*, comme elle disait, allait changer subitement et s'enticher d'une maison où on ne peut même pas changer les rideaux ? Et surtout, explique-moi comment, comment j'aurais pu imaginer une seconde qu'Albina voulait vendre la Malvie ? Comment ? Dis-le-moi ! Cette idée ne vous a jamais effleuré, vous, ses propres enfants qui la connaissiez mieux que moi, qui la voyiez plus souvent que moi. »

Aurélien, dérouté par l'incroyable confidence, ne répond rien.

« Je ne vois qu'une explication. Ta mère avait déjà décidé de vendre la maison le jour où je lui ai présenté les Ménoire et le client s'est trouvé miraculeusement. Par ma faute, c'est sûr. Mais n'importe quel autre acheteur se présentant à ce moment-là aurait fait l'affaire, d'après moi. Mais pourquoi ? Pourquoi tout d'un coup, comme ça, a-t-elle voulu vendre ? Je ne crois pas à l'explication de Cornelia qui parle de démence. Ce n'est pas une folle qui est allée en Suisse sacrifier une fortune dont elle ne vous a jamais rien dit ; ce n'est pas une folle non plus qui est allée trouver un notaire inconnu à Paris au lieu de traverser la rue pour aller voir le sien ici. Ce qu'elle a fait était prémédité, organisé, calculé pour que vous n'héritiez pas. C'est ça qu'elle voulait ! Et c'est ça qu'elle a obtenu. »

Il a raison, se dit Aurélien. Nous ne sommes même plus capables de raisonner correctement. Il se pose une autre question qu'il ne formule pas bien qu'il ait aussi envie de se confier. Une question lancinante qui ne le quitte pas. Comment Cadillac a-t-il su qu'il pouvait faire saisir par la douane des documents compromettants ? Que sait-il d'autre qu'il pourrait révéler à n'importe quel moment ?

« Je ne vois qu'une raison, poursuit Michel. Votre mère a voulu vous punir de quelque chose que j'ignore, mais qui est très grave. Atrocement grave. Sûrement pas comme tu dis, pour la seule raison que vous étiez des enfants gâtés égoïstes. Si vous partez dans des procès, vous avez intérêt à découvrir ce que c'est. »

Bien sûr, pense Aurélien. C'est là que Cadillac nous attend. Et soudain il comprend : Cadillac savait aussi que la Malvie était vendue ! Forcément !

« Et as-tu pensé à autre chose ? poursuit Michel. Il y a Colette à qui elle ne laisse rien. Tu trouves ça normal ? reprend Michel.

— J'y ai pensé. Elle lui a forcément laissé quelque chose. Ce n'est pas possible autrement.

— Ouais. Comme à vous. Un quart de gousset vide. »

Il se lève pour partir.

« Je peux te demander une faveur ? Je suis trop épuisé pour supporter les reproches de tes sœurs, ce soir. Je crois qu'elles m'achèveraient. Peux-tu attendre un jour ou deux avant de leur dire que je connaissais les Ménoire ? Que je les ai présentés à votre mère ?

— J'y réfléchirai.

— Écoute. Ça ne changera rien si tu attends demain ou après-demain. Ce soir ce serait intenable.

— D'accord. En effet, je ne vois pas ce que ça changera si elles l'apprennent plus tard. Pour ne rien te cacher, j'aurai aussi quelque chose à avouer.

— Ah ? Quoi ?

— Pas maintenant. Et toi que vas-tu faire ? Tu pars toujours ce soir pour Arcachon ?

— J'ai décidé que non. J'aurais l'air d'un monstre si je partais ce soir en laissant Sabine. Et puis, il y a peu de chances que les Ménoire me commandent un projet maintenant, n'est-ce pas ? La Malvie leur suffira bien.

— As-tu des projets d'avenir ?

— J'en ai plein. Tous, confus, aléatoires, irréalisables, utopiques, imbéciles... Tout ce que tu voudras. Il me faudrait de la chance, mais je n'en ai pas. »

Il s'anime soudain, les yeux brillants, fait quelques pas comme pour retrouver son calme puis revient vers Aurélien.

« Mais tu sais ce qui me rend malade ? C'est que les Ménoire étaient prêts à investir six ou sept millions dans une maison neuve ou presque, ce qui aurait fait vivre mon cabinet pendant deux ans au moins avec les à-côtés, et qu'ils ont eu la plus belle maison de la région pour le prix d'une lapinière au rabais.

— Oui. C'est dur à avaler. Tu vas les revoir ?

— Et que veux-tu que je leur dise ? C'est foutu,

n'est-ce pas ? Cuit, mort, enterré ! J'avais préparé des plans pour Pauline. Des croquis pour mettre en valeur ses idées. Mon intention est de les mettre au feu. Ça, c'est un projet raisonnable ! »

Il lance un pan de son écharpe blanche par-dessus son épaule d'un geste un peu théâtral, comme Aurélien l'a toujours vu faire pour indiquer qu'il allait partir. *"Il doit croire que ça lui donne un genre artiste"*, pense-t-il avant de se trouver mesquin. Qui n'a pas ses tics ? Comment réagirait-il, aujourd'hui, si sa vie profession-nelle avait subi un revers de cette dimension, propre à mener à la faillite ? Mal, c'est sûr. Et quel genre d'homme serait-il si, au lieu d'une enfance heureuse et protégée, il s'était endormi tous les soirs en rêvant d'être orphelin comme Poil de Carotte ? Peut-être serait-il meilleur, après tout ?

Michel se retourne avant de partir.

« Encore un mot à propos de la vacherie que tu m'as dite tout à l'heure. Tu te trompes. Je n'attendais pas l'héritage de Sabine. Je serais parti de toute façon, qu'elle ait eu la Malvie ou non. Vous croyez tous qu'elle aime son mari alors qu'elle n'a jamais aimé qu'une chose dans la vie : cette putain de maison ! Si elle l'avait eue, elle ne se serait même pas aperçue que je n'étais plus là. Et d'ailleurs, je ne suis pas sûr qu'elle s'en aperçoive davantage maintenant. Tu jugeras par toi-même. »

Aurélien qui le regarde partir reste songeur. L'aurait-il mal jugé ? C'est la première fois depuis longtemps qu'il lui semble sincère. Il s'est tellement trompé sur tout et sur tout le monde, qu'il ne sait plus. Si, comme il vient d'en prendre la résolution, il veut devenir meilleur, il lui faudra peut-être commencer par être plus indulgent.

Dans la maison, quelqu'un joue une nocturne de Chopin. Il reconnaît le toucher de Cornelia aux doigts légers sur le piano. La formidable sœurette a récupéré. Il regarde, pensif, les nénuphars qui frémissent, agités par la brise ou bien par les carpes et gardons qui s'entre-dévorent sous l'eau dormante, comme nous l'appelons.

36

Resté seul dans le salon avec Sabine, Francis attend Cornelia qui, au lieu de descendre les rejoindre, s'est mise au piano. C'est vraiment le moment ! Bien sûr, elle a subi un choc comme lui et les autres, mais quelle réaction bizarre tout de même ! Il a besoin de réfléchir et la présence de Sabine à la triste figure ne l'aide pas.

« Je vais me faire un café. En voulez-vous un ?

— Non merci, dit Sabine. »

Elle est allée chercher une poupée ancienne en porcelaine, puis une boîte à couture et a commencé à recoudre un ourlet défait de la robe de la poupée. Il se demande un instant si elle a toute sa raison. Elle est peut-être aussi cinglée que sa mère ?

Dans l'évier de la cuisine, il trouve un amoncellement de verres et tasses que personne n'a songé à laver, comme si Colette allait leur faire l'honneur de revenir nettoyer leurs saletés. Il s'occupe à les laver, exercice qu'il ne pratique pas souvent, mais il a besoin de réfléchir sérieusement, ce qu'il fait mieux les mains occupées.

Tout de même si quelqu'un les voyait ! L'une au piano jouant des trucs classiques, l'autre réparant une poupée inventoriée et lui-même faisant la vaisselle ! Résumons : la situation n'est pas brillante. Bien sûr, ils peuvent toujours consulter un avocat et le jeu en vaut peut-être la chandelle. Ils devraient déjà faire signer par

Aurélien une renonciation à l'héritage. Pas bagarreur le frangin qui se débine à la première difficulté. Puisqu'il ne veut pas se battre, tant pis pour lui, tant mieux pour nous. Et lui, Francis, se charge de contourner Colette qui ne devrait plus faire la difficile maintenant pour renoncer à un héritage zéro. Il faut quand même admettre que rien de ce qui était prévu ne se concrétise. Ce qu'ils ont devant eux est un parcours du combattant qui prendra du temps et il est pressé.

Autre chose : la police pourrait s'intéresser à eux. Il a déjà eu l'expérience d'un flic fouineur et n'en garde pas un bon souvenir. Oh, non ! Six mois de vraie galère. Son père, furieux d'être l'objet d'insinuations infamantes, lui, interrogé avec des gants, mais surveillé de près sans relâche... Déjà ce Cadillac, qui était venu le lendemain de la mort de la vieille, n'avait pas l'air commode. Pas le genre qu'on entortille avec un conte bien tourné. À tous les coups, cette affaire l'intéresse et il suivrait un procès de près.

Il doit donc agir avec prudence quelle que soit la solution à leurs problèmes. Le plus simple serait de s'éloigner sur la pointe des pieds. Il n'est pas marié à Cornelia et n'aimerait pas que son père lui pose trop de questions. Une rupture, il comprendrait. L'amour, ça va ça vient, et tout est dit. Il pouvait encore s'en tirer sans casse avec un bénéfice à zéro ou quelques pertes limitées. Dommage tout de même. Il a un besoin urgent de fonds et les trouver ne sera pas facile.

Comment allait réagir le financier andorran que Cornelia avait si bien entortillé en faisant valoir qu'un déficit pour cause d'investissements sérieux devait être vu dans un sens positif ? Il pourrait aller en Andorre en inventant un prétexte à l'absence de Cornelia.

Ouais... Pas gagné d'avance. Il ferait mieux d'attendre ce qu'elle a à dire. Cette fille a de la ressource et elle est capable de trouver la solution. Conclusion : il est urgent d'attendre.

37

Aurélien s'est laissé guider par ses pas jusqu'à l'orangerie, attiré par l'appel muet de souvenirs d'enfance qui l'assaillent en vagues si puissantes qu'il n'est plus en son pouvoir de les endiguer. Il veut les saluer une dernière fois, et la grande verrière chargée d'images d'une insoutenable poésie est le meilleur endroit pour dire adieu au vieil Aurélien et voir naître le nouveau qu'il a décidé d'être. Il sait bien que l'alcool embrume son cerveau, que ses résolutions d'habitude ne valent pas tripette, mais il vient de comprendre aussi que son passé est enterré.

Comme sont enterrés, son admirable père qu'il n'a même pas pleuré décemment, comme sa merveilleuse mère qu'il doit s'efforcer de comprendre, comme ses illusions dérisoires, pourrissant dans un monde fini. S'il doit survivre à cette journée, il ne sera pas un ange, bien sûr, mais plus jamais le tricheur, le truqueur de pacotille, le pantin mondain bouffi de vanités qu'il a été jusqu'ici. *Finita la commedia.* Ce qui commence ici, maintenant, doit être clair, simple et lumineux comme une conscience apaisée. Mais il lui faut d'abord nettoyer sans faiblir les puantes écuries d'Augias, dissiper les miasmes de son passé endormi dans trop de douteuses compromissions.

Sous la grande verrière désaffectée, les bacs vides, les urnes sculptées sans fuchsias ni géraniums flamboyants, parlent d'absence et d'abandon. Les pots sans

fleurs dispersés ici et là semblent résignés à leur sort au voisinage de vélos d'enfant sans roues, de jeux de jardin dépareillés...

Il se souvient de l'époque où lui et la petite Cornelia couraient entre les bacs d'orangers et citronniers, où ils se cachaient derrière les nymphes jardinières au désespoir du très vieil Anselme qu'elle aimait faire enrager parce qu'il était avare de ses trésors. Il ne fallait pas toucher à ses fleurs et encore moins aux oranges, citrons ou mandarines parcimonieusement réservés à Albina, qu'elle-même n'avait pas le droit de récolter. Il devait les cueillir lui-même de ses vilaines mains racornies pour les lui offrir solennellement, comme en offrande imméritée, avec des airs de prince qui offre de vrais diamants à des sauvages.

En punition, la sacrilège Cornelia coupait des fleurs qu'elle mettait dans ses cheveux en lui faisant des grimaces. Elle cueillait les fruits, non pour les manger parce *"qu'ils piquaient les dents"* comme elle disait sadiquement pour diminuer son mérite, mais pour s'en servir de projectile, ce qui le rendait fou. Le jeu consistait ensuite à s'enfuir vite puis à revenir le narguer, car les jambes squelettiques du pauvre centenaire ne lui permettaient pas de la rattraper. Puis, elle s'échappait d'une cabriole quand il croyait pouvoir lui tirer les cheveux.

Il était mort de vieillesse, usé de partout, le peu de vie qui restait en lui ayant tout simplement fini de se dématérialiser. Albina ne l'avait jamais remplacé. L'après-Anselme avait été un lent retour au chaos, sans rupture brutale, le gris remplaçant les couleurs vives, un voile terne recouvrant partout les glorieuses brillances qui éblouissaient leurs yeux autrefois, il y a bien longtemps...

Il voit Cornelia partir en voiture avec Francis. Sabine, qui sort après eux, ne ferme pas la maison qui reste porte béante, abandonnée comme une fille des rues au premier voleur qui aura l'idée de s'aventurer au-delà de la grille ouverte comme une invitation. Mais elle a peut-être vu sa voiture et pensé qu'il fermerait ?

Que faire de sa soirée ? Trouver une disco quelconque au bruit assourdissant qui l'empêchera de penser ? Rentrer sagement chez lui et regarder un film à la télé ou essayer de lire ? Comment pourrait-il, avec cet étau qui l'oppresse de part en part ? Comment dissiper cette angoisse qui l'étreint depuis des jours ; depuis qu'un mauvais ange a pris possession de cette maison ?

Comment retrouver l'innocence, la paix du cœur, l'insouciance de cette mésange qui lisse ses plumes sur le cerisier en fleur qu'il peut voir au travers des vitres opacifiées par la poussière du temps ? Depuis hier, il a plusieurs fois entrevu une lueur au bout du tunnel, mais la vision s'enfuit dès qu'il cherche à la préciser, comme dans un mauvais rêve où la solution n'est pas dans la volonté d'en changer les données, mais dans l'éveil salvateur.

Où est le fil de cet écheveau qui lui permettra de trouver la sortie libératrice ? Maman et son incompréhensible message posthume si cruel ?... Sabine et sa passion follement égoïste pour cette maison... Michel et ses fantasmes de liberté fortunée... Cornelia et ses tortueuses ambitions... Colette...

Colette... Il s'aperçoit qu'il veut la chasser de son esprit comme il a toujours fait. Il sait bien pourquoi. Seulement aujourd'hui, rattrapé par les conséquences d'un problème dont il a indéfiniment reculé l'approche, il ne peut plus reculer. L'abcès est là, qu'il faut crever.

Tout se bouscule dans sa tête et il doit mettre de l'ordre dans ses idées. Il doit faire appel à ses souvenirs, surtout à ceux, peu glorieux, qu'il a toujours tenté d'effacer, les analyser, et répondre honnêtement aux questions trop longtemps esquivées. Et d'abord à la plus énorme d'où découlent toutes les autres. Est-il le père de la petite Carine ? Ou bien, comme il avait aimé croire, son père était-il ce jeune arpète, plâtrier ou maçon, joueur de guitare ? Il devait bien avoir un nom ? Il venait quelquefois en fin d'après-midi chercher Colette pour l'emmener à quelque bal musette ou fête de village. Un nom comme Thierry. Peut-être Thierry, après tout ? Disons Thierry.

Mais voyons. Quels sont les faits, rien que les faits, sans tricher.

La première fois... Il était rentré tard, un peu pompette d'un dîner avec une fille qu'il avait trouvé trop chaste à son goût. Et puis la surprise : Colette était venue dans sa chambre voir s'il *"n'avait besoin de rien."* Il ne s'était pas demandé pourquoi elle était dans la maison si tard, alors qu'elle rentrait tous les soirs chez elle vers six heures pour *"faire à manger"* à son père, veuf depuis longtemps. Elle avait bien une chambre au deuxième étage et même plusieurs, mais n'y dormait jamais. Elle lui avait peut-être donné une explication plausible à sa présence dans la maison ce soir-là, mais sa mémoire ne livre rien. Fallait-il d'ailleurs une explication ? L'occasion et le larron, ou plutôt la larronne, voilà tout.

De quoi se souvenait-il au juste ? De rien. Rien de racontable en tout cas, même à lui-même dans le secret de ses pensées intimes. Sa mémoire le trahit à dessein. Toujours l'autojustification pour préserver la belle âme qu'il s'invente. Il croit voir dans les images confuses de son souvenir un peignoir qui s'entrouvre sur une femelle offerte, cadeau des dieux au privilégié de sa caste qui n'a qu'à s'abaisser pour cueillir ce qui lui est offert. Image mensongère, sans doute. Revenons au réel. Les précautions ? Aucune. Une fille saine qui voyait des tas de docteurs pour le moindre bobo et qui prenait sûrement la pilule ? Le lui avait-elle dit ? Il croit que oui, mais n'en est plus sûr. Peut-être avait-elle simplement murmuré un simple *"ne t'en va pas"* qui suffit au mâle en rut, l'animal le plus stupide de la création, privé de raison pour cause primaire de reproduction de l'espèce. Mais assez d'auto-dénigrement. Le lendemain ? Il a oublié... Non, il sait. *Pas de faux-fuyants, Aurélien. C'est l'heure de vérité, maintenant ou jamais.*

Honteux de lui-même, ne sachant comment se comporter, il souhaitait tout effacer, surtout les tutoiements qui lui avaient échappé, reléguer aux oubliettes des erreurs excusables de la vie quand les pulsions physiques ont fait table rase des bonnes règles de conduite.

Une certitude : le lendemain il l'avait évitée et était parti sans prendre son petit déjeuner. C'était l'époque où il était stagiaire à Bordeaux et ne revenait que les week-ends. Une bonne excuse pour partir tôt. Mais il y avait eu d'autres nuits où il pouvait se donner l'excuse d'avoir trop bu. Combien en tout ? Quatre ? Cinq ? Quelque chose comme ça. Ce dont il est sûr, honnêtement sûr, c'est que lui ne la cherchait pas. Jamais il ne l'avait approchée ; au contraire, il essayait de l'éviter. Donc, Colette, par béguin ou par calcul, l'avait poursuivi. Elle seule. La question ne le tracassait pas alors.

Par la suite, ses scrupules, ou peut-être seulement l'inconfort de sa honte, avaient eu raison de sa veulerie. Lui se retrouvant dans le rôle du fils de famille qui abuse de la bonne ! Dégradant, rétrograde, infamant, vulgaire à en donner la nausée. Il avait trouvé des prétextes pour la tenir à distance et elle n'avait pas insisté. L'avait-il offensée ? Cruellement meurtrie ? Elle n'avait rien montré de tel, mais à vrai dire, il n'avait pas scruté ses réactions avec beaucoup d'application. Une page tournée, peu flatteuse pour son ego, et l'affaire était oubliée comme un sillage se referme sans laisser de traces après le passage d'un bateau.

Et puis, un jour Cornelia était venue vers lui avec des airs de conspirateur pour lui apprendre que Colette était enceinte. Elle avait entendu une conversation entre elle et leur mère et le doute n'était pas possible : Colette voulait garder l'enfant. Quelle histoire ! disait Cornelia amusée. Il s'était inquiété, mais il avait attendu que la nouvelle soit officielle pour interroger sa mère.

Colette ne voulait pas dire qui était le père et elle respectait son silence. La naissance était prévue autour de Pâques. S'il savait compter jusqu'à neuf, ça collait plus ou moins pour qu'il soit le père. Il s'était peut-être fait piéger en beauté ? Il avait invité à déjeuner Éric, le juriste de la boîte où il travaillait alors, en inventant sans conviction la fable d'un copain qui avait des soucis avec une fille qui lui faisait un enfant sans son consentement.

La fable n'avait pas tenu jusqu'au dessert. Éric n'avait pas coupé les cheveux en quatre : *"Tu t'es fait baiser, mon vieux, c'est le cas de le dire, car baisé tu es. Tu auras de la chance si ton guitariste est le père. À ta place, je n'y compterai pas trop. Elle a forcément calculé les dates, elle a sciemment évité de prendre la pilule en te faisant croire le contraire. Et en plus, elle décide de garder l'enfant, ce contre quoi tu ne peux rien, ce qu'elle sait pertinemment."*

Aurélien avait argué que Colette était une fille simple, incapable de calculs aussi tordus. Si Éric la voyait, il comprendrait. Mais les faits étaient là, bien là. Éric n'avait pas cru un mot de la naïveté de Colette. Il avait essayé de le rassurer en blaguant : *"En Amérique, c'est toujours elle qui t'a toujours fait des avances, tu pourrais l'attaquer... enfin, je voulais dire, ton copain, pourrait l'attaquer. Elle y jouerait le rôle de l'héroïne de "Sedotta et Abbandonata" et toi celui de "Sedotto e Compromesso." Ouais, mais ce n'était pas si drôle. Quel avait été son calcul ? Se faire engrosser puis épouser ? Impensable. Ou seulement avoir un enfant de lui, petit seigneur d'un monde qui deviendrait accessible à la mère si elle l'obligeait à reconnaître l'enfant ?* Éric avait aussi parlé d'avantages sociaux pour les parents uniques. Ils n'étaient pas négligeables, au point que certains couples préféraient ne pas se marier plutôt que d'y renoncer. Éric suggérait d'attendre que la fille lui fasse savoir ce qu'elle attendait de lui et, à ce moment-là, il aviserait.

Mais Colette ne s'était jamais manifestée. Thierry venait moins souvent la chercher, ce qui était normal dans son état peu propice aux cabrioles des bals champêtres. Un peu déçu tout de même, il devait constater que le mariage espéré de ce côté-là ne se concrétisait pas. Finalement, rassuré par son silence, il s'était dit qu'Éric s'était trompé. Il n'y avait pas de conspiration puisqu'on ne lui demandait rien. Si on ne reçoit pas de factures, c'est qu'on n'a rien à payer, n'est-ce pas ? Il avait fini de se rassurer avec les raisons habituelles.

Colette voulait un gosse, elle l'avait choisi pour père sans lui demander son avis, comme font beaucoup de femmes aujourd'hui, qui aiment mieux ne pas s'encombrer de maris ou concubins, qui exigent d'exercer leurs droits sur leur progéniture. Les avantages sociaux avaient peut-être joué aussi ? Enfin, quand Colette était partie en congé de maternité, il l'avait presque oubliée. Elle avait été remplacée provisoirement par Josette, une gentille jeune femme drôle et optimiste qui cirait les meubles avec une belle vigueur et trouvait partout des raisons de se réjouir. S'il faisait soleil, c'était magnifique, s'il pleuvait c'était bon pour les jardins, si la tempête faisait tomber un arbre, on avait de la chance qu'il ne soit pas tombé sur la maison. Les mercredis, elle venait avec son jeune fils, Sylvain, un mignon petit garçon de trois ans qui, un jour, était venu droit sur lui au salon le questionner d'un air sérieux :

« *Il y a des gâteaux dans cette maison ?*

— *C'est possible, oui.*

— *Et où ils sont, s'il te plaît ?* » avait-il demandé en le regardant droit dans les yeux.

Il s'était rendu compte, tant le petit bonhomme l'amusait, qu'il n'aurait pas été contrarié d'être le père d'un gamin aussi déluré. Autrement dit, ce qu'il ne voulait pas, c'était un enfant de Colette, encore moins un enfant imposé par Colette. Il avait remarqué aussi que l'atmosphère de la maison, après son départ, était plus légère, plus agréable, comme un printemps arrivant après un hiver trop long. Comme Cornelia, qui ne l'aimait pas et la trouvait même maléfique, il se prenait à espérer qu'elle déciderait de ne plus revenir. Malheureusement, ce rêve-là, ainsi que bien d'autres, ne s'était pas concrétisé. Bien au contraire. Un week-end, de retour à la Malvie, il avait trouvé sa mère en larmes. Colette avait eu une petite fille. Elle était trisomique, mongolienne.

Il se demande aujourd'hui : qu'avait-il pensé alors ? senti ? éprouvé vraiment ? Rien de bien joli ni de bien noble assurément. De la pitié, de cela il est sûr. Mais d'abord l'angoisse d'être rattrapé par une faute dont il voulait se croire innocent. Et puis il essayait de se rassurer en se disant que dans le pire des cas ce n'était pas si grave. Il gagnait assez bien sa vie pour offrir à la petite une gardienne à plein temps. Cette consolation ne durait pas longtemps. Ce serait admettre qu'il était procréateur d'enfants handicapés et en conséquence, il le savait, il trouverait fermée la porte des belles maisons qui jusqu'ici lui étaient toutes ouvertes en qualité de gendre potentiel. Anachronique à notre époque qui parle si haut et fort de devoirs humanitaires ? Ridicule, puisque le handicap n'est pas héréditaire ? Il savait bien que non. Personne ne plaisante avec les tares héréditaires ou non, ni dans les châteaux ni dans les HLM.

Aurélien l'Invertébré, tu n'étais pas beau. Tu étais même d'une repoussante laideur morale, lui aurait dit son père qui lui inculquait Sénèque, ou sa mère qui admirait par-dessus tout Don Quichotte. Ils auraient été capables de lui demander de reconnaître l'enfant sans même vérifier qu'il était de lui, et même d'épouser la mère sans poser d'autres questions ! Même aujourd'hui dans ses bonnes résolutions, il sait qu'il n'ira pas jusque-là. Mais, en gentleman seulement à moitié propre, il doit voir Colette, lui demander s'il est le père de Carine, le vérifier et la reconnaître si c'est le cas. Et ça, il allait le faire.

Mais ce n'était pas tout. Loin de là. Il y avait trop d'autres questions sans réponse, dont l'une au moins serait élucidée bientôt. Apparemment leur mère n'avait rien laissé à Colette, pas plus qu'à ses propres enfants, ce qui semblait indiquer qu'elle partageait leur disgrâce. Pour le même mystérieux motif ? Mais l'impensable était qu'elle n'eut rien laissé à l'innocente petite Carine. Jamais, en aucune circonstance, il ne croirait ça. Si Sabine avait raison, s'il y avait eu des mouvements de fonds mystérieux à la banque, sa mère avait pourvu soit Colette et Carine, soit l'enfant seule si elle s'était méfiée de la mère. Il l'apprendrait bientôt.

Il restait à comprendre Colette, ce qu'il n'avait jamais essayé de faire sérieusement, principalement, il ne peut plus se le cacher, par arrogance de classe. Un homme éduqué, à l'intelligence complexe, recherché par la meilleure société, n'avait pas à creuser beaucoup pour comprendre une fille simple qui n'avait jamais réussi à dominer le maniement d'un simple répondeur téléphonique. Admettre tant de mépris aujourd'hui était douloureux pour son ego, infamant, mais plus vrai que toutes les nobles motivations qu'il avait pu s'inventer jusqu'ici. S'il doit commencer quelque part, ce ne sera pas en se jetant des fleurs, mais en nettoyant ses immondices.

Colette lisait des romans à l'eau de rose et un jour, par curiosité, il en avait lu un qui traînait, étonné de ce qu'il avait découvert. L'héroïne se battait vaillamment contre toutes sortes d'embûches ; son héros bien-aimé était inaccessible, principalement par la faute d'un méchant antihéros séduisant et trompeur, lequel finissait très mal, alors qu'elle triomphait sur tous les plans. Bien sûr, l'héroïne avait l'âme trop pure pour souhaiter malheur à son adversaire à qui elle pardonnait tout, mais enfin, le résultat était là. Le pauvre type s'en sortait très mal et pour de bon.

Il avait eu à l'époque la vague idée d'écrire un mémoire sur le sujet réel de ces romans dits moraux où le triomphe n'est complet que si l'ennemi est non seulement neutralisé et oublié, mais bel et bien pulvérisé. Le triomphe sans revanche n'en était pas un et l'héroïne, malgré ses dénégations, ne gagnait la queue et les oreilles qu'en ayant achevé les deux : sa propre réussite et la mort, au moins sociale, du vilain qui l'avait méprisée.

Supposons, supposons donc qu'elle ait été passionnément amoureuse de lui, Aurélien. Pourquoi pas ?

Il était le seul homme dans une maison de femmes où elle passait des journées entières, physiquement convenable, inaccessible comme les héros de ses lectures. Devenir maîtresse de la Malvie était certainement un rêve qu'elle pouvait caresser. Seulement, rien ne venant de lui, elle avait dû agir. Que faire ? Précisément ce qu'elle a fait cette nuit où, comme lui, Éric avait dit en riant : *"elle a abusé de toi."* Voilà donc l'héroïne, qui, ayant accompli tout ce qui était en son pouvoir se retrouve ignorée puis rejetée dans les ténèbres extérieures comme si rien n'était arrivé, comme si son sacrifice n'avait eu aucune valeur. L'homme qu'elle aime ne veut pas d'elle, la nargue aussi en amenant à la Malvie des maîtresses à qui, pour la façade, on a donné la chambre d'ami.

Le lendemain, les draps souillés lui disaient qu'elle était trahie. La souffrance devait être énorme, exacerbée par ses absences, par le fait que, malgré son ventre porteur de ses œuvres, elle était invisible pour lui. Mais elle pouvait espérer encore. L'enfant qui naîtrait pourrait le séduire. Quand il le verrait, bouleversé au plus profond de lui-même, il fondrait d'émotion, honteux de ses trahisons. Comme les héros de ses romans, il s'excuserait d'avoir été aussi dur ; il lui reviendrait...

Et puis, l'horreur totale. Cette enfant qu'elle a mise au monde, celle dont il aurait été fier, qui l'aurait ramené à elle, ce petit être non conforme à ses normes à lui, cette innocente créature de Dieu qui n'a pas demandé à être, cette innocente Carine, que les infirmières regardent avec commisération, n'aurait jamais ce pouvoir. Jamais. Toutes les deux vont lui faire horreur.

Il n'est pas venu à la clinique alors qu' elle avait dû l'espérer et si elle en a eu le cœur crevé, c'était tant mieux. Le monstre responsable de cette malédiction va continuer à les ignorer, à naviguer impunément dans son monde privilégié où un drame majeur est une carte de crédit périmée dans un restaurant de luxe quand on n'a pas de liquide sur soi. Il ne restait qu'une chose pour rendre le reste de la vie à peu près tolérable : la vengeance.

S'est-il jamais demandé, lui, l'Aurélien veule qu'il connaît si bien, de quoi était capable une mère abandonnée, humiliée, avec une enfant handicapée ? Non. La réponse aujourd'hui est : de tout, d'absolument tout. De conspirer patiemment pendant des années, d'insinuer, de truquer, de semer des doutes, d'accuser en ayant l'air d'excuser, de préméditer un crime qui en vengera un autre. Amok, jusqu'au bout, sans pitié pour personne.

En gardienne des clés de la Malvie, toutes ces années, elle a eu accès à tous les coffres, tous les tiroirs secrets des cabinets les mieux fermés, tous les courriers négligemment laissés sur des secrétaires privés. Elle put obtenir la confiance totale de la maîtresse des lieux, confiante, habitée de pitié et de sens du devoir envers une déshéritée sans défense. Elle a eu des mois, des années devant elle pour la circonvenir, infuser ses poisons jusqu'à la disgrâce totale des enfants à atteindre.

Et un soir, quand tout a été prêt, l'œuvre de haine achevée, un cri a peut-être retenti dans la grande maison silencieuse. La fragile victime expiatoire a payé pour les péchés de ses enfants dont les espoirs seront morts pour toujours, comme sont morts ceux de la femme si ignominieusement trahie, pour que, enfin, justice soit faite.

Maldonne ! Aurélien, dégrisé par ces sinistres pensées, ne sait plus s'il délire ou si, au contraire, il voit clair pour la première fois. Il ne sait pas si sa vision est folle ou lucide, mais il sait qu'il y a eu maldonne. Que les dés ont été pipés. Que des forces maléfiques sont entrées en jeu et qu'il en a été l'instrument, imbécile jouet du destin, profiteur non comptable de son crédit, jouisseur corrompu d'offrandes méprisées, profanateur d'innocence par action et par omission. Maldonne dans une partie que personne ne peut rejouer, où tout le monde a perdu parce que, s'il a vu juste, le joueur trompé ne voulait pas être le seul à tout perdre.

Il se lève, étonné de trouver ses jambes faibles, la tête lourde, fourbu comme un rescapé de noyade. Comment retomber sur ses pieds au moins pour la soirée ?

En fermant la maison, tel un automate, il découvre qu'il a faim. Il n'a pas eu de vrai repas depuis deux jours au moins. Il lui faudrait une bonne maison où il serait reçu en ami, où on le chouchouterait tel un enfant convalescent... Nanette ! Comment n'y a-t-il pas pensé plus tôt ? Il va s'offrir un repas au Prince Noir, et demain il posera les jalons de sa nouvelle vie.

38

En entrant dans la grande salle à manger encore déserte du Prince Noir, Aurélien se dit que l'idée d'y venir dîner est la meilleure qu'il ait eue depuis longtemps. Les bonnes odeurs venant des cuisines réveillent son estomac vide, impatient d'être régalé. Le garçon, José, se souvient de son nom et le reçoit comme s'il était vraiment content de le voir. Il lui dit qu'il a une faim d'ogre et qu'il voudrait non seulement le plat du jour, mais aussi tout ce qu'il y a autour sans rien oublier. Et il serait comblé si la patronne trouvait le temps de venir lui dire bonjour.

Nanette arrive presque aussitôt en s'essuyant les mains aux pans de son tablier. Ce simple geste, image rassurante d'un monde aimable et ordonné, lui fait retrouver un instant sa sérénité oubliée depuis trop longtemps.

« Aurélien ! Il paraît que tu as faim ? Dis donc, tu n'as pas maigri toi ? Tu as l'air cadavérique. Il va falloir arranger ça. Tu n'es pas au régime, au moins ?

— Sûrement pas, et en tout cas pas aujourd'hui.

— Tant mieux. Il y des jours où j'ai envie d'afficher un panneau : "Vous êtes aimablement priés de déposer votre régime au vestiaire"... Je ne t'ai pas revu depuis l'enterrement de ta pauvre maman. Tu ne te laisses pas dépérir au moins ?

— Non, mais sa mort a changé beaucoup de choses. Nous sommes tous un peu déboussolés.

— Ça se comprend. Il faut toujours plus de temps qu'on ne croit pour digérer la mort d'une maman. Prends patience. Et viens me voir plus souvent si ça ne va pas. Je ne veux pas dire dans la salle en payant, mais à la cuisine où il y a toujours de bonnes choses au fond des casseroles. En tout cas, il s'en trouvera pour les enfants d'Albina. »

Elle ajoute en riant :

« Surtout pour toi, à vrai dire.

— Merci. J'en suis très touché.

— Ne me remercie pas, c'est intéressé. Quand on arrive à mon âge, on commence à se préparer pour l'au-delà et on se dit qu'avoir des amis de l'autre côté pourrait aider. Tu vois, c'est un calcul. Si saint Pierre est trop dur avec moi, j'enverrai chercher Albina comme témoin !

— Je ne vois pas ce que saint Pierre pourrait vous reprocher.

— Oh mon pauvre ! Nous avons tous nos faiblesses. Pas toutes très jolies. Mais on n'est pas à confesse. Dis-moi plutôt, si ce n'est pas trop indiscret, est-ce que vous savez ce que vous allez faire de la Malvie ?

— La Malvie n'est pas à nous. Maman l'avait vendue en viager. »

Nanette reste sans voix. Comment cela est-il possible ?

« Oh... Écoute, on en reparlera parce qu'il faut que tu manges. Tu vas d'abord me dire ce qui te plaît dans le menu.

— Tout, je le sais d'avance. Vous voulez bien choisir pour moi, s'il vous plaît ?

— Ça me va. On revient vite. »

Elle part vers ses fourneaux, perplexe. La Malvie vendue ! Son cœur se serre. Son rêve secret a toujours été de l'acheter pour y faire un endroit d'accueil, un restaurant pour gourmets délicats, pour poètes plutôt, avec quelques chambres réservées aux clients-amis triés sur le volet. On ne pouvait pas voir cette maison sans rêver de s'y installer, de faire chanter ses beautés en préservant ses secrets. Dès le premier jour où elle l'avait vue, le riche festival de belles images qu'elle offrait aux regards avait envahi son imagination et y était resté. Elle avait su que c'était la seule maison qu'elle aurait échangée sans regret contre le Prince Noir. Quelle pitié si les nouveaux propriétaires allaient la moderniser ou "l'aménager", comme disent les architectes qui ne sont contents que s'ils mettent des salles de bain, des bars américains ou des loggias partout. Et le magnifique bassin aux carpes alimenté par une source ? Il risquait de finir en piscine. Quel crève-cœur !

Le plus frustrant est qu'elle-même n'avait jamais proposé de l'acheter. Trop cher avait-elle pensé, trop délicat aussi de faire une offre à Albina, ce qui aurait semblé d'une monstrueuse goujaterie. Mais pourquoi l'a-t-elle vendue ? Comment est-ce possible ? Elle n'avait aucun problème d'argent. Elle a peut-être préféré que la maison reste intacte ? Ses enfants auraient pu se disputer et la vendre à n'importe qui ? Ou vendre seulement les meubles, ce qui serait un épouvantable gâchis. Albina comprenait ces choses-là. Si elle s'est sentie mourir, elle a pu craindre que ses enfants ne détruisent cette merveille. L'aînée, Sabine n'est pas très attirante. Elle n'a jamais eu le charme de sa mère, ce laisser-faire indulgent et attentif qui est le propre des grandes dames. Elle doit aimer régenter, faire plier les choses et les gens à ses idées étroites. Elle a toujours un air de reproche qui vous met mal à l'aise et un mari architecte par-dessus le marché. Cornelia est plus sympathique ; une charmeuse née, aimant séduire et sachant le faire. Une jolie princesse consciente de ses prérogatives, jouant sur le velours pour arriver à ses fins. Pas quelqu'un pour qui il faut se faire du souci en tout cas ; la demoiselle sait compter ses billes.

Et Aurélien ? Elle ne peut pas se cacher qu'elle a toujours eu envie de le materner, même quand il venait en client avec sa conquête du jour, toujours distinguée au point qu'elle se demandait s'il avait une prédilection pour les héritières des châteaux du Bordelais. Lui, contrairement à sa jeune sœur, ne fait aucun effort pour séduire. Il est tombé dans la marmite quand il était petit, alors pourquoi se fatiguer ? Mais ce soir, elle ne le reconnaît pas. Il n'a pas l'air d'aller bien, comme si son assurance s'était dissoute dans quelque misère qui d'habitude n'atteint que le commun des mortels. Elle se demande si c'est uniquement à cause de la mort de sa mère. Il a l'air d'un orphelin qui n'a pas eu un bon repas depuis longtemps. Et là, Nanette sait qu'elle peut arranger ça.

Choyé par Nanette, le chef et José, Aurélien, ô merveille, se sent revivre. Ses organes se sont remis à ronronner, heureux qu'on prête attention à leur besoin au lieu de les agresser d'alcool et de privations. Ses idées ne sont pas encore claires, mais il en a eu assez pour la journée, des bonnes, des folles, des sinistres, des cauchemardesques. Mais au moins une très bonne, en tout cas. Laisser tomber pour toujours cette façade cynique teintée d'ironie mondaine destinée à masquer un personnage moralement douteux.

Il devrait peut-être faire comme Michel ? Tout laisser et redémarrer en laissant sa chance au hasard. Qu'a-t-il à perdre ? Un emploi au bureau où il serait remplacé en un après-midi sans douleur pour personne ; un appartement qu'il voulait changer de toute façon pour un plus grand parce que Ma Majesté s'y trouve à l'étroit ; pas de compagne-bouée ; pas de famille à regretter autre que celle qu'il a déjà perdue. Il est seul et sans attache, encore jeune et en bonne santé. De quoi repartir où bon lui semblera.

Il profitera du week-end pour voir ses sœurs et Colette, et puis il partira quelque temps vers la mer ou vers la montagne pour y trouver le calme qui l'aidera à mettre de l'ordre dans ses pensées.

Belle confiance des mortels qui se croient toujours maîtres de leur destin. Car Aurélien ne sait pas encore que les Parques viennent de lui offrir son dernier festin. Quand, plus tard, on recherchera sa trace, plus personne ne dira l'avoir vu au-delà de ce dimanche d'avril vert, tendre et fleuri. Quelqu'un ment, bien sûr ; l'ange noir qui plane sur la Malvie et se croit autorisé par ses mauvais dieux à perpétrer un autre sacrifice humain.

Fin de la 1re partie

216

DEUXIÈME PARTIE

1

Ce samedi-là, Lili était toute contente en partant pour Arcachon et il y avait de quoi. D'abord, elle avait réussi à décrocher la commande d'un article sur la cuisine basque après du très huppé journal anglais "the Fair Lady". Évidemment, une lectrice pointilleuse pouvait toujours arguer qu'Arcachon est au pays basque à peu près ce que Toulouse est à la Champagne, mais c'était un détail. Thomas, déjà sifflotant au volant de la Jaguar ronronnante sous le grand marronnier, était d'une humeur délicieuse. Il allait coincer Robert Ménoire en prétendant lui acheter un bateau ; ensuite, d'une façon ou d'une autre, en une avalanche de surprises déclenchées par ses savantes manœuvres, il éluciderait le mystère de la mort tragique d'Albina Cassagne. Martin Cadillac en serait pantois d'admiration. Elle devrait tout de même le surveiller pour qu'il n'aille pas se mettre en tête d'acheter un bateau. Le nom de l'hôtel qu'elle avait choisi ferait bien sur sa note de frais : "l'Euskaria." On ne pouvait pas trouver plus basque. Mais là, dès leur arrivée à l'hôtel, les choses avaient commencé à mal tourner. Thomas avait refusé catégoriquement de dormir dans un lit si court et si étroit qu'il passerait la nuit les genoux sous le menton. Ils avaient dû se rabattre sur le "Corsica" ce qui risquait de froisser les quelques érudites antibonapartistes de la rédaction, s'il s'en trouvait. Le plus grave évidemment, était que le "Carioca" des Ménoire n'était

219

plus à quai et que la capitainerie du port ne savait pas quand il reviendrait ni même s'il devait revenir. Quant au plus modeste "Vagabond" de Michel Laborde, il était bien à quai, mais désespérément vide de tout occupant.

Lili avait suggéré de partir en excursion en vrai pays basque, vers Saint-Jean-Pied-de-Port qu'elle rêvait de visiter, ce qui lui permettrait d'écrire un authentique article inspiré. Mais Thomas n'avait rien voulu savoir. C'était Arcachon ou rien. Et d'ailleurs, ils devaient retrouver Yves qui viendrait les chercher.

Installée sur la terrasse ombragée de l'hôtel qui offre une splendide vue sur la rade, elle compulse les brochures alléchantes qui vantent tout ce que la région peut offrir aux touristes gourmands. Fait plutôt rare, Thomas ne chantonne pas sous sa douche, signe infaillible que les événements ne tournent pas à son idée. Le chasseur a perdu son gibier sur le vaste océan et n'aime pas du tout ça.

*

Yves ne sait pas trop ce qu'il doit penser d'Arcachon. Ses sentiments sont si confus qu'il n'arrive pas à les démêler. Il a connu la ville lorsque son premier beau-père y avait une villa malheureusement assez près de la mer pour qu'on puisse y aller à pied, l'obligeant à trottiner le long d'interminables autres villas mesquinement abritées derrière des grilles closes, probablement pour les protéger des passants pestiférés. Ornées à outrance de pergolas, vérandas, marquises et gloriettes, elles laissaient entrevoir des fleurs enrégimentées, alignées au cordeau en nombre pair et couleurs alternées, une jaune, une rouge, une jaune, une rouge, *pour rompre la monotonie*, au voisinage d'arbustes disciplinés et de quelques grands arbres émasculés sans pitié par des élagueurs zélés, ennemis des lignes courbes.

Malgré toutes ses ruses, il n'arrivait jamais à se dérober à la corvée quotidienne de la baignade qui était *"bonne pour le petit."* Lui n'avait qu'une ambition : garder ses yeux et ses oreilles hors de cette folle masse d'eau hostile. La nuit, il rêvait que le beau-père mourait noyé dans les vagues déferlantes, mais au matin il était toujours là ; la mer aussi d'ailleurs, avec toujours autant d'eau froide. Le soir, les parents jouaient aux cartes avec des voisins et on l'installait devant la télé où il était supposé s'amuser avec des vidéos débiles pour bébés. Un jour il avait demandé à un voisin docteur qui avait l'air gentil de dire à sa mère qu'il avait la *tuberculose*. Il ne savait toujours pas aujourd'hui ce que le bon docteur avait raconté, mais ensuite on l'avait laissé jouer sur la plage avec son quat'quat et ses petits cailloux, sans obligation de baignade.

Et puis, bien plus tard, il avait découvert une autre ville, vraie, chaleureuse, pleine de bruits humains et d'odeurs de marée : celle des pêcheurs fiers de leur butin de poissons d'argent, celle aussi des mythiques grands bateaux aux orgueilleuses voiles blanches, leurs figures de proue, sirènes aux beaux seins, fendant la rageuse écume des vagues jusqu'à l'horizon vers les pays des gauchos et des vahinés. À en faire péter les durites du rêve, aurait dit Garrigue dans ses bons jours.

L'appartement du copain de Cadillac, où il arrive avec son balluchon, est époustouflant. Un grand salon tout blanc agencé autour d'une batterie de chaîne hi-fi, complétée sur tout un mur d'une discothèque de fou d'opéra. La seule décoration est une sobre photo de Maria Callas, beauté antique sortie tout droit de la mythologie. Sur la table basse, devant les canapés de cuir blanc, un mot de bienvenue : "Les amis de Martin Cadillac sont mes amis. Le champagne est au frais, la cave et tout le reste à votre disposition. Profitez-en sans complexe pour me faire plaisir et dites à Martin qu'on le voit trop peu par ici. George." Cadillac a dû rendre un sacré service au mélomane reconnaissant. Il est capable de ça, le patron : la main tendue dans les coulisses à un voyou récupérable. George a eu de la chance d'être tombé sur lui et apparemment il le sait. Du caviar au réfrigérateur, une salle de bain-jacuzzi, et quelle chambre ! Ce lit, presque carré, recouvert d'une fourrure blanche ! Moi tout seul là-dedans... *Si Marion voyait ça ! Tant pis je l'appelle...* À la thalasso, il tombe sur un répondeur et raccroche, penaud, sans laisser de message. Pas grave. C'est plein d'autres filles en ville. Mais il sait déjà qu'aucune ne lui plaira. *Ma come* ? Il n'est pas amoureux, tout de même ? Ridicule. Il ferait mieux d'appeler Thomas.

2

Cadillac se réveille dans un lit qui n'est pas le sien. Encore engourdi de sommeil, il sait à peine qu'il ne rêve pas. Ce corps tiède, près de lui, est bien réel, aussi réel que la nuit qu'il vient de passer avec Annette. Ô folle nuit, qui laisse partout en lui des traces de sa douceur, de ses fureurs, de cette euphorie qui les a emportés au-delà d'eux-mêmes, hors du temps, hors du monde. Elle dort encore, sa peau de satin contre la sienne, une épaule nue offerte. Tout à l'heure, la douche sacrilège effacera ces sucs exhalés par leurs corps emmêlés, par ce miracle que partout on appelle l'amour. Comment en cet instant comprendre que tant d'exquises douceurs seraient interdites par ce cerveau glacial qui voudrait toujours avoir les commandes ? Pourquoi toujours lui obéir ? *Mais maintenant, pour quelques minutes encore, nous sommes là, saouls du bonheur d'être ensemble ; je peux mordiller son oreille...* Elle ne dort pas, se tourne vers lui et d'un geste de sa main sur sa nuque, l'attire, réveillant un désir assoupi mais soudain impérieux auquel il ne sait qu'obéir. Ô tiédeur, ô douceur, se perdre en elle une fois encore, peut-être la dernière. Le cœur chavire, trop plein d'émois. *Rien d'autre n'existe que toi et moi, confondus, l'un à l'autre dans une bulle d'éternité.*

Et puis il faudra s'arracher, retourner dans la jungle des autres, faire ce qu'on doit sans écouter la révolte de nos corps qui exigent leur plaisir. Rien ne peut valoir ce délice, hurlent sa peau, ses tripes, son cœur battant... Mais il faut reprendre les commandes, ou plutôt les laisser au pilote automatique qui nous fait parfois la grâce de nous laisser des souvenirs, de quoi rêver dans nos lits vides, de quoi pleurer aussi dans le désert de nos vies bien remplies d'activités fébriles, vides de sens sans ces émois que nous nous refusons par veulerie, par trop de courage ou par une cruelle combinaison des deux.

Sur la route déserte qui le mène à Cadouin, il doit utiliser les essuie-glaces pour balayer les pétales des cerisiers en fleur qu'une bourrasque vient d'envoyer sur son pare-brise. Mais il n'y voit pas plus clair et doit s'essuyer les yeux. Manchette : "Le Commissaire Cadillac, sans mouchoir et de retour d'une nuit en goguette, essuie ses larmes avec le revers de sa manche." *"Mais au fait, pourquoi pleurez-vous, monsieur le Commissaire ?"* demanderait le reporter. *"Vos gueules, tous ! Je ne pleure pas, j'ai un rhume." "Vous avez décidé de quitter Annette, de la laisser à son mari et ses enfants ?"* insisterait l'indélicat reporter, s'il faut oser le pléonasme. *"Je ne suis pas obligé de répondre maintenant"*, rétorquerait-il ainsi que savent le faire ses suspects récalcitrants.

Tout à l'heure, à son symposium, il sera entouré de collègues, gens sérieux, responsables, mariés pour des raisons qu'il comprend aujourd'hui mieux qu'hier. Chacun d'eux dira comment, à son idée, on pourrait améliorer le monde. Lui aussi ira de son couplet sur la prévention parce qu'il faut bien commencer par dire les choses si on veut qu'elles se fassent un jour. Avec un peu de chance, il se réconciliera avec lui-même, policier intègre à toute heure, homme intègre à ses heures.

3

Yves se réveille dans son lit de pacha sans savoir s'il y est en long, en large ou en travers.

La fourrure blanche a glissé au sol, la couette et les oreillers sont dispersés en bataille. Il a encore fait des cauchemars, et presque toutes les nuits maintenant. Cette fois, il était accusé d'une faute dont il était innocent, mais personne ne pensait à lui reprocher une autre horrible chose qu'il avait faite et dont il avait envie de parler. Il ne sait plus ce que c'était ; le rêve s'est envolé. Il devrait peut-être voir un psy ? Ce serait bien s'il pouvait en parler à Cadillac. Mais il n'osera pas, ce n'est plus la peine d'y penser.

La soirée d'hier lui revient en mémoire. Dîner avec Thomas et Lili, pas très réussi, dans un restaurant au nom basque plein de eu, de k, avec même un z quelque part, magnifiquement décoré. Les poutres anciennes noires et luisantes de fumées antiques, la grande horloge, les fauteuils paillés et les paniers savamment travaillés, les énormes bouquets de lilas, les bougies, tout promettait un régal culinaire. Mais, hélas, c'était un restaurant de décorateur plus intéressé par la porcelaine des assiettes que par leur contenu. La "truite montagnarde" des hors-d'œuvre était si grasse qu'il fallait douter qu'elle eût jamais nagé de sa vie. En tout cas, la pauvrette n'avait jamais remonté les eaux furieuses d'un torrent pyrénéen, bondissant ici et là avec énergie pour saisir de problématiques mouches.

Le poulet, dit basquaise, était relevé au curry et on y avait ajouté des pruneaux. C'était la première fois qu'Yves voyait Lili vraiment fâchée. Thomas pestait contre les Ménoire qui lui avaient échappé. Il n'avait pas rêvé, pourtant ? Ils lui avaient bien donné rendez-vous ce dimanche-là, sur le "Carioca", au port de plaisance d'Arcachon. Pourquoi cette fuite ? C'était louche, quasiment une preuve de culpabilité. Comment les retrouver ? Il avait parlé de contacter la Lloyds, des amis hauts placés dans les instances maritimes écossaises, de passer des annonces, de concocter d'autres manœuvres souterraines comme il en germait facilement dans son cerveau fertile. Après le dîner, ils s'étaient promenés sur le port où le "Carioca" était toujours absent et le "Vagabond" toujours vide.

Lili avait réussi à convaincre Thomas de faire une excursion à Guétary le lendemain, et Yves avait décidé de rentrer tôt le matin s'il n'arrivait pas à joindre Marion, ce qui fut le cas. Pour se consoler, il s'efforça de penser en soupirant que c'était mieux ainsi, puisqu'elle devait déjà l'avoir oublié.

4

Marion, postée derrière le bureau de réception de la thalasso, vient de donner leur addition salée aux derniers clients du week-end. Elle va profiter du calme des lundis pour mettre à exécution illico le plan qu'elle a conçu pour retrouver Yves. Quatre nuits qu'elle ne dort pas, obsédée par lui à en mordre les oreillers, ça suffit. Le patron n'est toujours pas rentré et personne ne viendra la déranger si elle donne quelques coups de fil. Pour commencer, elle tenta sa chance auprès du concessionnaire Harley-Davidson qu'elle a pu retrouver. Dommage qu'elle n'ait pas pensé à noter le numéro minéralogique de la moto d'Yves, et il faut espérer qu'il ne lui a pas donné un faux nom. Ça sonne, on décroche. Courage.

« Bonjour madame, dit-elle d'une voix à la fois suave et articulée d'une annonceuse d'aéroport, ici le bureau d'Yves de la Vergne. Vous devez vous souvenir de lui. Il vous a acheté une Harley-Davidson, la semaine dernière... C'est ça. J'ai besoin du numéro de série pour l'assurance et il est parti sans me dire où était le dossier. Vous pourriez me le donner s'il vous plaît ?... Merci, j'attends... »

Le nom était bon ! Son cœur bat tellement la chamade qu'il va se fracasser contre ses côtes, c'est sûr. À l'autre bout du fil, son interlocutrice revient et la renseigne aimablement.

«... C'est noté. Merci. Et, heu... Vous ne pourriez

pas me faxer la fiche complète s'il vous plaît ? Comme ça je n'aurai plus besoin de vous déranger s'il me manque un détail. Je ne connais même pas la cylindrée... Oui, je comprends... Le problème est qu'il roule avec en ce moment. S'il lui arrivait quelque chose, je ne voudrais pas que l'assurance considère que ses papiers ne sont pas en règle. Ils m'ont déjà relancée ce matin... Merci de votre compréhension ! Très aimable. Voici mon numéro de fax. »

Lorsqu'elle raccroche, étonnée de voir ses mains trembler, elle se dit qu'elle a bu trop de café. Le déclic du fax... Elle n'arrive pas à croire que c'était si facile. Elle va le retrouver ! Ses mains tremblent encore quand elle détache le papier de la machine.

Yves Marie de la Vergne... Quai des Gabares... Monférand... Téléphone... Profession : inspecteur de police !

Sainte Vierge ! Sainte Vierge Marie ! Policier ! Il s'est servi d'elle pour une enquête de police ! Le Judas ! Le traître !

Suffocant ! Elle doit sortir pour reprendre sa respiration.

Scénariste ! J'ai avalé ça ! Et me planter là, comme ça ! Poli, d'accord, mais raide !

Un grand verre d'eau glacée, non, deux. Et on réfléchit. Calmement.

Voyons... Qu'est-ce que tu aurais fait, toi, si tu devais faire une enquête discrète dans un hôtel ou autre ? Déjà je ne donnerais pas mon vrai nom... Scénariste c'était bien trouvé. Je n'aurais pas fait mieux. Finalement, c'est assez logique qu'il ne m'ait rien dit. Ils doivent enquêter sur le patron. Ils ont dû trouver un truc louche dans ses affaires. Je suis vexée parce qu'il m'a tiré les vers du nez comme à une idiote de village, voilà tout. C'était fortiche quand même ! Mais je vais lui montrer, moi, ce qui se passe quand on me prend pour une nunuche attardée.

Elle part vers les cuisines, d'un pas martial, annoncer à ses collègues qu'on ne compte pas sur elle dans les deux ou trois jours qui suivent. Elle a la grippe. Une bonne gastro.

Monférand, donc. En partant tout de suite, elle y sera pour le déjeuner. À moi, vicomte, j'ai deux mots à te dire.

5

Comme tous les lundis matin, Garrigue arrive à l'hôtel de police propret, fringant, d'attaque contre qui le provoquerait, ce qui ne se produit jamais, il se demande pourquoi. Le planton, qui a eu le temps de cacher l'*Équipe* sous son comptoir, le salue avec la déférence bourrue qui lui paraît propre à neutraliser les pulsions belliqueuses de l'imprévisible inspecteur.

« Salut, Garrigue. J'ai des nouvelles pour toi. Tu sais, le gugusse là, auquel vous vous intéressez là-haut, Aurélien Cassagne ?

— Ce n'est pas un gugusse, c'est "Monsieur" Aurélien Cassagne. Il faudrait que tu suives des cours pour te recycler. C'est fini l'époque où les policiers parlaient argot. D'un ringard !

— Te fâche pas, c'était entre nous.

— Même entre nous. Alors, qu'est-ce qui se passe avec Monsieur Aurélien Cassagne ?

— J'étais de garde ce week-end et il a téléphoné. Il voulait parler au chef. Je lui ai dit que le chef était absent et qu'il pouvait parler au policier de garde, c'est à dire moi. Mais il a rien voulu savoir. C'était le chef ou personne. Il voulait son numéro privé, tu te rends compte!

— Et qu'est-ce que tu lui as répondu ?

— Pardi, qu'on ne donnait pas les numéros privés des commissaires. Où il a vu ça lui ? Mais il insistait que je lui dise au moins dans quel bled il habitait, il l'aurait trouvé sur l'annuaire. Ils ne doutent de rien, je te jure. Gonflé le mec, tu vois un peu ?

— Je vois assurément qu'à ta place, si j'avais une promotion à demander, j'attendrais la semaine prochaine. Et encore. Je crois que tu aurais plus de chance à la Saint-Glinglin. »

Il monte vite les étages, laissant le planton estomaqué.

« Que fallait-il que je fasse, moi ? Et cette histoire de donner du "Monsieur" dans la police maintenant ! Ils devraient faire pareils pour les sports tant qu'ils y sont. Tu vois un peu ce que ça donnerait à la radio : "Monsieur Jean-Claude Payan passe le ballon à Monsieur Jean-Noël Edib, qui l'envoie près du but, où il est repris par Monsieur Frédéric Ternon..." Mais où on va ? Où on va ? »

Garrigue trouve l'étage désert, à l'exception de Rosine qui est occupée avec le chef comptable. Il vaut mieux ne pas trop s'approcher. C'est un peu le pastis dans ses notes de frais qu'il a laissées en vrac avec celles qu'il avait oubliées l'année dernière. *Mais pourquoi s'en faire ? Ils lui tomberont dessus bien assez tôt. Étonnant, cet appel d'Aurélien Cassagne. Qu'est-ce qu'il peut bien vouloir leur dire celui-là ? Une accusation ? Une confession ? On dirait en tout cas que le piège du chef avec la douane a marché. Y'a pas à dire, il sait y faire quand il veut le patron.*

6

Cadillac entre dans le hall de l'hôtel de police où l'horloge affiche midi et quart. Une matinée fichue. Et encore, c'est seulement parce qu'il a pu s'échapper des cérémonies de clôture du symposium en inventant un prétexte énorme pour ne vexer personne. On le trouve déjà bien assez asocial comme ça. Au bureau de la réception, une jeune femme s'adresse au planton, qui, pour une fois, a l'air aimable.

« L'inspecteur de la Vergne n'est pas là, mademoiselle, dit le cerbère. Et je ne sais pas quand il viendra. Mais tenez, voici son patron. »

Cadillac s'approche d'elle.

« Mademoiselle... Commissaire Cadillac. Puis-je vous aider ?

— Euh... » bredouille Marion désarçonnée.

Mince alors ! Le patron d'Yves ! Que faire ? Que dire ? Elle est intimidée. Pourquoi ? C'est sa carrure ? Ses yeux ? Il a un gentil sourire pourtant.

« Je cherche Yves. On s'est connus à la thalasso de Baignère de Tarbes et euh... »

Cadillac se souvient. Vergne lui en voulait de l'avoir rappelé d'urgence sans lui avoir laissé le temps de s'expliquer avec elle. Il va essayer de rattraper ça.

« En effet. Je suis au courant. Il sera là dans l'après-midi. Arrivez-vous de Baignère ?

— Euh... Oui.

— Vous devez avoir faim ? On a un bon restaurant

232

à côté. Puis-je vous inviter ? J'allais y aller. C'est là qu'Yves viendra me chercher s'il arrive.

— Euh, très gentil... Je ne voudrais pas. »

Depuis quand je bégaie, moi ? Il fallait dire non, idiote. Et maintenant, c'est trop tard.

« Alors, allons-y, dit Cadillac. »

Il ouvre la porte à Marion quand le planton le rappelle.

« Chef ? Comme je l'ai dit à l'inspecteur Garrigue tout à l'heure, monsieur Aurélien Cassagne a cherché à vous joindre ce week-end. »

Cadillac s'arrête net et retourne vers lui en s'excusant auprès de Marion.

« Qu'est-ce qu'il a dit ?

— Qu'il voulait vous parler d'urgence. Il voulait même vous appeler chez vous, mais moi, vous comprenez, je pouvais pas lui donner votre numéro comme ça.

— N'a-t-il rien dit d'autre ?

— Non. Sinon qu'il rappellerait. Mais on ne l'a pas eu ce matin.

— S'il rappelle, je le veux immédiatement où que je sois. Priorité absolue, est-ce clair ? Je suis chez Pierrot.

— Bien, chef. »

Cadillac, pensif, rejoint Marion. Aurélien ne l'a pas appelé pour rien. C'est sûrement très important. Mais en attendant, voyons ce que va lui raconter cette jeune fille qui a tapé dans l'œil de Vergne...

Installé à sa table habituelle chez Pierrot, il observe Marion. Une jolie fille intelligente et délurée, une gourmande aussi, qui sait faire honneur à la bonne cuisine qu'on lui sert. Il se demande quelle influence elle aurait sur Yves si leur relation se poursuivait. Elle pourrait l'entraîner par ambition vers d'autres horizons, dans les hautes sphères de la capitale en vue d'une brillante carrière qu'il n'aura peut-être pas ici. Un choix de vie, se dit-il. La douceur, la bonne vie de nos provinces ou bien l'agitation dans la jungle des grandes villes souvent confondue avec la belle vie. Lui, il a choisi et sait que son choix était le bon. Mais il ne doit pas se laisser guider par son expérience personnelle, ni surtout par son égoïsme attisé par sa crainte de perdre Yves.

Marion, elle, se dit qu'elle a bien fait de venir. D'abord, elle s'est régalée et les profiteroles qu'elle vient d'entamer sont à se mettre à genoux. Et puis Cadillac s'est mis en quatre pour lui plaire. Ils ont bien ri ensemble de l'invention d'Yves qui s'est présenté comme scénariste. Très astucieux.

« Il a beaucoup d'imagination Yves, dit son patron. Il faut qu'elle comprenne qu'il n'avait pas trop le droit de dire la vérité. Ça n'était pas dirigé contre elle. Dans ce métier que nous faisons, nous sommes souvent obligés de dire le faux pour apprendre le vrai ; non par plaisir, mais par nécessité. »

Dans la première salle du restaurant, Pierrot voit entrer Yves qui le salue joyeusement.

« Le commissaire est là, lui dit Pierrot. Je dois vous garder des profiteroles ? Ce sont les dernières qui me restent. Et le faisan est fini pour aujourd'hui. Mais j'ai... »

Yves, qui vient de jeter un œil dans la deuxième salle, n'écoute plus. Ce qu'il vient de voir lui a coupé la respiration. Marion est là ! Avec Cadillac ! Il n'a pas rêvé. C'est bien elle, c'est bien lui ! Il a besoin de sortir au grand air pour se ressaisir et repart aussitôt sous le regard ahuri de Pierrot qui s'interroge en rajustant sa toque. Qu'a-t-il bien pu dire d'aussi impressionnant ? D'accord, son faisan est fameux, mais de là à avoir une réaction pareille parce qu'il va en manquer, c'est flatteur et mérité, mais peut-être un tantinet exagéré ?

Yves, appuyé au chambranle de la porte du restaurant, tente d'ajuster ses idées pour qu'elles fassent un ensemble cohérent. Marion avec Cadillac, qui lui prenait de la crème au chocolat dans son assiette. Qu'est-ce qu'elle fait ici ? Comment l'a-t-elle retrouvé ? Et Cadillac va lui piquer sa nana maintenant ? En supposant qu'il revienne dans le restaurant, que dire ? *"Salut chef, salut Marion. J'ai fini mon scénario. On m'a engagé dans la police, tout juste hier soir"... Promis, juré, je change de métier. Ce genre de situation n'arrive jamais si on est comptable ou horloger... Mais en attendant, que faire ?... Allez, Vergne ! Ce n'est pas la fin du monde. Tu y vas et tu verras bien. D'ailleurs, tu n'as pas le choix et en plus tu as faim.*

Il refait son entrée, cette fois d'un pas décidé de hussard et, d'une voix assurée, lance à Pierrot :

« Oui, merci, Pierrot, je prendrai les dernières profiteroles. » Puis il va droit sur Cadillac et Marion, l'air dégagé, comme s'il s'était toujours attendu à les voir ensemble. Une pointe d'ironie ne fera pas de mal.

« Bonjour. Je n'interromps pas un tête à tête ? »

Marion n'a pas l'air trop fâchée. C'est déjà ça. Cadillac se lève.

« Je dois retourner au bureau. C'est moi qui vous laisse en tête en tête. Il ajoute pour Marion :

— Vous me le rendez après le déjeuner ? Nous avons du travail. Je le libère vers six heures. Ça ira ?

— Parfait. Au revoir, commissaire. Et encore merci pour le déjeuner. Inoubliable. »

Yves attend que Cadillac soit parti pour s'asseoir à sa place. Marion voit qu'il est tourneboulé, mais ne sait pas comment faire pour le rassurer, et elle-même est trop émue pour savoir quoi dire.

— Fameux, ce restaurant. Délicieux, dit-elle.

— Oui, c'est le meilleur de la région », répond Yves dans un registre de voix qu'il ne se connaît pas.

Heureusement, Pierrot arrive avec ses terrines et cornichons faits maison.

« Vous savez c'est pas grave pour le faisan, dit-il. J'en refais lundi prochain. Vous n'aurez qu'à revenir. Je vous propose des rougets à l'escabèche ?

— Parfait, Pierrot, parfait. »

Pierrot, intrigué, se dit que l'inspecteur n'a pas trop l'air dans son assiette. C'est ce métier de fou qu'ils font. On n'a pas idée de passer son temps à poursuivre ses contemporains. C'est pas bon pour l'estomac.

Marion ose enfin regarder Yves dans les yeux.

« Ton patron m'a tout raconté. Il a l'air de beaucoup t'apprécier. »

Yves ne répond pas parce qu'il a la bouche pleine.

« Je t'ai cherché parce que tu me manquais, dit-elle. Je n'ai pas compris pourquoi tu n'as pas téléphoné.

— J'ai essayé depuis deux jours. Je n'avais que des répondeurs.»

Il faut quelques secondes à Marion pour intégrer l'information, et ça se met à danser partout en elle. Elle parvient à peine à dire, la voix étranglée :

« C'est vrai ?

— Oui. Je ne mens pas tout le temps, tu sais. »

Elle lui prend la main, trop émue pour trouver quoi que ce soit d'intelligent à dire.

« J'ai faim. Tant pis, je reprends de la terrine... »

Pierrot, qui est revenu vers leur table, trouve que ça, c'est une fille qui a de la classe. Reprendre de ses terrines après le faisan, le fromage et les profiteroles, ce n'est pas orthodoxe, mais il comprend. Il comprend.

7

Lorsque Yves arrive dans le bureau de Cadillac après le déjeuner, Garrigue est prêt à partir. Sourcils froncés, il a un air grave et martial facile à interpréter. Il prend au sérieux la mission qui vient de lui être confiée. Cadillac résume la situation pour Yves : il y a inquiétude sur le sort d'Aurélien. Son téléphone ne répond pas, il n'est pas venu à son bureau où il était attendu par un client ; sa sœur Sabine, pas plus que son mari Michel à qui on a téléphoné, ne savent où il pourrait être. Ils vont se partager la tâche de le retrouver en interrogeant ses proches. Yves doit s'occuper de retrouver Cornelia. Marion pourrait peut-être aider à localiser Francis Monsec ?

Il fait vinaigre le patron pour exploiter une nouvelle recrue, pense Yves qui a autre chose en tête quant aux occupations auxquelles Marion pourrait se livrer dans les heures à suivre. Il lui a laissé les clés de son appartement et espère pouvoir passer une soirée tranquille avec elle, ou plutôt, disons en tête à tête. Il va partir avec Garrigue, impatient de bâcler sa mission, mais Cadillac le retient.

« Avez-vous une minute ?

— Bien sûr.

— J'aimerais bien faire le point entre nous sur cette affaire Cassagne. Thomas et Lili seront rentrés demain, et Alice veut bien préparer un dîner chez moi. Vous seriez le bienvenu si vous vouliez bien venir.

Avec Marion si vous voulez.

— Pas de problème. Merci.

— Je suis désolé pour cette virée à Arcachon qui n'a servi à rien. Mais c'est une ville que vous connaissiez bien, je crois ? »

Où veut-il en venir ? se demande Yves circonspect. *Il s'intéresse à mon passé maintenant ?*

« Oui. Mon deuxième beau-père y avait une villa. J'y ai passé des vacances quand j'étais petit.

— Vous entendiez-vous bien avec lui ? Je crois que vous avez eu trois beaux-pères, n'est-ce pas ?

— Oui. Ma mère divorçait quand elle s'apercevait qu'aucun de ses nouveaux maris ne valait le premier. Mon père, je veux dire.

— Et vous ? Comment les trouviez-vous ? Ça devait être assez difficile pour vous ? »

Pigé ! se dit Yves. Il se voit déjà en beau-père des deux fils d'Annette ! *Alors, c'est qu'il pense à se marier avec elle. À tous les coups, il l'a vue ce weekend. Quelle histoire !*

« Mes beaux-pères ? Ils étaient OK. Rien à redire. En y repensant, je me dis que c'est plutôt moi qui devais être difficile. J'essayais tout le temps d'être seul avec ma mère. Je ne ratais pas une vacherie si j'en trouvais une à dire. Je faisais semblant d'être malade s'ils avaient prévu une partie de plaisir. Ce genre de truc un peu vicieux qu'inventent les gosses.

— Étiez-vous malheureux ?

— Difficile à dire. Pas très heureux, sans doute.

— Peut-être vous manquait-il des frères et sœurs ?

Yves ne sait pas quoi répondre. Oui, il aurait voulu des frères et sœurs pour ne pas jouer seul tout le temps, mais non, il n'aurait pas aimé encore partager sa mère avec eux.

— Je vous embête avec ces questions. Si un jour vous voulez m'en parler... »

La gorge serrée Yves répond faiblement : *"peut-être"*, puis ramasse son casque. Cadillac se lève pour l'accompagner à la porte.

« Si vous ne pouvez pas repasser ici ce soir, appelez-moi chez moi. D'accord ?

— D'accord. »

Cadillac le voit descendre l'escalier à toute vitesse. Comment les femmes font-elles pour se faire si facilement des confidences ? *Nous, nous sommes toujours bloqués par une espèce de pudeur idiote.* En tout cas, il a la réponse à la question qu'il se posait : *"Suis-je assez généreux pour devenir beau-père ?"* La réponse est non.

Au travail. Il doit trouver Colette Chalard qui, d'après Thomas, envisage de s'acheter une voiture neuve le jour où elle vient d'apprendre qu'elle n'aura rien en héritage.

8

Le portillon du jardinet de la maison de Colette est fermé et personne ne répond à l'appel de Cadillac qui décide d'explorer les lieux alentour. Cette ancienne ferme devait faire partie d'un hameau, autrefois, avant l'exode des paysans vers les villes. On peut voir, à l'abandon, les traces de la vie telle qu'elle était alors. Les poulaillers sont toujours là, que personne n'a songé à nettoyer même pour fumer le jardin, les clapiers rouillés ont encore leur paille d'origine. Il ouvre la porte d'une remise où s'entassent des machines et ustensiles de jardin au rebut, recouverts de vieux chiffons mangés par les rats, comme le sont les chaussures éculées entassées dans un coin parmi de vieilles casseroles et pots de chambre troués, rouillés, bons pour le feu ou la décharge. Des cahiers d'écolier traînent par terre, maculés de boue. Plus loin, une grange qui sert de garage à la vieille camionnette du charpentier, et une petite Citroën qui doit être la voiture de Colette. Une ancienne étable avec sa fosse à purin qui n'embaume pas après la pluie d'hier soir. Un autre bâtiment sent si mauvais qu'il hésite à l'approcher. L'ancienne porcherie, semble-t-il, un gracieux petit bâtiment, inutilisable parce que personne ne l'a nettoyé depuis que le dernier cochon tiré sur le dos par quatre hommes a crié vainement à sa mort. Combien de temps y a-t-il ? Au moins vingt ans, peut-être trente. Un chemin empierré bordé d'orties vigoureuses mène à une autre maison qui doit

240

être celle du père de Colette, veuf, et maintenant à la retraite. Au bord du chemin qui y mène, un panier renversé, presque neuf, a dû passer l'hiver sous les intempéries et commence à pourrir. Il le ramasse pour le mettre à l'abri d'une grange qui sert de débarras à d'autres machines agricoles périmées. Colette, qui doit passer là tous les jours puisqu'elle porte les repas à son père, ne s'est jamais baissée pour le ramasser. Comment Albina Cassagne a-t-elle pu supporter si longtemps une pareille souillon, rongée de paresse au point de ne pas se baisser pour ramasser un bon petit panier ? Par grandeur d'âme ? Ou bien Colette, vivant dans deux mondes distincts, étanches, non communicants, était-elle une autre personne à la Malvie ? Ici, elle n'a même pas l'idée de ranger ou de balayer, là-bas, chez des étrangers, elle va chassant la poussière, cirant les meubles, polissant les cuivres jusqu'à leur donner l'éclat de l'or. Comment pouvait-elle faire la transition d'un univers à un autre, d'une personnalité à une autre ?

Il reconnaît maintenant la maison du charpentier où il était venu une fois en y accédant par la grande route qui aboutit à la façade. L'escalier qui mène à la cuisine-salle à vivre est encore plus délabré que dans son souvenir, dangereux sans doute aussi. Le vieil homme doit connaître les marches à éviter et n'a pas trouvé le courage d'aller chercher quelques clous et un marteau pour les consolider. La porte s'ouvre en soulevant le loquet forgé sur une pièce déserte. Qui viendrait voler quoi que ce soit dans ce gourbi ? Une télévision est installée à droite de la cheminée-cantou où le feu est éteint, les cendres en tas servant de poubelle aux mégots, coquilles d'œufs et autres débris pourrissants dans les chutes de suie mouillée. La table est encombrée de casseroles et assiettes sales, de cendriers pleins. Pauvre homme ! Il s'était peut-être dit à la naissance de sa fille qu'elle veillerait sur son vieil âge. Ce qu'elle fait à sa façon après tout. Mais l'exploration de ce pauvre logis qui sent la mort en sursis aura servi en tout cas à tordre le cou à la légende de la fille qui prend soin de son père avec dévouement.

Il repart vers le jardin, devant la maison de Colette, où seuls les lilas sont en fleur, effort méritoire qui ne suffit pas à masquer la désolation des mauvaises herbes qui prolifèrent anarchiquement. De loin, il peut voir une voisine en tablier qui regarde dans sa direction, sans doute intriguée par sa présence, et puis, sur le chemin qu'il a emprunté pour venir, Colette qui vient vers lui avec une poussette dans laquelle il reconnaît la petite Carine.

Il essaye d'être rassurant, caresse la joue de la petite et lui dit un mot aimable, mais il voit au regard fuyant de la mère qu'il lui fait peur. Peut-être en vieillissant, avec bedaine et cheveux blancs, aura-t-il l'air moins redoutable ? Ou est-ce encore une illusion à perdre avec l'âge ?

« Bonjour Colette, je voudrais vous parler si vous avez une minute ?

— J'ai le temps.

— J'aimerais que vous me disiez si vous savez où est Aurélien Cassagne. L'avez-vous vu récemment ? »

Il voit qu'elle n'a pas envie de répondre. Elle jette un œil vers la voisine qui est maintenant occupée dans son jardin. Regard facile à interpréter : si Aurélien est venu, un témoin a pu le voir. Elle ne peut pas mentir. C'est déjà ça.

« Il est venu hier matin.

— Ah ? Pouvez-vous me dire pourquoi ? Une raison spéciale ?

— Il voulait savoir pourquoi sa mère avait vendu la Malvie. Mais j'en savais rien bien sûr. C'est pas mes affaires, leurs histoires. »

Soudain Cadillac comprend. Aurélien s'est dit qu'elle avait accès aux secrets de la maison, qu'elle avait pu lire des documents importants, expliquant peut-être la décision d'Albina de les déshériter tous. Mais il doit y avoir autre chose. Il voit, à son air buté, qu'elle ne le lui dira pas. Le silence est son rempart. Il devra chercher ailleurs.

Il est presque soulagé d'entendre l'appel radio dans sa voiture. C'est Pujol. Aurélien Cassagne n'est pas chez lui. En tout cas, il n'a pas répondu à un coup de sonnette insistant. Mais un voisin l'a vu rentrer tard hier soir, dimanche vers minuit. Ce voisin a les clés de l'appartement d'Aurélien, mais Pujol a préféré téléphoner avant de poursuivre. Cadillac lui dit de rester sur place et de l'attendre. Il va le rejoindre. Il pose une dernière question à Colette. Aurélien venait-il souvent la voir chez elle ? La question semble l'étonner.

« Jamais, dit-elle, comme s'il s'agissait d'une énorme évidence.

— Si vous le revoyez, voudriez-vous lui dire de m'appeler ?

— Ça m'étonnerait qu'il revienne, lui répond-elle d'un ton goguenard. »

Il reste un instant stupéfait avant de se dire qu'il ne doit pas sauter sur la sinistre conclusion qu'implique cette réponse. Si elle le savait mort, aurait-elle répondu aussi candidement au policier qu'elle semble tant redouter ?

*

243

Cadillac arrive devant l'immeuble d'Aurélien, un ancien couvent modernisé et divisé en appartements. Le majestueux escalier en pierre a survécu sans dommage aux transformations, et il en est reconnaissant à l'architecte ou au promoteur qui l'a conservé ainsi alors qu'il avait dû y voir un espace rentable. Pujol qui le rejoint, l'accompagne sur le palier du premier étage et lui présente le voisin d'Aurélien, Pierre Pascal, un retraité jovial, rondouillard, content d'aider s'il le peut. La nuit dernière, il a joué très tard au bridge avec des amis et il a vu Aurélien arriver en voiture et rentrer chez lui. Il était allé à la fenêtre parce qu'il était le mort de la partie et avait cru entendre un coup de klaxon.

« Qui aurait klaxonné ? Aurélien ? demande Cadillac.

— Je ne crois pas. Pourquoi l'aurait-il fait ? La rue était déserte. C'était peut-être la sortie du cinéma qui se trouve deux rues plus loin ?

— Quelle heure était-il ?

— Un peu après minuit. Il m'est difficile d'être plus précis.

— Et vous ne l'avez pas vu repartir ?

— Non. Ni hier soir ni ce matin. À vrai dire, nous avons tapé le carton jusqu'à trois heures du matin et Aurélien a pu sortir sans que nous ne l'entendions. La partie était assez animée. Et puis, nous nous sommes levés tard ce matin. Mais sa voiture est toujours là. C'est la Renault noire que vous pouvez voir de la fenêtre.

— Elle n'a pas bougé ?

— Non.

— Mon inspecteur me dit que vous avez les clés de son appartement ?

— Oui. Et lui a les miennes. Si nous partons quelques jours, il vient nourrir notre chat. Un bon voisin.

Bridgeur exécrable, mais très gentil. Vous avez une raison de le chercher ?

— À vrai dire, nous aimerions nous assurer qu'il ne lui est rien arrivé. Ne pourriez-vous pas, s'il vous plaît, voir si tout va bien chez lui. Nous vous accompagnerons.

— Seigneur ! Mais qu'a-t-il pu lui arriver ?

— Probablement rien. Vous nous éviteriez tout un tas de procédures compliquées si nous devions le rechercher par les voies officielles ; nous gagnerions du temps.

— Si vous me fâchez avec lui, j'en serais très ennuyé.

— Rassurez-vous, nous ne toucherons à rien et nous saurons lui expliquer que vous n'êtes pas en cause.

— Dans ce cas, je n'y vois pas de mal. Je prends les clés et je vous accompagne. »

Sur le palier, Pujol montre à Cadillac d'un geste discret une porte qui ne semble pas être celle d'un appartement.

« Est-ce une sortie de secours ? demande-t-il à Pascal.

— Oui. Elle ne s'ouvre que de l'intérieur. Comme celle d'en bas qui donne sur la rue de derrière. »

Donc, pense Cadillac, personne n'a pu entrer par là, mais Aurélien ou un visiteur aurait pu repartir discrètement sans que les Pascal ne l'entendent.

Devant l'appartement d'Aurélien, Pascal remet les clés à Pujol qui entre le premier pendant que Cadillac retient le voisin près de la porte d'entrée.

« Personne, dit Pujol après exploration rapide des trois pièces de l'appartement. »

Leur soulagement est presque palpable, se dit Cadillac qui, comme toujours dans ces cas-là, avait tenté sans succès de se cuirasser contre la vision d'images insoutenables. L'appartement est agréable et bien rangé. Dans le salon, une bibliothèque occupe tout un mur, garnie de livres faits pour être lus et non pour épater la galerie par leurs reliures. Tous les meubles, modernes et anciens, sont de qualité ; un piano quart de queue et une belle chaîne hi-fi, un sofa et des fauteuils d'invités confortables sans ostentation. Au-dessus d'une commode-secrétaire, un dessin XVIIIe qui représente un temple grec en ruine, rend Cadillac envieux.

« Tout est bien en ordre. A-t-il une femme de ménage ?

— Oui, nous partageons la même, madame Mercado. Elle vient chez lui deux heures les mercredis matin. Elle a dû venir mercredi. »

Ils entrent dans un petit bureau-chambre d'ami où un lit de repos est installé dans une alcôve. Tout y est méticuleusement en ordre. Dans la chambre principale, aucun vêtement ne traîne à l'exception d'un pyjama froissé jeté sur le lit défait. Pujol jette discrètement un œil dans la cuisine et fait un signe de tête à l'attention de Cadillac qui le capte et s'adresse à Pascal.

« Savez-vous s'il a l'habitude de partir sans faire son lit ?

— Hum... Tout ce que je peux dire, c'est que ça lui arrive. Un peu comme à moi, si ma femme n'est pas là. »

Il regarde Cadillac par-dessous comme pour dire : *"Et vous ? Vous faites votre lit tous les matins avant de sortir ?"* Heureusement, pense celui-ci, il ne formule pas la question. Pujol palpe une veste posée sur le dossier d'une chaise.

« Elle est mouillée.

— Il pleuvait hier soir quand il est rentré, dit Pascal.

— Ne remarquez-vous rien d'anormal ?

— Absolument rien, mais ça ne veut pas dire grand-chose. En dehors des cartes, je ne suis pas très observateur.

— Vous avez tout de même bien reconnu Aurélien, hier soir ou ce matin plutôt, comme vous dites justement ?

— Oh, oui. Là-dessus, pas de problème.

— Savez-vous s'il prend sa voiture d'habitude pour aller au bureau ?

— Oui, il la prend toujours. Je sais qu'il a un parking là-bas. »

Donc, se dit Cadillac, soit il est allé quelque part à pied. Où ? Soit quelqu'un est venu le chercher. Qui ? Deux questions qu'il ne résoudra pas dans la minute.

« Monsieur Pascal, vous avez été très aimable. Vous nous avez évité le tracas d'un tas de paperasses. Je m'en souviendrai. Je vous laisse ma carte pour le cas où vous auriez besoin d'aide un jour. Mais ne me demandez pas d'être quatrième au bridge, j'oublie toujours un roi ou un atout !

— Aïe, aïe, aïe, ces joueurs qui ne savent pas compter jusqu'à treize ! Les pires. Promis, je vous éviterai. Et vous, inspecteur ?

— Moi, je suis si mauvais perdant que je commence à tricher quand je vois venir une méchante ratatouille. »

Cadillac sait que Pujol ne triche pas, mais qu'il a voulu détendre l'atmosphère et a réussi à amuser le bon voisin. Il devra lui en faire compliment.

Ce qu'il fait lorsqu'ils se retrouvent dans la rue après avoir pris congé de Pascal.

« Bravo Pujol. Affaire bien menée. Qu'avez-vous remarqué de particulier ?

— Pas de trace de petit déjeuner dans la cuisine. Aurélien a dû partir tôt ce matin. Autrement ce serait curieux qu'il n'ait pas fait son lit, mais qu'il ait lavé et rangé sa tasse.

— Il a pu la mettre dans le lave-vaisselle machinalement. Dommage que nous n'ayons pas pu regarder. Si on ne le retrouve pas d'ici mercredi matin, il faudrait empêcher madame Mercado de faire le ménage.

— On fera comment ? Mercredi, c'est après-demain. »

Cadillac n'en sait rien. Il devra voir le procureur et enquêter officiellement. Mais il devient peut-être paranoïaque avec cette affaire ? Après tout, Aurélien n'a disparu que depuis une demi-journée, à peine plus. Le procureur va l'envoyer sur les roses. À moins que Cornelia ou Sabine ne signent une demande de recherche dans l'intérêt des familles. Comment obtenir ça ?

Dans la rue, ils s'approchent de la voiture d'Aurélien. Pujol tire sur la poignée de la portière du conducteur qui s'ouvre.

« Il n'a pas fermé sa voiture. Il comptait peut-être repartir tout de suite hier soir ?

— Hum... Il ne faudrait pas qu'un voleur vienne l'embarquer », dit Cadillac.

Pujol fait le tour de la voiture.

« Je n'ai pas mes lunettes, mais il me semble qu'elle mord un peu en dehors de l'espace autorisé, vous ne trouvez pas ? Ça mérite la fourrière d'après le code. »

Cadillac regarde la ligne de peinture blanche au sol qui se trouve exactement à la verticale du pare-choc avant.

« Disons que sous un certain angle, quelqu'un de vraiment myope et sans lunettes pourrait se tromper.

— Je m'en occupe, dit Pujol. Nous avons assez

de travail sans encourager les voleurs de voitures ouvertes. »

Il prend son calepin pour noter le numéro de la voiture, puis, l'air un peu embarrassé, sort de sa poche un autre bloc-notes tout gribouillé de numéros, d'initiales et de vagues dessins géométriques.

« Nous aurions pu trouver ça dans la voiture ouverte, non ?

— Pujol ! Où avez-vous pris ça ?

— Dans l'appartement d'Aurélien, à côté du téléphone mural de la cuisine caché par un annuaire. Je me suis dit que c'était un objet sans grande valeur et d'occasion encore. Ça ne vaut pas plus que quelques centimes. Si on est pris, je rembourse... »

Cadillac voudrait prendre son air le plus sévère et sait qu'il devrait sévir, mais l'astuce l'amuse trop pour qu'il y parvienne. Et lui qui pensait avoir au moins un inspecteur incapable de tricher ! *"Qui est leur maître ?"* lui demande Cadou-sa-conscience ? Il fait celui qui n'entend pas et se dit qu'il doit appeler Yves d'urgence.

Pujol, lui, est déjà reparti très vite vers sa voiture.

9

Yves tente de rassembler ses idées. La sonnerie du téléphone vient de le sortir de sa bienheureuse torpeur avec une brutalité qui devrait être interdite dans le monde câlin où il vient de passer quelques heures. Pour lui apprendre, il ne répondra pas. Mais les rideaux de sa chambre sont impuissants à cacher qu'on est en plein jour et non pas en quelques aurore ou crépuscule qui lui permettraient de traîner sans remords dans la tiédeur moite de son lit. Pas de chant d'alouette ni de rossignol à espérer, seule la sonnerie qui insiste. Inutile d'être médium pour savoir qui insiste aussi lourdement. Pour le tact, il repassera, le patron.

« Il est quelle heure ?

— Mumm », répond Marion dans un grognement.

Où est passé ce téléphone ? Jésus, quelle pagaïe ! La sonnerie s'arrête enfin. Marion ouvre un œil.

« Il va rappeler, lui dit Yves. Tu te souviens, tu devais rappeler ta copine à la thalasso ?

— Mumm. D'accord. Tu peux me prêter un tee-shirt ?

— J'ai une robe de chambre.

— Un tee-shirt. C'est business. »

Yves s'étonne toujours de la vitesse avec laquelle les femmes peuvent récupérer. Une minute, c'est l'extase, celle d'après, elles sont capables de négocier la vente du Pont du Gard à un avocat de Las Vegas. Il n'arrive pas encore à aligner deux idées alors que Marion est déjà dans ses grandes manœuvres, au téléphone avec ses amies de la thalasso.

« Nicole ? On peut parler maintenant ? Tu sais où est le patron ? Ah ?... Et elle ?... Si tu regardes sur son bureau, tu verras dans son répertoire à la lettre C, pour Cornelia ou Cassagne, il y a des tas d'adresses et de numéros. Tu me les donnes ? »

Elle fait signe à Yves de lui procurer de quoi écrire et commence à noter.

«... Non, pas question de rentrer maintenant. J'ai toujours la grippe. Je serai peut-être guérie après-demain. Je te rapporterai un gâteau aux noix de Dordogne... »

Lorsqu'elle raccroche, elle reprend aussitôt le combiné pour composer dans l'ordre les numéros qu'elle a notés. Le quatrième est le bon : un haras où un gamin répond qu'il va chercher Cornelia. Ce n'est pas gentil de raccrocher, mais que faire ? Cornelia pourrait reconnaître sa voix. Elle reprend le téléphone qui sonne un petit quart de seconde plus tard.

« Commissaire Cadillac ? C'est Marion... Oui, il est là. Je vais vous le passer. Nous avons enfin pu localiser Francis Monsec et Cornelia. Il est arrivé seul à la thalasso après déjeuner, vers quinze heures, et de très mauvaise humeur. Il est reparti aussitôt en voiture en direction des Pyrénées, mais nous ne savons pas encore où. Cornelia est près d'ici aux Haras de la Ferrière. Yves allait y aller, mais je vous le passe. »

Cadillac ne veut plus qu'il aille voir Cornelia. Il y a du nouveau. Rendez-vous au bureau tout de suite.

Yves se dit qu'il devra faire remarquer à Marion qu'elle est encore plus menteuse que lui. Mais le devoir l'appelle et il doit partir.

« Il faut que j'y aille, dit-il.

—... Embrasse-moi... Oh non... Oh oui... Encore.

10

Cadillac aime si peu les réunions que la salle dite "de réunion" du commissariat mérite de moins en moins son nom. La femme de ménage y entasse tout son matériel et ses produits anti-microbiens en couches stratifiées jusqu'au plafond, Rosine y empile ses dossiers débordants et quelqu'un y a récemment installé une vieille cafetière électrique et une provision de sucre. Rien de cela ne dérange Garrigue qui, avant l'arrivée des autres, commence à exposer au placide Pujol la finesse de la tactique qu'il a utilisée avec Sabine.

« Quand je suis rentré dans sa galerie de peinture, elle m'a reluqué de bas en haut comme un évêque regarderait un chien pelé qui va pisser partout sur ses tapis Louis XV.

— Moi, ça me va très bien ça, dit Pujol.

— Ah oui ? Et comment fais-tu, dans ces cas-là ?

— Tu connais le proverbe chinois : *"si tu ne veux pas que ton ombrelle tombe, pose-la par terre ?"*

— C'est pas con, dit Garrigue.

— Dans la pratique, quand je dois faire parler un sujet récalcitrant de ce genre, je prends mon air le plus abruti, je me mouche, je ne trouve ni mon carnet ni mon crayon, je n'arrive pas à lacer mes chaussures, je me fais répéter les noms trois fois, ce genre de truc, jusqu'à ce qu'ils me prennent pour un débile profond...

— Et ça marche ?

— Au bout d'un moment, ils se sentent tellement supérieurs, je leur fais tellement pitié qu'ils font tout pour m'aider. Alors, ils n'ont plus peur de me raconter tout ce qu'ils ne voulaient pas me dire.

— Il faudra que j'essaye, dit Garrigue, songeur.

— Tu as connu l'inspecteur Dulac ? Il est à la retraite maintenant. Lui, c'était un as. Il se mettait à bégayer à la demande. Les autres commençaient par rire en cachette et puis, comme ça durait, ça durait, ils n'avaient qu'une idée : lui avouer tout ce qu'il voulait pour se débarrasser de lui une fois pour toutes... »

Il est interrompu par l'arrivée de Cadillac.

« Vergne n'est pas encore là ?

— Il doit être bloqué en ville. Il y a des embouteillages depuis qu'ils ont barré le pont.

— Mouais. Pujol, pouvez-vous me passer le carnet d'Aurélien ? »

Pujol lui tend le carnet, soigneusement recouvert d'un protège-cahier d'écolier en plastique.

« J'ai compté les pages, il en manque une, dit-il. Il y en a quarante-neuf au lieu de cinquante comme c'est indiqué sur la couverture. Et vous verrez, j'ai ajouté la liste des noms et des adresses qui correspondent aux numéros qui sont notés.

— Merci, c'était rapide. Prévenez-moi dès que Vergne arrivera. »

Il repart vers son bureau en compulsant le carnet. Des gribouillis partout avec des numéros de téléphone accompagnés de mots presque indéchiffrables. Comment trouver un renseignement utile dans ces notes qui n'étaient destinées qu'à celui qui les écrivait ? *"C.C."* Colette Chalard ou Cornelia Cassagne ? Pas de dates. En le donnant au labo, on trouvera peut-être par le relief ce qui était écrit sur la page manquante ?

253

Maigre pêche. Il devrait confier ce carnet à Thomas ; il y trouvera sûrement de quoi exercer ses talents de perceur d'énigmes.

À la dernière page du carnet, à moins qu'à l'origine il n'ait été à la première, un petit bout de poème.

"Cruelle ritournelle.
Tourterelle, douce coquette,
J'aime bien ta collerette
Pointillé croquignolet,
Où mes crocs vont se planter,
Rêvait le chat."

L'avant-dernier vers, rayé, était remplacé par *"Où planter mes crocs d'acier."* Peut-être, après tout, la page manquante ne comportait qu'un brouillon du petit poème. Lui-même, quand il s'amuse à écrire, n'aime pas laisser traîner ses essais ratés. Tout de même ! Aurélien écrivant des poèmes, quelle surprise ! Soudain, il se sent proche de lui. Il va se mettre à l'aimer maintenant ? Quel paradoxe après ces années de méfiance, d'animosité, de mépris même. Il faut croire qu'on garde toujours un souvenir ému des compagnons de jeu de son enfance. L'entrée de Garrigue le sort de sa rêverie.

« Vergne est là, chef. »

Cadillac le suit jusqu'à la salle de réunion. Vergne en tee-shirt sous sa veste ! Du jamais vu. Il a dû s'habiller en vitesse. Pas besoin d'être Hercule Poirot pour avoir l'explication. Le veinard.

« Bon, faisons le point. Garrigue, as-tu appris où étaient Sabine et Michel Laborde hier soir dimanche et ce matin ?

— Le mari et la femme chantent la même chanson sur le même air. Elle était chez elle avec les gosses tout dimanche et n'est pas sortie, même pas pour faire les courses. Ils ont un congélateur. Lui est parti pour Arcachon dimanche matin, dit-il, vers dix heures.

— Vergne, vous ne l'avez pas vu à Arcachon ?

— Non, mais je suis parti avant midi.

— Juste avant qu'il n'arrive, alors ?

— Oui. Mais je n'avais aucune raison de rester là-bas. Le bateau était toujours vide. D'ailleurs, Thomas a pensé la même chose et il est reparti.

— Ce n'était pas un reproche. Je voulais juste vérifier. Garrigue, Michel Laborde t'a-t-il dit ce qu'il a fait dimanche soir ?

— Il dit qu'il est rentré le soir directement d'Arcachon vers dix heures du soir. Il a fait le plein d'essence en route vers huit heures et dit qu'il a payé par carte de crédit. Je lui ai demandé le reçu ; il va rechercher le ticket. Comme sa femme dormait quand il est rentré, il a dormi dans son studio pour ne pas la réveiller.

— Donc, ils ne se donnent pas d'alibi l'un à l'autre pour la soirée ni pour la nuit.

— Exact. Elle dit qu'elle prend des somnifères. Lundi matin, il est parti tôt pour aller à son bureau et sa femme confirme. Il dit que ses filles s'en souviendront aussi. À son bureau, son associé est arrivé vers neuf heures et affirme qu'il était déjà là.

— Ils ne t'ont pas dit s'ils ont vu Aurélien ?

— Lui dit qu'il ne l'a pas vu. Sabine prétend qu'il est passé la voir chez elle, dimanche matin vers onze heures et qu'il est reparti vers midi et demi. Il ne lui a pas dit où il comptait aller en partant.

— T'a-t-elle dit pourquoi il était venu la voir ? »

Garrigue, tout penaud, se dit qu'il devrait essayer la méthode Pujol ou Dulac. Ça ne doit pas être bien difficile d'apprendre à bégayer. En réalité, il a essayé d'intimider Sabine, mais ça n'a rien donné. Elle s'est fermée comme une huître et il n'a rien pu en tirer.

« Euh... Non. Elle n'a rien voulu me dire là-dessus.

— La visite était prématurée, dit Cadillac. Nous avons voulu aller trop vite. Pujol ?

— J'ai fait mettre la voiture d'Aurélien en sécurité à la fourrière, comme on a dit. J'ai pensé que mercredi matin on pourrait mettre deux de nos gars en uniforme devant la porte de son appartement pour empêcher la femme de ménage de rentrer.

— Mouais...Vergne ? Avez-vous eu le temps d'examiner les papiers qu'a récoltés Garrigue ? »

Yves ouvre le dossier devant lui.

« J'ai pu voir ça ce matin. D'après le relevé de carte de crédit trouvé dans la Lancia, Cornelia et Francis Monsec, ou bien l'un ou l'autre seul, ont fait le plein d'essence à 21 h 38' 36" le soir de la mort d'Albina, samedi 1er avril, à la station-service de Saint-Romain. C'est à trente kilomètres de la Malvie. Ils auraient pu y être vers vingt-deux heures. Autrement dit, à temps pour pousser Albina dans l'escalier. Évidemment, il faudrait vérifier où ils ont passé la nuit. La belle pêche est celle des papiers de la banque. Très intéressant, vous allez voir. Le 24 mars Albina Cassagne passe à sa banque. Elle prend cinq mille francs en liquide. Puis elle donne des instructions pour vendre toutes ses actions, y compris un PEA et une assurance-vie qui passent sur son compte courant. Ensuite, je suppose qu'elle est allée à Paris en train puisqu'il y a un débit SNCF du 25 mars sur sa carte de crédit pour mille deux cent cinquante-trois francs. Ça correspond à un aller-retour pour Paris en première classe sans réduction. Ensuite, elle a payé la note de l'hôtel Ritz à Paris par carte de crédit le 27 mars. Elle a dû y dormir les deux nuits des 25 et 26 mars. Il reste deux autres débits, l'un du 26 à Swissair correspond au tarif d'un aller-retour vers Zurich. L'autre du 27 mars est pour "Limousines Internationales." J'en conclus qu'elle a loué une voiture avec chauffeur pour se déplacer dans Paris et vers les aéroports. Elle a pu faire l'aller et retour en avion dans la journée sans problème et rentrer chez elle par un train du soir.

« Les chèques maintenant : débit du 29 mars, un chèque d'un million deux cent mille francs tout rond, un autre de six cent mille trois cents francs. Mais je n'en connais pas les bénéficiaires. Il faut demander à la banque.

— Il va falloir nous faire un joli calendrier avec tout ça. D'après ce qu'on sait donc, Albina a pris sa décision de bazarder ses liquidités au plus tard le... ?

— Le 24 mars, dit Yves en regardant ses notes. Le jour où elle est passée à sa banque. Ou plutôt la veille, non ? Elle a pu passer la nuit à réfléchir.

— C'est probable. Il faudrait donc savoir où étaient tous nos loustics le 23 mars.

— On fait comment ? demande Pujol qui aime les missions claires. »

Seul le silence lui répond avant que Cadillac ne poursuive.

« Aurélien est quelque part, mort ou vivant, dit-il sombrement. On perd sa trace dimanche à minuit. Nous avons récolté une incroyable quantité d'informations sans passer par la voie officielle, mais nous ne pouvons pas aller plus loin comme ça. Il me faut une commission rogatoire. Le seul moyen de l'obtenir est que l'une des deux sœurs remplisse une demande de recherche dans l'intérêt des familles. Vergne, vous préparez les papiers pour qu'elles n'aient qu'à signer. Et j'aimerais avoir vos idées.

— Il vaudrait mieux ne pas m'envoyer voir Sabine, dit Garrigue. Je la sens pas cette bourgeoise. Elle ne doit pas être assez trombinée.

— Garrigue !

— Je m'excuse.

— Bon. Écoute, tu pourrais me rendre un grand service en me remplaçant quelques jours aux affaires courantes. On les a un peu négligées ces jours-ci. On t'appellera à la rescousse si on a besoin de renfort. »

Il se dit à lui-même : *Et je porterai un gros cierge au saint le mieux placé de la région si les journaux nationaux ne titrent pas à la une : "méga-bavure policière en Dordogne."*

« D'accord, dit Garrigue qui commence par se sentir flatté avant de se demander s'il ne devrait pas être vexé.

— Puisqu'on ne peut pas se permettre d'avoir un refus des deux sœurs, dit Pujol, il me semble qu'il faut mettre le paquet. On pourrait procéder en deux opérations. Je vais en éclaireur leur demander de signer et on voit comment elles réagissent. Si l'une d'elles signe, ce sera gagné. Si aucune ne veut signer, on pourra y aller en force à deux ou trois leur faire comprendre que dans ce cas on les suspecte, l'une ou l'autre, d'avoir fait disparaître leur frère. Elles verront qu'on ne rigole pas avec cette histoire et qu'il y a plus à perdre qu'à gagner si elles ne veulent pas nous aider à le retrouver.

— Bien vu. Faisons comme ça. Vergne ?

— Je n'ai pas de meilleure idée.

— Une bonne nuit de sommeil vous portera conseil. »

Yves saisit l'allusion. *"D'accord, va-t-il dire, seulement ma nana n'est pas hypothéquée par deux enfants d'un autre en avance sur le programme et d'un mari en supplément."* Mais il se tait, honteux de sa mesquinerie, à moins que son mutisme n'ait une quelconque autre raison moins flatteuse pour son ego ?

11

Tout est prêt dans la grande salle de la gentilhommière de Cadillac pour accueillir les invités du dîner. La longue table en noyer aux
reflets chatoyants, la vaisselle délicate, le linge blanc,
les verres et couverts étincelants, tout est parfait,
comme toujours avec Alice. Tout à l'heure, les meubles
patinés vont refléter la lumière dansante des photopho-
res et chandeliers, et la cuisine sera à la hauteur, simple et savoureuse.

Cadillac regarde son jardinier Pompom garnir la
cheminée de bûches aussi bien qu'il le ferait lui-même.
Peu de gens savent bien faire un feu, pense-t-il ; l'allumer, le calmer, l'encourager, sans petit bois, soufflets,
allume-feu, ni autres artifices commerciaux de
l'homme moderne qui désapprend très vite les gestes
essentiels de la vie. Pompom - appelé ainsi parce
qu'une de ses nièces n'arrivait pas à prononcer "tonton" - construit judicieusement un feu à l'indienne
parce qu'il sait que lui, Cadillac, sera là pour l'ordon-
ner quand l'architecture initiale se sera écroulée après
la première flambée. Cadillac n'a pas besoin de lui
pour cette tâche, mais il a des questions à lui poser
avant l'arrivée des convives, et le prétexte de la corvée
de bois était aussi bon qu'un autre pour l'aborder.
Pompom est son homme à tout faire, jardinier ou plus
exactement celui d'Alice, mais aussi celui de Thomas
et Lili qui n'ont toujours pas compris sa manière de

travailler, ou plutôt de contourner le travail en gestes mesurés, sans effort inutile. Cadillac se dit qu'il doit être difficile à des étrangers de lui donner un âge. Ses cheveux blondasses, ou du moins le peu qu'on en voit sous le béret qu'il ne quitte jamais, sont si clairs qu'ils paraissent blancs. Avec sa moustache tombante de gaulois qui est sa seule coquetterie, sa rondeur d'homme tranquille habitué à économiser sa peine, il pourrait passer pour un jeune retraité ou un joueur de pétanque attitré bien qu'il ait à peine plus de quarante ans. Mais son vrai talent réside dans un domaine fort éloigné du jardinage. En effet, Pompom est au courant de tout ce qui se dit à trente kilomètres à la ronde et ses facultés de déduction à partir de bribes de ragots, tout à fait exceptionnelles. Mais le faire parler ne va pas être facile. Tous ses mots sont pesés comme s'ils étaient de précieuses pépites ou de dangereux explosifs. Il ne finit pas ses phrases si la moitié d'une suffit, ou mieux encore un seul mot, lequel est en général choisi avec précision pour informer ou égarer, selon son intention. Mais sa curiosité est telle qu'il pourrait aller jusqu'à aligner plusieurs phrases à la suite pour la satisfaire. Cadillac se demande par quel mystère il peut faire coexister une telle soif d'informations avec autant de réticence à les diffuser. Il devra jouer avec finesse pour le sonder et il est assez content quand Pompom, mine de rien, lui pose une question sous la forme d'une affirmation anodine.

« Il paraît que la maison des Cassagne à Sainte-Ruffine a été vendue en viager ?

— C'est exact.

— Ah... On dit même que les acheteurs n'ont payé qu'une mensualité pour l'avoir.

— On dit ça ?

— Oui et même que ça vous intéresse parce que madame Cassagne est morte subitement.

— Les ragots vont vite. Je suis allé à son enterrement. C'est normal. Une gentille femme. J'étais à l'école avec Aurélien. Tiens, à propos, je crois qu'on a une gouttière au pigeonnier, vous ne sauriez pas si le charpentier Chalard exerce toujours ? Il est peut-être à la retraite.

— Y'a longtemps qu'il ne monte plus sur les toits.

— Est-il infirme ? Je crois que c'est sa fille qui s'occupe de lui maintenant ?

— Colette ? Oui. On dirait », répond-il sobrement.

"On dirait" : conditionnel ? dubitatif ? Restrictif en tout cas.

« Je demande ça parce qu'elle travaillait chez les Cassagne. Elle risque de se trouver sans emploi maintenant.

— Mumm. C'est peut-être pas trop grave. »

Veut-il dire qu'elle touchera le chômage ou autre chose ? Cadillac, qui connaît la gourmandise et les goûts raffinés de Pompom, se dit qu'il est temps de l'encourager.

« Vous ne voudriez pas goûter à ce Monbazillac en apéritif ? Je l'ai eu chez un récoltant qui laboure ses vignes au lieu de les désherber.

— Ah, ça existe encore ? Merci. »

Tout en le servant copieusement Cadillac se demande par où poursuivre sans trop se dévoiler.

« Colette Chalard a une petite fille handicapée, je crois. Ça doit être difficile pour elle, surtout maintenant si elle est sans travail.

— Ah, ça...

— Mais le père de la petite doit pouvoir l'aider. Sait-on qui est-ce ?

— Moi, je le sais pas. »

Cadillac dresse l'oreille. Il lui suffisait de dire *"je le sais pas"*, mais il a ajouté *"moi."* Belle dépense de salive qu'il convient de traduire par : *"mais je sais que d'autres savent."*

« Si vous vous ne le savez pas, c'est que personne ne le sait, n'est-ce pas ?

— J'ai pas dit ça.

— Ne serait-ce pas ce jeune garçon qui joue de la guitare ? J'ai vu une photo dédicacée de lui affichée chez elle. Comment s'appelle-t-il déjà ?

— Thierry Balou. Maintenant il a un orchestre. C'est pas lui. Il s'intéresse pas aux femmes.

— Ah ?... Il y a toujours des exceptions. »

La moue de Pompom indique que l'exception ne s'applique pas au cas en question. Cadillac laisse s'installer le silence. Pompom doit se demander pourquoi il s'intéresse au père de Carine et va sûrement réattaquer. Quine.

« Moi, je me dis que les femmes aujourd'hui, c'est plus comme avant. Elles ont des enfants quand elles veulent.

— Très juste. Donc, elle a voulu en avoir un. Mais pourquoi ?

— Peut-être que le père était intéressant ?

— Riche, voulez-vous dire ?

— J'ai pas dit ça.

— Intéressant, mais pas riche... Hum... Mais pourquoi ne dit-elle pas qui est-ce ? Elle pourrait l'obliger à s'occuper de la petite.

— Peut-être qu'elle ne le sait pas.

— Courait-elle beaucoup les garçons ?

— Si on écoute tout ce qu'on dit... »

Ça veut dire oui ou ça veut dire non ? se demande

Cadillac, largué. Peut-être que la rumeur publique le laisse entendre, sans que Pompom ne la cautionne ?

« Vous savez, aujourd'hui avec les tests scientifiques, on peut savoir qui est le père.

— Je sais. Alors, c'est qu'elle veut pas qu'on sache qui c'est. »

Logique. Pas très informatif, mais à creuser. Un père *"intéressant"* mais pas riche, et une mère qui préfère qu'on ne sache pas qui il est. Pourquoi ? Il n'est pas plus avancé.

« Ce n'est pas possible que personne ne sache. Il y a toujours quelqu'un au courant.

— Les docteurs, quelquefois, dit Pompom qui finit son verre d'un trait et s'en va, selon son habitude, sans saluer ni prévenir. »

Revoilà le docteur, pense Cadillac. Il est grand temps que j'aille revoir le bon docteur Cabanne. En définitive, je n'ai pas appris grand-chose alors que Pompom a compris que la police s'intéresse à la succession Cassagne en relation avec le père inconnu de la petite Carine. Il va être intrigué et vouloir en savoir plus, se dit-il pour se consoler. Re-quine ! Pompom revient avec un prospectus orange qu'il lui tend : "Salle polyvalente de Saint-Avit - Repas dansant avec l'orchestre Thierry Balou le samedi 22 avril à 20 h. Menu : kir, tourin, paella, fromages, desserts, café et vins compris. Soirée 100 F."

« J'ai trouvé ça dans ma boite aux lettres. Si ça vous intéresse...

— Merci d'y avoir pensé. Vous, irez-vous ?

— Je sais pas trop danser. Colette Chalard y sera peut-être ? Puisqu'elle vous intéresse...

— Oh, disons qu'elle m'intrigue.

— Il faut pas trop s'en faire pour elle. Et puis, Madame Cassagne lui aura laissé quelque chose.

— Peut-être, mais c'est hypothétique. Il se pourrait aussi qu'elle ne lui ait rien laissé. »

Je ne suis pas aussi bon que lui se dit Cadillac, mais en progrès. Il voit à l'air étonné de Pompom qu'il a touché quelque chose.

« Ah ?... Ça m'étonne. En tout cas, elle aura laissé quelque chose à la petite.

— Croyez-vous ? Quelquefois les gens riches sont si égoïstes.

— Pas elle. Elle a pu se dire que... enfin, elle a pu réfléchir que la petite avait bien un père.

— Comme nous tous, dit Cadillac qui ne voit pas du tout où il veut en venir avec ce truisme.

— C'est pas pareil pour tout le monde. Bon, il faut que j'y aille, moi. J'ai pas encore fermé les poules et le renard est venu hier soir chez ma voisine. »

Il part aussitôt avec un empressement qui laisse Cadillac pensif. Voulait-il dire qu'Albina se sentait responsable de la petite Carine ? Mais pourquoi ? Seulement parce qu'elle était la fille de son employée ? Ou pour autre chose en plus. Voyons... La Malvie, toutes ces femmes, Albina, Colette, Cornelia, Sabine. Un homme... Feu de Dieu ! J'y suis ! Aurélien!... Aurélien et Colette ? Mais non. Ça ne colle pas. Le dilettante, l'esthète délicat, le dandy lettré, le chéri des châtelaines, et Colette... Impossible !... Impossible ?

Il est encore dans ses spéculations lorsqu'Alice vient allumer les bougies sans qu'il la remarque et il semble toujours pensif à l'arrivée des invités. Thomas est chargé de nombreuses bouteilles de liqueurs basques très colorées et Lili tient un carnet de notes. Ils sont suivis de Marion qui avait pensé à mettre une jolie tunique en soie ou imitation dans sa valise, et d'Yves, élégant en costume sombre, assez fier d'exhiber sa conquête, semble-t-il.

La poule au pot d'Alice est à se lécher les doigts avec sa sauce poulette onctueuse à point, et la conversation joyeuse, animée, amicale. Un dîner réussi, se dit Cadillac qui redoute maintenant les dîners en ville où l'on dîne trop tard, où les maîtresses de maison ruinent leur repas en ajoutant des fruits sucrés dans les plats salés parce que c'est la mode, où la connivence obligée n'autorise que les idées admises, où les rapprochements sont factices, personne n'écoutant personne. Il se tourne vers Yves et Marion.

« Vous ne voudriez pas aller danser samedi soir ? leur demande-t-il.

— Oh, oui ! dit Marion avec enthousiasme.

— Ne dis pas oui comme ça, rectifie Yves vivement. C'est un traquenard. Au mieux, c'est pour nous faire travailler gratis le week-end.

— Il voudrait qu'on le paye pour aller au bal ! rétorque Cadillac prétendument indigné. En réalité, il ne sait pas danser. Si vous voulez, Marion, je vous y emmène, moi. On demandera un tango et vous verrez, c'est une danse où je suis hors classe. Vos escarpins ne risquent rien.

— C'est bon, dit Yves. Je capitule sans condition. Et on devra y faire quoi à ce bal ?

— Mais danser, c'est tout. Un bon repas est prévu en plus.

— Je décrypte, dit Yves, à l'attention de Marion. En réalité, il nous faudra surveiller un suspect ou de préférence plusieurs, et au moment où nous commencerons à nous amuser, nous devrons partir à leur poursuite sur de méchantes routes de campagne. Le tout dans la plus parfaite illégalité bien entendu. »

Thomas rit de bon cœur.

« Mais voyons Yves, n'est-ce pas cela qui est amusant ? Il ajoute à l'attention de Cadillac : et nous, nous ne pourrions pas y aller à ce bal ?

— Mais oui, bien sûr. C'est ouvert à tout le monde.

— Vous y viendriez, Alice ? demande Thomas.

— Pourquoi pas, si nous y allons tous, répond Alice. Ces bals de village peuvent être très amusants. Tu viendras Martin ?

— Malheureusement, je suis un peu trop voyant.

— Sauf quand vous dansez le tango ? demande Yves. »

Le puissant éclat de rire de Lili qui déferle en cascade déclenche tous les autres, comme à l'accoutumée.

« Enfin, dit-elle quand elle peut à nouveau parler, je vois Thomas de bonne humeur. Vous savez qu'il a été insupportable au pays basque ? Il n'a choisi que des restaurants idiots pour touristes sans vouloir m'écouter. Je n'ai pu rapporter aucune recette valable. Il va falloir que je me contente de compulser des livres où elles sont déjà trafiquées.

— J'ai quelque part chez moi un cahier de recettes écrites par ma grand-mère qui était basque », dit Marion à Lili qui s'illumine soudain en entrevoyant la possibilité de sauver son honneur journalistique. *"L'espoir changea de camp, le combat changea d'âme"*, dirait-elle si elle connaissait les classiques français.

À la fin du dîner, une ségrégation très nette s'est établie entre les hommes et les femmes. Elles, toujours à table, trio babillant sur les mérites comparés d'une recette ou d'une autre ; eux, devant la cheminée, dégustant à petits traits les liqueurs apportées par Thomas, tout en peaufinant de subtiles stratégies qui vont piéger la canaille et ainsi améliorer le monde.

Lorsque vient l'heure de se séparer, les mannes d'Aurélien ont trouvé ses vengeurs. Un jeune homme romantique habité de probité candide, un philanthrope méthodique au cerveau bouillonnant, un jeune notable obstiné, ennemi des faucons sanguinaires. Sans oublier leurs précieuses auxiliaires qui se contentent plus modestement de vouloir embellir la vie.

12

« **C**hef ? »
Cadillac qui rêvassait à sa fenêtre, non point à ses devoirs comme il eût fallu, mais plutôt à ses états d'âme peu satisfaisants, est surprise de voir entrer Pujol qu'il n'attendait pas si tôt.

« Content de vous voir. Installez-vous, j'appelle Vergne. »

Tout en composant le numéro du bureau d'Yves, il se livre à un jeu auquel il est toujours perdant. Il s'agit de deviner en l'examinant attentivement si son inspecteur a réussi ou raté sa mission. Mais aujourd'hui, comme d'habitude, il ne saura rien. Pujol s'assied tranquillement, ouvre son cartable d'écolier - qu'il a dû emprunter à un de ses enfants - en gestes mesurés, calmes et précis ; son visage ne reflète rien, ni contentement ni déception. Yves, qui arrive aussitôt, ne s'amuse plus à cette devinette depuis longtemps.

« Alors André, dit-il, tu as réussi ? »

En guise de réponse, Pujol sort un document de son cartable et le tend à Cadillac.

« Cornelia a signé. »

Yves émet un sifflement admiratif,

« Bravo. Ça n'a pas été trop difficile ? dit Cadillac qui prend le document avec précaution, comme s'il s'agissait un incunable.

— Je ne dirais pas ça. Mais cette Cornelia est une

fille intelligente. Elle me fait penser à Elvire, ma petite dernière... »

Cadillac attend patiemment la suite. Pujol aime décrire ses personnages par comparaison avec l'un des membres de sa nombreuse progéniture. Il voit très bien la petite Elvire, une gamine pétillante de malice qui cache son rire en se retournant d'une pirouette lorsqu'elle juge que les adultes disent des bêtises, c'est-à-dire souvent. Elle a une sœur aînée dont il a oublié le prénom qui lui ressemble en tout comme une vraie jumelle, mais d'un modèle plus grand.

« Je suis arrivé aux haras avant l'heure prévue, dit Pujol, pour voir si je pouvais glaner des informations utiles. J'ai bien fait. Cornelia était en vadrouille sur son cheval et j'ai pu parler au jeune garçon qui s'occupe des écuries. Il s'appelle Étienne. Il me fait penser à mon aîné. »

"Voyons, se dit Cadillac. *Il doit s'agir du grand dadais qui est apprenti informaticien. Un garçon taciturne, toujours les bras ballants et la mâchoire tombante qui a l'air un peu demeuré."*

« Antoine », dit-il, heureux de se souvenir de son prénom.

« C'est lui. Il vient d'être chargé de l'informatique des plans de vol de l'aéroport de Monférand », se réjouit Pujol fièrement.

Cadillac, qui déjà n'aime pas l'avion, voit là dans un premier réflexe une raison supplémentaire d'éviter ces diaboliques engins volants. Revenu à plus de fair-play, il se dit qu'il devrait moins se fier aux apparences. Antoine n'aurait pas décroché ce poste s'il n'était pas très doué.

« Bref, continue Pujol, j'ai pu parler à ce jeune Étienne et j'ai appris deux choses intéressantes.

La première est que Cornelia et Monge étaient aux haras le 1er avril et qu'ils en sont partis après le dîner.

— Comment avez-vous réussi à lui faire dire ça ?

— Très simple. Par un gros mensonge, comme d'habitude. J'ai dit que je connaissais les haras pour y être venu le soir du premier avril avec l'intension d'y inscrire ma fille, mais que je n'avais vu personne nulle part. Il a failli s'étrangler d'indignation et m'a énuméré tous les gens qui étaient présents ce soir-là.

— Ça colle ! s'exclame Yves. Ils ont fait le plein à trente kilomètres de la Malvie avant de partir vers la thalasso de Baignères où ils sont arrivés dans la nuit.

— Ils auraient eu le temps de trucider mémé Cassagne alors ? demande Garrigue.

— Oui s'ils sont arrivés à la thalasso après minuit, ce que je n'ai pas pu vérifier, dit Yves. Personne ne les a vu arriver.

— La deuxième chose que j'ai apprise, poursuit Pujol, est que Cornelia a investi un gros paquet sur un cheval de course qui sera un crack, paraît-il. Il aurait un pedigree hors classe. Je n'ai pas les détails parce que les courses, moi...

— Savez-vous combien elle l'a payé ?

— Il n'a pas voulu me le dire, mais je crois qu'il ne le savait pas. J'ai l'impression que c'est un grand secret.

— Un crack de classe internationale peut valoir jusqu'à plusieurs millions de francs, dit Yves.

— En tout cas, j'ai appris qu'elle a vendu un studio qu'elle avait en ville pour payer le premier versement, mais qu'on était encore loin du compte.

— Où loge-t-elle maintenant, puisqu'elle n'a plus son studio ? Elle n'est pas tout le temps à la thalasso chez son amoureux.

— D'après ce que j'ai compris, elle reste parfois aux haras, d'autres fois chez son frère Aurélien.

— Jamais chez sa sœur Sabine ?

— Jamais. À mon avis, ces deux-là ne se supportent pas. J'ai demandé au jeune Étienne où elle comptait trouver les sous pour se payer le cheval et il m'a dit texto : *"Oh, pas de problème. Elle a une famille riche, des châteaux et tout ça."*

— *Des* châteaux ?

— Oui, mais elle éblouit tellement le pauvre petit qu'elle pourrait lui faire croire qu'elle est duchesse de Pompadour. Là-dessus, elle est arrivée. La classe, je dois dire. Le petit s'est précipité pour récupérer le cheval et le bichonner, et elle m'a fait attendre vingt bonnes minutes pour faire, je n'ai pas compris, quoi.

— C'est ça la classe, dit Yves. Les autres sont là pour attendre votre bon vouloir.

— D'accord, mais moi dans ces cas-là, j'ai tout mon temps et quand elle a daigné réapparaître, j'ai sorti mon topo. Nous étions inquiets sur le sort de son frère, devenu introuvable. Pas elle. Nous étions des enquiquineurs patentés, payés pour faire du drame où il n'y en a pas dans le but de justifier nos salaires. J'ai laissé passer et lui ai dit que j'allais faire mon rapport. En résumé, Aurélien avait disparu et elle, sa sœur, trouvait ça normal puisqu'après tout, ça ne ferait qu'une deuxième disparition dans sa famille en trois semaines. Là, elle n'a pas aimé. Pas du tout. Elle est sortie de ses gonds comme une diablesse. J'ai eu droit à une grande tirade sur nos harcèlements avec menace d'avocat et tout le tremblement. Je n'ai pas bougé. Et vous savez ce qu'elle me sort ? Qu'elle avait vu Aurélien avant-hier dimanche, et que ce qu'il lui avait dit ne nous regardait pas. J'ai remballé mon carnet et je lui ai dit qu'en conclusion, elle ne voulait pas que nous recherchions son frère, ce qui serait consigné. Mais pourrait-elle au moins nous dire pourquoi ? Elle a réfléchi, puis m'a demandé : "Et qu'est-ce que ça change pour vous si je veux savoir où est Aurélien ?" Je lui ai répondu : "Ça change que c'est vous qui vous inquiétez pour lui et pas votre sœur ou des étrangers. S'il lui est arrivé quelque chose, vous serez la première informée. Nous vous tiendrons au courant de l'enquête. Vous nous aurez aidés, vous serez dans le camp des victimes, pas des témoins ou des suspects." Je lui ai fait comprendre aussi que nous continuerions l'enquête, même si elle ne signait pas. Elle a vite conclu qu'elle avait plus à gagner qu'à perdre en étant de notre côté. Alors, j'ai sorti mon formulaire. Elle l'a lu et relu jusqu'à la dernière virgule et a signé.

« Bravo, dit Cadillac. C'était rondement mené.

— Vous allez voir le procureur avec ça ? demande Yves. Vous croyez qu'il...

— Je n'ai pas fini, dit Pujol. J'ai eu une idée. Je ne sais pas si j'ai bien fait, mais voilà... »

Il garde un instant le silence, observé par Cadillac intrigué.

« Je me suis dit que ce serait intéressant de sonder aussi Sabine ; je suis allé la voir à sa galerie. Celle-là, entre nous, est moins futée que sa sœur. Elle vous prend de haut comme l'autre, mais n'a pas le même chic.

— L'arrogance sans le charme ? demande Yves.

— Tout à fait ça. "Elle ne sait pas y faire" dirait ma femme. Comme j'avais la signature de Cornelia et qu'on n'avait pas vraiment besoin de la sienne, j'ai essayé un truc qui va peut-être nous servir.

— Ah oui ? dit Cadillac inquiet.

— Simple, vous allez voir. J'ai pensé que vous aimeriez la cuisiner et je me suis arrangé pour qu'elle refuse de signer. Il a suffi que je lui dise qu'elle nous rendrait un grand service pour qu'elle m'envoie paître. Une femme au grand cœur !

— Quel est le but de la manœuvre ? demande Yves.

— Je vois les choses ainsi. Officiellement Cornelia s'inquiète de la disparition de son frère chéri pendant que sa grande sœur ne veut pas que la police sache ce qu'il est devenu. Pourquoi ? se demande légitimement la police. C'est un motif d'interrogatoire serré, pas vrai chef ?

— Tout à fait juste. Bien calculé », admet Cadillac.

Il prend le téléphone et compose un numéro observé par Yves et Pujol qui ne cachent pas leur curiosité.

« Le procureur ? » demande Yves dans un souffle.

Cadillac repose le combiné.

« Si vous voulez bien me laisser seul cinq minutes ? » lui répond-il sévèrement.

Pujol et Yves s'esquivent sur la pointe des pieds, contents de lui laisser la tâche de convaincre le difficile procureur.

« Tu es un génie dans ton genre, dit Yves à son collègue dans le couloir.

— Dis ça à ma femme. À propos, je t'apprends qu'elle attend notre cinquième.

— Ouhaou ! Félicitations. Et tu sais que si vous n'en voulez pas, vous pourrez le revendre très cher pour adoption.

— Dis-le à ma femme, répète Pujol.

13

Aurélien reste introuvable. Personne à son bureau ne sait où il est et ses collègues trouvent son absence anormale. Il n'est pas revenu chez lui et la perquisition de son appartement, enfin autorisée par le procureur, donne peu d'informations. Il n'a pas été possible de déterminer s'il a dormi chez lui dimanche soir après que son voisin l'ait vu entrer, ni même de savoir comment il était habillé en repartant le soir même ou le lendemain. Ni sa femme de ménage ni son voisin ne connaissent assez sa garde-robe pour pouvoir indiquer ce qu'il y manque. Après vérification par téléphone, Colette, Cornelia et Sabine confirment qu'il portait bien la veste mouillée que les policiers ont trouvée dans son appartement lorsqu'il est venu les voir. Aucune trace d'un visiteur récent n'a été décelée. Son appel téléphonique à Cadillac intercepté par le policier de garde a été noté à 16 h 16, soit deux heures après sa visite à Cornelia. Michel Laborde a pu leur fournir le reçu de sa carte de crédit pour le plein d'essence sur l'autoroute à 20 h 01, confirmant ainsi qu'il était bien à la sortie d'Arcachon sur la route de Monférand à cette heure-là, ce dimanche. Autrement dit, aucune information valable.

Bien sûr, tout devra être vérifié, mais les réticences du procureur sont telles que Cadillac ne peut se permettre de déployer le grand jeu ; il n'aura pas droit aux experts scientifiques comme il l'aurait souhaité.

Le cher homme ne lui a pas épargné ses sarcasmes : *"Vous avez calculé, commissaire, que si nous devions rechercher tous les adultes qui n'ont pas donné signe de vie en vingt-quatre heures, il faudrait multiplier par dix au moins les forces de police ?"* Mais il avait tout de même fini par autoriser l'enquête. Pas la victoire totale dont il rêvait, mais un progrès dont il devrait se contenter.

Thomas était encore plus frustré que lui. Il pestait toujours contre les Ménoire qui lui avaient posé un lapin et il était bien décidé à les retrouver. Il surveillait la Malvie sans relâche et avait demandé à Josiane, la clerc du notaire, de le prévenir dès qu'ils se manifesteraient, ce qu'ils feraient bien tôt au tard s'ils voulaient récupérer la Malvie qui aujourd'hui leur appartenait. Il n'avait pu tirer aucune information utile du bloc-notes d'Aurélien, il se livrait à toutes sortes d'hypothèses, des plus logiques aux plus farfelues : les Ménoire avaient entraîné Aurélien sur leur bateau et l'avaient noyé. Ou bien c'était Michel Laborde, avec ou sans la complicité de Sabine. À moins que Francis Monsec, parti en montagne le lundi ne l'ait caché dans le coffre de sa voiture, puis enterré au pied de quelque sapin dans une obscure forêt. Ou encore, c'était Colette qui, avec ou sans le docteur, aurait... Cadillac ne se souvenait plus ni des mobiles ni des moyens que l'imagination puissante de Thomas attribuait équitablement à tous les suspects. Il reconnaît être lui-même incapable de se livrer à autant de spéculations et surtout de les prendre au sérieux plus de quelques minutes. Guidé par son instinct, il avance comme un chien de chasse sur une piste ou une autre ce que Thomas fait aussi à sa manière, mais en essayant de rationaliser ses intuitions, parfois au détriment de toute logique. *"Et ma logique à moi ?"* se demande-t-il. Il en trouve peu ou plutôt pas du tout. Il est parti en courant sur une enquête compliquée pour avoir cru lire une sup- plique dans le douloureux masque de mort d'une gen- tille dame qui, dans son enfance, lui offrait de bons goûters. Alors, il s'élance sur la trace d'Aurélien parce qu'il a ressenti son appel, transmis par un intermédiaire neutre et froid tel un appel d'outre-tombe. Le procureur a raison, c'est totalement idiot.

Pujol entre dans son bureau.

« Sabine vient d'arriver, chef. Elle attend au bou- doir.

— Allons-y. »

Il se lève et observe Pujol. Il se demande comment il réagirait s'il devait être interrogé par lui. Une chose est sûre : il aurait peur. L'homme est grand, non point maigre, mais sec, portant bien sa quarantaine passée. Les traits réguliers de son visage sans aspérité notable sont surtout remarquables parce qu'il semble contrôler ses expressions à volonté. Il ne rit jamais, pourtant ceux qui le connaissent bien peuvent voir la lueur amu- sée qui brille presque en permanence dans ses yeux sans qu'un seul muscle de son visage n'indique un sou- rire. Il sait éteindre cette lueur lorsqu'il le veut et ses traits deviennent alors si durs que le personnage inquiète aussitôt ; ses yeux fendus à peine ouverts, sa bouche mince comme un coup de rasoir, l'absence totale de trace d'émotion, s'il choisit le mode sévère, lui donnent un air d'inquisiteur dont il ne faut attendre aucune pitié.

« On est bien d'accord, n'est-ce pas ? lui dit Cadillac. Méchants. Pas de quartiers.

— Ce sera moi le méchant ? demande Pujol.

— Tous les deux.

— Compris. »

Cadillac le laisse entrer le premier dans la pièce que les inspecteurs appellent le boudoir : une salle nue qui n'est utilisée qu'avec réticence pour les interrogatoires des durs à cuire qu'il faut intimider sérieusement. Personne n'aime cet endroit dans la maison : la femme de ménage elle-même l'évite autant qu'elle le peut sous prétexte que les araignées ne veulent rien tisser dans cet endroit sinistre. La pièce est équipée d'une grande table entourée de chaises fonctionnelles et d'appareils enregistreurs que Cadillac utilise peu, sauf pour jouer avec le bouton qui allume le voyant rouge. Ceci pour rassurer quand il l'éteint et faire croire qu'on est entre amis, ce qui marche parfois, ou pour inquiéter en l'allumant s'il s'agit de faire comprendre qu'on ne joue plus.

Sabine les regarde arriver sans bouger. Les deux hommes s'assoient en face d'elle après une brève salutation très sèche.

« Sabine Cassagne épouse Laborde, dit Pujol aussitôt assis. Trente-huit ans. Fille d'Albina Cassagne née Moreno et d'Albin Cassagne, tous deux décédés. »

Sabine le regarde comme s'il était un martien et se tourne vers Cadillac pour chercher un allié. Mais le camarade d'enfance a disparu, remplacé par un homme au regard dur qui lui glace le sang. Pujol continue.

« Nous enquêtons sur la disparition de votre frère Aurélien à la demande de votre sœur Cornelia. D'après nos informations, vous l'avez vu dimanche dernier. Vous m'avez fait comprendre que sa disparition ne vous inquiétait pas outre mesure.

— *Vous* dites qu'il a disparu, parvient à dire Sabine.

— Vous avez une meilleure idée ? Nous aimerions la connaître.

— Il est parti quelque part, voilà tout. Il ne me dit

jamais où il va. Pourquoi me l'aurait-il dit ce jour-là ?

— S'il ne vous a pas dit où il allait, que vous a-t-il dit d'autre ?

— Mais rien de spécial ! Il m'a rapporté les clés de la Malvie parce que j'avais oublié de fermer la maison vendredi dernier. C'était mon trousseau.

— Et c'est tout ?

— Nous avons parlé d'affaires de famille. Après la mort de maman, il y a des choses à régler. »

Cadillac voit qu'elle ment. Bien sûr, Aurélien est venu la voir pour une raison très précise et en relation directe avec sa disparition. Pujol pense certainement comme lui et continue.

« Vous avez opposé un refus formel à notre demande d'enquête. Pourriez-vous nous dire pourquoi vous souhaitez entraver une enquête de police ?

— Entraver ? Mais je n'ai rien à cacher !

— Sauf précisément ce que nous voulons savoir.

— Mais que voulez-vous savoir ?

— Mot à mot, ce qu'il vous a dit, sans rien oublier.

— Mais comment voulez-vous que je m'en souvienne ? C'était une conversation banale. Il était un peu déboussolé, comme nous tous d'ailleurs, après la mort de maman. Un peu déprimé. Il a parlé de partir huit jours en montagne...

— Où ?

— Mais il ne me l'a pas dit ! répond Sabine véhémentement. C'est sans doute ce qu'il a fait.

— Sans téléphoner à son bureau ? Pourquoi ?

— Mais je n'en sais rien ! Quand on est déprimé, on fait des choses comme ça. On veut rompre avec son entourage. N'importe quel psychologue vous dira ça.

— Donc, il voulait partir huit jours en montagne sans rien dire à personne, sauf à vous ?

— Je suppose... Peut-être...

— Qu'a-t-il dit d'autre ?

— Il voulait juste bavarder. Rien d'autre.

— Vous parlez de lui au passé.

— Je... Je parlais de dimanche, non ? »

Elle perd, les pédales, se dit Cadillac. Ce n'est pas bon. Elle va se fermer. C'est sans doute pourquoi Pujol embraye sans attendre.

« Vous nous avez dit que vous aviez parlé d'affaires de famille. Vous dites maintenant qu'il a parlé de lui-même.

— On a aussi parlé d'affaires de famille.

— C'est-à-dire ? »

Cadillac voit qu'elle temporise. Cette fois, il est sûr qu'elle ne veut pas leur dire la vérité, mais qu'elle les craint trop pour inventer un mensonge qui la compromettrait. Comme lui, Pujol laisse s'installer le silence en l'observant.

« Je... vous m'épouvantez. Je ne sais plus. Je veux m'en aller. Je suis sûre que vous n'avez pas le droit de me garder comme ça. »

Pujol laisse jouer Cadillac selon un code jamais écrit, jamais formulé entre eux, mais qu'ils connaissent à fond.

« Nous avons le droit de vous poser des questions et vous avez le devoir de nous répondre. Qu'avez-vous à cacher ? Quelles sont ces affaires de famille si terribles que vous ne voulez rien en dire ? Peut-être expliqueraient-elles la disparition d'Aurélien ?

— Mais elles n'ont rien de terrible, comme vous dites ! On parlait de la succession, ce genre de chose... Rien d'anormal.

— Je vais vous dire ce que nous savons de la succession. Votre mère vous a déshérités tous les trois.

Elle s'est arrangée pour que vous n'héritiez ni de sa maison ni de ses meubles, ni de ses liquidités en France, ni de ses liquidités en Suisse. »

Il voit Sabine pâlir pour la première fois, signe qu'ils ont ébranlé ses défenses.

« En Suisse ? balbutie-t-elle.

— Nous avons appris par Aurélien que votre mère a fait don de la fortune qu'elle avait à Zurich pour que vous n'en touchiez rien. »

Elle le regarde avec stupeur.

« Aurélien n'a pas pu vous dire ça !

— Elle n'a rien laissé non plus à Colette Chalard qui, huit jours avant la mort de votre mère, aurait hérité d'une fortune tout comme vous. Ce ne sont pas les choses anodines que vous suggérez. La porte est ouverte si vous voulez partir, mais l'enquête continuera. Simplement, nous saurons que nous la menons contre votre volonté, que vous êtes un témoin récalcitrant qui a des choses terribles à cacher. Croyez bien que nous les découvrirons, avec vous ou contre vous. À vous de choisir.

— Mais s'il est parti huit jours en montagne, qu'est-ce que je peux vous apprendre ?

— Bien, dit Cadillac, qui se lève. Donc, votre choix est fait. Vous vous moquez de la police. Nous en concluons que vous savez où est votre frère, que vous savez s'il est mort ou vivant. Et s'il est mort, nous en conclurons que vous pourriez êtes complice d'un assassinat. Ou pire. »

Sabine se lève, brusquement, comme éjectée par un ressort.

« Vous n'avez pas le droit...

— Vous devriez arrêter de parler de nos droits et commencer à vous inquiéter de vos mensonges que nous allons enregistrer. Asseyez-vous, nous n'avons pas fini.

Il se lève et branche le magnétophone. Sabine, brisée par son autorité, retourne s'asseoir tel un automate.

« Je vous demande de donner à l'inspecteur Pujol tous les détails précis de vos allées et venues depuis dimanche soir ainsi que ceux de votre mari. Vous devrez également nous dire dans le détail, tout, je dis bien tout ce que votre frère vous a dit. L'inspecteur a tout son temps pour vous aider à en vous souvenir mot à mot. »

Il se retourne avant de sortir.

« Et n'oubliez pas que nous procéderons de même avec votre mari. Vos mensonges ne tiendront pas longtemps si vous croyez pouvoir nous tromper. »

Dès qu'il est sorti, il reste un instant derrière la porte, mais n'entend rien. Pujol sait jouer avec le silence.

Il est heureux de trouver Yves qui l'attend dans son bureau.

« Alors ? Elle a craqué ? Avoué ?

— Pensez-vous ! Je l'ai laissée à Pujol. S'il n'en tire rien, il faudra trouver autre chose. Il risque de rentrer tard chez lui. Nous ferions bien de prévenir sa famille.

— Je m'en occupe.

— Merci. Et si vous y allez, vous voudrez bien porter à sa femme un bouquet de fleurs de ma part ? Un cinquième petit Pujol d'après ce que vous m'avez dit, ça se fête. Je me demande si quelqu'un dans sa famille sait à quel point il peut être effrayant. S'il était à Hollywood, on le payerait des fortunes pour jouer les tueurs aux yeux vides.

— Chez lui c'est un papa gâteau qui se laisse martyriser par ses plus petits enfants. Mais qu'a dit Sabine ?

— À peu près rien. Elle nous promène et je me demande pourquoi. Aurélien est bien allé la voir pour une raison précise, comme il a vu Colette et Cornelia qui ne veulent pas non plus nous dire pourquoi.

— Vous croyez qu'il a découvert qui a tué sa mère et que le coupable l'a supprimé ?

— C'est la meilleure explication, non ? Pourquoi aurait-il cherché à me joindre un dimanche, s'il n'avait rien d'important à me dire ? Mais pourquoi ces trois femmes se taisent-elles ? Deux d'entre elles, au moins, devraient nous renseigner. J'irai voir Cornelia demain, mais avec la méthode douce cette fois. Une main molle dans un gant de velours.

— Pardi ! La gentille petite sœur qui se fait tellement de souci pour son frère chéri qu'elle appelle la police à la rescousse.

— Oui. On va la jouer comme ça. Et Michel Laborde ?

— J'ai envoyé deux motards avec une convocation l'invitant à venir nous voir au plus tôt. Il était sorti sur un chantier d'après son associé qui lui transmettra la convocation dès son retour. Il devrait se présenter demain matin. On le garde pour Pujol ?

— Bien sûr. Et du côté de Francis Monsec ? Marion a-t-elle découvert quelque chose à la thalasso ? Vous lui avez bien dit d'être prudente ? Le procureur ne veut pas d'histoires avec son sénateur de père. On ne pourra même pas l'interroger officiellement.

— Je le lui ai dit. Demain, elle doit déjeuner avec la comptable du Centre. Elle aura sans doute des nouvelles vendredi soir. Vous vous souvenez que vous l'avez convoquée pour aller à un bal samedi ?

— Oh, bien sûr, la pauvre ! Quel dévouement !

— Hum... J'ai un message de Thomas pour vous.

— Ah oui ? A-t-il découvert quelque chose ?

— Je répète textuellement ses mots : "Pourriez-vous dire à Martin que j'aimerais l'avoir à dîner ce soir au Prince Noir s'il n'a rien de mieux à faire. Je lui présenterai une invitée intéressante."

— Thomas complotant au Prince Noir ! Je ne vais pas manquer ça... »

14

Lorsqu'il ouvre la portière de sa voiture dans le parking du Prince Noir, Cadillac est accueilli par le chant des oiseaux qui célèbrent en pépiant le crépuscule encore lumineux de cette longue soirée de printemps. Les derniers rayons de soleil embrasent les grappes de la glycine et la haie de lilas. Il s'approche du restaurant d'où lui parviennent d'appétissantes odeurs de cuisine qu'il essaye d'identifier : coquilles Saint-Jacques ?... poulet rôti ?... Il se demande si Pierrot vient quelquefois dîner ici et ce qu'il pense de l'endroit et de la cuisine. Il en est probablement jaloux. Penser à l'asticoter là-dessus à la première occasion.

« Elles ne sont pas belles mes fleurs ? »

Il se retourne et voit Nanette qui vient vers lui, portant un panier plein d'éclatantes pivoines aux pétales froissées rouge carmin.

« Magnifiques !

— Et elles sentent si bon ! Je vais les mettre sur un guéridon près de votre table.

— Nanette vous êtes une fée. Mes amis sont-ils arrivés ?

— Ils sont là. Mais dis-moi, tant qu'on peut parler une minute tranquille, j'ai appris que tu t'intéressais à la vente de la Malvie. C'est vrai ?

— Mumm. Disons que je suis d'un naturel curieux... Mais il ne faut pas le répéter.

— Dieu du ciel ! Ça voudrait dire que l'accident d'Albina est suspect ?

— Je n'ai pas dit ça.

— Ne t'inquiète pas, je ne dirai rien à personne. Mon commerce ne marcherait pas aussi bien si je n'étais pas discrète. Mais alors, qui sont ces gens qui ont acheté la Malvie à bon compte, paraît-il... ?

— Vous finirez bien par le savoir tôt ou tard. Ce sont vos clients, les Ménoire.

— Eux !? Oh, je vois ! C'est pour ça que tu t'y intéresses. Donc, tu crois qu'Albina... Mon Dieu, mais c'est horrible. J'aurais dû acheter la Malvie.

— Vous vouliez l'acheter ?

— C'est un vieux rêve. Mais je ne savais pas qu'elle était à vendre. Et tu soupçonnerais les Ménoire ?

— Non. Je ne soupçonne personne.

— Mumm. Bien sûr. Et ce listing que je t'ai donné, a-t-il servi à quelque chose ?

— Pas directement, mais j'en ai gardé une copie. Il semble qu'il traite de grosses affaires financières assez opaques dans le négoce des bateaux. Éventuellement, il pourra me servir. Pour l'instant, je cherche Aurélien Cassagne ; il est introuvable.

— Aurélien introuvable !? Mais que dis-tu ? Il était ici vendredi soir.

— Ah oui ? Personne ne l'a vu depuis dimanche soir. Comment était-il vendredi ?

— Il est arrivé hagard, affamé. J'ai pensé qu'il avait de gros soucis et qu'il buvait plus qu'il ne mangeait depuis quelque temps. Crois-moi, nous l'avons bien soigné. Il est reparti d'ici tout requinqué. Pétant le feu même.

— Ah oui ? Comme s'il avait pris une résolution ?

— Oui. Il avait l'air de jubiler en partant.

— N'a-t-il rien dit de spécial ? Où il comptait aller par exemple ?

— Rien du tout. Tu ne crois pas tout de même...

— Je suis comme saint Thomas, Nanette. Je ne crois rien. »

Elle le regarde attentivement sans rien dire, puis se ressaisit.

« Ne t'inquiète pas, je ne dirai rien, à personne. Et si les Ménoire reviennent, je te préviendrai aussitôt... Je vais mettre ces fleurs dans l'eau. »

Cadillac la regarde s'éloigner avec un serrement au cœur. Quel dommage qu'elle n'ait pas eu la Malvie au lieu des Ménoire qui en feront Dieu sait quoi de moderne et de prétentieux. Il comprend qu'Aurélien soit venu ici chercher du réconfort auprès de la bonne Nanette qui sait si bien dispenser l'harmonie autour d'elle. Soudain, il se prend à penser qu'Aurélien n'aurait jamais agressé sa mère. Pourtant, il l'a cru possible un moment. Tout en se reprochant une fois de plus son manque de logique, il se dirige vers la terrasse où l'attend Thomas et sa mystérieuse invitée.

Il remarque, en s'approchant, que Lili n'est pas là et que Thomas fait le joli cœur auprès d'une jeune femme qu'il voit de dos. Pourvu qu'il n'aille pas faire l'idiot, victime du démon de midi et demi. Le couple qu'il forme avec Lili est si réussi et il éprouve tant de tendresse pour les deux qu'il frémit à l'idée qu'ils pourraient avoir des problèmes conjugaux ou se séparer. Mais il est bientôt rassuré. Thomas lui présente *"Josiane Prades, qui les a tant aidés dans leur enquête en les informant sur les opérations immobilières douteuses des Ménoire."* Cadillac comprend aussitôt. Thomas a invité la clerc du notaire pour la remercier, mais aussi, sûrement, pour récolter d'autres informations sur les

Ménoire et les Cassagne. Voilà un policier qui sait soigner ses informateurs bénévoles !

Josiane est une jeune femme aux yeux bleus porcelaine, pleins de candeur, où pétille parfois un éclair de malice. Il faut l'examiner avec attention avant de réaliser qu'elle pourrait être très jolie si elle coiffait mieux ses cheveux ébouriffés en saut-de-lit et n'en teignait pas une mèche sur deux en un roux flamboyant. Son pull angora rose la fait ressembler à un ours en peluche. Quel dommage qu'elle s'attife si mal ! Cadillac la rhabille mentalement du sobre tailleur bleu pâle que portait Annette le jour de leur première rencontre auquel il rajoute un petit chapeau rond sur des cheveux qu'il imagine naturellement châtains, et finalement la trouve à son goût avec ses joues rebondies pleines de fossettes, ses crocs de chaton gourmand et son petit menton volontaire.

Les présentations terminées, Thomas lui explique que Lili est en cuisine chez eux où, aidée par Alice, elle tente de réaliser les recettes basques inédites de la grand-mère de Marion que celle-ci a eu la bonté de leur envoyer. Demain la cuisine sera envahie par une équipe de photographes qui mettront la maison sens dessus-dessous, et Thomas est prié de ne pas se trouver dans leurs pattes. Il risque de se réfugier chez Martin à qui il demande asile dès maintenant. Par contre, ils sont tous invités à servir de cobaye, un de ces soirs, pour un dîner où il s'agira de tester les recettes.

«Vous pouvez refuser Josiane, dit-il aimablement à son invitée, nous comprendrons.

— Sûrement pas, dit-elle. Mais je m'inquiète. S'il y a sept plats, dont trois desserts, comme vous dites, nous risquons d'exploser comme des ballons trop gonflés.

— Je ne connais pas la procédure, dit Thomas évasif. Ce sera à vos risques et périls puisque vous avez accepté. Martin, je vous préviens vous êtes requis d'office. Et maintenant, je vais explorer la cave avec José. Je suis sûr qu'ils y cachent de grands crus qu'ils n'affichent pas sur la liste des vins, or Josiane mérite le grand traitement. Je la laisse vous raconter ce qu'elle vient de me dire. »

Il part aussitôt, laissant ses deux invités amusés.

« Il est toujours comme ça ? demande-t-elle en riant.

— Voulez-vous dire imaginatif, passionnément curieux, sybarite, généreux, obstiné, raisonneur... J'en oublie ?

— Oui, il semble être tout ça, mais aussi... comment dire ? Justicier est le mot qui me vient à l'esprit, mais il est idiot sans doute ?

— Mais non. Le mot est juste. Simplement nous n'osons plus l'employer. Il est devenu synonyme de redresseur de torts insensible, voire malfaisant ou tyrannique. C'est dommage.

— C'est peut-être parce que les policiers font peur, comme les juges.

— Les honnêtes gens nous redoutent bien plus que les bandits. C'est la malédiction de notre métier de mettre mal à l'aise ceux que nous voulons défendre. »

Ce qui est sans doute le cas avec elle, pense-t-il sans oser le dire. Mais il se trompe. Josiane est sur sa réserve pour une toute autre raison.

Dès qu'elle l'a vu arriver, qu'il lui a serré la main avec un sourire charmeur, elle a dû faire un effort pour détacher ses yeux de lui, fascinée par une réminiscence qu'elle n'a pas réussi à identifier dans l'instant. Et puis elle s'est souvenue de ce tableau vu l'été dernier en

Toscane, à Florence ou Sienne, elle n'est pas sûre. Elle a aussi oublié qui était le peintre et le sujet du tableau ; mais elle n'a jamais oublié le cavalier, qui, à l'arrière-plan, la main sur le pommeau d'une épée, semblait voir à l'horizon une chose mystérieuse que l'artiste n'avait pas peinte. La ressemblance ne venait pas des traits qui étaient devenus flous dans sa mémoire, mais d'une sorte de fierté dans l'allure, dans le port de tête d'où émanait une grande force contredite par le regard lointain et doux. Elle s'était demandé si le cavalier était un personnage allégorique né de l'imagination du peintre plutôt qu'un portrait réel, et si la Renaissance générait spontanément des hommes de cette sorte que notre époque ne semblait plus engendrer. Elle sait seulement que le cavalier n'avait pas cette bouche aux lèvres ourlées de son vis-à-vis, pas les mêmes sourcils rapprochés, signe de jalousie d'après une croyance à peu près aussi scientifique que l'horoscope. Ses yeux brun clair qu'elle évite de rencontrer pour qu'il la croie indifférente, ont des reflets un peu jaune comme on imagine ceux des tigres. *Me revoilà à fantasmer sur un bel homme jaloux,* se dit-elle. Les femmes qui se plaignent de la jalousie de leurs hommes ne connaissent pas leur chance. Lorsqu'elle avait dit à son dernier ex, un pharmacien marié, qu'elle hésitait à renouer avec son fiancé précédent, il avait simplement répondu *"Je comprends."* Écœurant ! La réplique l'avait tellement refroidie qu'elle avait décidé d'accélérer l'inévitable rupture.

Et, juste au moment où elle venait de décider que jamais, plus jamais, elle ne se laisserait séduire par un homme marié, où elle s'attendait à dîner avec un fonctionnaire pontifiant et ventru, Thomas la met en présence de cette bombe sexuelle ambulante qui en plus n'a pas l'air de se rendre compte qu'il est totalement irrésistible ! Elle doit remettre en action ses batteries de défense, et vite. Comment savoir s'il est marié ou non ? Difficile de le lui demander directement et encore plus en louvoyant quand on est aussi peu douée qu'elle pour la dissimulation. C'est sûrement le cas à cent contre un. Elle demandera plus tard à Thomas, mais en attendant, prudence. D'ailleurs, si elle veut le voir s'animer, elle n'aura qu'à lui parler de ses enfants, de sa maison qu'elle imagine avec deux garages, piscine, barbecue et tout le saint-frusquin des notables bien mariés juste comme il faut dans la couche sociale adéquate. Si les lois étaient bien faites, il porterait un panneau autour du cou du genre : "Danger. Homme marié, trois gosses, deux maîtresses. Romantiques fragiles s'abstenir." Pétard, quel dommage ! *Pourtant, c'est curieux, il n'a pas l'air comme ça. Mais tu viens de dire "pas touche" ma vieille. Alors, ne commence pas à te chercher des excuses et passe à autre chose.*

« Thomas voulait que je vous parle du dernier courrier que nous avons reçu des Ménoire, dit-elle. Tenez, j'ai fait des photocopies. »

Elle lui remet une lettre à l'en-tête du Carioca, signée de Pauline Ménoire, accompagnée d'une autre lettre adressée à un huissier.

« Vous voyez, elle voudrait qu'un huissier vienne mettre les scellés à la Malvie et demande qu'on lui remette les clés.

— Je vois. Savez-vous d'où elle a posté ça ?

— De La Rochelle, avant-hier. Voici l'enveloppe.

— Merci ! Je vois que son mari n'a pas signé.

— Nous l'avons vu aussi. Et mon patron réglo réglo a fait une lettre en réponse pour demander les deux signatures.

291

— Où l'avez-vous envoyée ?

— À leur adresse officielle à Paris. Ils font peut-être suivre le courrier ?

— Sûrement. C'est curieux que le mari n'ait pas signé. On dirait qu'ils sont toujours en bisbille, ces deux-là.

— Elle dit, à la fin de sa lettre, qu'elle téléphonera. Mais nous ne savons pas qui a les clés. Probablement les trois enfants Cassagne et Colette Chalard ? Vous le savez ?

— Je le saurai demain. »

Il ne lui dit pas qu'il a décidé d'explorer la Malvie dès le lendemain, avec ou sans clés, avec ou sans la bénédiction du procureur, et de préférence avec Cornelia si elle veut bien l'accompagner. Il aurait dû commencer par là ; c'est ce qu'il aurait fait s'il n'était pas obligé de respecter toutes ces procédures fatigantes. Bien que la maison soit toujours inhabitée d'après Thomas qui la surveille de l'extérieur, il pourrait bien y trouver Aurélien, éventuellement peu en état de se manifester s'il lui est arrivé malheur.

« Vos pensées ont l'air bien sombres, lui dit Josiane

— Oui, excusez-moi. J'ai eu une journée difficile... »

Il est interrompu par l'arrivée de Thomas qui vient vers eux triomphant, suivi de José qui porte comme le Saint-Sacrement une bouteille poussiéreuse.

— Un château Yquem de 1976. Et Nanette a le foie d'oie qui va avec ! »

Sur ces bons auspices commença un dîner à la fin duquel Thomas exposa tous les projets qu'il avait en tête : d'abord, aller à La Rochelle, ce en quoi il fut contrarié par Cadillac qui lui fit remarquer que c'était inutile puisqu'il connaissait quelqu'un là-bas qui pourrait surveiller les Ménoire discrètement s'il le lui demandait. Plus tard, Thomas déclara qu'il avait une autre idée, excellente celle-là, ce qui n'étonna aucun de ses deux convives. Mais déjà échaudé par une première rebuffade, il ne voulut pas leur dire laquelle.

Et lorsqu'il fallut partir, Cadillac proposa galamment à Josiane de la reconduire chez elle, ce qu'elle parvint à refuser pour obéir à ses propres consignes de prudence. Effort héroïque pour lequel elle dût rassembler la totalité des maigres forces qui lui restaient à la fin d'un dîner arrosé de grands crus comme elle n'en avait jamais rêvé. Elle se gratifia d'un vingt sur vingt sur le carnet de compte de ses sacrifices, mais après réflexion, elle rectifia son score d'un point et ne s'attribua que dix-neuf. Après tout, rien ne disait qu'il lui aurait proposé de prendre un dernier verre chez elle ou ailleurs. Des hommes mariés fidèles à leur femme ça c'est déjà vu, et même ailleurs qu'au cinéma d'après ce qu'elle a entendu dire.

15

Cadillac se réveille en sueur, émergeant avec peine d'un effroyable cauchemar dont il s'efforce de retrouver les images pour tenter de les exorciser. Un hôtel en feu... des buissons enflammés, une femme aux cheveux incandescents... Lui, handicapé par des jambes d'infirme qui refusent de lui obéir... et comme toujours, le piège final, l'inexorable, la diabolique impasse d'où rien ni personne ne pourra le sortir. Il sait pourquoi. Malgré l'excellent dîner et la soirée passée en si bonne compagnie, quelque chose ne passe pas. Sa dureté d'hier avec Sabine. Comment, pourquoi, a-t-il décidé de lui infliger cette épouvantable épreuve si elle est innocente, ce qu'il devrait présumer ? Mais aussi comment faire quand la méthode douce ne marche pas ? L'intimidation est une arme légitime du policier, reconnue, acceptée dans toutes les démocraties du monde.

Et puis, pourquoi dort-il presque toujours tout seul ? Pourquoi punir charnellement son corps ? Ne devrait-il pas avoir une douce compagne à qui se confier ? Une amante ou une épouse pour le dorloter, le rassurer, le cajoler, le comprendre, le consoler, apaiser ses sens, sa peau endolorie d'absence ? Comment et pourquoi est-il toujours imbécilement amoureux d'une femme qui n'est pas pour lui ? C'est malsain, contre-nature, c'est de la bêtise, voilà tout. Il mène sa vie sans sagesse, ce qui doit cesser dès

maintenant. Alors, assez d'introspection et d'auto-
dénigrement pour aujourd'hui. La douche, et au boulot. La journée sera chargée et il doit se convaincre
que c'est une noble tâche de retrouver l'assassin pré-
sumé d'Albina, et peut-être d'Aurélien, avec ou sans
forte pression sur les témoins récalcitrants.

16

Pujol se prépare à rejoindre Michel Laborde qui l'attend au boudoir et se demande comment l'aborder. Il a lu attentivement tout ce qu'ils avaient pu récolter sur lui, c'est-à-dire pas grand-chose. Rien aux RG, des difficultés chroniques d'argent semble-t-il, rien de vraiment pousse-au crime à première vue ; homme à femmes d'après les rumeurs, mais aucune ne semble l'avoir mis sur la paille ni avoir compromis son ménage. Un alibi qui tient assez bien pour la mort de sa belle-mère, cependant pas pour l'escampette d'Aurélien, ni plus ni moins d'ailleurs, en regardant bien, que pour les autres suspects.

Mais voyons cette histoire de bateau. Il mouille le sien à Arcachon comme les Ménoire. Ils pourraient se connaître. Dans ce cas, il a pu arranger la vente de la Malvie à leur profit. Et après ? Pourquoi aurait-il fait ça ? Il trucide Albina et demande une commission pour services rendus ? Difficile à croire puisque sa femme y perd un gros morceau de l'héritage. Et pour Aurélien ? Il aurait pu venir le voir dimanche après minuit puisque sa femme dormait, et l'entraîner quelque part ? Les voisins ont joué au bridge jusqu'à trois heures du matin. Ils l'auraient entendu sonner s'il n'a pas de clés. Ils auraient pu les entendre ressortir aussi.

Bref, pas grand-chose à se mettre sous la dent à part l'histoire du bateau. *Je vais faire une décomposée, se dit-il. Un premier coup où il va me fournir les détails précis de ses faits et gestes, un deuxième dans lequel je le ferrerai avec ses contradictions si j'en trouve. Pour aujourd'hui, il vaut mieux le rassurer puisqu'on a rien dans la manche pour lui faire peur. Donc je lui sors le Pujol débonnaire, un peu épais, tatillon parce qu'on l'a catapulté sur une affaire à laquelle il ne comprend pas grand-chose. Sabine a dû lui dire que nous étions des tortionnaires. Avec un peu de chance, il va croire qu'elle a la maladie de la persécution !*

En sortant de son bureau, il a une idée et passe une tête chez Rosine.

« Mes hommages, chérie. Veux-tu bien me rendre un service s'il te plaît ?

— À ton service, trésor.

— Appelle-moi au boudoir d'ici quinze minutes. Comme d'habitude, d'accord ?

— OK. Et si je réussis à te faire rire, tu me payes le manteau de vison que je viens de voir en réclame dans la boutique en bas.

— Pari tenu, princesse. À tout à l'heure. »

*

Michel Laborde, sans doute en prévision d'une longue attente, s'est équipé d'un volume de la pléiade qu'il referme à l'arrivée de Pujol. Celui-ci le salue courtoisement, puis va ouvrir le vasistas qui offre à travers ses barreaux une belle vue sur les pneus des voitures et les chevilles des visiteurs.

« Pas follement gai comme endroit, dit-il. Mais c'est la seule pièce de la baraque où on est à peu près tranquille. Nous sommes vraiment à l'étroit dans cette bâtisse.

— Pas de problème ; j'ai vu nettement pire comme bureaux. »

Pujol s'assied en face de lui en ouvrant un carnet vierge. Il n'a jamais vu Michel Laborde et tente de le soupeser dans les quelques secondes qu'il a devant lui. Exercice difficile. Plutôt beau gosse, bien bâti et musclé comme quelqu'un qui doit manœuvrer un bateau. Pas nerveux ni angoissé, pas le genre coriace non plus. Bref, pas grand-chose à glaner de ce côté-là.

« Ça vous ennuie si je branche le magnétophone ? dit-il. Ça me permettrait de vérifier mes notes, éventuellement. Il y a des témoins que ça rend nerveux.

— C'est bon. Allez-y. »

Pujol manœuvre maladroitement l'appareil qui finit par se mettre en route.

« Vous devez déjà savoir, dit-il, que nous enquêtons à la demande de votre belle-sœur Cornelia Cassagne sur la disparition de son frère Aurélien. Comme nous n'avons aucune piste pour l'instant, votre témoignage pourrait nous être utile.

— J'ai peur de ne pas pouvoir vous aider. Je n'ai pas revu Aurélien depuis le jour de l'ouverture du testament chez le notaire. Ça devait être le quatorze avril dernier.

— Vous n'avez rien remarqué d'anormal ce jour-là ?

— Sauf que les enfants pensaient hériter de la maison et qu'ils ont appris qu'elle avait été vendue en viager. Triste nouvelle pour nous tous. Aurélien a été secoué comme les autres.

— Je vois, dit Pujol qui explore le cartable qu'il a amené et en sort un dossier qu'il compulse, sourcils froncés. Maison vendue à monsieur et madame Ménoire. Ah, voilà, c'est ça que je voulais vous demander.

Ces Ménoire ont bien un bateau à Arcachon ?

— Oui. Comme moi. Mais le mien est nettement plus modeste.

— En voyant ça, je me suis dit que vous deviez les connaître.

— Je les connais en effet. Ils voulaient construire une maison dans la région et je devais leur présenter un projet. Mais au lieu de ça, ils ont acheté la Malvie.

— Ah oui ? Mais comment ça ? Je croyais que la Malvie était une maison ancienne. Ils ont changé d'idée ?

— Oui. Ils ont eu le coup de foudre apparemment.

— Vous n'allez pas leur construire de maison alors ?

— Hélas non. J'ai perdu un client potentiel et ma femme a perdu une belle part d'héritage. J'ai fait la plus belle boulette de ma vie en les présentant à ma belle-mère. Vous croyez qu'il y a un rapport avec la disparition d'Aurélien ?

— Je n'en sais rien. Mais il aurait pu aller les voir s'il en avait gros sur la patate.

— Oui. J'y ai pensé aussi. Mais à quoi bon ? Ces gens-là ont fait une très bonne affaire tout à fait légalement. Nous avons tourné la question dans tous les sens, puis il nous a bien fallu admettre qu'il n'y avait rien à faire. Sauf un procès peut-être, si on trouve un vice de forme quelque part.

— Je vois que vous étiez à Arcachon dimanche. Une raison spéciale ?

— Aucune. J'y vais tous les week-ends.

— Vous n'avez pas vu les Ménoire ?

— Non. À vrai dire, je ne sais pas ce que j'aurais fait si je les avais vus, mais leur bateau n'était plus là. Et j'ignore où ils sont partis.

— Quand les avez-vous vus pour la dernière fois ?

— Le jour où je les ai présentés à ma belle-mère, en mars dernier. Je devais les revoir pour leur présenter mes plans le dimanche suivant, mais ils n'étaient pas sur leur bateau. Et j'ai dû rentrer vite quand ma femme m'a appelé pour me dire que sa mère avait eu un accident.

— Et par la suite ?

— Je les ai cherchés sans les trouver. Quand j'ai appris qu'ils avaient acheté la Malvie, je n'ai pas insisté. J'ai compris que mon projet était à l'eau. Et je ne sais pas où ils sont.

— Nous non plus, dit Pujol en soupirant. Autre chose, vous m'avez dit que vous les aviez présentés à votre belle-mère. Une raison spéciale ?

— Non... Enfin oui. Il m'arrive... ou plutôt il m'arrivait de recevoir des clients à la Malvie pour des raisons de prestige. Vous connaissez cette maison ?

— Non. Mais j'en ai entendu parler.

— C'est une vraie merveille. Elle impressionne toujours les gens. Favorablement, je veux dire. Je voulais épater mes futurs clients. Ma belle-mère était toujours d'accord et se prêtait au jeu avec bonne grâce.

— Vous n'avez pas flairé que les Ménoire pourraient vouloir l'acheter ?

— Mais elle n'était pas à vendre ! C'était impensable !

— Donc ces gens-là ont convaincu votre belle-mère de vendre ?

— C'est bien ce qu'il faut le croire, n'est-ce pas ?

— Quels arguments ont-ils pu trouver à votre avis ?

— Je n'en ai aucune idée. Ma belle-sœur Cornelia pense qu'ils ont abusé de sa mère et elle veut faire un procès.

— Mumm... Mais, dites-moi, les héritiers doivent

vous en vouloir d'avoir été à l'origine de cette vente ?

— Il y a des chances, oui. Mais je ne l'ai avoué qu'à Aurélien qui a eu l'air de comprendre. Ma femme et ma belle-sœur ne le savent pas encore. Je me suis dégonflé de le leur dire jusqu'ici.

— Aurélien aurait pu le leur dire quand il est venu les voir.

— Apparemment il ne l'a pas fait. Ma femme m'en aurait parlé.

— Mumm... Et Colette Chalard ? Vous ne lui avez rien dit ?

— Non. Je ne l'ai revue qu'à l'ouverture du testament. Pas vraiment une occasion d'aller lui raconter ça. Je n'ai d'ailleurs aucune intention de le faire.

— Elle a dû vous voir le jour où vous avez amené les Ménoire à la Malvie ?

— Elle n'était pas là. C'était un dimanche, son jour de congé. »

Le téléphone sonne. Pujol prend le téléphone d'un air ennuyé.

« Même ici, on ne peut pas être tranquille excusez-moi.... Allô. Oui... Ah, non, là je ne peux pas !... Oh, la poisse ! Pourquoi tu n'appelles pas Garrigue ?... OK. J'arrive. À tout de suite. »

Il se tourne vers Michel d'un air accablé.

« Je vais être obligé de partir, mais je ne voudrais pas vous faire revenir. En effet, je ne vois pas ce que vous pourriez nous dire de plus. Ça ne vous ennuierait pas de noter simplement vos allées et venues à partir de... »

Il consulte le dossier devant lui en fronçant les sourcils.

« ... Disons samedi dernier, jusqu'à disons aujourd'hui... Attendez... Il y a d'autres dates là.

Ils veulent aussi... Je lis : 23 mars, le 1er avril... et... c'est tout. Tenez, je vous laisse le bloc, et quand vous aurez fini vous n'aurez qu'à le laisser ici avant de partir. Je repasserai le prendre. Si j'ai besoin de précisions, je vous appellerai, d'accord ?

— D'accord, merci.

— Excusez-moi. Je dois filer. »

Il sort en laissant la porte ouverte. Michel, perplexe, prend le bloc de papier et commence à écrire en soupirant.

Tout en remontant l'escalier qui le mène à son étage, Pujol s'interroge sur l'idée qui l'a poussé à interrompre l'interview comme ça. Sur le moment, elle lui avait paru bonne, mais maintenant, il ne sait plus pourquoi. On fait un métier de fous, se dit-il. On est tous atteints. En repassant devant le bureau de Rosine, il retourne la voir.

« Désolée pour toi. Tu as perdu un manteau de vison.

— Pas grave, on va vers la belle saison. Garrigue te cherche.

— J'y vais. »

Il trouve Garrigue morose. Lui aussi doit être atteint, se dit-il. S'ils ne réussissent pas dans cette affaire, ils pourront monter l'amicale des Policiers Azimuthés de Monférand, épisode en cours : les naufragés de l'affaire Cassagne.

« Tu voulais me voir ?

— Oui, répond Garrigue sombrement. On me laisse moisir dans mon trou ici. Je me barbe avec les deux morveux qui n'ont même pas réussi à cambrioler proprement la boulangerie Peyre. On devrait les mettre dehors avec un coup de pied au cul à chacun et deux à leurs parents, au lieu de me faire perdre mon temps. Tu voudras peut-être me dire où vous en êtes sur l'affaire Cassagne ? Il paraît que vous avez interrogé Sabine ? »

Le virus de la vanité qui a maintes fois terrassé le bon sens de Garrigue a rarement prise sur Pujol qui ne va certainement pas chagriner son bon collègue en lui disant la vérité. C'est-à-dire que Sabine a fini par lui dire tout ce qu'il voulait savoir et qu'il en sera probablement de même avec Michel, même si cela doit s'effectuer en deux rounds.

« Oui. On n'a pas mieux réussi que toi et je viens de voir son mari qui n'a pas grand-chose à nous dire non plus.

— Alors, je ne suis pas la reine des cloches ?

— Qui a dit ça ?

— Pourquoi on me retire de l'affaire, d'après toi ?

— Mais on ne t'a rien retiré du tout ! Le chef t'a simplement demandé un service parce qu'il a confiance en toi. »

Il y a urgence à calmer le bon René, se dit-il. Mais comment ? Pris d'une soudaine inspiration, il rajoute :

« Il ne t'a pas dit de t'occuper de la voiture d'Aurélien ?

— Je ne l'ai même pas vu.

— Si tu as le temps, tu devrais aller la voir de près. Elle est à la fourrière. »

Pujol se dit que Cadillac a dû oublier complètement Garrigue. Il n'a jamais reparlé de cette voiture et Pujol espère ne pas tomber dans une grosse embrouille. Un super-flic René Garrigue, si on veut des résultats, mais il n'a jamais trouvé la frontière entre la loi et sa propre bonne conscience, ni même imaginé qu'il pouvait y en avoir une. Bienheureuse innocence, seulement on est toujours assis sur une bombe à retardement avec lui. Le jour où elle pètera, ça va faire de méchantes vagues.

« Bon. J'y vais, dit Garrigue adouci. Et qu'est-ce qu'il faut lui faire dire à cette voiture ?

— Par exemple, où elle a amené Aurélien dimanche, entre deux heures de l'après-midi et minuit. Mais tu peux peut-être trouver autre chose.

— Et c'est quoi ce carnet ? »

Il montre à Pujol le bloc de notes trouvé dans la cuisine d'Aurélien. Quelqu'un, Cadillac ou Rosine ou Dieu sait qui l'a remis dans la corbeille des inspecteurs.

« On l'a trouvé dans la cuisine d'Aurélien près du téléphone, mais ça n'a pas l'air de donner grand-chose non plus. Si tu arrives à y trouver un indice, ça te vaudra une médaille.

— Je le prends.

— Si tu veux.

— Tu sais où est le chef ?

— Il devait voir Cornelia et puis se rendre à la Malvie. Je n'en sais pas plus. On doit faire le point ce soir à six heures. Tu seras là ?

— Si on m'invite.

— Fais pas l'andouille. On a besoin de toi.

— Bon, à ce soir alors. »

Il sort laissant Pujol inquiet. Pourvu qu'il voie le chef avant le retour de Garrigue...

17

Cadillac a choisi de prendre la route de la vallée de la Couze qui laisse encore imaginer la douceur des jours calmes d'antan quand charrettes et jardinières s'y croisaient au pas, au son tintinnabulant des grelots des chevaux.

Le soleil matinal commence à dissiper la fraîcheur de la nuit et la brume légère qui volette sur les prairies rend le paysage irréel, comme s'il émanait d'une tapisserie. La route continue, longeant les sinuosités de la rivière bordée de grands peupliers dont chaque feuille frissonne au vent léger pour offrir des reflets d'argent au passant qui voudra bien prendre le temps de contempler leur délicate beauté. Et bientôt, point d'orgue à tant d'harmonie, il voit apparaître le château de Bannes qui, comme toujours, semble tout droit sorti d'un conte de fées. Mais aujourd'hui, coquetterie suprême, la brume étalée à ses pieds le fait flotter dans le ciel pour faire croire, par cette apparition céleste, qu'il appartient à quelque paradis au-delà des portes de notre monde.

Plus loin, il reconnaît les barrières blanches du haras qui claquent dans le paysage sans souci de l'harmonie nonchalante qui régnait sur la vallée avant d'être disciplinée ici par leur hygiénique géométrie. Un chemin tout blanc mène à la propriété, un ancien moulin férocement recyclé où tout est immaculé, manucuré, domestiqué sans pitié pour les fleurs sauvages et herbes folles qui ont été éradiquées sans espoir de retour avant longtemps. On a de l'argent et on le montre.

En sortant de voiture, il est accueilli par un jeune garçon, sûrement celui qu'avait vu Pujol. Étienne, s'il se souvient bien de son prénom, finit de lustrer la Lancia de Cornelia qui étincelle de partout, chromes et peinture vierges de la moindre souillure.

« Bonjour, lui dit Étienne. Vous venez voir Cornelia ?

— Oui. Est-elle par là ?

— Je crois qu'elle vous attend. C'est vous qui vous appelez Cadillac ? Comme les voitures américaines ?

— Non. Ce sont les voitures américaines qui s'appellent comme moi.

— Ah ! ?... Je vais voir si Cornelia est prête. »

Il va partir, mais le flic qui sommeille toujours en Cadillac a une question à poser.

« Tu as aussi bien astiqué l'intérieur que l'extérieur de la Lancia ?

— Ah, oui ! Elle est nickel de partout. J'ai même lavé le moteur. »

Il part avec empressement. Cadillac se dit que Cornelia va le faire attendre pour bien établir qu'il est son obligé et commence à examiner les alentours. L'entrée de la grande maison en pierre blonde est signalée par un porche élégant au linteau sculpté que la glycine commence à décorer de vert et mauve tendre. Apparemment le meunier était déjà prospère deux siècles auparavant. C'est en tout cas un cadre qui convient à la carrière ascensionnelle de Cornelia. Il est surpris de la voir arriver aussitôt, avant même qu'il n'ait eu le temps de noter les changements qui ont transformé un prosaïque moulin en un centre équestre pour bourgeois en mal d'amusements.

Il a oublié de qui était l'expression "Vénus de poche", mais elle s'applique bien à la jeune coquette qui s'avance vers lui d'un air grave, cheveux au vent et court vêtue. Il se dit qu'il devrait la trouver sexy, mais n'y parvient pas. Parce que son cœur est pris ailleurs, comme on dit dans les romans sentimentaux. Il est temps qu'il guérisse. Ça devient grave.

Après les salutations, elle s'adresse à lui d'un air de reproche.

« Ma sœur ne me parle plus à cause de vous. Il paraît que vous l'avez brutalisée. »

Cadillac ne peut s'empêcher de sourire.

« Brutalisée ? Et vous la croyez ?

— Pas vraiment. Vous avez des nouvelles d'Aurélien ?

— Rien que je ne vous ai déjà dit au téléphone. Nous perdons sa trace dimanche à minuit, chez lui. Mais j'aimerais vous poser quelques questions. Nous pourrions nous promener le long de ce ruisseau ?

— Je ne suis pas chaussée pour ça. »

En effet, les sandalettes qui mettent en valeur ses jolis doigts de pied aux ongles impeccablement vernis de bleu turquoise ne conviennent pas à une promenade champêtre. Il se dit que jamais, jamais, il ne comprendra les femmes, en tout cas pas les séductrices professionnelles comme Cornelia. Quelle dose de vaillance, d'abnégation, faut-il pour choisir un vernis à ongle parmi des centaines, l'étaler, se geler les pieds dans le but de... de quoi, au juste ? Juste de charmer même qui n'en vaut pas la peine comme lui. Bel effort, belle constance sûrement payante à long terme pour les séducteurs doués.

« Allons sur la terrasse », dit-elle. Je vais demander à Étienne de nous apporter du café.

Étienne, qui ne semblait pourtant pas à portée de voix, l'a entendue et leur lance :

« Je vous l'apporte. »

Ils s'installent sous l'imposante ramure d'un vieux chêne blanc qui commence à peine à se garnir de jeunes feuilles encore veloutées.

« Aurélien a dit à Sabine qu'il partirait peut-être quelques jours à la montagne, dit Cadillac, lorsqu'ils sont installés autour d'une impressionnante table en pierre sculptée. J'ai pensé qu'il aurait pu aller chez votre ami Francis Monsec près de Tarbes ?

— Quelle idée ! C'est grand la montagne, vous savez ! Il y a d'autres endroits de Bayonne à Perpignan sans compter les Alpes, le Massif Central, les Carpates...

— C'était juste une idée. Nous commençons par chercher des refuges possibles chez ses proches. De votre côté avez-vous appelé les amies que vous lui connaissez ?

— Je n'en connais aucune. Nous menons des vies séparées. Il vit sa vie et moi la mienne. Et c'est probablement ce qu'il fait en ce moment sans se douter que vous le cherchez.

— Et quand vous l'avez vu dimanche, il ne vous jamais dit ce qu'il avait l'intention de faire ?

— Non. Il ne m'a pas parlé de montagne, non plus.

— De quoi vous a-t-il parlé ? C'est étonnant qu'il soit venu vous voir ici. Il devait bien avoir un motif ?

— En fait, j'avais dit que je voulais faire un procès aux gens qui ont acheté la Malvie en abusant scandaleusement de ma mère et il voulait m'en parler. Il avait commencé par dire non. Et puis, finalement, il était prêt à changer d'avis.

— Vous croyez qu'il aurait pu aller voir ces acheteurs ?

— Sûrement pas. Il faut d'abord voir un avocat. En tout cas, c'est ce que je lui ai dit.

— L'avez-vous convaincu qu'il fallait faire un procès ?

— Aurélien est un indécis. Un jour c'est oui, le lendemain c'est non, le surlendemain peut-être. Il a fini par admettre que les acheteurs avaient fait une trop bonne affaire.

— Savez-vous qu'il a vu aussi Colette Chalard dimanche matin ?

— Il ne m'en a rien dit. Vous êtes sûr qu'il l'a vue ? »

Là, elle ment, se dit Cadillac. Il est venu chez elle en sortant de chez Colette et Sabine. Il lui a forcément parlé de ces visites inhabituelles.

« C'est ce qu'elle dit.

— Cette fille est une menteuse. Vous avez vérifié ?

— Oui, c'est la vérité. Vous ne l'aimez pas ? »

Cornelia fait une moue de dégoût.

« Je la déteste. Oh ! je sais bien ce que vous pensez ! Pauvre Colette. Garce de Cornelia. L'éternel cliché : la gentille pauvre, la méchante riche. Le contraire étant impensable, bien entendu...

— Qu'est-ce que vous lui reprochez ?

— Tout. C'est une sainte nitouche. Je n'allais plus à la Malvie à cause d'elle. Elle empoisonnait l'atmosphère. Et ma mère était totalement aveugle, bien sûr.

— Mais qu'aurait-elle dû voir ?

— Qu'elle nous a chassés de la maison. En tout cas Aurélien et moi. Qu'elle farfouillait partout. Qu'elle avait toujours une tête d'enterrement. Qu'elle exsudait les reproches, la réprobation par tous ses pores. Je me suis toujours demandé ce qu'elle pouvait bien faire toute la journée dans cette maison à part rêvasser, qu'elle nous éliminerait tous un par un pour devenir châtelaine. La vérité est que c'est une grosse feignasse. Elle n'allait jamais travailler dans le jardin. Ma mère adorait les fleurs, mais lui trouvait des excuses *"Elle n'a pas la main verte"* disait-elle. *"Ce n'est pas de sa faute. Il faut la comprendre."* »

Elle contrefait bien la voix un peu précieuse de sa mère où subsistaient des traces d'accent hispanique. L'imitation est juste, se dit Cadillac qui se souvient de ses jolis *"r"* chantants.

« La Malvie est une grande maison, dit Cadillac. Il doit y avoir beaucoup à faire. »

Cornelia poursuit avec une véhémence qu'il n'attendait pas d'elle.

« Ah oui ? Quand Colette est partie en congé de maternité, elle a été remplacée par une jeune femme et tout d'un coup, par magie, tout dans la maison s'est mis à reluire, à sentir bon. Elle avait planté des fleurs. Ma mère était ravie. Nous aussi, d'ailleurs. Et bien, quand Colette est revenue, elle les a toutes laissé crever. Même pas foutue de les arroser avec un tuyau d'eau tout prêt, à un mètre. *Vous* ne la garderiez pas plus de quinze jours chez vous. »

Cadillac se dit qu'elle n'a probablement pas tort. Mais que ferait Alice ?

« Elle a cette petite fille handicapée.

— Oui. Il faudrait la plaindre pour ça, mais je n'y arrive pas, voilà tout. Je plains la petite, pas sa mère.

— Savez-vous qui est le père ?

— Non. Ma mère disait qu'on aurait manqué de tact en le lui demandant. Alors...

— Peut-être avez-vous une idée ? Ces choses-là transpirent toujours.

— Pas avec Colette. On ne sait jamais ce que pense

310

cette fille ni ce qu'elle calcule. En tout cas, elle a fait exprès d'avoir un gosse.

— Elle ne pouvait pas prévoir que la petite serait handicapée.

— D'accord. Je devrais reconnaitre que ça a dû être une grosse tuile pour elle. Mais je vais vous dire ce que je crois. D'un certain côté, ça l'arrangeait, s'il s'agissait d'apitoyer ma mère.

— Vous êtes dure.

— Vous m'avez demandé de vous dire ce que je pensais. J'aurais dû broder ? Vous préférez des trémolos hypocrites ?

— Non. J'apprécie votre franchise. Savez-vous pourquoi elle ne dit pas qui est le père ?

— Non. Mais vous pouvez être sûr qu'elle a une bonne raison. Elle en a une pour tout ce qu'elle fait. Et je suis sûre qu'elle a conspiré avec les acheteurs, contre ma mère, pour qu'elle leur vende la maison de cette façon. Je ne sais pas comment, mais je sais qu'elle est derrière tout ça. Mais pourquoi vous me bassinez avec Colette ? Vous êtes venu pour ça ?

— Non. Je suis venu vous dire qu'il faudrait explorer la Malvie. Aurélien y est peut-être ou a pu y passer. Avez-vous une clé ? Nous n'en avons trouvé aucune chez lui.

— C'est Sabine qui les garde. Mais si vous croyez trouver Aurélien à la Malvie, vous vous trompez. Il est comme moi. Il ne veut plus y retourner.

— Je suis quand même obligé de vérifier. Si vous ne voulez pas venir avec moi, je peux y aller seul.

— Je n'y retournerai que quand nous aurons gagné le procès. Pas avant. »

Cadillac ne peut s'empêcher de sourire.

« C'est optimiste !

— Et pourquoi pas ? Les voleurs ne gagnent pas toujours. Vous devez en savoir quelque chose ? Vous en coincez bien quelques-uns, non ?

— Ça m'arrive. Alors, puisque vous ne voulez pas m'accompagner, confiez-moi votre clé.

— Mais je n'en ai pas... »

Il voit qu'elle hésite comme si sa requête cachait un piège. Finalement, elle se décide en soupirant.

« Comme je perds toujours tout, je l'ai cachée dans le parc. Je vais vous expliquer où elle est... »

Sur le chemin du retour, Cadillac se dit qu'il a gagné l'accès autorisé à la Malvie, mais pas grand-chose d'autre. Si, comme il l'a fantasmé, sans l'ombre d'un commencement de preuve, Aurélien est allé voir ses deux sœurs pour leur dire qu'il pourrait être le père de la petite Carine, cela pourrait expliquer leurs mensonges sur le but de sa visite. Et, s'il est allé voir Colette pour la même raison, elle n'est pas obligée de l'admettre aujourd'hui puisqu'elle doit bien savoir qu'elle peut le prouver à tout moment quand ça l'arrangera. Mais rien dans tout cela n'explique sa disparition, pas plus que la mort d'Albina. Donc, retour à la case départ.

Il doit explorer d'urgence la Malvie et envisage de demander à Garrigue de l'accompagner. Il ne doit pas aimer être laissé en dehors de l'enquête. Dieu sait de quoi il est capable, s'il se sent rejeté dans les ténèbres extérieures. Mais ses appels ne donnent rien. À l'hôtel de police, personne, même pas Rosine, ne sait où il est. On va l'alerter. Par contre, il apprend du planton qu'un certain monsieur Thomas Callendra, avec deux "l", a laissé un message urgent. Le docteur Cabanne a été hospitalisé à la suite d'un accident cardiaque. Il faut rappeler monsieur Callendra à ce sujet.

18

Garrigue sait ce qu'il lui reste à faire. Puisqu'on le met aux chiens écrasés, il va leur monter comment résoudre l'affaire Cassagne, vite fait, bien fait. Et pour commencer, il s'est assuré que son garagiste, Vertjoli, viendrait avec lui examiner la voiture d'Aurélien à la fourrière.

« C'est bien ça que tu veux ? lui demande Vertjoli totalement incrédule, bien qu'il connaisse Garrigue depuis leur première communion. Tu veux que je te dise où était cette voiture dimanche entre quatorze heures et minuit ?

— Écoute, c'est l'idée finale. On regarde tout et on voit ce qu'on peut trouver. »

Vertjoli, finalement résigné à accepter cette mission incongrue, fait lentement le tour de la voiture, ouvre le capot, le coffre, la boîte à gants, examine tout comme seul sait le faire un maquignon en voitures d'occasion, se gratte le crâne, refait le tour de la voiture en silence, met ses lunettes, mesure le niveau d'huile, se glisse sous le châssis, en ressort, débouche le réservoir d'essence, le renifle et le referme, examine le tableau de bord, se regratte le crâne et finalement s'adresse à un Garrigue que l'espoir d'une découverte a rendu muet.

« J'ai jamais vu de voiture aussi bien astiquée, sauf en sortant d'un nettoyage professionnel. Donc, à première vue, je dirai qu'elle a été lavée samedi, puisqu'il a fait faire son graissage-vidange le 15 avril d'après le papillon à l'intérieur du capot. Il a dû faire nettoyer la voiture en même temps.

— Oui. Je fais ça moi aussi, répond Garrigue admiratif. Et tu as trouvé quoi d'autre ?

— Entre la sortie du garage et ici, d'après le nombre de kilomètres au compteur, il a fait, attend... il y a 17 312 kms au compteur, moins les 16 517 kms indiqués sur la vignette de vidange, ça fait... Attends, je prends ma calculette... 504 kilomètres.

— 504 kilomètres ! Mais c'est énorme, ça ! Et il est parti de quel garage ?

— Je ne suis pas tout à fait sûr, mais il me semble que c'est le garage Bedel de Monférand qui met ce genre d'étiquette pour noter la vidange. Tu n'auras qu'à vérifier. Ils te diront aussi s'ils l'ont lavée. Je ne vois presque pas de traces de boue. À mon avis, cette voiture n'a pas roulé dans la cambrousse depuis qu'elle a été lavée. Et puisqu'il a plu dimanche soir par ici, il n'a dû rouler que sur de l'asphalte... »

Il retourne dans la voiture, examine quelque chose au tableau de bord et reprend sa calculette pour une série de calculs qui finissent d'épater Garrigue.

« Il a fait le plein quelque part, pas trop loin d'ici. Je dirais... Voyons. Consommation en moyenne 10 litres aux cent sur les routes... Il manque à peu près 5 à 7 litres d'après la jauge... Je dirais donc qu'il a fait son plein à 60 kilomètres d'ici, à dix, quinze kilomètres près. S'il a payé avec une carte de crédit, tu sauras où et quand, à la seconde près. Je peux y aller maintenant ? »

Garrigue qui prend des notes furieusement et se demande comment il va se relire.

« Oui, bien sûr. Merci », répond-il, distraitement, en levant les yeux de son carnet gribouillé.

Il faudrait qu'il regarde une carte et qu'il compte tous ces kilomètres autour de Monférand. Seulement les comptes, c'est pas trop son fort. Pourvu que Francine soit encore à la maison ! Elle est très forte sur les calculs. Il faut bien. Quand on fait la paye de la scierie Castera qui a plus de trente employés, il y a pas intérêt à se tromper dans les additions.

Quand il retourne vers sa voiture il ne peut pas ignorer le bip-bip clignotant. Cadillac le cherche. Seulement là, il ne va pas se faire avoir. Il ne parlera de sa découverte que quand Francine aura bien tout calculé, les kilomètres et tout ça, et qu'ils auront compris où était Aurélien dimanche. Il va leur en boucher un coin !

19

Cadillac a trouvé la clé de la Malvie dans la cachette que lui a indiquée Cornelia et il fait le tour du parc en attendant Garrigue. Une bouffée de tristesse mêlée de nostalgie lui serre la gorge sans qu'il parvienne à la maîtriser. Comment, en si peu de temps, en quelques semaines à peine, cet endroit de rêve a-t-il pu perdre sa magie pour offrir une telle image de désolation ? La vermine commence déjà à grouiller dans les recoins sombres où elle se complaît, comme si le chaos avait repris ses droits dès qu'Albina s'était absentée pour un autre monde. Mais Cornelia a raison. Le chaos était à l'œuvre depuis longtemps avec une maîtresse des lieux trop faible pour le combattre et une jeune femme pactisant avec lui par paresse, par calcul, ou pour quelque autre raison qu'il n'a pas découverte. Il sait déjà que les forces maléfiques que son imagination entrevoit vont nourrir ses cauchemars nocturnes. L'arrivée bruyante de Garrigue le ramène heureusement au monde réel et exorcise aussitôt ses mélancolies secrètes, ou plutôt les dissipe provisoirement.

« Y'a de quoi faire ici pour quelqu'un qui serait pas fainéant, dit Garrigue, toujours positif. »

Il regarde sa montre avec ostentation en fronçant les sourcils.

« Dites chef, il va falloir que j'aille chercher la petite à la crèche, cette après-midi. Francine m'a téléphoné pour me dire qu'elle doit finir ses bilans. Mais je serai à la réunion de six heures. »

Cadillac réalise qu'il n'avait pas pensé à inviter Garrigue. Quelqu'un au bureau a dû rattraper sa bourde en douceur. Il le remercie mentalement. On peut se passer d'une crise de jalousie en ce moment. Ils montent ensemble le perron de la maison avec une apparence de sérénité qu'un observateur attentif pourrait trouver plus factice que réelle.

« Es-tu prêt ? demande Cadillac en ouvrant la porte.

— Allons-y. De toute façon, s'il est là il n'y a pas grand danger qu'il nous morde. »

L'intérieur de la maison n'est pas sombre comme ils s'y étaient attendus sans réfléchir puisque les volets sont ouverts.

« Je fais le bas et vous le haut ? demande Garrigue.

— D'accord, dit Cadillac en montant l'escalier. »

Son gorille d'inspecteur sait avoir de la délicatesse quand une occasion sérieuse de l'exercer se présente. S'ils doivent faire une mauvaise découverte, ce sera plutôt au rez-de-chaussée ou dans les sous-sols qu'il s'est réservés plutôt que dans les pièces du haut.

Il monte jusqu'au dernier étage divisé en deux par un palier qui dessert d'un côté les anciennes chambres de service et de l'autre le grenier ; il en fait le tour aussi rapidement qu'il le peut. Ni mort ni vivant ne se cache derrière les portes qu'il ouvre avec appréhension. Il veut partir au plus vite avant que ses souvenirs d'enfance ne soient définitivement souillés par l'air d'abandon hostile qui transpire de tous les murs, meubles et objets laissés au rancart, débris lugubres d'un passé mort depuis trop longtemps.

Au premier étage, il entre dans une première

chambre et la reconnaît. La chambre grise ! Il s'y était caché un jour en jouant et n'avait jamais oublié le lit, les boiseries peintes en gris rehaussé de bleu pâle, les lourds rideaux de soie qu'il avait touchés pour sentir sous ses doigts leur douceur, ainsi que le pot à eau qui est toujours en place, et surtout les tableaux évoquant un monde raffiné qui lui était totalement étranger. Il sait qu'elle revient dans ses rêves sans trop se souvenir des détails. Une autre chambre tout aussi élégante ne ramène en lui aucun souvenir, pas plus que la suivante, tapissée de toile de Jouy aux motifs champêtres et aux rideaux festonnés. Il n'y avait jamais été invité et imagine sans trop savoir pourquoi que c'est celle de Cornelia, intacte dans son décor de nurserie. Des livres illustrés dans la bibliothèque à colonnes traitent de mythologie grecque et romaine. Il savait déjà que le papa professeur avait donné le goût de l'étude à ses enfants, mais se sent ému d'en trouver la preuve ici dans ces volumes bien rangés. La chambre contiguë est celle d'une jeune femme où il ne décèle aucune trace d'enfance. Celle de Sabine sûrement qui, déjà dans les petites classes, se donnait des airs de dame. Ce n'était peut-être pas une pause finalement, mais seulement l'expression de sa vraie nature, peu riche d'innocence enfantine ? Plus loin, il reconnaît celle d'Aurélien avec des modèles réduits de voitures de course bien rangés sur des étagères devant des livres de bons auteurs.

Il hésite à entrer dans la chambre d'Albina où il l'a vue pour la dernière fois et imagine une douleur qui criait vengeance dans les traits éteints de son visage. Si nos âmes survivent après le dernier soupir, celle d'Albina est-elle ici, le suppliant ou le réprouvant ? Il ne veut pas le savoir et redescend vite le grand escalier pour retrouver Garrigue et un peu de bon sens.

« Rien ici, dit Garrigue. Et là-haut ?

— Rien non plus.

— Il y a un coffre derrière ce tableau, ici. Si ça vous intéresse, je connais un ancien...

— Non. S'il y a eu quelque chose de compromettant, les intéressés l'auront déjà pris. Nous arrivons beaucoup trop tard. Nous venions chercher Aurélien. Il n'est pas là, nous partons.

— C'est dommage, dit Garrigue, frustré dans sa passion première qui est celle de fouiner. »

Il y a des jours où il ne comprend pas le patron. Et quand il le voit remettre la clé dans sa cachette, il se demande s'il ne pourrait pas revenir discrètement... Les malfrats, ça ne pense jamais à tout.

20

Lorsque plus tard Cadillac entre dans la salle de réunion, ses trois inspecteurs voient tout de suite qu'il est plutôt de méchante humeur. Son œil critique fait le tour de la salle.

« Qui a mis là cette installation de café ? »

Seules des mimiques innocentes lui répondent.

« Si elle est encore là demain, je m'en occupe personnellement. Et tous ces paquets de lessive ?

— Une erreur d'un ordinateur, dit Yves. Ils ont livré la quantité pour trois ans et Rosine dit qu'on a payé. On ne savait pas où les mettre. »

L'un des trois pouffe de rire sur l'absurdité de l'administration, ce qui déclenche l'hilarité des autres, à l'exception de Pujol qui doit veiller à ne pas écorner la réputation de *"Buster Keaton des forces de police occitanes"* que lui a conférée un journal local.

« Bon. Les choses sérieuses, dit Cadillac rendu à une humeur plus civile. Est-ce que quelqu'un, ici, sait à qui appartiennent les haras de la Ferrière où loge Cornelia ? Peut-être a-t-elle des vues sur le propriétaire ?

— Moi je sais, dit Yves. J'ai demandé à ma mère ; elle connaît un peu la propriétaire. C'est une veuve qui vient tout juste de perdre son mari. Elle a repris l'affaire et veut tout vendre. Elle ne s'est jamais intéressée aux chevaux.

— Ah ? Cornelia a peut-être l'idée d'acheter ?

— Possible, mais il faudra qu'elle sorte un joli paquet de millions pour ça.

— Savez-vous depuis quand elle fréquente ce haras ?

— Depuis longtemps. Des années, toujours d'après ma mère.

— Garrigue, je ne te demande pas ce que tu as appris. Tu avais bien autre chose à faire. Je sais que ce n'est pas amusant de s'occuper des affaires courantes, mais tu nous as rendu un grand service.

— Y'a pas de quoi. J'ai quand même trouvé le temps de m'occuper de la voiture d'Aurélien, comme vous avez dit... »

Cadillac réussit à ne pas trop montrer son étonnement et jette un œil vers Yves et Pujol. Ce dernier regarde subitement un coin éloigné de la pièce où il ne se passe rien, tout en haussant le quart d'un seul sourcil. C'est donc lui qui a pris des initiatives, sans doute pour prévenir un psychodrame en gestation...

« Ah, oui, dit-il. J'avais oublié cette voiture. »

Garrigue pose devant lui une carte et un dossier impeccable, ce qu'aucun de ses collègues ne l'avait jamais vu faire auparavant.

« Voilà ce que j'ai appris. Comme on le sait, Aurélien est allé chez Colette dimanche matin. Trajet de Monférand au Peyrol : 14 kms. De là, il a fait 25 kms pour aller chez Sabine. Ensuite il est allé voir Cornelia, trajet : 16 kms. Total : 55 kms. »

Il fait une pause pour savourer l'étonnement de ses confrères. Ils n'ont pas fini d'être étonnés, tiens ! Il continue :

« La veille, samedi soir, il est sorti du garage Bedel à Monférand, où il a fait un graissage-vidange avec nettoyage de la voiture. Il avait au compteur 16 517 kms.

Disons qu'il a pu faire encore 3 kms pour rentrer chez lui ou dîner quelque part dans Monférand. Total des allées et venues locales : 55 + 3 = 58 kms. Son compteur aujourd'hui indique 17 021 kms. Il a donc fait 504 kms entre samedi soir et la journée de dimanche. En enlevant les 58 kms de ses allées et venues locales, on obtient 446 kms. »

Il fait une pause, boit une gorgée du verre d'eau qu'il s'était préparé et continue d'une voix calme, comme s'il dévoilait des scoops aussi énormes tous les matins.

« Puisqu'il est parti et revenu de Monférand, ces 446 kms représentent un aller et retour. Pour l'aller simple on a : 446 divisé par 2, égale 223 kms. Donc, dans l'après-midi et la soirée de dimanche, on peut dire qu'il était à environ 223 kms d'ici. »

On entendrait une mouche voler dans la salle se dit-il. Et c'est pas fini. Maintenant, il va lâcher sa bombe.

« J'ai apporté une carte, et vous allez voir ce que j'ai vu. La distance de Monférand à Arcachon est de 212 kms, celle de Monférand à Baignères de Tarbes, de 216 kms. À comparer aux 223 kms qu'il a faits dans une direction ou une autre. Je vous laisse conclure.

— Ça alors ! dit Yves estomaqué. »

Là, pense Garrigue, pas besoin de périscope pour voir qu'ils sont sur le cul. Mais il continue sans leur laisser le temps de respirer.

« Je précise que la voiture ne présente aucune trace de boue alors qu'il a plu dimanche. J'en conclus qu'il est resté sur les grandes routes. Autre chose. Aurélien n'a pas pu faire tous ces kilomètres sans prendre d'essence. Si on suppose qu'il a fait le plein, comme sa voiture consomme du dix litres au cent sur les routes, et d'après ce qu'il restait dans le réservoir, il a fait un plein à environ soixante kilomètres d'ici. S'il a payé avec une carte de crédit comme presque tout le monde, on saura où il était et à quelle heure à la seconde près.

— Et tu as trouvé tout ça en regardant la voiture ? demande Pujol totalement bluffé.

— Facile. Il suffit de savoir regarder, répond Garrigue, de l'air le plus modeste qu'il peut trouver dans son répertoire d'expressions étudiées. Mais je n'ai pas fini. Si on avait le ticket de la carte de crédit, on saurait s'il revenait du sud ou de l'ouest. C'est-à-dire de Baignères au sud, où il aurait pu rencontrer Francis Monsec, ou bien d'Arcachon à l'ouest où il aurait pu voir les parisiens à la Jaguar ou Michel Laborde.

« Bravo ! s'exclame Cadillac. Je n'aurai jamais cru qu'on pouvait faire dire autant de choses à cette voiture. Du beau travail. Et tu es sûr de ce que tu dis ?

— C'est tout écrit là, dit Garrigue, en lui tendant son dossier. Si vous n'avez pas confiance, vous pourrez vérifier.

— On a confiance.

— Je peux aller à sa banque pour la carte de crédit.

— Merci, mais cette fois je peux passer par la voie officielle. Je m'en occupe. Pujol ? Cet interrogatoire de Michel Laborde ? »

Pujol qui avait sorti de son cartable le rapport manuscrit de Michel le compulse et le referme comme s'il était de peu d'intérêt.

« Pour l'instant, je n'ai que ce qu'il m'a raconté c'est-à-dire ce qui l'arrange. Il faudrait tout vérifier, mais comme il n'est pas idiot, ça m'étonnerait qu'on puisse le coincer d'après ça s'il est notre loustic. Au mieux, on trouvera de l'invérifiable.

— Les malfrats, ça pense jamais à tout dit Garrigue.

— Oui. C'est ce que je me suis dit aussi et je crois que j'ai une idée. Elle est bonne parce qu'elle permettra de savoir si lui et sa femme mentent sur la nuit de la mort d'Albina.

— On est curieux de la connaître ! dit Cadillac avec un enthousiasme non feint.

— Il affirme qu'il a travaillé chez lui une grande partie de la nuit du 1er avril sur les plans qu'il devait remettre aux Ménoire le lendemain. Sa femme nous a aussi confirmé que c'est bien ça, qu'elle l'a vu travailler, se coucher tard, qu'il n'est pas sorti, etc... Mais la nouveauté, c'est qu'il écrit dans son témoignage qu'il a travaillé sur son ordinateur. Donc, si on avait cet ordinateur, on pourrait savoir s'il l'a utilisé cette nuit-là aux heures qu'il dit.

— Mais ça ne prouvera rien ! dit Yves. On peut très bien tromper un ordinateur en changeant les dates. Par exemple, si on le programme pour qu'il croie qu'on est jeudi 12 alors qu'on est vendredi 13, il indiquera jeudi 12.

— Je sais, dit Pujol. Par contre, si tu le reprogrammes, il va rester une trace de la manœuvre quelque part dans la mémoire. Mon fils Antoine a gagné son concours en travaillant sur des mémoires d'ordinateurs qu'on croyait mortes. Je suis sûr que, si on lui montre celui de Laborde, il pourra nous dire s'il l'a trafiqué ou non.

— Intéressant, dit Cadillac. Il n'y a plus qu'à demander à Laborde de vous laisser vérifier. Je ne suis malheureusement pas en mesure de l'y obliger.

— Je m'en charge dit Pujol.

— Merci et bravo. Une dernière question Vergne. Quelque chose du côté de Francis Monsec ?

— Rien pour l'instant. Marion arrive demain soir. Je crois qu'elle aura des nouvelles.

— Bien. Messieurs, dit Cadillac, nous sommes tous fatigués. Nous allons arrêter là pour aujourd'hui. Je propose que nous laissions dormir l'affaire Cassagne demain et pendant le week-end. Il y a les affaires courantes et nous avons tous besoin de réfléchir. Nous pourrions échanger nos idées ici, lundi soir, même heure, d'accord ?

— Et si on trouve quelque chose d'intéressant avant ? demande Garrigue.

— Si c'est vraiment intéressant, revoyons-nous demain soir. »

Il se souvient qu'il doit dîner chez lui ce soir avec Thomas qui est chassé de sa maison envahie de photographes culinaires.

« Vergne, vous m'apportez tout le dossier Cassagne s'il vous plaît ? Je voudrais l'emporter ce soir.

— Je mets tout dedans ? Il commence à être épais.

— Oui, n'oubliez rien. »

Cadillac attend que tous se lèvent et sortent pour rejoindre Garrigue qui doit s'attendre à des compliments. Et comme ils sont mérités...

« Bravo Garrigue. Tu nous as tous épatés. Mais on a tous besoin de souffler un peu. Je compte sur toi pour réfléchir jusqu'à lundi.

— Pas de problème. Ça me changera de l'action. J'aime bien les deux, finalement, la réflexion et l'action. »

Cadillac parvient à garder son sérieux et s'aperçoit qu'il est ému par la bonne foi de son fidèle séide. Il lui donne une tape d'amitié sur l'épaule et part vers son bureau pour voir s'il peut encore joindre quelques collègues de la Financière.

21

Lorsqu'il arrive chez lui, Cadillac trouve Thomas dans sa cuisine, enveloppé dans un grand tablier et penché sur les appareils culinaires qu'il inspecte d'un air perplexe.

« Ah, Martin ! Content de vous voir. Je ne comprends pas comment marche votre four.

— Il est très simple, mais ses instructions très compliquées. L'ingénieur qui l'a conçu s'est tellement défoncé à inventer des symboles que personne n'arrive à les comprendre. Qu'est-ce que vous nous avez préparé ?

— Moi, rien du tout. Ce sont les recettes de Lili. Seulement mon cher, elles ont été faites pour la photo, c'est-à-dire que tout est à peu près cru pour faire joli. Et regardez ! Elle m'a donné quatre plats ! »

Cadillac se penche sur les préparations composées d'ingrédients peu identifiables, mais tous évocateurs d'onctuosités savoureuses. Elles sont présentées en technicolor et même en panavision pour le plat allongé et réellement photogénique.

« Êtes-vous sûr, demande-t-il, qu'il faut les mettre au four ? Ce n'est pas une salade, ça ?

— Je n'en ai fichtre aucune idée. Si nous allions au restaurant ?

— Ah, non ! Pas question. Tout ça a l'air très bon. Mangeons-les en crudités.

— Moi, je vous préviens, je ne mange pas de poulet cru.

— Et où voyez-vous du poulet ?

— Lili a parlé de poulet. j'en suis presque sûr... »

Plus tard les deux hommes passionnés par leur discussion n'auraient pas su dire si, oui ou non, il y avait du poulet dans leur assiette, et cela même dans un interrogatoire vachard mené par Pujol. Pour commencer, Thomas avait narré sa visite au docteur Cabanne à l'hôpital.

« Petit accident cardiaque sans gravité, disent ses médecins. Je leur ai demandé s'il avait eu une forte émotion ou quelque détresse et on m'a répondu que j'étais mieux placé que le personnel de l'hôpital pour connaître les bonheurs ou les tracas de mon ami intime, puisque je m'étais présenté comme tel. Ce qui est assez logique après tout. Il se remettra bien, mais doit faire attention.

— Et lui ? N'a-t-il pas été étonné de votre visite ?

— Assez. Je lui ai dit que je venais le voir au titre de la confrérie des pêcheurs à la ligne. J'ai brodé de mon mieux en disant que ma femme m'avait encouragé à prendre de ses nouvelles parce qu'elle approuve sans réserve la pêche à la ligne, bien meilleure pour moi, d'après elle, que les cabarets ou les casinos. Nous avons bien ri de la plaisanterie et finalement je crois qu'il était assez content de me voir. Quand il m'a demandé quel était mon métier, je lui ai dit que j'étais retraité d'une compagnie d'assurance où j'étais chargé des enquêtes. Nous avons épilogué sur les tricheries des malhonnêtes gens et j'ai même pensé un moment qu'il était au bord de se laisser aller à des confidences. Et puis, il a eu la visite de sa fille, une belle matrone, et je suis parti. J'ai eu l'impression qu'ils avaient à parler de choses sérieuses. Peut-être d'un testament. Cette crise a dû lui rappeler qu'il n'était pas immortel.

Martin, je crois sérieusement que vous devriez aller le voir. Que pense-t-il de vous ? Vous le savez ?

— Il devrait savoir que je suis honnête et que j'ai une parole.

— Alors, allez-y vite.

— Entendu. J'avais l'intention de le faire de toute façon

— Bien. J'en suis content. Et maintenant, dit Thomas, puis-je avoir les dernières nouvelles de votre enquête ?

— Volontiers, dit Cadillac amusé comme toujours par l'insatiable curiosité de son ami qu'il est heureux de satisfaire. »

Thomas l'écoute, coudes sur la table, tête baissée entre ses mains, oreilles béantes pour bien capter chaque parcelle d'information. Un silence s'installe après que Cadillac ait considéré avoir tout dit. Thomas finit par se lever, ranime le feu et rajoute quelques bûches dans la cheminée avant de revenir vers lui d'un air grave.

« Martin, quelque chose ne va pas dans ce que vous me racontez. Vous pensez, n'est-ce pas, qu'Albina a déshérité ses enfants pour qu'ils ne profitent pas de l'argent sale dont elle a elle-même hérité ? »

Il part vers un vieil évier en pierre où il trouve un panier de noix qu'ils commencent à casser et déguster en silence avant que Cadillac ne réponde.

« Je pense que ce n'est qu'un aspect du problème. Il y a autre chose. C'est pour ça que j'ai tout arrêté pour réfléchir. Vous croyez qu'on me mène en bateau avec une bonne dose d'intox ?

— C'est probable, mais il n'y a pas que ça. Le malfaiteur a peut-être la chance que nous ne sachions pas voir une grosse évidence.

— Mais enfin, Thomas, s'exclame Cadillac. Nous ne sommes pas des tireuses de cartes. Nous avons des tas d'informations sérieuses.

— D'accord ! Mais Aurélien a dû découvrir quelque chose de très simple sans tous vos appareils policiers.

— Et vous croyez qu'il en est mort ?

— Oui. Je le crois.

— Facile à dire dans votre position, réplique sèchement Cadillac, soudain irrité par la désinvolture de cette réplique. S'il est vivant, ce que je souhaite, moi je suis ridiculisé jusqu'à la fin de ma vie professionnelle pour avoir monté cette énorme opération sur un simple soupçon.

— Je comprends, dit Thomas avec hauteur. J'ai pris le même genre de risque dans ma carrière ce qui m'a valu quelques humiliations que je ne vous raconterai pas. Mais les risques doivent être pris en dépit des échecs possibles qui sont le prix à payer aux dépens de notre orgueil. Je devrais plutôt dire, de notre amour-propre ou de notre vanité. C'est l'honneur de notre métier de les assumer et vous le savez. »

Cadillac casse sa noix avec rage. Il sait que Thomas a raison.

« D'accord, dit-il à contrecœur. Moralité ? Qu'avez-vous à m'apprendre sur ce tueur ou cette tueuse ? »

Thomas est content d'avoir provoqué la colère de son ami. En dépit des idées communément admises, il pense que la colère est presque toujours une force au service de la justice et de la vérité. Amalgame explosif qui ne plaît jamais aux tièdes, aux lâches, aux vendus qui la dénigrent en théorie pour ses excès, en réalité parce qu'elle est leur ennemie.

Il casse une série de noix et fait le tour de la table pour chercher ses mots avant de répondre.

« Tout d'abord, cette affaire a été calculée de longue date. La Malvie a inspiré des convoitises depuis sa création, y compris chez les honnêtes gens comme votre bonne amie Nanette. L'héritage de l'hacienda en a provoqué d'autres. Ce qui est sûr, c'est qu'une manne était suspendue à la vie d'une femme physiquement fragile, confiante et crédule. Imaginez ! Imaginez comme c'est facile. Une vieille chaussette trouvée au fond d'un tiroir. Une poignée de sable ramassée quelque part dans le jardin. Mettez le sable dans la chaussette, attendez que la fragile victime désignée soit prête à descendre un escalier. Un coup sur la nuque et vous engrangez un gros, gros paquet de millions qui va réaliser vos rêves. »

Thomas fait une pause comme s'il visualisait la scène. Emporté par son sujet, il continue après avoir sauvagement cassé d'autres noix.

« Le risque d'être attrapé est presque nul si vous avez un complice qui saura se taire. Mais notre artiste a fait une erreur. Une très grosse erreur. Il n'a pas prévu que la victime n'est fragile que physiquement. Elle est par contre dotée d'une force morale hors du commun. Il a sous-estimé cette force-là. Et d'ailleurs comment un être sans scrupule la verrait-il ? Comment pourrait-il même la concevoir ? »

La question est théorique et d'ailleurs Cadillac n'a pas l'intention d'y répondre. Thomas, encore plus exalté par ses propres théories, refait un tour de la pièce avant de poursuivre.

« Voici ma première hypothèse. Albina a dîné avec le docteur Cabanne le soir de sa mort et nous savons qu'elle lui a fait des confidences. Donc, le docteur sait quelque chose. Donc, c'est en relation avec Colette qu'il n'a aucune raison de fréquenter, sauf à ce sujet.

Je suis convaincu que Colette connaissait et lisait tous les documents importants que recevait Albina. Convaincu qu'elle exploitait son statut de servante pauvre et méritante pour s'attirer les bontés de sa maîtresse. Convaincu encore qu'elle détestait et méprisait tous les enfants Cassagne, qu'elle rêvait de prendre sa revanche contre eux. Contre leurs privilèges, leur éducation, peut-être leur arrogance s'ils étaient arrogants, ce que je ne sais pas. Et si elle a couché avec Aurélien, comme vous l'avez supposé, elle doit lui vouer une haine mortelle, surtout s'il est le père de la petite. Ce n'est pas le genre de chose qui se pardonne.

— Elle aurait pu se venger en le dénonçant. Albina aurait été horrifiée.

— Réfléchissez ! Elle risquait de déplaire à Albina en attaquant son fils, donc peut-être de perdre son héritage. Et pour quel résultat ? Elle devait bien savoir qu'Aurélien ne l'aurait jamais épousée.

— Si vous lisiez un ou deux livres de sa collection de romances, vous auriez un doute là-dessus.

— Mumm. J'en achèterai quelques-uns demain. Mais poursuivons. Nous voyons deux formidables motifs possibles : la haine et l'intérêt. Mais nous ne savons pas lequel primait l'autre. Voyons pour l'intérêt. Où Colette croyait-elle gagner le plus ? Il n'y avait aucun risque à être, pour Albina, la pauvre fille élevant seule une enfant handicapée et prenant soin d'un vieux papa à charge. Autrement dit, en étant une sainte, elle pouvait compter sur une belle part de l'héritage d'Albina. Surtout si elle n'avait pas de mari et si sa fille n'avait pas de père. N'est-ce pas ?

— D'accord.

— Mais regardez le résultat. Qu'avons-nous ? Tout le monde est ruiné et Aurélien est probablement mort.

Et ça, mon cher, c'est ce qu'aurait voulu obtenir quelqu'un animé par la haine et cherchant une vengeance. Quelqu'un qui voulait la vengeance plus que l'argent de l'héritage au point de sacrifier des millions pour l'assouvir. Quoi qu'Albina ait cru ou pensé, elle a été trompée.

— Belle conclusion ! Nous savons déjà ça puisqu'elle en est morte.

— Bien sûr. Elle ne s'est pas trompée sur les questions d'intérêt. Elle se savait en danger, sinon elle n'aurait pas fait tout cet incroyable périple à Paris et en Suisse. Elle a certainement imaginé la convoitise de ses héritiers, mais elle n'a jamais vu la haine, ni imaginé qu'un de ses enfants pourrait en être victime.

— Et vous croyez que Colette en est la cause principale ?

— Nécessairement ! Si comme je le crois, il y a eu désir de vengeance, il vient forcément d'elle. D'elle seule, ou bien d'elle et d'un complice qui a vu comment gagner une fortune en exploitant cette haine. Mais, il ou elle n'a rien gagné à la suite des manœuvres souterraines d'Albina et de Colette. Si j'ai raison, elle a gagné en ayant sa vengeance.

— Thomas ! Vous rendez-vous compte que vous parlez de Colette comme si elle était une princesse des ténèbres dotée d'un intellect surpuissant, une Mata-Hari doublée d'un Machiavel, triplé d'un Kasparov qui pourrait supputer les cent prochains coups de l'adversaire ! Je veux bien lui attribuer un esprit tortueux capable d'une bonne dose de ruse, mais franchement, je m'arrêterai là. Et qui, d'après vous, serait ce complice que la formidable Colette a roulé dans la farine pour satisfaire sa vengeance en le privant du même coup de son magot.

— Il y a deux candidats possibles : d'abord Michel Laborde qui est le plus probable puisqu'il fait partie de la famille. Vous y avez pensé ?

— Bien sûr. Seulement Sabine assure qu'il était avec elle la nuit où on a tué Albina, et je refuse catégoriquement de croire à une complicité entre ces deux femmes-là. Sabine n'aurait jamais pactisé avec Colette. Jamais !

— Mais elle pourrait donner un alibi à son mari après coup.

— Comment ! Il revient de la Malvie après avoir assassiné Albina et dit à Sabine : *"Chérie, je viens de tuer ta maman avec la complicité de Colette. Il faut que tu me donnes un alibi pour la police."* Et elle aurait consenti ! Thomas, je ne croirai jamais ça ! Jamais ! C'est totalement fou !

— Bien, dit Thomas exalté. Deuxième hypothèse, donc. Cornelia manipulant Francis Monsec, lequel se sert de Colette. Vous me dites que Cornelia déteste Colette. C'est peut-être une mascarade ? Elles sont peut-être de mèche ?

— Hors de question ! s'exclame Cadillac en sautant de sa chaise. Sortez-vous de la tête que ces deux-là pourraient conspirer ensemble. L'idée est totalement grotesque.

— Je vous assure que nous allons forcément tomber sur quelque chose de grotesque dans cette affaire, puisque rien de logique ne marche. Mais poursuivons. Troisième hypothèse, donc. Colette tient sa revanche et son complice se remplit les poches.

— Les Ménoire ?

— Oui. Ils gagnent le gros lot. Et là, C'est tout simple. Colette n'a pas besoin d'être un Kasparov machiavélique.

— Comment ça, tout simple ? C'est diaboliquement complexe, oui !

— Bien Martin, vous ne croyez pas à mes hypothèses et moi je ne crois pas à vos alibis ! On nous mystifie avec une chose très simple qu'a vue Aurélien et que nous ne voyons pas. Je suis sûr, totalement sûr, qu'Aurélien a démasqué le coupable alors qu'il n'en savait pas plus que nous. C'est pour ça qu'il a cherché à vous joindre. Il a dû faire une équation correcte à partir de quelque chose qui nous échappe ou qui nous égare. Vous devriez faire examiner votre dossier par quelqu'un capable de l'analyser en profondeur jusqu'à la plus petite virgule. Un professionnel compétent.

— Je l'ai apporté ce soir pour l'étudier plus tard, puisque je n'en aurai besoin ni demain au bureau ni ce week-end, dit Cadillac. Si je le laisse ici, vous n'auriez quand même pas l'indiscrétion de l'emprunter sous prétexte que vous avez mes clés ?

— Martin, vous m'offensez ! Ça me peine énormément que vous imaginiez une chose aussi incongrue. »

C'est sur cette énorme peine que bientôt ils se séparent, le très-chagriné Thomas vers son logis voisin qu'il espère pouvoir réintégrer, Cadillac soudain très fatigué vers sa chambre où il a l'intention de s'écrouler sur son lit. La journée à été éprouvante.

En passant par son bureau, le clignotant du répondeur téléphonique attire son attention. Il hésite. Il ne pourrait plus supporter un autre fardeau. Mais c'est peut-être elle ? C'est bien sa voix, murmurante, pour eux deux seuls, entrecoupée de pauses et soupirs.

"Caro Mio. C'est moi... Je voulais entendre ta voix... Elle est belle... Tu me manques... J'ai mal partout sans toi... Comment tenir ? Je ne sais pas. Je n'y arrive pas... Adieu. Je t'aime."

C'est trop. Trop d'émotions, trop de fatigue, trop pour une journée, trop pour un seul homme. Il a eu peur, très peur de trouver Aurélien mort, décomposé, chair pourrissante comme... Il ne veut pas y penser. Il fait des choses abominables, comme soupçonner des innocents des pires crimes. Il ne trouve pas la bête infecte qui sème la désolation et la mort à la Malvie et peut-être ailleurs. Et maintenant il doit supporter qu'Annette souffre autant qu'il souffre dans sa peau, ses veines, ses organes qui l'appellent, qui hurlent qu'ils veulent la toucher, la caresser, la posséder...

Va au lit, Cadillac. Vas-y tout seul avec tes mauvais rêves que ta panoplie de chef est impuissante à combattre. Et demain, fais bonne figure s'il te plaît. On compte sur ton calme olympien, ta logique implacable, tes nerfs d'acier, comme feraient les héros du professeur Cassagne qui savaient "soutenir le choc de l'ennemi autant qu'une seule poitrine peut l'arrêter." C'était sublime, c'était exaltant, mais c'était bidon voilà tout, parce qu'on n'est pas de marbre. En tout cas pas moi, et sûrement pas ce soir. Dodo.

22

Garrigue ne parvient pas à vaincre sa frustration. Il pourrait faire une perquiz royale à la Malvie puisque l'enquête est plus ou moins autorisée et qu'il y a sûrement de quoi fouiner utile dans une aussi grande maison. Mais comment contourner les ordres du chef ? Voyons. Qu'est-ce qu'il a dit exactement ? *Il a dit : "Aurélien n'est pas là. Partons. Il n'y a rien à trouver ici" ou quelque chose comme ça. Ce n'est pas une interdiction ça ! Pas un ordre formel en tout cas. C'est juste qu'il pense qu'il n'y a rien à trouver. Mais si je trouve quelque chose, il sera content parce qu'il y tient à son enquête et pas qu'un peu. Et si je trouve rien, j'ai qu'à pas dire que j'y suis allé. Pas besoin d'être Schopenhauer pour comprendre que je risque pas grand-chose, sauf de recevoir des compliments. Seulement, il faudrait que je me décide maintenant pour ne pas me faire repérer en allumant les lumières dans la maison. Même en faisant vite, il faudra bien trois, quatre heures pour tout déballer et remettre en place sans que ça se voie. Le temps de prévenir le bureau que je dois réviser pour les stages de formation, de dire à Francine qu'elle m'attende pas pour dîner si je ne rentre pas à l'heure, et c'est parti.*

*

Un connaisseur impartial reconnaîtrait sans peine que Garrigue mérite une place d'honneur au top-ten national des perquisitionneurs, surtout s'il constatait qu'en effet tous les matelas, poches et doublures palpés et retournés, tous les paquets de lessive, macaronis, débouche-évier et autre, vidés et re-remplis, ont été remis en place, au bon endroit et en bon ordre.

Et surtout s'il venait, après sa belle récolte, l'entendre faire son rapport devant ses collègues et son chef ébahis.

« Vous vous souvenez chef que vous avez dit que c'était pas la peine de fouiner plus à la Malvie parce qu'on trouverait rien ? Mais moi, j'avais un doute, et comme j'avais le temps, je me suis dit : "si j'allais quand même voir ?." Et vous allez voir ce que j'ai trouvé ! »

Cadillac se demande ce qu'il doit faire avec Garrigue. L'animal s'est débrouillé pour contourner ses ordres, qui, il est vrai, n'étaient peut-être pas assez clairs. Attendons la suite.

« D'abord, j'ai regardé dans la boîte aux lettres. Entre parenthèses, elle doit être relevée tous les jours parce qu'il n'y avait que les deux lettres que j'ai trouvées. D'abord un prospectus adressé à Albina Cassagne. Enfin, une sorte de publicité. Ça se voyait d'après la grande enveloppe. Donc, je l'ai ouverte. La voilà. C'est une invitation d'un bijoutier de la place Vendôme à Paris pour, je lis : *"une présentation de bijoux rares." "Invitation personnelle aux clients privilégiés."* Ces bijoutiers ont l'air de s'imaginer qu'elle achetait des bijoux rares comme moi j'achète mes chaussettes », poursuit-il en tendant l'invitation à Cadillac.

« J'y suis ! dit Yves. C'est à eux qu'elle a donné un

des deux gros chèques. Elle était au Ritz place Vendôme et n'a eu qu'à traverser la place pour diminuer l'héritage de ce paquet. Elle a sûrement acheté un bijou pour le soustraire à la succession.

— Il est peut-être au coffre ? suggère Garrigue. Je ne l'ai pas regardé parce que vous ne vouliez pas, et puis il faudrait un spécialiste.

— Il n'y aura rien dans le coffre, dit Cadillac. »

Si elle a acheté un bijou, elle a dû le donner au docteur Cabanne, pense-t-il sans le dire. Si elle a fait ça, c'est qu'elle craignait pour sa vie. Pris d'un frisson, il se demande si elle avait pressenti sa mort, ce jour-là.

« J'ai trouvé autre chose dans la boîte aux lettres, continue Garrigue. Il y avait une facture d'un menuisier, et comme elle était mal collée au dos, je l'ai ouverte. »

Cadillac sait maintenant qu'il doit sévir et se reproche d'avoir laissé les choses en arriver là. Mais il laisse Garrigue continuer. Le moment serait mal choisi pour un blâme qui l'humilierait devant ses collègues.

« Voilà ce que dit la facture, poursuit Garrigue : *"Intervention du 21 mars."* Vous vous souvenez que vous vouliez savoir ce qui s'était passé le 23 mars ? La veille du jour où Albina a décidé de tout liquider à sa banque. Voilà une partie de l'explication : Facture pour *"Remise en état du bureau-secrétaire et remplacement de la serrure."*

— Elle a cru que son secrétaire avait été forcé ! s'exclame Yves .

— Et ce n'est pas tout, vous allez voir, dit Garrigue. Moi, j'ai fait un rapprochement avec ça, dit-il en montrant une petite cassette de répondeur téléphonique. Une minute, écoutez. »

Il se lève et se dirige vers un appareil téléphonique dans lequel il insère la cassette.

« Tu leur as pris le téléphone ? demande Cadillac incrédule.

— Non ! J'aurais pas fait ça. Mais comme j'ai le même appareil chez moi, je l'ai apporté. Écoutez. »

Après quelques grésillements, ils peuvent entendre dans le silence de la salle : *"Maman, c'est Aurélien. Je pourrai passer demain matin ? J'ai quelque chose pour toi. Je viendrai vers 10 heures si ça ne te dérange pas. Je t'embrasse. À demain."*

Des bips-bips, puis un autre message : *"Madame, c'est Colette. Je vous appelle pour vous dire que je pourrai pas venir demain matin. La petite a mal au ventre. Il faut que je l'amène au docteur. Mais je serai peut-être là quand vous rentrerez du coiffeur. C'était Colette. Au revoir."*

« Tudieu ! dit Yves qui saute de sa chaise. Elle a forcé le secrétaire pour faire croire que c'était Aurélien ! Ça explique tout !

— Pas tout, dit Cadillac, mais ça pourrait confirmer pas mal de choses.

— Attendez, dit Pujol. Il y a une chose que je ne comprends pas. Pourquoi depuis tout ce temps, ce message n'a pas été effacé ?

— Le répondeur n'était pas branché quand je l'ai trouvé. Peut-être elle ne l'allumait pas souvent, dit Garrigue. Ma mère fait ça. Je lui en ai offert un et elle ne s'en sert presque jamais.

— Ou alors, Colette a voulu qu'on le trouve ? dit Yves.

— Je croirais plutôt ça, dit Cadillac.

— Mais pourquoi aurait-elle voulu qu'on le trouve puisque ça l'incrimine ? demande Pujol.

— Vergne, qui est suprêmement rusé, pense qu'elle a tout manigancé pour faire accuser Aurélien. Il croit qu'elle a entendu le message d'Aurélien, forcé le secrétaire pendant qu'Albina était chez le coiffeur. Ensuite, elle a téléphoné et laissé le message pour faire croire qu'Aurélien était seul dans la maison. Elle a dû croire que les enquêteurs seraient aussi crédules qu'Albina. Autrement dit, qu'en cas d'enquête, le message incriminerait Aurélien, pas elle. Pas la gentille maman qui s'occupe de sa petite fille malade pendant que le mauvais fils profite de l'absence de sa mère pour forcer son secrétaire. »

Il se lève, à la surprise des inspecteurs.

« Pujol et Vergne merci. Revoyons-nous lundi. René, dit-il à Garrigue, tu ranges ces documents et tu me suis dans mon bureau. Je crois qu'on a à se parler. »

Pujol et Yves évitent de se regarder, soudainement très affairés à ranger dans l'ordre crayons, cahiers et trombones dans leur cartable et attaché-case respectifs, opération très prenante qui demande toute leur concentration, avant de sortir à grande vitesse sans se retourner.

Personne ne sût ce qui fut dit dans le bureau de Cadillac dans le quart d'heure qui suivit et il apparût, par la suite, que Garrigue passa quelques jours sur les plages naturistes de Montalivet où il put méditer sur l'ingratitude des chefs pour qui l'on a tort de se défoncer, sur les avantages et inconvénients d'amener sa femme dans un camp de nudistes, et sur ce qu'il raconterait à ses collègues en rentrant. Il aurait pu s'épargner le tourment de chercher des réponses gratifiantes à son exil temporaire car, à son retour, ils voulurent seulement savoir s'il avait eu beau temps.

23

Merveilleux vendredi soir ! C'est déjà le week-end et il n'est même pas entamé. Yves, en tablier devant le tout petit placard désigné sur son bail de location par le vocable "kitchenette", prépare le dîner en attendant Marion qui ne devrait plus tarder. Il n'a pas pris de grands risques et se lance dans l'élaboration du seul plat qu'il sait faire cuire : un filet mignon aux pommes de terre sautées. Ce n'est pas sorcier et il a déjà épaté quelques filles jusqu'à d'heureuses conclusions avec ce plat. On fait d'abord bouillir les patates dix minutes, sans oublier le sel. Puis on met le filet mignon au four en rajoutant les patates, on beurre le tout, et c'est fini, sauf pour la sauce qui n'est même pas obligatoire. Sa mère lui a appris un truc utile : on achète une sauce quelconque dans le commerce, on y rajoute ce qu'on veut, citron, crème, yaourt, et plein d'épices au choix, on met le tout doucement dans une casserole sur le feu. Le seul problème avec les sauces est qu'il faut touiller assidûment parce qu'elles veulent toujours tourner, liquide d'un côté, solide de l'autre. Ah oui !.... Et bien penser à rajouter du romarin dans le four.

Ce qu'il y a de bien quand on cuisine, c'est qu'on peut réfléchir tout en combinant les ingrédients. Ça ne vous prend pas la tête. Tout en composant la sauce, il peut réfléchir au programme du lendemain. Pour convaincre Marion qu'il y a d'autres beautés qu'en altitude dans ses montagnes et que le Périgord n'a pas besoin de s'exposer dans l'oxygène rare des 2 000 mètres pour séduire, il verrait assez bien une flânerie sur les bords de la Dordogne, peut-être une promenade en gabare, ou bien la visite d'un ou deux châteaux...

Mais ce programme sympathique ne put être tenu. Pour commencer, le dîner souffrit de témoignages d'affection mal contrôlés dès l'arrivée de Marion, ce qui eut un effet désastreux sur le filet mignon, lequel fut en trois étapes d'abord cru, puis brûlé, puis froid et sans la sauce qu'il fallut jeter avec la casserole. Le programme du lendemain samedi ne fut pas mieux exécuté. Quand on se lève vers 11 h 30, câlins et petit déjeuner compris, qu'on fait une sieste ou autre de 13 h 30 à 17 h 30, et qu'ensuite on doit participer à un dîner dansant, la partie tourisme du projet doit être purement et simplement sacrifiée.

*

Ils arrivent au dîner dansant sous la halle de Saint-Avit très en retard, et repèrent leurs amis Thomas, Lili et Alice qui leur ont réservé des chaises, près d'eux, à l'une des grandes tables installées devant la plate-forme de l'orchestre. Ils sont accueillis au son d'une musique dansante accompagnée par un accordéoniste qui chante d'une voix fort mélodieuse :

"Et tes grrrands yeux
Prrofonds et bleus
Me disent : soyons heureux."

Lorsque la chanson se termine sous les applaudissements, la conversation peut reprendre, et les danseurs retourner à leur table, continuer leur repas, s'ils savent où ils en sont.

À peine installée, Marion, qui admire bouche bée le splendide enchevêtrement des poutres du bâtiment et a une faim de loup, est aussitôt questionnée par Thomas qui est, lui, dévoré de curiosité et veut savoir ce qu'elle a découvert sur les agissements de Francis Monsec à la thalasso. Mais l'orchestre enchaîne avec une java entraînante qui ne favorise pas la conversation, et de toute façon, Lili lui envoie de méchants coups de pieds sous la table pour qu'il laisse les amoureux tranquilles. Il doit reconnaître que ces deux-là semblent planer à un bon mètre du sol et, bien que sympathisant, il regrette de devoir attendre un moment plus propice aux interrogatoires.

Heureusement, sa frustration est vite oubliée, car il vient d'apercevoir Pompom discrètement assis sur le muret d'un angle de la halle. Il semble captivé par une scène à laquelle Thomas ne voit rien de particulier. Alice comprendra peut-être pourquoi ?

« Je me demande ce que Pompom observe avec tant d'attention, lui demande-t-il. »

Alice se retourne, suit le regard de Pompom et semble s'amuser.

« C'est le chanteur qui l'intéresse. Didier Vignolle, parce qu'il flirte avec Cécile Chalard.

— Chalard ? Comme Colette ?

— Oui. Elles sont cousines et Cécile est la nounou de la petite Carine.

— Indeed ! Mais pourquoi Pompom est-il si intéressé ?

— Vous le lui demanderez, répond Alice malicieusement. Mais je crois que Didier était amoureux de Colette. D'après la rumeur, elle l'aurait repoussé. Il semble s'être consolé avec Céline.

— Mais pourquoi Colette l'a-t-elle repoussé ?

Il est plutôt joli garçon et c'est un bon chanteur.

— Un bon menuisier aussi. Que voulez-vous ! Ce sont les mystères de l'amour. Il frappe où il veut, d'après ce qu'on dit.

— Mais... et le chef d'orchestre ? Ce Thierry Balou qui lui a dédicacé une photo ? »

Alice n'a pas l'occasion de lui répondre parce qu'un homme de belle prestance à cheveux blancs vient l'inviter à danser. Elle le suit et part virevolter légèrement en cadence sur la piste, admirée par un Thomas si étonné qu'il en oublie sa question restée sans réponse. Yves et Marion, qui étaient inquiets pour leur dîner, ont soudain l'agréable surprise de voir arriver un gamin qui leur sert une grosse louche de potage suivie presque simultanément d'une énorme assiettée de paella qu'ils engloutissent dans la foulée, sans se préoccuper de leur entourage.

« Bonsoir la compagnie. »

C'est Pompom qui faisait le tour des tables ; il s'est approché en gardant prudemment ses distances, prêt à continuer sa ronde, quand Lili l'arrête.

« Mais enfin, Pompom ! Vous n'allez pas partir comme ça ! Vous prendrez bien un verre avec nous ?

— Rien qu'un, alors. »

Il revient s'asseoir à leur table sur la chaise laissée vide par Alice.

« Vous aviez l'air de vous intéresser au chanteur tout à l'heure, lui dit Thomas sans chercher de détours. Il doit faire vite avant l'escapade programmée de son informateur potentiel. Vous savez pourquoi il ne s'est pas marié avec Colette Chalard ?

— Mais j'en sais rien moi ! répond Pompom. Elle devait croire qu'elle avait mieux. C'est comme ça d'habitude.

— Regardez qui arrive, dit Yves entre ses dents et en leur faisant un signe de la main car il a la bouche pleine.

— Colette ! s'exclame Thomas. Mais alors, qui garde la petite puisque sa nounou est là aussi ? »

Pompom qui se retourne, n'a pas l'air de savoir.

« Elle a dû en trouver une autre, dit-il en profitant du retour d'Alice pour s'esquiver. »

Thomas, intrigué et déçu par ce départ prématuré s'intéresse peu aux fromages que vient lui servir une aimable jeune femme. Il préfère suivre le regard de Pompom qui semble fasciné par le chef d'orchestre. Thierry Balou a repris sa baguette et demande l'attention des musiciens en tapant énergiquement sur son pupitre pendant que le chanteur se sépare avec un geste tendre de Cécile, puis monte sur l'estrade où il ajuste son micro en lançant à sa belle des œillades énamourées. C'est décidément une nuit pour les amoureux, se dit Thomas, intrigué aussi par Alice que son cavalier revient chercher pour la rumba que l'orchestre vient d'entamer.

« Vous ne sauriez pas qui est le cavalier d'Alice ? » demande-t-il à Yves.

Mais Yves ne réagit pas. Il est trop occupé à montrer à Marion comment décortiquer délicatement les crevettes de la paella et à les lui chiper au passage. Ou bien il est pénétré par les sages paroles du chanteur amoureux qui confie sa philosophie de la vie au micro :

"Prrofitons des beaux jourrs
Des fleurrs, du soleil, de l'amourr
Du bonheurr qui passe sans rretourr"

Thomas, impressionné par tant d'étalage d'amourr, veut commenter cette obsession gallique pour Lili, mais elle lui tourne le dos et parle à l'oreille du robuste

345

fermier installé à sa droite. Il est peut-être temps qu'il pense aussi à faire la cour à sa femme, se dit-il. Mais elle part danser avec le fermier et il se retrouve seul dans la contemplation navrée de ses fromages, car Yves et Marion sont aussi partis sur la piste où ils dansent con fueco une rumba-musette endiablée. Il se sent abandonné, mais sa vivacité d'esprit naturelle lui revient lorsqu'il aperçoit Colette assise seule au bout d'une longue table près d'un couple qui ne fait pas attention à elle. Voilà au moins quelqu'un qui n'est pas pris dans les filets de l'amour, note-t-il avant de remarquer qu'elle ne quitte pas des yeux le chanteur. Y a-t-il quelque chose à comprendre ? Elle est peut-être jalouse parce que son prétendant s'est trop facilement consolé ? Il pense une seconde qu'il pourrait l'inviter à danser, mais y renonce vite parce que sa curiosité, même infini d'après Martin, ne va pas jusque-là. Cette Colette ne lui plaît pas, et même en se reprochant son manque de fair-play, il n'arrive à réveiller en lui aucune sympathie pour elle. Il ferait mieux de demander au chef d'orchestre de jouer un one-step au lieu de toutes ces absurdes danses latinos, et d'inviter Lili à danser la prochaine. Mais elle ne fait pas signe de revenir ; elle reste sur la piste avec son cavalier, tout comme Alice et son galant, tout comme Yves et Marion qui repartent au son d'une danse dont il ne connaît même pas le nom. *La prochaine fois, se dit-il, je viendrai en kilt et leur montrerai comment on danse le Highland Fling. Et ils verront qui est la star.*

La curiosité de Thomas ne fut pas autrement satisfaite ce soir-là, et la soirée se termina sans poursuite en voiture ainsi que l'avait auguré Yves, mais tranquillement et plutôt dans la bonne humeur. Colette n'avait pas bougé de son bout de table et n'avait d'ailleurs pas commandé de dîner. Thomas dut ronger son frein deux jours entiers avant d'avoir les commentaires de Pompom, qui ne travaillait chez eux que le mardi, et le rapport d'Yves sur les faits et gestes de Francis Monsec - où plutôt son brouillon - car il n'eut pas la patience d'attendre un document plus léché.

NOTE INTERNE - CONFIDENTIELLE

INSPECTEUR YVES-MARIE DE LA VERGNE - MONFÉRAND -
CE LUNDI 25 AVRIL.
ENQUÊTE DANS L'INTÉRÊT DES FAMILLES SUR LA DISPARITION D'AURÉLIEN CASSAGNE DILIGENTÉE SUITE À LA REQUÊTE DE SA SŒUR CORNELIA CASSAGNE.

Enquête sur les faits et gestes de Francis Monsec - Kinésithérapeute à Baignères de Tarbes, ami de Cornelia Cassagne.

I - Faits concernant le 1er avril, date de la mort par accident *suspect* (mot barré) de la mère du disparu, madame Albina Cassagne.
D'après une information vérifiée, Francis Monsec se trouvait près de la maison de madame Cassagne mère, à environ trente minutes de la-dîte maison "La Malvie" en compagnie et dans la voiture de la plaignante Cornelia Cassagne. Ils auraient pu être dans la maison avant et à l'heure *du crime* (mots barrés) de l'accident.

II - Faits concernant la date des dimanche 16 avril et lundi 17 avril.
Le disparu Aurélien Cassagne a rendu visite le dimanche 16 avril à, dans l'ordre : Colette Chalard, puis ses sœurs Sabine Cassagne-Laborde et Cornelia Cassagne. Il a cherché à joindre le commissaire Cadillac à 16 h16 sans laisser de message. Il a été vu par un témoin pour la dernière fois, rentrant chez lui vers minuit, ce même dimanche.
Il a pu être établi qu'il est allé en voiture jusqu'à une distance de 223 kms, et qu'il a fait le plein d'essence sur le chemin du retour sud d'Agen sur la RN 21, comme le montre un débit de sa carte de crédit. Il ne se trouvait donc sur la route la plus

logique pour se rendre à Baignères de Tarbes. On peut en conclure qu'il aurait rendu visite à Francis Monsec.

Francis Monsec a été vu ce dimanche matin au Centre de thalassothérapie, puis est parti vers midi sans dire où il allait. Il n'a été revu que le lendemain lundi 17 avril vers 11 h sans Cornelia Cassagne qui était supposément aux Haras de la Ferrière dimanche soir et lundi matin, sans que ses allées et venues aient pu être vérifiées à ce jour. Il aurait donc pu voir Aurélien dans la soirée ou la nuit de dimanche à lundi ?

III - **Dimanche 16 avril et la suite.**

Notre ***informatrice*** (mot barré) informateur nous apprend que Francis Monsec est poursuivi par des créanciers. Il ressort des comptes du Centre qu'il devra revendre un terrain voisin hypothéqué au profit d'un investisseur andorran (pour lequel Cornelia Cassagne s'était portée garante sans que sa caution ait joué). Il semble en revanche qu'il pourrait avoir des difficultés à obtenir le remboursement d'un prêt de 300 000 F consenti à la même Cornelia Cassagne.

En effet, ses appels nombreux et répétés à Cornelia Cassagne sont longtemps restés vains, et il a été entendu proférant des menaces au téléphone sur un répondeur, laissant entendre qu'il était en position de la faire chanter si elle ne se manifestait pas.

À la suite d'un appel particulièrement menaçant, elle lui a fait savoir qu'elle se rendrait à Baignères dans le courant de la semaine, et rendez-vous a été pris pour un déjeuner en ville à l'Hôtel du Parc le mercredi 29 avril.

Notre informateur étant connu des deux intéressés, sera difficilement en mesure de nous informer directement du détail de leur conversation au cours de ce déjeuner.

*

À la suite de cette édifiante lecture, Thomas décida qu'il était temps pour lui et Lili de faire un peu de sport et de suivre un régime. Une cure de thalassothérapie s'imposait. Il avait même une bonne adresse dans les Pyrénées.

24

Cadillac arrive chez le docteur Cabanne où le petit chien devant la porte daigne seulement lui jeter un rapide coup d'œil en biais avant de se concentrer sur le spectacle beaucoup plus captivant d'un papillon qui virevolte dinguement devant ses yeux.

Il ne trouve pas de sonnette et entre par la porte-fenêtre grande ouverte d'une spacieuse cuisine-salle à manger agréable, bien tenue, où les meubles anciens noirs et luisants de cire font bon ménage avec l'équipement moderne. Il remarque la même pendule comtoise que chez lui, signée du même fabricant. Elle avance de dix minutes et il se verrait bien occupé à rajouter des rondelles au balancier pour la régler. Mais il n'est pas là pour ça.

« Quelqu'un ? crie-t-il.

— Par ici », répond une voix d'homme sur sa droite.

Il suit un large couloir aux murs tapissés de gravures anciennes qu'il n'a pas le temps d'admirer et voit sur sa droite une grande chambre dont la porte-fenêtre est ouverte sur une terrasse ensoleillée. Le docteur est allongé sur une méridienne flanquée d'une table basse encombrée de livres et de boîtes de médicaments.

« Ah ! Martin Cadillac ! Excusez-moi si je ne me lève pas. Vous savez ce qui amuse le plus les arabes : le docteur malade. Ça les fait tordre de rire. Moi aussi quelquefois, quand ce n'est pas moi le malade.

— Vous avez l'air assez bien portant.

— Ma maladie se porte bien. Que puis-je pour vous ?

— Puis-je m'asseoir ?

— Bien sûr. Tenez, prenez ce fauteuil et ne tournez pas autour du pot. Que voulez-vous savoir ? »

Cadillac prend le fauteuil et s'installe près de la méridienne à contre-jour. Il laisse un instant s'installer le silence.

« Vous êtes tenace, lui dit le docteur.

— Vous savez qu'Aurélien Cassagne a disparu ? lui annonce simplement Cadillac.

— Aurélien ?... Disparu ? Ce n'est pas un bobard ?

— Non. C'est très sérieux. J'enquête sur sa disparition. Je ne le claironne pas sur les toits parce que je n'ai pas envie d'avoir la presse sur le dos, mais je vous le dis en confidence. »

Le visage du docteur perd soudainement toute trace d'ironie. Il semble avoir vieilli d'un coup, se dit Cadillac qui, à peine un mois plus tôt, avait ajusté sans difficulté l'image de ses souvenirs de jeunesse à l'adulte vieillissant qu'il avait vu. C'était bien le même homme alors, seulement moins alerte, plus ridé et chenu. Celui qu'il voit aujourd'hui est un vieillard qu'il reconnaît plus difficilement.

« Aurélien disparu ? Comment est-ce possible ? demande le docteur à mi-voix, comme pour lui-même.

— Docteur Cabanne, je ne plaisante pas. Quelqu'un a tué Albina Cassagne et a dû éliminer aussi Aurélien. Si vous vous taisez par scrupule, ou je ne sais quelle autre raison aussi absurde, vous pourriez être responsable d'un autre drame. Je regrette d'avoir à vous le dire maintenant et aussi brutalement, mais vous devez comprendre que l'affaire est grave. Il ne s'agit plus de jouer au plus fin. »

Le docteur, visiblement bouleversé par ces paroles, ne trouve plus ses mots.

« J'ai du mal à vous croire.

— Si vous me disiez ce qu'Albina vous a confié ? »

Le docteur hésite avant de répondre.

« Je ne peux pas...

— Si vous croyez être tenu par un secret, j'ai de quoi vous en délier. Je sais déjà plus de choses que vous ne pensez. Je sais tout de son compte bancaire en Suisse. Je sais d'où venait l'argent, je sais aussi à qui elle l'a donné et pourquoi. Si vous en voulez une preuve, la voici. »

Il sort de sa poche les photocopies des documents saisis sur Aurélien et les tend au docteur qui les regarde, ahuri.

« Comment avez-vous pu avoir ça ? Même moi... »

Il ne finit pas sa phrase et prend un cachet avec un verre d'eau.

« Je sais bien d'autres choses. Notamment, qu'Albina vous a confié un objet de grande valeur que vous comptez soustraire à la succession.

— Que je... ? Moi ? »

Le docteur est si choqué qu'il se lève presque de sa couche.

« Vous me mettriez en cause ?

— Pourquoi pas ? Pourquoi ne rien me dire ? Pourquoi vous faites-vous complice d'une machination criminelle en vous taisant ? »

Le docteur ne répond pas tout de suite. Son regard se perd au-delà de la fenêtre vers la ligne de peupliers qu'il ne doit probablement pas voir.

« Comment avez-vous pu apprendre tout cela ? demande-t-il.

— C'est mon métier.

— Vous le faites bien. »

Cadillac voit qu'il hésite sur le parti à prendre et le laisse à ses réflexions. Il n'est pas pressé.

« Je n'ai plus grand-chose à vous cacher », finit par soupirer le docteur.

« Puisque le secret est éventé, j'ai quelque chose à vous dire, en effet. »

Il reprend un verre d'eau, sans médicament cette fois, et finit par parler après une longue hésitation.

« Vous connaissez déjà cette abominable histoire d'argent sale à laquelle Albina n'a jamais touché. Elle ne voulait pas que ses enfants en héritent.

— Je le sais. Mais il n'y avait pas que ça.

— Non. Elle soupçonnait un de ses enfants de vouloir hériter vite, sans attendre sa mort naturelle.

— À cause du secrétaire forcé ?

— Vous savez ça aussi ! En partie à cause de ça. Elle voulait, pour le cas où il lui arriverait malheur, que je prenne soin de Colette et de la petite Carine. C'est pour elles qu'elle m'a donné ce bijou.

— Pour les deux ? Pour Colette ? Ou pour la petite seule ?

— Elle m'a dit qu'elle avait déjà pourvu la petite. Un gros chèque semble-t-il, à une institution qui devrait prendre soin d'elle au cas où un malheur arriverait à la mère.

— Le bijou était pour Colette, alors. Le lui avez-vous donné ?

— Euh... Non.

— Sait-elle que vous l'avez ? »

Le docteur hésite à répondre. Sans doute un aveu difficile.

« Je lui ai fait comprendre qu'Albina m'avait laissé

quelque chose pour elle, mais qu'elle devait attendre. Je suis resté vague... Je dois revenir en arrière. Voyez-vous, depuis le début j'ai eu des doutes sur ce que me racontait Albina. Je connais bien les trois enfants Cassagne. Je les ai mis au monde, j'ai soigné tous leurs bobos. Leur père est mort dans mes bras. Ce sont des enfants brillants, au moins deux d'entre eux, mais férocement égoïstes. J'ai souvent observé que des enfants élevés par leurs parents dans la plus stricte rigueur morale semblaient plus vulnérables que d'autres à la convoitise, même s'il peut leur arriver de faire preuve de grandeur d'âme. Seulement... »

Il n'arrive pas à conclure. Cadillac se dit qu'il doit avoir du mal à ajuster deux images : celle de l'officier de police qu'il a devant lui, en qui il n'a pas tout à fait confiance, et celle du jeune étudiant qu'il dominait autrefois.

« Seulement, vous ne les avez pas crus capables de tuer leur mère ? C'est ça ?

— Je n'ai pas réussi à me convaincre que c'était possible. Et quand Albina est morte, j'étais si... bouleversé que je me suis demandé si elle n'avait pas eu raison. Mais j'ai voulu en savoir plus. Notamment sur Colette. J'avais observé au fil des années qu'Albina était exagérément don quichottesque. Il me semblait qu'elle aurait dû accorder plus de crédit à ses enfants et un peu moins à sa protégée qui ne méritait peut-être pas qu'on excuse tout d'elle. Et finalement, elle seule, Colette, héritait. Non pas d'une fortune, mais d'un cadeau de grande valeur. Elle ne pouvait pas le savoir, en théorie. À moins que...

— À moins qu'elle n'ait vu ce collier *avant* votre déjeuner avec Albine ?

— Oui. Elle aurait pu trouver une cachette. Albine

353

l'avait simplement mise sous son matelas. C'est pour ça que j'ai voulu la connaître mieux. Mais je n'ai pas vos moyens d'investigation. Je pouvais seulement l'observer quelque temps. Mon résultat n'est pas brillant, certainement moins que le vôtre. Tout ce que je peux dire, c'est que je la perçois aujourd'hui d'abord comme bonne mère. Il faut lui laisser cet énorme crédit. Mais au-delà, je vois peu de générosité dans sa nature. Peu d'intelligence aussi, mais une grande capacité de dissimulation.

— Pensez-vous qu'elle a pu manipuler Albina ?

— Franchement oui.

— Savez-vous qui est le père de la petite ? »

Le docteur le regarde, yeux grands ouverts, visiblement choqué.

« Quelle outrecuidance ! Et si je le sais, vous pensez vraiment que je vais vous le dire ?

— Pourquoi pas ? Je l'apprendrai tôt ou tard, de toute façon.

— Ma foi, je commence à vous croire. Mais quel rapport avec notre affaire ?

— Je sais qu'il y en a un. Et vous repartez dans vos cachotteries en me laissant courir seul derrière un assassin. Vous vous présentez en ami d'Albina, et probablement vous vous donnez bonne conscience avec cette idée, mais en attendant, vous faites tout ce que vous pouvez pour m'empêcher de le démasquer.

— Vous ne m'aurez pas avec cette rhétorique, répond le docteur piqué à vif. »

Il garde un silence boudeur un instant, puis se ressaisit, comme à contrecœur.

« Vous êtes insolent, mais je dois reconnaître que vous n'avez pas tout à fait tort. Tenez, ouvrez le premier tiroir de cette commode. Vous y trouverez un écrin.

Cadillac se dit qu'enfin il va apprendre quelque chose. Il ouvre le tiroir et trouve sans difficulté l'écrin qu'il tend au docteur.

— Ouvrez-le et exposez-le à la lumière », lui dit celui-ci sans le prendre.

Cadillac ouvre l'écrin et voit scintiller dans le soleil un collier composé d'un rang de diamants sertis dans un métal blanc qu'il n'identifie pas. Ils restent tous deux un instant silencieux dans la contemplation du somptueux bijou avant que le docteur ne commente :

« Voyez-vous cette éblouissante beauté ! En réalité, c'est ça qui m'a empêché de le remettre à Colette. Tout simplement, ça n'allait pas. Je n'arrivais pas associer cette... Colette, et la perfection de ce bijou.

— L'idée d'Albina était qu'elle le revende. C'était une poire pour la soif, comme on dit. Ce collier représente une valeur négociable à tout moment.

— Mon cher Martin, tout astucieux que vous soyez, je suis sûr qu'il y a une chose à laquelle vous n'avez jamais pensé. Ni vous ni Albina ni aucun de ses enfants, ni à peu près personne. »

Cadillac attend sans bouger la révélation qui va suivre, tous ses sens en alerte. Il sait déjà qu'elle est capitale, qu'elle est la clé du mystère qui le hante depuis le début de cette affaire.

« Avez-vous jamais imaginé que Colette pouvait être riche ? Très riche. »

Colette riche ! se dit Cadillac. Voilà ce qu'avait voulu dire Pompom ! *"Il ne faut pas trop s'en faire pour elle."* Mais oui !

« Je suis allé chez elle un jour, et bien sûr, comme tout le monde, j'ai pensé qu'elle avait un logement modeste, comme on s'y attend bêtement d'une employée de maison. Mais quelque chose a attiré mon attention. Je suis allé au bout du jardinet mal tenu que vous avez sûrement vu aussi, et j'ai pu admirer la vue splendide qu'on avait de là sur toute la campagne jusqu'au château de Biron qu'on peut voir dans le lointain. Et puis, en bas, plus loin dans la vallée, j'ai vu une équipe de géomètres au travail. Je me suis souvenu que le projet d'y faire un lac de plaisance avait été voté. Autrement dit, sa propriété, qui a plus de vingt hectares est une des mieux situées de la région.

— Mais le propriétaire est sûrement son père ?

— Erreur ! À la mort de sa mère, son père lui a fait donation en ne gardant que l'usufruit de l'étage de la plus petite maison. Une salle délabrée et une chambre sans autre chauffage qu'un poêle à bois et sans salle de bains, bien sûr. En échange de quoi elle devait s'occuper de ses repas. Seulement, mon cher, je viens juste d'apprendre par ma fille qu'il les prend au restaurant du village, chez Nelly, en les payant des deniers de sa retraite ! Une charmante enfant, cette Colette ! Je n'en souhaiterais pas une de la sorte à mon pire ennemi, à supposer que j'en aie un. Autre chose. Les droits de succession n'ont pas dû être bien lourds, puisqu'apparemment il ne s'agissait que d'une ferme à l'abandon sur une terre de coteaux peu cultivable et vous avez vu comme les bâtiments sont sales et mal tenu. Colette n'y fait rien et l'ensemble à l'air misérable. Tout le monde s'y laisse prendre. Mais si vous regardez de près, vous verrez que le père charpentier a très bien entretenu les toitures et les charpentes, que tous les bâtiments, et ils sont nombreux, sont préservés et "dans leur jus" comme on dit. Jamais altérés, avec les boiseries, les carrelages, les cheminées, les fours à pain, les escaliers d'origine. Tout y est intact. C'est une des rares grandes propriétés de la région qui n'ait pas encore été massacrée par les restaurations. On pourrait presque en faire un musée ! Croyez bien que les promoteurs verront ce qu'elle vaut derrière la saleté qui sera nettoyée en quelques jours. Une fortune ! »

Le docteur, qui jusque-là, faisait jouer les diamants dans le soleil, les remet dans leur écrin. Il continue.

« Je suis presque sûr que cette propriété vaut aujourd'hui bien plus cher que la Malvie ! Elle n'a sûrement pas besoin de ça », dit-il en montrant l'écrin.

Quel enquêteur de pacotille je suis, se dit Cadillac. Tout ça était sous mon nez et je n'ai pas su le voir. Vexant ! Une leçon de modestie dont je ferais bien de me souvenir.

« Et avez-vous pensé à autre chose encore ? lui dit le docteur. Elle avait un salaire parfaitement convenable chez Albina, nourrie à midi et peut-être le soir. Pas de loyer à payer. Tous les avantages sociaux, qu'elle doit toujours avoir d'ailleurs avec les allocations chômage. Elle ne s'habillait que des vêtements que lui donnait Albina. Jamais de sortie, jamais même de cinéma ni de voyages. Vous devriez pouvoir vérifier son compte en banque, commissaire. Je ne serai pas étonné que vous la trouviez riche d'un gros magot. »

Cadillac est trop ébranlé pour répondre. Il se sent floué comme un joueur qui vient de découvrir qu'il a été dupé depuis le début d'une partie de cartes et ne sait pas encore s'il y a eu tricherie ou maldonne. Maldonne avec cette fortune ignominieusement acquise par de lointains, d'impardonnables criminels, certainement. Maldonne encore avec l'inconscience, la crédulité, l'aveuglement d'âmes justes et bien intentionnées. Mais tricherie aussi ! Tricherie jusqu'au crime par cupidité et peut-être par haine. Ou par un mélange d'avarice et de stupidité. Ou, pire encore, tout simplement par une mesquinerie si sordide qu'elle n'est pas imaginable par les gens dits normaux, ni même par des professionnels de la suspicion comme lui ou Thomas.

Il a besoin de réfléchir. Il sort sur la terrasse où il espère que l'harmonie tranquille du paysage lui rendra un peu de calme et de raison. Lorsqu'il revient vers le docteur, il sait que l'idée qu'il vient d'avoir pourrait donner quelque chose. Si le docteur le veut bien.

« Dites-moi... Que faisiez-vous avec Colette au garage Renault ?

— Vous savez ça aussi ? Vous m'avez fait suivre ! Quelle rage de savoir !

— Alors ?

— J'avais vaguement l'idée de m'acheter une voiture neuve. Bien qu'à mon âge, et dans mon état de santé... Bref, j'ai trouvé que c'était un bon prétexte pour amener Colette dans ce garage et juger éventuellement de sa rapacité ou de son désintéressement.

— Et qu'avez-vous conclu ?

— Tout bêtement qu'elle est comme nous tous. C'est à dire attachée aux biens enviables de ce monde. Mais pourquoi cette question ?

— C'est un simple détour. Je veux une confession de Colette. Il faut que vous m'aidiez à la faire parler.

— Vous vous moquez de moi ! Vous avez tous les moyens à votre disposition pour le faire et apparemment, vous savez vous en servir.

— Vous vous trompez. Je ne peux rien, absolument rien contre son mutisme si elle ne veut rien dire. Elle sait très bien que c'est son seul moyen de défense.

— Mais que puis-je faire ?

— D'abord, j'aimerais que vous mettiez une chambre à la disposition d'un de mes hommes. Je vais vous faire garder.

— Mais vous n'y pensez pas ! D'abord, j'ai mon chien... »

Mais Cadillac n'a pas envie de rire ; il poursuit :

« Si vous ne lui prêtez pas de chambre, il fera la garde dehors, voilà tout. »

Le docteur, ahuri par cette incroyable détermination, attend la suite qui finit par venir, posément formulée.

« J'ai un service à vous demander. »

La phrase rappelle brutalement au docteur celle qu'il a entendue quelques semaines plus tôt avant deux tragédies qu'il n'a pas su prévoir. Il se sent finalement soulagé de céder son fardeau à ce jeune homme intègre, autoritaire et si manifestement compétent. Albina approuverait.

« Je vous aiderai, dit-il. »

25

Josiane est presque sûre, maintenant, que son patron notaire fricote quelque chose de pas catholique en rapport avec l'affaire Cassagne et Colette Chalard. Au début, elle avait cru que son imagination lui jouait des tours. Elle revenait sans cesse sur ce dossier tout simplement parce qu'elle fantasmait trop sur le commissaire Cadillac, confondu dans son inconscient avec un mystérieux cavalier florentin, surtout depuis qu'elle avait appris qu'il n'était pas marié. Elle avait attendu l'invitation au dîner basque promis chez Thomas où il devait être présent, mais rien n'était venu de ce côté-là. Elle devait apprendre plus tard que les plats préparés pour la photo s'étaient avérés immangeables. Thomas et Cadillac, qui y avaient goûté, avaient fini par dîner d'un panier de noix. Elle se contenterait bien d'une seule poignée de noix et même de noisettes pour revoir son cavalier, mais tout ce qu'elle avait obtenu en rusant éhontément, c'était un dîner auquel il n'était pas venu. À part ses hôtes Thomas et Lili, il n'y avait eu qu'un couple d'Anglais, elle, folle comme un lapin, persuadée que son mari la poursuivrait jusqu'en Dordogne pour la tuer, lui, l'homme imprudent avec qui elle s'était enfuie, complètement dans la lune et apparemment résigné à laisser sa compagne dire tout ce qu'elle voudrait pour avoir la paix. Lili semblait s'excuser de présenter des compatriotes aussi étranges, comme si leur singularité pouvait ternir la réputation de la nation anglaise tout entière dans nos parages. Elle avait préparé un dîner composé de croissants au jambon que Josiane avait avalés stoïquement jusqu'au bout, suivis de deux plats typiquement anglais. Le premier nommé - si elle avait bien entendu - *"toad in the hole"* ou "crapaud dans le trou", était une sorte de soufflé aux saucisses, suivi au dessert d'un pudding appelé *"spotted dick"* - dont elle n'avait pas compris la traduction - qui était le même genre de soufflé, mais dégonflé façon éponge mouchetée avec des raisins secs à la place des saucisses. En cherchant un compliment sincère, elle avait tout juste réussi à articuler : *"Original."* Elle avait trouvé plus difficile encore d'amener la conversation sur *"le commissaire, comment s'appelle-t-il déjà ?"* ; il lui avait semblé alors que Lili l'avait regardée curieusement. Toujours son imagination, avait-elle pensé. Comment fait-on pour rester zen quand on glisse sur la pente savonnée de l'attirance amoureuse ? Comment font les autres ?

En réalité son intuition ne l'avait pas trompée. Lili avait bien conçu un plan entre son premier soufflé gonflé aux saucisses et le dégonflé spongieux aux raisins secs. Cette Josiane, tout à fait mignonne, intelligente et bien élevée, conviendrait bien à Martin qui, d'après ses observations, ne semblait pas aller très bien depuis quelque temps. En faisant des recoupements hardis entre les réponses réticentes d'Yves, d'Alice et de Pompom quand elle abordait le sujet, elle avait fini par comprendre qu'il avait une liaison avec une femme mariée ou inaccessible et qu'il en était malheureux. Elle allait s'en occuper. En tout premier lieu et dans l'urgence, il conviendrait de combiner un plan avec sa coiffeuse Valérie pour que Josiane cesse de se coiffer en épouvantail à hommes et à moineaux...

*

Mais Josiane dans son cubicule, est loin de se douter qu'elle a une aussi formidable alliée. Elle veut savoir ce qui intéresse tant son patron dans le dossier Chalard qu'il lui a demandé, deux jours plus tôt. Il le lui a rendu dépouillé des plans cadastraux qu'il cache dans son sous-main. Un examen du dossier Chalard ne lui a pas appris grand-chose. La pauvre Colette a hérité de ses parents d'une ferme misérable à en juger d'après l'estimation fiscale. Elle doit sans doute passer beaucoup de temps à l'entretenir, en plus de ses heures à la Malvie. Le pire est qu'elle doit encore préparer les repas de son père qui lui a fait signer cette clause par acte notarié ! Horrible ! Tout ça avec une petite fille handicapée ! Et ces riches parisiens en fuite qui l'ont dépouillée de sa part de la Malvie ! Pourvu que son patron n'ait pas le projet de plumer cette pauvre fille du peu qu'il lui reste. Elle y verrait bien un prétexte pour appeler Cadillac, mais ne trouve pas le courage de composer son numéro jusqu'au bout et y renonce après plusieurs tentatives. Lorsqu'enfin elle se décide à appeler Thomas, elle tombe sur Lili qui, toute gentille, lui dit qu'elle serait ravie de la revoir avant son départ pour quelques jours dans des Pyrénées en cure de thalassothérapie...

Thomas, lui, est dans son salon où il a étalé sur tous les meubles et sur les tapis, les documents du dossier de l'affaire Cassagne empruntés à Cadillac. Depuis des jours, il est obsédé par l'idée qu'il oublie un document capital et qu'il se trouve là, sous ses yeux. C'est forcément, nécessairement, en rapport avec ce qu'a découvert Aurélien, se dit-il, mécontent de lui-même, de son incurie, du dysfonctionnement de son cerveau. Est-ce le début du commencement de la sénilité ? Cette idée épouvantable le stimule au point qu'il décide de tout relire méthodiquement, de A à Z, à commencer par ce bloc-notes d'Aurélien, le seul document écrit de sa main où il n'avait rien su trouver, sauf peut-être... Quoi ? Il avait eu une vague idée quand il l'avait vu la première fois, mais elle s'était envolée. Qu'était-ce ? Et où est ce bloc-notes ?... Pas là... Nulle part... Disparu ! Bien sûr ! Il l'a rendu à Cadillac.

Il s'est fait une règle de ne pas déranger le commissaire à son bureau et se décide à lui écrire un mot qu'il met dans une grande enveloppe avec les mentions "urgent" "prioritaire" "remettre en main propre tout de suite". Il ne trouve pas de formule plus comminatoire, souligne le tout en rouge, et va sortir quand Lili entre dans la pièce, clouée sur place à la vue du désordre.

« Veux-tu être un ange s'il te plaît ? lui demande-t-il en partant ventre à terre. Il faudrait ranger tous ces documents et les rapporter chez Martin. Merci. »

Il est déjà parti et fait hurler le moteur de la Jaguar qui démarre en trombe, sans se retourner vers Lili qui, poings sur les hanches et yeux écarquillés, n'a même pas eu le temps d'ouvrir la bouche pour protester.

26

Cadillac gare sa voiture sous le vieux platane de la place à Puyferat et se demande comment il pourrait faire une entrée discrète au "Café des Sports", le café-restaurant du hameau, si modeste qu'il n'est indiqué par aucun panneau. Ici, tout le monde - à l'exception notable des touristes - connaît la maison de la bonne Nelly, ses populaires menus ouvrier et repas de chasseurs et, surtout, ses écrevisses quand elle veut bien en faire en saison. Il est arrivé assez tôt pour que la salle ne soit pas pleine d'artisans dont certains seront curieux de savoir ce qu'il fait là et sa stature ne lui permet pas de penser qu'il passera inaperçu. Par chance, le père de Colette est là, s'ennuyant visiblement à la lecture de *Sud-Ouest* qu'il a dû lire de part en part pour tuer les longues heures d'une journée inactive. Il espère que Nelly a cru à son histoire de charpente de pigeonnier à revoir et il invite Augustin Chalard à déjeuner sur la terrasse où il sera relativement à l'abri des oreilles indiscrètes s'il choisit bien sa table.

Comment aborder le sujet délicat qui m'intéresse ? se demande-t-il. Comment dire à un père que je soupçonne sa fille de manœuvres malhonnêtes, peut-être même criminelles ? La réponse vient d'elle-même après les échanges de banalités courtoises de l'apéritif et des hors-d'œuvre. Il prétend qu'il ne veut pas offenser Colette avec des questions trop personnelles, qui demandent cependant une réponse pour une enquête qu'il mène en rapport lointain avec la succession Cassagne. Ces raisons vagues ne semblent pas égarer Augustin Chalard, ni même le surprendre.

« Je savais bien qu'il y avait du louche là-dessous, lui dit-il.

— Ah, bon ? demande Cadillac qui s'efforce de prendre un air naïvement étonné sans commenter plus.

— Oui. Colette est ma fille, mais on ne peut pas dire qu'elle me porte dans son cœur. Ce qu'elle attend, c'est que je crève au plus vite.

— Mais qu'est-ce qui peut vous faire croire une chose pareille ?

— Elle veut vendre la propriété. Enfin, d'après ce que j'ai compris, parce qu'elle ne me dit jamais rien. Elle essaye de me mettre à l'hospice. Mais moi, je ne veux pas y aller.

— Êtes-vous sûr ? Et à qui voudrait-elle vendre ?

— À celui qui paiera le plus cher, pardi ! Ne vous en faites pas pour elle ! Le notaire est déjà venu avec un entrepreneur. Elle croit que je le sais pas, mais tout se sait chez Nelly. Et moi, je n'ai rien d'autre à faire qu'à écouter ce qui se dit. Seulement, ce notaire avec son copain promoteur, il offrait pas assez cher. Il a dû la prendre pour une attardée qui sait pas compter ses sous, mais il se trompe ! Elle sait les compter, pas de problèmes là-dessus. Il y a d'autres acheteurs qui sont venus aussi. Ça grenouille par ici depuis qu'ils vont faire un lac, en bas. Seulement, je veux pas qu'on me mette dehors de chez moi. Il faudra qu'elle attende que je meure.

— Vous pourriez lui faire peur. Lui dire que vous allez attaquer la donation, puisqu'elle ne remplit pas sa partie du contrat. Elle s'était engagée à s'occuper de vous, je crois ?

— Vous savez déjà ça ! dit Chalard qui lève les yeux de son assiette pour le regarder avec attention. J'ai toujours pensé que vous n'étiez pas aussi cloche qu'on le dit dans la police. Je vois que je n'avais pas tort. Mais comment je ferais pour attaquer la donation ? C'est trop tard maintenant. C'est signé chez le notaire.

— Vous pourriez voir un avocat. Je peux vous donner quelques adresses, si vous voulez. Ça la ferait réfléchir avant de vous faire mettre à l'hospice en tout cas.

— Et avec quoi je le paierais, cet avocat ?

— Je suis sûr que vous auriez l'assistance judiciaire. C'est prévu dans des cas comme le vôtre.

— Ça, c'est sûr qu'elle réfléchirait si elle savait que j'envisageais de me défendre. J'y penserai. Surtout pour la petite. »

Cadillac dresse l'oreille, tous ses sens en alerte.

« La petite ? Mais je crois qu'elle s'en occupe bien...

— Ah vous trouvez, vous ! Elle la laisse des nuits entières toute seule quand elle part vadrouiller je ne sais où.

— Êtes-vous sûr de ça ?

— Et comment ! Elle lui donne un sirop pour l'endormir et sort si ça lui chante. Moi, je n'en prends pas des somnifères, et je sais ce qui se passe à côté.

— Et le père de la petite ? Est-il au courant ? Il pourrait en parler au juge pour enfants.

— Ah, oui, tiens ! Le père de la petite ! Parlons-en... Elle va peut-être nous le sortir celui-là, maintenant qu'elle n'a plus besoin de faire pitié à sa patronne pour avoir l'héritage. »

C'était donc bien ça ! se dit Cadillac. Son calcul était bien d'apitoyer Albina pour hériter ; Thomas l'avait compris.

« Puisque vous vous faites du souci pour la petite, vous pourriez parler à son père, dit-il. Il vous aiderait à trouver une solution. »

Chalard hausse les épaules et lui répond avec une fermeté que Cadillac n'attendait pas chez cet homme placide.

« Ne vous faites pas plus idiot que vous n'êtes. Il ne voudra rien savoir et je le comprends. C'est pas la même chose d'être le père d'une gentille petite qu'on a vu naître, qu'on a voulue, ou d'être catapulté papa un beau matin d'une gamine handicapée quatre ans après ! Vous le savez bien !

— Je pourrais lui parler si vous me dites qui il est. »

Chose incroyable, Chalard lui répond alors que Nelly est venue leur servir une fricassée et peut entendre ce qu'ils disent. Cadillac en conclut qu'il se soucie comme d'une guigne du secret que Colette semble vouloir si bien garder.

« Le père de la petite ? C'est sans doute Didier Vignolle, lui dit Chalard. Vous devez le connaître ? C'est le menuisier des Ombradoux. Il joue de l'accordéon et il chante aux fêtes et aux mariages. Elle sortait avec lui à l'époque. Mais vous n'arriverez à rien. Il va se marier avec ma nièce Cécile. Et puis, on ne va pas embêter ce pauvre type avec ça, maintenant. Pas moi, en tout cas.

— Mais pourquoi n'a-t-elle rien dit à l'époque ?

— Elle n'a pas dû le trouver assez riche. Ou alors, elle avait l'idée d'en coincer un autre. Qui sait ? Colette, c'est magouille et compagnie.

— Vous dites "en coincer un autre." Savez-vous qui ?

— Non. Sans doute quelqu'un de la maison Cassagne, toujours pour l'héritage. Peut-être le fils ?

Elle avait intérêt à attendre la mort de sa patronne pour avoir un plus gros morceau. Deux parts au lieu d'une, vous ne croyez pas ? D'abord l'héritage, et puis le fils. Il n'y a qu'à attendre pour savoir. Qu'est-ce que ça change pour la petite ? Vous voulez que je vous dise ? Il n'y aurait que moi pour bien s'occuper d'elle. Seulement, il faudrait payer une gentille femme pour m'aider. Et pour ça, il faudrait des sous.

— Si Colette vend la propriété, elle en aura.

— Ah, oui ! dit Chalard. Et alors, elle se débarrassera de la fille comme du père pour tout garder pour elle. La petite à l'Assistance et moi à l'Hospice. Elle n'a plus besoin de faire pitié à personne maintenant. »

Cadillac jette un œil à Nelly qui ne fait pas mine de partir.

« Si c'est pas malheureux d'avoir des enfants comme ça ! dit-elle indignée. Avec tout l'argent qu'elle doit avoir depuis le temps qu'elle accumule ! Vous savez qu'elle passe à la boulangerie, tard le soir, pour avoir du pain rassis qu'elle ne paye pas ? »

"Comment", se demande Cadillac, *"comment Albina n'a-t-elle jamais rien vu de cette effroyable avarice ?"* Puis il se souvient que la peu indulgente, la non chevaleresque Cornelia n'en avait rien vu non plus. Même le docteur Cabanne croit qu'elle est une bonne mère ! Du grand art finalement, cette fable de la pauvre fille écrasée par un injuste destin.

« Votre nièce était la nounou de la petite jusqu'à présent, dit-il. Pourquoi ne continue-t-elle pas ? Parce qu'elle va se marier ?

— Vous êtes vraiment à côté de la question ! s'exclame Chalard. Cécile était payée par madame Cassagne. Colette n'a jamais donné un sou pour la petite. Jamais ! Et ce n'est pas maintenant qu'elle va commencer ! L'argent avec elle, c'est fait pour rentrer. Pas pour sortir.

Cadillac se dit qu'il n'a jamais vu, ni imaginé un cas d'avarice aussi sordide. Ce déjeuner aura au moins eu l'avantage de le délivrer de tout scrupule envers Colette. Il a les moyens de l'avoir et ne va pas la rater. Il sait maintenant qu'il ira jusqu'au bout. Légalement, et même en trichant s'il le faut.

« Nous allons nous occuper de tout ça, Monsieur Chalard, affirma-t-il avec conviction. Vous aurez la visite d'un avocat bientôt. Faites ce qu'il vous dira. »

Nelly, qui avait ramassé et empilé les assiettes, approuve d'un hochement de tête appuyé avant de retourner vers sa cuisine. Ce qui était une intolérable fatalité va se retourner contre la canaille. Bien ! Finalement, il suffit d'avoir le courage de se battre quelquefois.

Prise d'une soudaine inspiration, elle s'arrête dans la salle devant un client qui déjeune tranquillement. Celui-là, la veille, s'était permis de faire des plaisanteries sur sa tarte aux poires une peu brûlée.

« Et toi, si tu n'aimes pas mes tartes, tu n'as qu'à aller voir ailleurs si elles sont meilleures », lance-t-elle au client ahuri.

Non, mais c'est vrai ça ! Pourquoi faudrait-il toujours se laisser faire ?

27

Cadillac dans son bureau attend l'arrivée d'Yves et de Pujol pour mettre en action le plan qu'il veut mettre à exécution au plus tôt. Il se sent orphelin de Garrigue, d'abord par affection lui semble-t-il, ce qui l'étonne à peine, mais aussi parce qu'un aussi précieux auxiliaire est irremplaçable à bien des égards. Il va lui manquer cruellement dans la difficile manœuvre à venir. Mais les règles qu'il s'est données, si elles peuvent parfois être contournées, ne doivent pas être ouvertement violées. Elles exigent que son autorité de chef reste entière, que l'intégrité de ce métier difficile soient respectés sur le fond. C'est ça ou bien, insidieusement, jour après jour, d'une compromission à l'autre, devenir amoraux comme les voyous que nous traquons, se dit-il. Il a un pincement au cœur parce qu'il sait bien que Garrigue, le pourfendeur des voyous n'en sera jamais un, ni de près ni de loin. Mais qui sait où l'entraînerait son zèle s'il n'était pas tenu d'une main ferme ?

Il est sauvé de ces méditations mélancoliques par l'arrivée d'Yves et de Pujol à qui il distribue leur tâche sans les enjoliver. Pujol ira voir Cécile Chalard, la cousine de Colette, ex-nounou de la petite Carine, puis la voisine fermière de Colette. Il veut les dates, les heures précises des sorties nocturnes de Colette.

Il peut voir, à un serrement de mâchoires et un léger frémissement des narines de Pujol, qu'il est sauvagement indigné d'apprendre qu'elle laisse sa pauvre gamine seule, la nuit, en lui donnant des somnifères. Il ne laissera rien passer contre cette mauvaise mère. Pas de problème là-dessus. C'est le bon cheval pour ce labour-là.

Yves ira voir les voisins de Sabine et de Michel Laborde ; il devra aussi consigner tous leurs mouvements au cours des nuits qui les intéressent.

Lui-même s'occupera de Cornelia et de Francis Monsec.

Ses deux fidèles lieutenants sont sur le point de partir en bon ordre accomplir leur mission, quand il se souvient de la requête pressante de Thomas.

« Le bloc-notes d'Aurélien n'est pas dans le dossier Cassagne. Savez-vous pourquoi ? leur demande-t-il.

— René Garrigue l'a pris, dit Pujol. Je ne sais pas ce qu'il en a fait.

— Il me le faut d'urgence.

— Mais on ne sait même pas où il est parti !

— Et alors ? Dois-je alerter la gendarmerie pour qu'ils retrouvent un inspecteur que nous avons perdu ? »

Cette fois Pujol fait vraiment une grimace avant de sortir avec Yves.

Resté seul, Cadillac réfléchit. Normalement, légalement, il devrait consulter le juge qui désignerait l'avocat qui défendra Augustin Chalard. Seulement sur qui tombera-t-il ? Françoise Ribeyre, qui attend son quatrième enfant pour bientôt. Il ne trouvera pas en elle le mordant qu'il faudrait pour s'attaquer à l'impitoyable crapule qu'ils traquent. Le vieux Fontaine, qui va épouvanter le brave Augustin Chalard avec la féroce méchanceté qu'il met en pratique en toute occasion depuis sa tendre enfance ? Magnac, qui va pinailler à l'infini sur des points de droit de l'ancien régime ? Non. Il veut le rusé, le tenace, le bon Jacques Bonneval. À eux deux, ils réussiront.

"Tu punis tes hommes pour des manquements à la loi moins graves que ça", lui dit Cadou-sa-conscience. Mais pour une fois Cadillac se rebiffe. *"Toi le fayot pantouflard, va lécher les bottes de tes supérieurs et lâche-moi cinq minutes."*

Il s'apprête à appeler l'avocat de son choix quand Pujol revient avec le bloc-notes d'Aurélien.

« Je l'ai trouvé dans l'armoire de Garrigue. Seulement...

— Seulement quoi ?

— Tout ce qu'il y avait dedans s'est écroulé. »

Cadillac éclate de rire et Pujol est sur le point d'en faire autant, mais il est sauvé par Yves qui le suivait.

« Dites chef, j'ai pensé que ce serait peut-être mieux si c'était moi qui suivais Cornelia et Monsec à Baignères. Je connais bien la thalasso et... »

Le rire de Cadillac qui se souvient que Marion est repartie la veille pour Baignères, repart de plus belle. Il se demande, en voyant Pujol sortir très vite, s'il ne va pas s'enfermer dans les cabinets pour rire tout son saoul à l'abri de témoins. Yves, lui, ne rit pas du tout et sort en haussant les épaules.

Après leur départ, Cadillac ferme la porte de son bureau. Il sait dans ses tripes, sinon par logique, que demain, après-demain, dans une semaine au plus tard, il aura toutes les cartes en main pour le grand jeu final où il ferrera son adversaire.

En attendant, il a deux coups de téléphone à donner. L'un à son ami avocat, l'autre à un ancien confrère avec qui il aimerait bien déjeuner demain. Il pourrait

peut-être partir dès ce soir pour Baignères de Tarbes.
Pourquoi pas ? Il est libre et sans attaches, sans femme
et sans enfants, sans amour légitime à donner ou à
recevoir. Il lui reste à faire son devoir et à prétendre
que ça suffit à son bonheur.

28

La salle du restaurant de l'Hôtel du parc de Baignères pourrait se situer à peu près dans n'importe quelle ville touristique de France. Ici manifestement on prend la gastronomie, les clients et les traditions au sérieux comme le montre le décor sans surprise : la grande cheminée ornée d'énormes ustensiles et chaudrons astiqués à blanc, la tête patibulaire du sanglier qui semble ruminer sur sa hotte une sombre vengeance, les diplômes du chef affichés sur les murs au voisinage de photos dédicacées de célébrités du rugby, les tables à nappe blanche aux serviettes amidonnées nettement pliées en éventail dans les verres à pied et le menu bien français ronéoté à l'encre violette.

Cadillac observe à la dérobée son convive et calcule que le capitaine de gendarmerie Fernand Lasserre doit être à la retraite depuis bientôt dix ans. Il a dû être spectaculairement beau dans sa jeunesse. Ses cheveux d'un blanc immaculé sont fournis et ondulés en larges vagues lisses, ses traits parfaitement réguliers sont à peine marqués de rides régulières, sa silhouette toujours longiligne paraît musclée sans pourtant suggérer la pratique assidue d'un sport quelconque. Il a encore le maintien droit, mais non rigide, d'un homme calme et le regard serein d'un professionnel qui a bien rempli sa vie. Cadillac se dit qu'il a dû être un bon officier, comme si ces choses-là pouvaient se voir.

« L'enquête sur Francis Monsec ! Mon Dieu ! Tout

ça remonte à si loin ! reprend Lasserre. J'ai bien peur que vous n'ayez fait tout ce voyage pour rien. De toute façon, si vous voulez des preuves, vous n'en trouverez pas.

— Je ne m'attends pas à en trouver. Et n'ayez aucun scrupule pour ma visite. C'était une jolie ballade et elle a un autre but comme vous le savez déjà. Sans compter le plaisir de déjeuner avec un ancien du métier.

— Alors merci. Pour en revenir à notre sujet, ce Francis Monsec est de toute façon un personnage peu recommandable. Totalement dénué de scrupules, prêt à tous les coups tordus s'il est sûr de ne pas se faire attraper, et avec le papa derrière qui efface les magouilles, les grosses comme les petites. Vous savez comme c'est frustrant dans notre métier. »

Cadillac approuve de la tête et le laisse continuer. Il se demande pourquoi il a l'impression de le connaître depuis longtemps. Pourtant, il est sûr de ne jamais l'avoir rencontré auparavant. Il l'assimile à quelqu'un, mais qui ? En tout cas, l'homme lui plaît. Il a en lui cette précieuse pépite d'intégrité qui le réconcilie presque toujours avec la redoutable espèce humaine.

« Je n'ai pu devenir officier qu'en dépit d'interventions politiques insidieuses mais tenaces, lui dit Lasserre sans amertume apparente. C'est sur ordre, que j'ai dû abandonner l'enquête sur la mort de sa femme.

— J'aimerais savoir ce que vous avez cru. Ce que vous croyez encore. Pensez-vous qu'il l'a poussée dans le ravin ?

— Vous voulez mon intime conviction ? Oui, je l'ai cru. J'ai essayé de me raisonner, mais il y avait trop d'éléments convergents. Cet accident tombait si bien ! Monsec était financièrement aux abois et sa femme avait une belle assurance sur la vie outre une fortune personnelle. Il s'était disputé avec elle et elle avait confié à une amie qu'elle voulait divorcer. D'après moi, elle avait appris qu'il avait une maîtresse, ce qu'il n'a pas caché parce qu'il ne pouvait pas faire autrement, puisque nous en avions des preuves. Et elle l'a suivi dans cette expédition en montagne ! Comment l'avait-il persuadée de l'accompagner puisqu'ils ne se parlaient plus ou presque ? Je ne l'ai jamais su. Après l'accident, ses blessures étaient superficielles. Il a prétendu qu'il avait essayé de la sauver, mais qu'il aurait risqué sa vie en allant plus loin dans la crevasse où elle était tombée. Ça, c'était certainement plausible ! Il n'a jamais nié qu'il était lâche, et il en a justement fait sa ligne de défense. Je n'ai rien pu glaner d'autre sur ce joli monsieur. Autrement dit, un faisceau de présomptions tout à fait insuffisant quand le suspect a de bons avocats. À vrai dire, j'avais fini par oublier cette triste affaire avant votre appel.

— Ne vous retournez pas, lui dit Cadillac à voix basse. Il arrive. Elle ne devrait plus tarder.

— Que va-t-il se passer d'après vous ? demande Lasserre. Quelle est votre idée ?

— Elle est plutôt vague. J'attends de savoir quelle sera leur réaction. Il aura un choc de nous voir là, ensemble. Quant à elle... ? »

Il ne finit pas sa phrase et semble contempler la robe du vin que le sommelier vient de leur servir.

« Vous comptez la jauger d'après son comportement, c'est ça ?

— C'est un peu ça.... Il nous a vus !

— Il doit faire une drôle de tête. Racontez-la-moi...

— Je ferais mieux de vous raconter une histoire drôle pour qu'il croie que nous nous amusons à ses dépens... Il prétend nous ignorer... Il lit le menu... Ah...

Voilà Cornelia... Vous prendrez bien un autre verre, capitaine ? »

Lasserre le regarde, amusé, et se demande s'il n'est pas un peu jaloux. Oh, comme il retrouverait avec bonheur ces enquêtes qui accéléraient son pouls, cette excitation qui l'envahissait à chaque découverte, parfois infime, mais qui le rapprochait de la solution. Malgré les frustrations, il y avait toujours ce jeu palpitant, celui du chat et de la souris, finalement. *Cruel parfois, mais nos attributions, reconnues utiles par la société, nous donnaient bonne conscience. Presque toujours en tout cas.* Il observe Cadillac de plus près. Ce commissaire-là ne va rien laisser passer, se dit-il. Le bandit n'a pas de chance d'être tombé sur lui.

Il est surpris par une jolie jeune femme qui s'approche de leur table. Elle lui fait un signe de tête et s'adresse directement à Cadillac.

« Commissaire ? Vous cherchez Aurélien ici ? »

Cadillac qui vient de reconnaître Cornelia se lève pour la saluer, imité par Lasserre. Apparemment, les serrements de mains ne sont pas de circonstance.

« Laissez-moi faire les présentations. Mademoiselle Cornelia Cassagne. Capitaine de gendarmerie Lasserre. »

Elle leur répond d'un bref sourire et attend la réponse de Cadillac.

« Pourquoi Aurélien ne serait-il pas ici ? lui dit-il simplement en se rasseyant. C'est une montagne comme une autre.

— Vous m'espionnez ! »

C'est une accusation plutôt qu'une question, mais son attitude montre qu'elle attend une réponse. Lasserre trouve que cette fille a du cran. Plus en tout cas que le bravache qu'elle fréquente. Celle-là, il ne la dupera pas, se dit-il en l'observant du coin de l'œil.

« Vous n'êtes pas ici par hasard, poursuit-elle lorsqu'il semble évident que Cadillac ne répondra pas. Alors, dites-moi pourquoi.

— Pourquoi ne le demandez-vous pas à votre ami ? lui répond calmement Cadillac. Il aura peut-être une idée ? »

Elle semble méditer cette réponse un instant, comme si elle y cherchait un piège. Ça tourne vite et bien derrière ce joli front, se dit Cadillac.

« C'est ce que je vais faire », dit-elle en retournant vers la table de Monsec.

Lasserre et Cadillac restent silencieux un instant.

« Cette fille a de la classe, finit par dire le capitaine. Je vois mal ce qu'elle peut trouver à ce Monsec.

— D'après le peu que je sais, il a cru la plumer et c'est elle qui l'a eu de trois cent mille francs. »

Lasserre qui s'apprêtait à boire est pris d'une telle envie de rire qu'il doit reposer son verre.

« Elle me plaît, dit-il gaiement.

— Vous est-il arrivé de vous attacher à des criminels ? demande Cadillac sérieusement, ce qui accroît l'amusement de son convive.

— Oui. J'ai eu de la sympathie pour de petits anarchistes, des révoltés, quelques voyous, plus souvent que je n'aurais dû. Mais jamais pour des violents. Jamais. Et vous, commissaire ?

— Il m'est arrivé de me tromper lourdement.

— Bien sûr, comme nous tous. Mais vous savez bien que je parlais d'autre chose.

— Ce qui vous amuse, c'est qu'elle ait roulé Monsec. Mais elle l'a peut-être utilisé pour des actes bien plus graves. »

Lasserre fait une moue sceptique.

« Peut-être. Mais J'en doute.

— Donc, tout simplement, vous voyez une jolie suspecte une demi-minute prononcer trois phrases, et vous vous dites : "cette piste n'est pas la bonne."

— Oui, c'est un peu ça !

— Bien ! Alors, vous voyez, je ne suis pas venu pour rien. Trinquons à nos géniales intuitions. »

Lorsqu'ils repartent à la fin d'un bon déjeuner, Cadillac a trouvé la réponse à la question qui le taraudait depuis le début du repas. Il sait à qui Fernand Lasserre le fait penser. À son père, tout simplement. Pièges de notre inconscient qui saute sans prévenir sur les conclusions flatteuses pour notre ego ! Mais pourquoi "flatteuses" ? Après tout, son père était beau, honnête et courageux aussi. Seulement, on ne lui a pas laissé sa chance d'atteindre ce grand âge. "On", que ni lui ni personne ne débusquera peut-être jamais... Il ferait mieux de se demander que conclure de cette expédition. En se fiant aux intuitions donc, puisqu'il n'a rien de plus concret, Monsec serait un assassin, mais Cornelia une simple tricheuse, une sympathique voleuse de voleurs. Et ça, ça ne colle pas... Ou, pour être plus précis, ça ne colle pas avec les faits qu'il a emmagasinés. Que croire ? Thomas doit avoir raison. Il y a un gros, gros crapaud caché quelque part dans leurs conclusions antérieures. On t'a berné Cadillac, et avec une grosse ficelle. Il ne reste plus qu'à savoir comment, et alors tu auras la réponse à la question : "Qui ?"

Un dernier coup d'œil à la table de Cornelia et Monsec ne lui apprend rien. Deux innocents clients déjeunent tranquillement. C'est en tout cas ce que dirait l'aimable patronne de l'établissement à qui Cadillac confie un simple message destiné à Cornelia : "Appelez-moi sans faute ce soir ou demain. C'est important."

29

Lorsque Pujol entre dans son bureau, Cadillac flaire plutôt qu'il n'observe, l'embarras de son inspecteur. Mais comme il ne va pas tarder à en connaître le motif, il prétend n'avoir rien remarqué.

« Voici le carnet de notes d'Aurélien, lui dit Pujol. Il était dans un tiroir du bureau de Garrigue.

— Ah, merci. Vergne n'est pas là ? demande-t-il.

— Il arrive. Et... euh... À propos, j'ai eu Garrigue au téléphone. Pour lui demander où il avait caché le carnet que vous cherchiez... Il voulait que je lui envoie le masque et le tuba qu'il a oubliés ici dans son armoire...

— Son masque et son tuba ? demande Cadillac qui parvient de justesse à ne pas éclater de rire.

— Oui et aussi son chrono de plongée. Seulement, j'ai dû lui dire qu'on avait mis tout le contenu de son armoire dans des cartons, quand elle s'est renversée, parce qu'on arrivait pas à classer tout le bazar qu'il y avait dedans. Alors, il a dit qu'il voudrait revenir pour tout remettre en ordre. Mais vous comprenez...

— Que dois-je comprendre ?

— C'est un prétexte, bien sûr. Il est malheureux. Il ne comprend pas pourquoi vous avez été aussi sévère avec lui.

— Sévère !!! Je lui ai seulement demandé de prendre maintenant quelques jours de congé en avance sur l'été ! Je n'arrive plus à le raisonner sur cette affaire.

— Je sais ce que vous pensez, continue Pujol, mais lui voit les choses autrement. S'il a fait une bourde, il aimerait mieux la rattraper en étant avec nous plutôt qu'à bronzer sur une plage. Je crois qu'il a compris la leçon.

— Vous le défendez bien, dit Cadillac qui trouve émouvante cette amitié active qui ne s'est jamais démentie entre ses hommes. Dites-lui que s'il est là demain, on aura peut-être besoin de lui. Seulement... »

Il ne finit pas sa phrase parce que Pujol est déjà à l'autre bout du couloir. Il ne peut pas se cacher qu'il est plutôt content, d'abord d'avoir Garrigue dans l'opération qui va suivre, mais aussi de décharger sa conscience. Que sont ses broutilles à côté de l'énorme tricherie qu'il est sur le point de commettre ?

« Il sera là demain matin, dit Pujol qui revient très vite avec Yves.

— Bien, dit Cadillac qui n'a pas envie de s'attarder sur le sujet. Qu'avez-vous glané dans vos recherches ? A-t-on quelque chose sur cet ordinateur de Michel Laborde ?

— Oui. Il n'a fait aucune difficulté pour qu'on l'examine et il a invité Antoine à le faire chez lui parce que c'est une machine très lourde, branchée à des tas d'autres appareils qu'il ne voulait pas déconnecter. Antoine dit qu'il l'a reçu gentiment et l'a laissé travailler, mais que Sabine l'a traité comme un envahisseur malpropre et ne lui a même pas offert un café. Cependant, il a pu travailler plusieurs heures dans le bureau du mari. Ils l'ont même laissé seul quand elle est partie accompagner ses filles à l'école. Lui, Laborde, l'a laissé là et il est allé travailler à son cabinet. Le verdict d'Antoine : l'appareil n'a pas été trafiqué. Il confirme qu'il a bien été utilisé la nuit du 1er avril, de 9 h 00 du soir à 2 h 15 du matin. Les plans sur lesquels Laborde travaillait étaient enregistrés toutes les quinze minutes. Autrement dit, il n'aurait jamais eu le temps d'aller à la Malvie assassiner Albina et revenir. Ce n'est pas réalisable en quinze minutes.

— Sait-on ce qu'il y avait sur ces plans ? demande Cadillac.

— Oui. Antoine en a fait un tirage. Le voici : "Projet de construction d'une maison. Client : Ménoire." Ça correspond à ce qu'il avait dit. »

Pujol présente un plan de maison imprimé à Cadillac qui y jette un coup d'œil rapide et reprend.

« Bon travail. Vous féliciterez Antoine chaleureusement de ma part. Et vos interviews ?

— J'ai d'abord vu Cécile Chalard, la cousine de Colette. Elle s'occupait de la petite jusqu'à la fin du mois dernier. En effet, c'était bien Albina qui la rémunérait par virement bancaire tous les mois. Elle gardait la petite avec quelques autres enfants dans la journée quand Colette travaillait, sauf les samedis après-midi et les dimanches. Jamais la nuit. Sa mère la lui amenait le matin et la reprenait le soir vers 6 heures. Elle aime beaucoup la petite, mais beaucoup moins la mère.

— Savez-vous pourquoi ?

— J'ai eu du mal à la faire parler sur ce sujet. Elle ne voulait pas avoir l'air d'être jalouse d'une ex de son fiancé, Didier, le chanteur que Vergne a vu au bal. Elle avait l'air de penser que Colette l'avait envoûté, par magie, ou quelque chose comme ça.

— Sans vouloir être méchant, dit Yves, on peut se demander ce que Didier pouvait bien trouver d'attirant chez Colette.

— Ils étaient amis d'enfance. Ça a pu jouer. L'étonnant est ce qui suit. Quand Colette a été enceinte, Didier a proposé de l'épouser pour régulariser, mais elle

382

n'a pas voulu. Cécile affirme que c'est bien elle, Colette, qui n'a pas voulu. Mais elle dit aussi qu'elle ne sait pas pourquoi. En la poussant un peu, elle a quand même fini par admettre que Colette devait viser plus haut. Elle n'a pas voulu m'en dire plus.

— Plus haut ? demande Yves incrédule. Aurélien ? Ce n'est pas pensable !

— Pourquoi pas ? dit Cadillac. C'était peut-être un calcul pour le coincer plus loin en amont. Elle couche avec lui, lui fait croire qu'il est le père de la petite, ce qui est peut-être vrai, et ça peut rapporter gros un jour ou l'autre. Plus en tout cas que d'épouser Didier, ce qui aurait pu lui faire perdre une grosse part de l'héritage d'Albina. Si elle a calculé ça, c'est loin d'être idiot.

— Peut-être pas idiot, mais dans le genre moche on ne fait pas beaucoup mieux, dit Pujol d'un air dégoûté.

— Et les heures de sortie de Colette ? demande Cadillac.

— Elle n'en savait rien. J'ai demandé si Colette aurait pu laisser la petite seule la nuit pour sortir, mais elle a été horrifiée par l'idée.

— Et la voisine ? demande Cadillac.

— Là, c'est un peu mieux, mais pas concluant non plus. Elle s'est souvenue que la voiture de Colette n'était pas garée à sa place habituelle devant chez elle le matin du 2 avril. Elle était garée sur le chemin qui mène à la maison de son père. Elle l'a remarqué parce que ça n'arrive jamais.

— Et qu'en avez-vous conclu ?

— Qu'on pourrait bluffer si on interroge Colette. Lui dire que des témoins l'ont vue rentrer tard dans la nuit et se cacher en empruntant une autre route.

— Et cette voisine, n'a-t-elle pas observé d'autres sorties nocturnes ?

— Quelques unes, mais elle n'a pas pu préciser les dates. En tout cas, elle n'a pas été étonnée quand j'ai suggéré qu'elle pouvait laisser la petite, seule la nuit, en lui donnant des somnifères. Elle m'a dit que ça ne l'étonnait pas, mais je doute qu'elle veuille signer une accusation plus formelle. Et elle confirme qu'elle a bien vu Aurélien chez Colette, ou en tout cas quelqu'un qui correspond à sa description, le matin du dimanche 17 avril où Aurélien a disparu. Mais ça, nous le savions déjà.

— Rien d'autre ?

— Rien de sérieux qui nous intéresse.

— Vergne ? Les voisins de Sabine et Michel Laborde ?

— Ils n'en ont qu'un. Ils sont très isolés là-haut sur leur plateau. Il s'appelle Gilbert Gabillou et n'est pas follement amoureux des Laborde. Ni de Sabine ni de son mari, ni des filles qu'il appelle les deux pestes. Une chose est intéressante. Le lundi 18 avril, c'est-à-dire le lendemain du jour où Aurélien a disparu, Michel est parti faire du jogging aux aurores. Vers 7 h 30.

— Du jogging ? À quelle heure était-il à son bureau, Pujol ?

— Très tôt, d'après lui. Mais il y était sûrement à 9 heures, puisque c'est confirmé par son associé.

— A-t-il l'habitude de faire du jogging ? demande Cadillac à Yves.

— D'après le voisin, ça lui arrive.

— Et la nuit du 1er au 2 avril ?

— Tout ce qu'il peut dire, c'est qu'il y avait bien de la lumière à Bapou dans le bureau de Laborde quand il s'est couché vers onze heures.

— Bien. Il faudra se contenter de ça. »

Il se lève, fait le tour de son bureau et, après un silence, s'adresse d'un ton un peu solennel à ses inspecteurs qui sentent la tension dans l'air et ne bougent pas.

« Messieurs, maintenant vous m'écoutez bien. Demain matin, je veux une fourgonnette et quatre hommes. Il faudra une assistante sociale prête pour 11 heures. Vergne, vous irez la chercher et vous resterez avec elle. Pujol, vous dirigerez les opérations. Vous ne pourrez peut-être pas me joindre demain matin avant 10 heures. Je dois voir Cornelia et je ne suis pas sûr de la trouver ce soir. Soyez tous ici demain à 10 heures.

— Et Garrigue ? demande Pujol.

— Il doit m'attendre ici. Je veux pouvoir le joindre à tout moment. Et préparez une cellule en bas pour demain soir.

— Que va-t-il se passer ? demande Yves dont le cœur s'est mis à tambouriner.

— Nous allons arrêter Colette. »

30

Lili ne comprend pas ce qui se passe avec Thomas. Il est enfermé dans son bureau depuis la veille, mange à peine, se couche très tard, se lève aux aurores et reste accroché des heures au téléphone. Il a même annulé le voyage à Bagnères. Tout cela depuis qu'un coursier lui a apporté le bloc-notes d'Aurélien Cassagne dont il a fait une dizaine de photocopies, toutes annotées d'innombrables gribouillis résultant des appels qu'il lance tous azimuts. Il imite toutes sortes de voix et d'accents à l'intention de ses interlocuteurs, raconte des montagnes de mensonges tous plus gros les uns que les autres, et semble toujours déçu par le résultat obtenu. Cela jusqu'au suivant qu'il entreprend avec la même détermination.

Il ne prend même pas la peine d'écouter Josiane qui est pourtant venue avec des nouvelles de son notaire qui jusque-là le passionnaient. En désespoir de cause, elle décide de partir en ville avec Josiane qu'elle invite à déjeuner, lequel qui sera suivi d'une séance chez sa coiffeuse préférée, et peut-être d'un shopping vengeur.

Thomas ne remarque même pas leur absence. Le cœur tambourinant, il attend au téléphone la vieille dame que la standardiste va lui passer. Et dès qu'elle a pu lui parler, il saute dans sa Jaguar sans s'apercevoir qu'il est en chaussons et sans cravate, sans penser à laisser un mot à Lili. Heureusement, commentera-t-il plus tard, qu'il n'était pas en pyjama.

Parce qu'il vient de comprendre, sans l'ombre d'un doute, qui a tué Albina et Aurélien Cassagne.

31

Garrigue arrive d'un pas conquérant à l'hôtel de police ; il ignore le planton qui le salue avec déférence. Lui-même salue Rosine négligemment, d'une gaudriole peu appuyée ainsi qu' il sied à un personnage de sa stature chargé d'une mission délicate, et, il s'installe derrière son bureau. Il vérifie que son téléphone n'est pas débranché. Il a tout son temps pour attendre l'appel de Cadillac. Il n'y a plus personne à l'étage. Les hommes en uniforme du rez-de-chaussée savent que là-haut se prépare une grosse opération dont il est, lui, René Garrigue, un des ressorts essentiels. Ça va barder et ça lui va.

Yves, lui, assis à l'arrière d'une voiture ornée de tous les insignes possibles de la police aux côtés d'une effrayante mamma à la mine patibulaire de tueuse de la mafia hong-kongaise doit faire de sérieux efforts pour ne pas être totalement paniqué. Le mieux est d'essayer de se raisonner : *"On est en France, c'est cool. On n'est pas des terroristes, pas des nazis, pas des mafiosi qui vont enlever une petite fille. C'est OK. Tu as la loi avec toi, d'accord ? Alors, calmos, Vergne. Concentre-toi sur ta mission."*

Pujol, lui, n'a perdu son calme ni avant ni après avoir reçu l'appel qu'il attendait : *"Elle vient de partir de chez le docteur, nous la suivons."*

« Surtout ne vous faites pas repérer, répond-il au radio-téléphone.

— Pas de problème, la voiture relais prend la relève. On reste en ligne. »

Il n'y a plus qu'à attendre. Il sort de sa poche le pokémon de sa deuxième cadette pour s'entraîner et peut-être la battre ce soir, s'il ne rentre pas trop tard.

Cadillac dans son bureau veut se faire croire à lui-même, sans y parvenir qu'il est calme et détendu. Il s'est couvert du mieux qu'il a pu auprès du procureur et du juge et a obtenu ce qu'il voulait de Cornelia, mais il n'a plus droit à l'échec. Il ne peut pas espérer non plus laisser la presse en dehors de cette affaire et quelques journalistes pourraient bien flairer du sérieux sanguinaire derrière l'anecdote badine qu'il va leur raconter. Et si le docteur le lâche, il devra choisir un autre métier. L'idée ne lui fait pas autrement peur parce que son imagination n'a jamais sérieusement envisagé cet inconcevable cataclysme.

Colette a arrêté sa voiture devant sa maison. Elle en descend, enlève Carine de son siège arrière et la laisse dans le jardin alors qu'elle entre dans la maison. Carine voudrait la suivre et commence à pleurer, mais n'arrive pas à ouvrir la porte. *"Elle a dû fermer à clé"*, pense Pujol qui observe la scène de sa planque. Il s'adresse d'abord à ses hommes puis à Yves :

« Les gars, on y va. Vous me suivez. Un homme se poste derrière la maison. Vergne, ça va être à toi. Dès que je serai dans la maison, tu emmènes la petite. Garde-la dans la voiture et ne pars pas avant nous. »

La voiture de Pujol vient se garer derrière celle de Colette. Les quatre hommes quittent la fourgonnette et le suivent sans bruit. L'un d'eux se glisse derrière la maison, et Pujol va frapper à la porte, suivi des trois autres.

« Ne vous montrez pas, leur dit-il. »

Il doit tambouriner plusieurs fois avec énergie à la porte-fenêtre avant que Colette n'apparaisse derrière les carreaux.

« Je dois vous voir d'urgence, lui dit Pujol à travers la porte vitrée.

— Qu'est-ce que c'est ? demande Colette qui ne fait pas mine d'ouvrir.

— Les allocations familiales. Je viens pour un contrôle. Vous devez signer pour la prime.

— Quelle prime ?

— Mais parce que vous êtes au chômage ! Voici la feuille à remplir si vous voulez avoir des sous. »

Ce ne sont pas les papiers des allocs qui manquent chez lui, et il a trafiqué avec la photocopieuse un document qui semble vraiment authentique pour l'attribution à Colette Chalard d'une prime de huit mille francs. Ce n'est pas beau de mentir, mais pourquoi enfoncer des portes quand elles peuvent s'ouvrir toutes seules gentiment ? Et celle-ci s'entrouvre prudemment. Suffisamment toutefois pour permettre à Pujol de mettre son pied dans l'entrebâillement puis d'entrer suivi de deux de ses hommes. Le troisième retient Carine qui voudrait les suivre.

« Police ! » dit Pujol à Colette qui reste figée sur place, muette et pétrifiée comme une statue.

Yves saute de sa voiture, bien décidé à ne pas laisser la matrone sociale s'emparer brutalement de la petite. Il s'approche d'elle avec la barre de chocolat qu'il a préparée. Carine le regarde, si étonnée qu'elle en oublie de continuer à pleurer et prend délicatement le chocolat. C'est le moment que choisit la matrone pour la saisir et l'emmener en la serrant fortement dans ses bras. Yves est si scandalisé, si choqué par les hurlements de Carine, qu'il voudrait boxer cette horrible bonne femme, mais elle pèse bien vingt kilos de plus que lui et ça n'arrangerait pas les choses. Il va changer de métier. C'est la dernière fois, la der des ders qu'on lui fait faire des choses aussi abominables. Il ne va plus retourner au bureau. Ou plutôt oui, il va y aller donner sa démission. Et qu'on n'essaye pas de le faire changer d'avis.

« Fouillez son sac, dit Pujol à l'un des trois policiers qui ont maintenant investi la cuisine salle à manger de Colette.

— C'est ça que vous cherchez ? lui dit l'un d'eux qui a pris et fouillé le sac à main dont il extrait un grand écrin de cuir rouge.

— Montre. »

Pujol ouvre l'écrin qu'on lui tend et y trouve un scintillant collier de diamants comme il n'aura jamais l'occasion d'en offrir à sa femme.

« Colette Chalard, dit-il, je vous arrête pour vol qualifié et d'autres motifs qui vous seront signifiés au poste de police. »

Cadillac reçoit deux appels à quelques secondes d'intervalle. Le premier lui apprend que Colette a été arrêtée avec le collier de diamants. Le second est de Thomas. Il l'engage à venir tout de suite à l'hospice de Fontenelle où il devra recueillir le témoignage d'une vieille dame à qui Aurélien a rendu visite dimanche 16 avril de 15 heures à 17 heures avant d'aller, crânement, mais imprudemment, à la rencontre de son assassin.

Mais au désespoir de Thomas, Cadillac lui dit qu'il ne pourra pas y aller. Il va envoyer Vergne qu'il attend d'un instant à l'autre.

Lorsqu'Yves entre dans son bureau, Cadillac voit tout de suite qu'il ne va pas éviter une crise. Il l'observe et attend.

« Je ne suis pas fait pour ce métier, finit par dire Yves. Je démissionne. C'est sérieux.

—Ça s'est mal passé avec la petite ?

— J'ai encore ses hurlements dans les oreilles. Je ne suis pas assez courageux, voilà tout. Et n'essayez pas de m'embobiner avec des discours. Je ne serai jamais un bon flic.

— Il y a probablement eu une maladresse, mais la petite a pleuré comme n'importe quel gosse qui refuse de partir en colonie de vacances, par exemple.

— Elle ne pleurait pas, elle hurlait. C'est inhumain !

— Je veux bien croire qu'elle va pleurer quelques jours encore. Mais après ? Si nous réussissons, elle retrouvera sa gentille nounou qu'elle connaît mieux que sa mère. Son grand-père qui est un brave homme s'occupera d'elle. Vous savez bien que Colette l'aurait mise à l'Assistance Publique quand elle n'aurait plus eu besoin d'elle. C'est ça, la monstruosité ! Ce n'est pas ce que nous faisons. Je déplore que ça se soit mal passé, mais il fallait le faire.

— Alors, faites-le, mais moi, je ne continue pas.

— Bien ! Bien Vergne ! Vous nous plantez là, vos collègues et moi, au moment où nous avons besoin de vous pour une opération qui sauvera une petite fille de l'Assistance Publique, qui épargnera à un vieil homme de se retrouver à l'hospice où il ne veut pas aller, et où nous sommes sur le point d'arrêter un criminel qui peut à tout moment faire une autre victime. Alors, rentrez chez vous et téléphonez-moi demain matin pour me dire si vous avez bien dormi. »

Yves serre les dents et va vers la fenêtre d'où il tourne le dos à Cadillac.

« Vous oubliez toujours une chose, continue Cadillac. C'est que vous n'êtes pas seul. Tout ne repose pas sur vos seules épaules. Nous partageons les fardeaux. Je suis là, vos collègues sont là, chacun accomplit juste un petit bout de sa tâche. Tout ce qu'on vous demande, c'est de l'accomplir de votre mieux. Et ce que je vois, c'est que vous le faites très bien. Alors, où est le problème ? »

Yves ne répond qu'après un silence que Cadillac laisse s'installer.

« Je vous l'ai dit. Je ne suis pas fait pour ce métier.

— Parce que vous ne supportez pas de voir une gamine pleurer ?

— Entre autres.

— C'est ridicule ! Personne n'aime ça. Mais c'est parfois nécessaire. Pujol ou Garrigue laisseraient hurler leurs propres gamines des heures s'ils devaient les amener à l'hôpital pour une opération sérieuse. »

Yves regarde le platane de la cour, sans le voir. Il découvre qu'il n'y a plus de colère en lui. Elle s'est évanouie. Le chef a raison. Il s'est comporté comme un gosse de riche à qui on a osé donner une tartine non beurrée. Il faudrait qu'il devienne adulte. Cadillac a dû faire exprès de l'envoyer sur cette mission pour l'initier à quelque chose qu'il entrevoit à peine. Il a fait une crise, sans doute parce qu'il est trop jeune, ce qui n'est pas incurable d'après ce qu'affirme son grand-père.

« Et qu'est-ce que je devrai faire ?

— Aller à l'hospice de Fontenelle enregistrer la

déposition d'une vieille dame. Thomas vous y attend. Si vous partez en moto maintenant, vous y serez dans une petite heure. Ne tardez pas à revenir, nous attendrons tous votre rapport ce soir.

— J'y vais », dit Yves qui s'arrange pour sortir sans avoir rencontré le regard de Cadillac.

Il a vaguement honte de lui-même et pas vraiment envie de savoir pourquoi. Dans la cour, il enfourche sa moto et se pose quelques questions au moment d'embrayer. *Un : où est Fontenelle ? Deux : pourquoi n'ai-je pas réfléchi avant de me donner en spectacle ? C'est vrai que nous agissons pour une bonne cause.*

Et ça recommence ! Je me remets à aimer mon patron. Après tout, est-ce si grave ? Si j'attendais demain pour répondre à celle-là ?

Cadillac convoque Garrigue pour lui confier une mission dangereuse. Il doit auparavant s'assurer qu'il aura quatre hommes armés, dont Cazenac qui est un tireur d'élite, et une deuxième estafette avec deux hommes et un chauffeur. Lui-même, Cadillac, assurera la coordination depuis l'hôtel de police. Il lui détaillera ses instructions après l'interrogatoire de Colette.

32

Pujol vient dire à Cadillac que tout est prêt pour l'interrogatoire de Colette.

« Nous y allons, mais, avant, je veux donner un coup de fil. Avez-vous le numéro de téléphone du voisin d'Aurélien, ce gentil monsieur Pierre Pascal ?

— Je vais vous le trouver, répond Pujol qui fouille dans son grand cartable où il trouve l'information.

— Branchez le haut-parleur. »

Ils ont la chance de trouver Pascal qui interrompt une partie de bridge pour leur répondre sans trop rechigner.

« Monsieur Pascal, dit Cadillac civilement, je devrais venir vous voir, mais je n'ai pas le temps. Je voudrais revenir sur votre déclaration. Vous souvenez-vous avoir déclaré que vous aviez vu Aurélien, dimanche 16 avril, vers minuit ?

— Bien sûr. Je ne suis pas interrogé tous les jours par des officiers de police.

— Voyez-vous, je vous appelle parce que nous vérifions tout en ce moment, et je voudrais être tout à fait sûr que c'est bien Aurélien que vous avez vu.

— Comment ! Mais je le connais bien, vous savez ! Un voisin que je vois tous les jours ! Sauf depuis que vous êtes venu, je dois dire. Comment aurais-je pu me tromper ?

— Juste pour confirmation, pourriez-vous rafraîchir

votre mémoire et me dire exactement ce que vous avez vu. Essayez d'oublier que vous connaissez Aurélien. Pour commencer, il faisait nuit, n'est-ce pas ?

— Bien sûr. À minuit en général il fait nuit, même en avril, monsieur le Commissaire. Voyons... J'étais le mort de la partie... J'ai entendu un klaxon. Je suis allé à la fenêtre. La rue était éclairée, mais c'est vrai, pas très bien. Aurélien...

— Essayez d'oublier que vous connaissez Aurélien, lui rappelle Cadillac.

— Oui. Pardon... Un homme est sorti de la voiture. Il s'est dirigé vers notre maison.

— Il était comment ?

— Assez grand, comme Aurélien. Plutôt mince... Disons pas de forte corpulence ni maigre... Il avait la même veste en tweed qu'Aurélien...

— Vous avez vu sa tête ? Je veux dire les traits de son visage, ou bien est-ce qu'il baissait la tête ?

— Oui. J'y pense maintenant, il baissait la tête. Tout le monde fait ça quand il pleut.

— Juste un dernier point. Supposons que vous ayez vu un homme de même taille et corpulence qu'Aurélien. Supposons qu'il ait été habillé, disons d'un manteau, sortait d'un camion, et se rendait dans l'immeuble voisin, jureriez-vous qu'il ne pouvait s'agir de personne d'autre qu'Aurélien ?

— Heu... Non. Je ne jurerai pas.

— Je vous remercie Monsieur Pascal, ce n'est pas concluant, mais vous comprenez, nous sommes obligés de tout vérifier dans notre métier... »

Lorsqu'il a raccroché, il regarde pensivement Pujol.

« C'est notre tueur qu'il a vu. Aurélien devait être déjà mort depuis longtemps à cette heure-là. Que pensez-vous de ce coup de klaxon ? Il voulait se faire repérer pour qu'un témoin croit voir Aurélien ? Ou bien était-ce une erreur parce qu'il ne connaissait pas bien la voiture ?

— Je dirais plutôt que c'était une erreur. Quand il a éteint les phares, il a pu déclencher le klaxon en se trompant de boutons. Il ne pouvait pas risquer de trouver sur le palier un voisin qui aurait bien vu qu'il n'était pas Aurélien, n'est-ce pas ? Il suffisait qu'il laisse la voiture d'Aurélien devant la porte, sa veste dans l'appartement avec un ticket de station service dans sa poche, pour que nous croyions qu'il était rentré vers minuit. Mais nous allons le lui demander, pas vrai ? ajoute-t-il avec un air de confiance narquoise.

— Si on le chope vivant. »

La ligne directe du téléphone sonne à ce moment-là. Cadillac fait une grimace à l'intention de Pujol. Il est obligé de répondre.

« Commissaire c'est Céline, la stagiaire du service de presse. J'ai un problème. Didier Bardou de *Sud-Ouest* et un journaliste de *radio-Monférand* qui voudrait savoir qui vous avez arrêté cette après-midi et pourquoi. Je leur dis quoi ? Ils voudraient vous voir.

— Pas question de me voir. Je suis en conférence. Dites-leur que nous avons arrêté une employée de maison qui a volé un bijou.

— C'est tout ? Bardou dit que vous avez déployé le grand arsenal.

— Le moyen.

— Elle s'appelle comment la voleuse de bijou ?

— Colette Chalard. Je le rappellerai demain. Au revoir. »

Il raccroche, et s'adresse à Pujol, l'air peu content.

« Il faut faire vite. Demain on les aura tous sur le dos. Allons voir Colette.

— On fait comme on a dit ?

— Oui. On met toute la gomme. Il faut qu'elle craque. On n'a plus le choix maintenant. »

Ils trouvent Colette prostrée devant la grande table du "boudoir" le regard tourné vers le vasistas. Le policier qui la gardait sort avec soulagement dès que Cadillac l'a remercié, et Pujol prend son temps pour mettre en marche le magnétophone. Il s'installe aussitôt après sur sa chaise, un dossier ouvert devant lui sur la table.

« Colette Chalard, dit-il, vous êtes accusée du vol du collier de diamants que nous avons trouvé chez vous. Vous serez déférée demain devant le tribunal des flagrants délits.

— Je vous ai dit que je l'avais pas volé ! C'est le docteur Cabanne qui me l'a donné.

— Malheureusement pour vous, nous l'avons interrogé et il dit n'avoir jamais eu ce collier en sa possession.

— Ce n'est pas possible ! crie presque Colette. Il ment ! Il me l'a donné ce matin.

— Bien. Je note que vous persistez dans cette défense. Pourriez-vous nous dire pourquoi il vous l'aurait donné ?

— C'est madame Cassagne qui le lui a donné pour moi.

— Pourquoi vous aurait-elle fait un cadeau pareil ? demande Cadillac.

— Parce que je m'étais bien occupée d'elle. Pas comme ses enfants.

— Vous étiez employée et payée par elle pour vous "occuper d'elle" comme vous dites. Qu'auriez-vous fait de plus pour mériter un cadeau pareil ?

— Elle voulait me donner quelque chose en plus de ma part. Elle ne voulait pas que ses enfants le sachent.

— Et elle l'aurait donné au docteur pour vous ? Pourquoi ne vous l'a-t-elle pas donné directement ?

— Peut-être qu'elle voulait le faire, mais qu'elle est morte avant.

— Ce que vous dites est en contradiction avec ce que nous savons, dit Cadillac. Inspecteur, pourriez-vous me donner la lettre de Cornelia Cassagne ? »

Pujol sort de son dossier une lettre qu'il tend à Cadillac.

« Cornelia Cassagne nous écrit ici qu'elle s'étonne que nous n'ayons pas trouvé trace dans nos recherches du collier de diamants que leur mère avait acheté pour ses trois enfants. Il n'est pas question de vous là-dedans, ni de secret. En tout cas, les enfants étaient au courant de l'existence de ce collier et il n'est pas question du docteur Cabanne.

— Je ne comprends pas, dit Colette visiblement ébranlée. De toute façon, cette Cornelia est une sale menteuse. Elle a écrit ça parce qu'elle veut le collier pour elle.

— Vous étiez dans le parc de la Malvie la nuit du mercredi 12 avril quand vous avez été dérangée par Cornelia et son ami qui sont arrivés. Veniez-vous chercher le collier ? »

Pujol lance un regard oblique vers Cadillac. Ce coup de bluff ! Ils n'ont jamais su qui était l'ombre entrevue par Garrigue cette nuit-là, ni même s'il n'avait pas rêvé. Veut-il simplement satisfaire sa curiosité ? Ou a-t-il une autre idée en tête ? Si ce n'était pas elle, elle pourrait croire qu'ils bluffent sur toute la ligne et reprendre courage. Cela alors qu'ils ont deux autres énormes bluffs en réserve à lui servir. Mais c'est gagné. Elle ne nie pas que c'était elle.

« Je savais même pas que ce collier existait.

— Bien sûr que vous le saviez. Comme vous saviez tout des affaires de madame Cassagne que vous espionniez sans arrêt.

— Vous n'avez pas répondu à notre question, reprend Pujol qui préfère revenir vite sur un terrain plus sûr. Pourquoi madame Cassagne aurait-elle voulu vous favoriser au dépend de ses enfants ? Elle vous a donné un quart de ses biens par testament, ce qui est déjà beaucoup.

— Ses enfants n'étaient pas gentils avec elle.

— Pourriez-vous nous donner un exemple ? demande Cadillac.

— Ils ne venaient pas souvent la voir. Ils lui demandaient de l'argent tout le temps.

— C'est ce que font beaucoup d'enfants. Et beaucoup de parents trouvent ça normal.

— Peut-être, elle avait découvert quelque chose de pire.

— Quoi, par exemple ?

— Elle m'a dit qu'il y en avait un qui avait forcé son secrétaire.

— Quand ? Puisque vous ou elle étiez dans cette maison toute la journée, vous auriez pu le voir, ou la voir.

— Moi j'ai rien vu, mais elle me l'a dit. Elle croyait que c'était Aurélien.

— Elle croyait ou en était-elle sûre ?

— Elle était pas sûre, mais elle croyait que c'était lui. Je ne sais pas pourquoi.

— Et elle déshérite tous ses enfants parce qu'elle ne sait pas lequel d'entre eux aurait fait ça ?

— Peut-être.

— Elle est partie en voyage quelques jours avant sa mort. Avez-vous continué à aller à la Malvie quand elle n'était pas là ?

— Oui. Il fallait bien s'occuper de la maison.

— Vous a-t-elle dit où elle était allée ?

— Non.

— Lui arrivait-il souvent de partir ainsi ?

— Non. Jamais.

— Bien. La nuit de sa mort, vous n'étiez pas chez vous. Pourriez-vous nous dire où vous étiez ? »

Cadillac voit qu'elle est assommée. Comment va-t-elle réagir ? Se fermer ou déballer ?

« J'étais chez moi, dit-elle presque à voix basse.

— Non. Nous savons que vous êtes rentrée tard dans la nuit, après 2 h 10. Qui gardait votre fille ?

— Mais j'étais là !

— Je ne vous conseille pas de continuer à mentir, dit Cadillac d'une voix glaciale. Nous pouvons prouver que vous n'étiez pas là.

— Qui garde votre fille quand vous sortez ? demande Pujol.

— Mon père s'en occupe. Il habite à côté.

— Samedi dernier, vous étiez à un dîner dansant où des dizaines de personnes vous ont vue. Qui la gardait ?

— Mais mon père, je vous l'ai dit !

— Non. Il ne savait pas que vous sortiez.

— Je ne suis pas rentrée tard. Elle dormait.

— Parce que vous lui aviez donné des somnifères. Nous en avons trouvé chez vous. Je reprends la question : où étiez-vous la nuit de la mort d'Albina ?

— Mais chez moi !

— Bien, dit Cadillac. Puisque vous persistez, je vous accuse de l'assassinat de madame Cassagne que vous avez tuée pour lui voler un collier de diamants.

— J'ai rien volé ! Elle a pas été assassinée ! C'était un accident. »

Elle hurle presque. Cadillac et Pujol se jettent un coup d'œil rapide. Elle est mure pour la première vraie estocade.

« Malheureusement pour vous, nous savons que ce n'est pas le cas. Et votre complice vous accuse.

— Mon complice ? »

Elle est soudain devenue si pâle que Cadillac se demande si elle va tenir le coup. C'est le moment de poursuivre l'attaque sans lui laisser de répit.

« Votre complice a un très bon alibi. Il a travaillé sur son ordinateur une grande partie de la nuit et a pu nous le prouver.

— C'est pas vrai ! hurle-t-elle jusqu'à casser sa voix. C'est moi qui m'occupais de l'ordinateur... »

Ils voient à ses yeux grands ouverts comme dans une hallucination qu'elle vient de réaliser qu'elle s'est trahie.

« Vous mentez, dit Pujol. Sa femme dit qu'elle l'a vu.

— Elle était partie se coucher ! Elle pouvait pas savoir si c'était moi ou lui dans son bureau. Il avait laissé la musique doucement et il m'avait demandé de fermer à clé.

— Comment voulez-vous qu'on vous croie ? Vous ne savez sûrement pas faire marcher un ordinateur.

— C'était facile ! Il m'avait montré. J'avais qu'à taper des virgules de temps en temps et puis appuyer sur une touche quand quelque chose en anglais s'écrivait sur l'écran.

— Donc, vous l'avez laissé partir assassiner madame Cassagne.

— Mais il voulait pas la tuer ! Je croyais... »

— Qu'est-ce que vous croyiez ?

— Je croyais pas qu'il allait la tuer. Il m'avait dit qu'il voulait la voir sans que sa femme le sache. Après, il m'a dit que c'était un accident. »

Pujol n'a pas besoin de regarder Cadillac pour continuer.

« Vous confirmez donc que ce n'est pas vous qui avez tué madame Cassagne, que c'est Michel Laborde qui vous a exploitée avec un mensonge pour que vous preniez sa place à l'ordinateur. Que tout ce que vous avez fait, c'était d'appuyer sur quelques touches d'ordinateur dans la nuit. C'est bien ça ?

— Oui. Je pouvais pas savoir.

— Bien sûr. Il est un peu salaud de vous accuser. Avait-il besoin d'argent ?

— Je crois.

— Pour en faire quoi ? demande Cadillac.

— Il me l'a pas dit.

— Bien sûr que si, il vous l'a dit. Pourquoi continuez-vous à le défendre ? Êtes-vous amoureuse de lui ?

— Non ! »

C'est sorti spontanément, comme un cri. Pour une fois se dit Cadillac, elle ne doit pas mentir. A-t-elle jamais aimé personne ? Sa passion de l'argent doit consumer la totalité de sa maigre capacité d'amour.

« Qu'est-ce que vous avez cru, alors ?

— Qu'il allait demander de l'argent à madame Cassagne.

— Il aurait pu le faire n'importe quand. Sa femme n'est pas toujours sur ses talons. Pourquoi ce soir-là ?

— Madame Cassagne avait hérité de son père. Peut-être il croyait qu'elle allait tout dépenser avant...

— Avant de mourir ?

— J'ai pas dit ça.

— Bien sûr, dit Pujol. Ce n'est pas un joli monsieur, mais il a quand même dû vous promettre quelque chose si vous l'aidiez ?

— Non, il m'a rien promis.

— Écoutez ! Vous êtes toujours en train de le défendre alors qu'il va vous faire enfermer en prison pour la vie si nous n'arrivons pas à prouver que c'est vous qui étiez derrière l'ordinateur et pas lui. Et nous n'y arriverons jamais si vous ne nous aidez pas. Il avait bien dû vous promettre quelque chose ?

— Il disait qu'il m'aurait donné une part, mais je l'ai pas cru.

— Alors, pourquoi l'avez-vous aidé ? demande Cadillac. Parce qu'il est le père de votre fille ?

— Non ! »

Il lui semble que le "non" n'est pas catégorique. Pas un cri du cœur en tout cas. Qu'en conclure ? Qu'elle avait couché avec lui, sans doute. Quel drôle de jeu jouait-elle dans cette maison ? Et Albina qui jamais n'avait rien vu ! Le docteur a raison, elle lisait trop Don Quichotte.

« Vous savez que nous pouvons savoir à tout moment qui est son père. Ce serait mieux si vous nous le disiez. C'est lui ? Ou Aurélien ? Ou Didier ?

— Je sais pas, dit-elle dans un murmure.

— Vous ne savez pas lequel des trois, c'est ça ? »

Elle tourne la tête pour éviter de répondre.

« Donc, j'en conclus que c'est un des trois. Alors, nous ferons des analyses. Mais je peux aussi vous suggérer de dire que le père de votre fille était Michel Laborde. Ça expliquerait pourquoi vous l'avez aidé. Ce serait une raison plutôt sympathique pour le jury. »

Pujol observe Colette et se garde d'intervenir. Elle calcule où est son intérêt, se dit-il. Comme elle tarde à répondre Cadillac continue.

« De toute façon, nous vérifierons. N'oubliez pas que ce serait très grave pour vous si vous nous mentiez.

— Je suis pas sûre, dit-elle aussitôt, l'air affolé.

— Vous n'aurez qu'à dire que c'est ce que vous croyez. Mais ce que nous voulons savoir, nous, est la vraie raison de votre complicité avec Laborde. Pourquoi ne pas nous la dire ? »

Mais elle ne répond pas. Parce qu'elle ne sait plus ce qu'il faut dire dans son propre intérêt, pense Pujol. C'est là qu'il voulait l'amener. Elle n'a plus de point d'appui. Il va la ferrer.

« Alors, je vais vous la dire, dit Cadillac. Vous détestiez madame Cassagne. Vous détestiez tous ses enfants. Par-dessus tout, vous vouliez vous venger d'Aurélien qui vous ignorait, vous et votre fille, qu'il en ait été le père ou non. Michel Laborde a compris qu'il pouvait exploiter cette haine qui vous dévorait du matin au soir. Il vous a dit qu'il allait s'arranger pour qu'ils soient tous ruinés. Et puis, il vous a demandé de l'aider à supprimer madame Cassagne. Vous pourriez alors encaisser votre héritage avant qu'il ne risque de s'envoler. Vous n'aviez plus besoin d'attendre les quelques dizaines d'années de vie qui pouvaient rester à votre bienfaitrice. Vous ne risquiez rien, vous encaissiez le gros lot et vous ruiniez cette famille détestée. Magnifique. Le jackpot ! Au total : deux morts assassinés et vous n'y êtes pour rien ! Tout le monde a le droit de détester à son aise qui bon lui semble. Tout le monde peut forcer un secrétaire sans témoin en accusant son ennemi, ou jouer une nuit avec un ordinateur. Rien de bien grave.

« Seulement, nous sommes là. Nous étions là, partout, depuis la mort de madame Cassagne. Et vous nous avez cru aussi naïfs qu'elle ! Fatale erreur ! Je vais vous dire ce qui vous attend. Vous avez déjà perdu la Malvie, un pactole en Suisse et un collier de diamants. Vous allez perdre votre joli compte en banque en frais d'avocats et de justice. Votre père va récupérer la propriété dont il vous a fait don en récusant la donation dont vous n'avez pas respecté les termes. Il gagnera son procès parce que les juges verront où est l'intérêt de votre fille. Sachez qu'en ce moment vous êtes sans un sou. Vous n'avez plus rien. Même pas votre logement, parce que vous resterez en prison pour assassinat jusqu'à ce qu'on vous dépossède de votre propriété. Vous êtes plus misérable que la dernière des clochardes sous le Pont-Vieux, parce qu'elle, au moins, a sa liberté. »

Pujol qui regarde Colette se demande si elle entend. Elle doit se croire en enfer, dans un enfer si intolérable qu'aucun de ses cauchemars n'a pu le concevoir. Cadillac a-t-il fait trop fort en jouant ainsi à la fois sur son avarice et la terreur d'une vie en prison ? Lui-même assène les coups un par un. *Là c'est le matraquage intégral. Dangereux. C'est peut-être trop. Cette fille n'a de passion que pour l'argent. Si on me disait à moi que je vais perdre ma femme et mes enfants, je me ficherais pas mal d'aller en prison. Je serais démoli pour de bon, avec ou sans taule. Il joue la totale, sans cadeau, à pile ou face. Ça passe ou ça casse.*

« J'ai droit à un avocat, finit-elle par dire.

— Demain, dit Cadillac. Vous en aurez un qu'il vous faudra payer avec les fonds de votre compte en banque que je vais faire bloquer dès ce soir. Croyez bien qu'il sera d'accord avec moi sur cette question pour être sûr d'être payé. »

Pujol attend en observant Colette qui respire de façon saccadée, comme après un choc physique violent. Elle ne bouge pas et le silence ambiant est chargé de tant de relents de terreur et de haine qu'il finit par peser sur lui. Elle regarde fixement ses ongles, puis lève les yeux vers le vasistas. Il voit alors que c'est gagné. Elle est sonnée. Plus rien n'a d'importance que parler pour éloigner, ne serait-ce qu'en ce moment, l'intolérable, l'insoutenable, l'inconcevable horreur de sa ruine totale. Et comme d'habitude, on ne pourra plus l'arrêter.

« Ce n'est pas comme vous dîtes ! » dit-elle lentement, mais avec une force qui étonne Pujol.

« Vous croyez que madame Cassagne était gentille avec moi, mais ce n'est pas vrai. Elle faisait exprès de me demander des choses que je n'aimais pas faire. C'était jamais assez bien repassé. La soupe était trop salée. Ou alors, elle me disait que j'avais mal lavé les légumes. J'avais pas bien fait son lit. Comme si elle pouvait pas se le faire elle-même ! Elle n'était pas infirme ! Elle aurait voulu que je m'occupe du jardin et du parc, en plus de la maison. Il fallait astiquer l'argenterie qui n'en avait pas besoin. Je pouvais même pas écouter la radio parce qu'elle n'aimait que la musique classique et j'avais pas le droit de toucher à la télé de la bibliothèque. Un jour, elle s'est aperçue que je l'avais regardée et j'ai eu droit à toute une morale. Qu'est-ce que ça pouvait lui faire si je la regardais quand elle était pas là ? Elle jouait à la généreuse en me donnant ses habits de vieille. J'étais obligée de les porter pour pas la vexer. Et ses filles ! Vous les connaissez pas comme moi. Cornelia m'a menacée de mort un jour. Oui, de mort ! Parce que j'avais fait le ménage dans sa chambre. Elle disait que j'en avais profité pour lire ses lettres. Elle voulait pas qu'on sache qu'elle couche avec des riches, à droite et à gauche. Comme si ça m'intéressait ! La pire c'était Sabine. Toujours avec des airs de princesse offensée rien que si on déplaçait son vernis à ongles. Elle m'insultait en choisissant des mots que je comprenais même pas. J'ai pas eu la chance d'avoir un père professeur, moi ! Elle pouvait pas comprendre ça. Un jour elle m'a donné ses chaussures à cirer. Je l'ai fait sans rien dire, et pourtant madame Cassagne m'avait bien dit que je n'avais pas à travailler pour elle... »

Elle s'arrête, les yeux toujours fixés sur le vasistas. Cadillac ne bouge pas. Elle va nous en sortir une très grosse, se dit Pujol prêt à tout entendre. Elle n'avait pas mal commencé avec Albina Cassagne en mère Thénardier et elle en Cosette, mais là, elle va faire encore plus fort.

« Et puis, je voulais pas le dire, mais tant pis, je vais le faire. Aurélien m'a violée un jour que sa mère était pas là. Je le lui ai jamais dit, parce qu'elle aurait pris le parti de son fils et qu'elle m'aurait mise à la porte. Après, j'ai dû élever ma fille toute seule. »

Pujol jette un œil oblique à Cadillac qu'il voit raide sur sa chaise, tendu comme un arc. Pourvu qu'il ne lui vole pas dans les plumes ! Il est capable de la tabasser. Ce n'est pas l'envie qui lui manque à lui non plus. Avoir cette peste bubonique chez soi pendant plus de dix ans ! Et en tandem avec un tueur en plus. Étonnant, finalement qu'il n'y ait eu que deux morts.

Heureusement elle continue, ce qui cloue Cadillac sur son siège.

« Le plus gentil, c'était Michel. Il était pas né riche comme les autres. Il me comprenait, lui. On est devenus copains. Il est pas heureux avec sa femme. Elle est encore pire avec lui qu'avec moi. Elle dépense tous les sous qu'il gagne à s'acheter des bêtises et ce qui coûte le plus cher, c'est sa galerie. Ça lui rapporte rien, mais ça lui donne des airs de s'y connaître en peinture. Et lui, il devait tout payer. Et quand ses affaires n'ont plus bien marché, elle lui a demandé de vendre son bateau. Lui, il voulait pas. Il me disait que c'était tout ce qui lui restait. C'était son bateau à lui tout seul, où elle ne pouvait pas venir l'embêter. Et c'était lui qui l'avait payé avec ses propres sous ! Je lui ai dit que sa belle-mère pouvait bien payer pour qu'il garde son bateau, puisqu'elle était très riche. Quand j'ai lu ses papiers après l'héritage, j'ai vu qu'elle avait des millions et des millions ! En France, en Suisse, là-bas en Argentine, partout !

« Un jour j'ai entendu au téléphone qu'elle allait aller chez un notaire à Paris, je le lui ai dit. Il m'a dit qu'il avait réussi à rentrer chez le notaire d'ici un soir et qu'il avait vu que j'hériterai d'un quart de la Malvie, mais aussi qu'il y avait une lettre où elle disait qu'elle allait changer son testament. Il disait que, peut-être dans le nouveau, elle me laisserait rien. Ce serait trop injuste pour moi. Alors, il m'a dit qu'il fallait faire quelque chose. D'abord, il allait demander à madame Cassagne de lui rembourser tout ce qu'il avait dépensé pour sa femme. Puisqu'elle était si riche et qu'elle avait élevé sa fille dans le luxe, elle pouvait bien faire ça. Il m'a demandé si je voulais l'aider. Je pouvais pas refuser ! Des gens si riches qui nous auraient rien laissé ! Après, il m'a dit au téléphone que sa belle-mère avait été horrible quand il est allé la voir. Elle avait tout refusé. Elle lui a dit de s'en aller. Qu'elle voulait plus le revoir. Il était si désespéré qu'il l'a suivie dans l'escalier pour la supplier quand elle montait dans sa chambre.

Elle croyait pas qu'il la suivrait. Elle a été surprise. Elle s'est retournée. C'est comme ça qu'elle est tombée. C'était un accident. Après, bien sûr, il a eu peur et il est parti. Il allait pas raconter ça à sa femme ou à la police. Personne l'aurait cru. »

Pujol se demande si elle croit ce qu'elle raconte. Il ne sait pas. Il faudrait un spécialiste des aberrations mentales pour comprendre ce qui se passe dans un esprit aussi tordu.

Cadillac ne bouge toujours pas. Il semble plus calme, se dit Pujol. Il l'entend demander d'une voix bien contrôlée.

« Et Aurélien ?

— Je sais pas. Personne ne m'a rien dit. Michel m'a dit qu'on devait plus se voir pendant quelque temps après l'accident. Il fallait même pas se téléphoner. On risquait d'être accusés d'y être pour quelque chose.

— Que vous a dit Aurélien quand vous l'avez vu dimanche ?

— Il voulait savoir s'il était le père de la petite.

— Et que lui avez-vous dit ?

— Que ça le regardait pas. Que je le dirai quand je voudrais. Il a dit qu'il allait s'occuper de le savoir avec des analyses. Ça m'est bien égal. »

Cadillac se lève, fait le tour de la pièce, puis s'adresse à Pujol.

« Vous lui faites préciser tout ça, inspecteur. Elle pourra voir un avocat demain matin. »

Dès qu'il est sorti, Pujol change la bande du magnétophone et retourne s'asseoir en face d'elle.

« Nous allons recommencer en partant du jour où le secrétaire a été forcé. Qui a fait ça ? Vous ou lui, Michel ?

— C'est lui. »

Pujol se dit qu'il ne jouera pas au pokemon ce soir avec sa cadette. Bien joli s'il est rentré avant le petit jour.

33

Yves est arrivé un peu trop tard à la maison de repos de Fontenelle pour avoir le droit de rendre visite à madame Laborde, mais son charme allié au pouvoir de persuasion de Thomas, ont fait fléchir la directrice. Elle lui accorde une demi-heure. À sa surprise, Thomas ne veut pas l'accompagner et va l'attendre dans le hall.

Lorsqu'il entre dans la chambre, il est saisi à la gorge par des odeurs médicamenteuses et s'approche de la chaise longue où est allongée la veille dame qui l'accueille d'un sourire bienveillant. Elle est si décharnée et semble si fragile qu'il est saisi d'une immense pitié en la voyant. Elle a le cheveu rare, les mains osseuses aux doigts déformés, et elle est enveloppée de couvertures alors qu'il a peine à respirer tant il fait chaud dans la pièce. Sa mère sera-t-elle ainsi dans à peine quelques années ? Oh, misère ! Il voudrait s'enfuir en courant, laisser la pauvre créature en paix, mais il a bien assez souvent démissionné pour la journée. Pour se donner une contenance, il prend son carnet en se demandant si elle ne va pas s'offenser de le voir prendre des notes. Mais elle le met à l'aise avec un gentil sourire et, d'une voix douce, lui donne la permission d'écrire tout ce qu'il veut. Elle est heureuse de soulager enfin sa conscience avec quelqu'un de la police française.

« Vous avez vu Aurélien Cassagne dimanche

16 avril dans l'après-midi, n'est-ce pas ? demande-t-il, lorsqu'il a enfin repris courage.

— Oui. Je l'ai déjà dit au policier anglais. Je n'ai pas bien compris d'ailleurs pourquoi la police anglaise s'intéressait à cette affaire.

— C'est un peu compliqué, mais sans importance pour vous, dit Yves qui n'a pas envie de s'étendre sur la passion de Thomas pour les affaires criminelles. Pourriez-vous me dire ce qui s'est passé ?

— Vous savez, je dois commencer par des histoires qui remontent à plus de vingt ans. Je vais me concentrer sur l'essentiel parce que l'infirmière ne va pas tarder à venir. Installez-vous bien, jeune homme, et prenez autant de notes que vous voulez. »

Yves se cale sur son fauteuil, prépare son carnet et attend les confidences qui vont lui être faites, soudain pénétré de l'importance de sa mission. Pour la première fois depuis qu'il est entré dans la police, il réalise qu'il est un personnage officiel, assermenté, sérieux, important. Important ! *Moi* ! Son interlocutrice ne semble pas remarquer l'imposture quand elle commence son récit.

« Je m'étais remariée quelque temps après mon veuvage et mon second mari ne s'entendait pas bien avec mon fils Michel né d'un premier lit. Finalement, j'avais décidé que le mieux était de le mettre en pension. Mais je crois que j'ai fait une erreur. Il a pensé que je le rejetais et ne nous a jamais pardonné. Il s'est mis à fréquenter des garçons plus riches que lui et il nous en voulait de ne pas être aussi généreux que les autres parents. Finalement, nous avons dû le sortir de pension et il est allé au collège, ici à Fontenelle. Ça se passait très mal quand il rentrait à la maison. Il y avait toujours des disputes et toujours pour de l'argent.

Il n'en avait jamais assez et nous n'étions pas riches. Que pouvions-nous faire ? Quand ma belle-mère est morte, mon mari a hérité de sa maison et nous devions déménager pour nous y installer. C'était bien plus beau que chez nous.

« Elle avait fait une jolie donation à Michel qu'elle aimait beaucoup, bien qu'il ne fut pas vraiment son petit-fils. Oh, il était bien plus gentil avec elle qu'avec nous ! Il lui faisait de petits cadeaux, il allait la voir souvent, et jamais de réflexions désagréables comme il en faisait chez nous. Seulement, à sa mort Michel n'avait que dix-sept ans et nous étions ses tuteurs. Mon mari ne voulait pas lui donner tout l'argent de la donation d'un coup. Il disait qu'il devait servir à payer ses études, et puis à démarrer un cabinet, puisque Michel voulait devenir architecte. C'était raisonnable. Il aurait tout dépensé d'un coup pour épater ses copains ou même s'acheter un bateau si on l'avait laissé faire.

« Et puis un jour, pendant le déménagement, je ne voyais pas revenir mon mari qui s'occupait de charger les dernières affaires de notre ancienne maison dans notre camionnette. Quand je suis allée voir, il était mort au pied des escaliers de la cave ! Vous pensez, quel bouleversement ! Les gendarmes sont venus et ils ont dit que c'était un accident. L'escalier était vraiment vétuste et il faut dire aussi que sa mort ne rapportait rien à personne, du moins en apparence. Le seul changement était que je devenais la seule tutrice de Michel et il a réussi à me faire signer un chèque pour le compte en banque qu'il venait d'ouvrir à son nom avec l'argent de ma belle-mère. Je n'ai jamais eu la force de caractère de mon mari, vous comprenez ? Et Michel savait me cajoler quand il voulait. Seulement, quelques mois plus tard, j'ai appris par hasard d'une voisine, que Michel était venu aider mon mari à déménager la cave. Je n'en savais rien, bien sûr. Et j'avais dit aux gendarmes que mon mari était tout seul, puisque Michel devait être au lycée. Mais tout de même, c'était étonnant ! Déjà Michel n'aimait pas beaucoup aider les autres, et il aurait séché ses cours pour aider son beau-père qu'il détestait ? C'était vraiment impensable. Cette idée m'a travaillée et j'allais en parler à Michel quand je me suis souvenue d'autre chose. J'ai pensé à la mort de ma belle-mère. Elle était morte dans son lit et c'était une vieille dame pas très bien portante. Tout semblait donc normal. Mais le docteur avait dit qu'elle avait pris trop de somnifères. Il a pensé qu'elle avait pu se tromper dans les doses qu'il lui prescrivait. Personne n'a cherché plus loin, mais moi, j'ai commencé à avoir peur de mon fils, et je me suis arrangée pour le voir le moins possible. Comme il ne me courrait pas après non plus, parce que je n'avais pas assez d'argent pour lui en donner, on en est restés là. Mais je n'arrivais pas à oublier ces coïncidences qui avaient si bien arrangé les affaires de Michel. »

Elle s'arrête et se tourne vers Yves qui n'a pas bougé de son siège et a juste gribouillé quelques notes sur son carnet.

« Je ne vous ennuie pas avec cette vieille histoire ?

— Oh, sûrement pas ! dit Yves avec conviction. Je comprends que vous avez dû penser souvent à cette affaire. Mais vous ne pouviez pas dénoncer votre propre fils pour si peu. Je veux dire, avec juste vos intuitions.

— Oui, c'est ça. Et puis un jour j'ai lu dans le journal que Michel allait se marier avec une certaine Sabine Cassagne. Il y avait un reportage sur la maison de sa mère qui avait l'air magnifique. Bien sûr, Michel s'était bien gardé de m'inviter. Il aurait eu trop honte de me montrer. Écoutez, je ne sais pas ce qui m'a pris, mais la veille du mariage, j'ai téléphoné à la mère de la fiancée, madame Albina Cassagne. Elle croyait que je ne venais pas à la noce parce que j'étais malade, d'après ce que lui avait dit Michel. Je lui ai dit que j'aillais mieux et elle m'a priée très chaleureusement de venir. J'ai décidé d'accepter. Michel avait dû être prévenu que "j'allais mieux" parce qu'il m'a reçue avec effusion, comme s'il était très content de me voir. Bien sûr, c'étaient des simagrées hypocrites pour la galerie. Il ne voulait pas avoir l'air d'être en froid avec sa mère.

— C'est là, à la noce, que vous avez vu Aurélien ? demande Yves.

— Oui. Un jeune homme sympathique comme j'en ai rarement vu ! Je vais vous avouer une chose : il y avait tellement de champagne, c'était une si jolie fête et dans une si belle maison que, tout additionné, j'ai trop bu ! Et lui, Aurélien, était déjà un peu dans les vapeurs quand nous nous sommes retrouvés dans l'orangerie. Nous avons ri comme deux ivrognes à nous raconter des histoires. Puis il est devenu plus sérieux et m'a demandé ce que je pouvais lui dire du caractère de Michel qu'il connaissait à peine. J'ai dit que j'espérais qu'il ferait un meilleur mari qu'il n'avait été un bon fils. Et puis j'ai dû ajouter quelque chose sur les héritages. Franchement, j'ai oublié quoi exactement. J'avais vraiment trop bu, et pas l'habitude de boire, comprenez-vous ? J'ai dû dire quelque chose comme : *"et si une tante à héritage meurt à point en prenant trop de barbituriques ou en tombant dans l'escalier, demandez-vous où il était."* Et c'est de ça qu'il s'est souvenu dimanche dernier, quand il a décidé de venir me voir. Voyez-vous, il avait des doutes sur l'accident de sa mère. Un peu comme j'avais eu moi à l'époque. Il a voulu me revoir pour avoir des précisions sur ce que j'avais dit, sur cette histoire de chute dans l'escalier. Mais comment me rejoindre ? Alors, il s'est souvenu que Michel avait parlé d'une maison de repos. Il ne lui a pas dit où, mais en téléphonant à l'hospice de Fontenelle où Michel vivait à l'époque, il m'a trouvée tout de suite. Il lui a suffi de chercher dans l'annuaire et demander madame Laborde.

— Vous lui avez raconté ce que vous venez de me dire ?

— Pas tout de suite, mais quand il m'a dit que sa mère était tombée dans l'escalier sans qu'on comprenne pourquoi, j'ai pensé que je devais lui dire ce que je savais. Il a voulu aller tout de suite voir Michel sur son bateau. Je lui ai bien dit de ne pas le faire. C'était dangereux si je ne m'étais pas trompée. Il m'a dit alors qu'il allait appeler la police avant d'y aller. Et je vois qu'il ne l'a pas fait. Ou alors, la police ne s'est pas dérangée ? Comme c'est triste ! »

L'infirmière qui entre interrompt ces confidences. Yves est si ému qu'il ne peut s'empêcher d'embrasser la vieille dame avant de partir. Il lui semble qu'elle a les larmes aux yeux quand elle lui dit un dernier mot avant son départ.

« Je suis presque sûre que vous retrouverez le corps de ce gentil jeune homme dans la baie d'Arcachon, lui dit-elle d'une voix tremblante. »

*

Yves traverse le hall de l'hospice dans un état second quand il est rattrapé par Thomas qu'il avait oublié.

« Quelle abominable histoire ! lui dit-il. Mais comment avez-vous fait pour trouver madame Laborde ?

— J'ai dû faire tous les numéros du bloc-notes d'Aurélien et j'ai essayé de demander des Cassagne, des Monsec, des Chalard et des Laborde pour essayer de trouver un lien. Et finalement, ici, on m'a dit qu'on allait voir si madame Laborde pouvait venir au téléphone. À ce moment-là, j'ai compris que nous allions savoir la vérité.

— Bravo ! Je n'y aurais même pas pensé.

— Vous êtes encore bien jeune. Vous avez le temps d'apprendre. »

"Et surtout de mieux maîtriser mes humeurs", pense Yves. Il frissonne à l'idée qu'il a bien failli lâcher son chef et ses copains au milieu de cette belle opération de déminage.

« Nous pouvons rentrer, dit Thomas. Vous savez si Martin a préparé une opération ?

— Une grosse ! Faites-lui confiance. Toutes les troupes sont sur le pont. Nous devrions déjà y être. Il m'attend.

— Allons-y, dit Thomas avec un pincement au cœur. Ce n'est pas lui qui dirigera la belle traque à l'homme qui se prépare, ni même qui y participera. Mais après tout, c'est comme un beau match de cricket qu'on peut regarder à la télévision quand il a fallu passer le commandement à un capitaine plus jeune. C'est le sport et c'est la vie. Comme autrefois, comme toujours, il a fait de son mieux et ce n'est pas si mal. »

Mais quand il démarre dans sa Jaguar en même temps qu'Yves sur sa moto, il ne peut s'empêcher de penser : *"nous allons voir qui de ce jeune loup ou du vieux renard arrivera le premier à Monférand."* Il se cale sur son siège et appuie sur l'accélérateur de son bolide.

34

Garrigue a laissé ses hommes dans un chemin forestier proche de la maison des Laborde pour en explorer seul les alentours. Où se cacher sur ce terrain nu, parsemé d'arbres imbéciles plantés ici et là par un pèlerin qui a dû se faire croire à lui-même qu'avec le temps il deviendrait un parc de prestige ? Il ne voit que la haie rectiligne de buissons ardents d'où le voisin fermier pourrait les voir. Et on n'est pas là pour attirer l'attention. Et la haie est trop loin de la maison. S'il doit appeler ses hommes en urgence, ils risquent de trop tarder à arriver. Il doit lui-même s'avancer à découvert, et que racontera-t-il s'il est repéré ? Qu'il cherche des girolles ?

Mais la maison est sûrement vide. Il n'y a aucune voiture, comme il l'espérait, puisque Sabine est à sa galerie, les filles à l'école, Michel Laborde sur un chantier d'après son associé, et ils n'ont pas de personnel.

En faisant le tour des bâtiments, il voit une sorte de cuisine extérieure près du barbecue flanquée d'un grand placard où sont rangés des outils de jardin. On pourrait y cacher un seul homme. Et comment procéder quand il arrivera ? Mystère. C'est un méchant tueur. Il faut impérativement l'avoir par surprise, a dit le chef qui veut éviter un drame. C'est pour ça qu'on ne le cueille pas sur la route où il aurait le temps de sortir une arme et de faire, Dieu sait quelle manœuvre,

419

dangereuse pour les hommes avec sa voiture. Ça a l'air facile quand c'est dit comme ça dans un bureau, mais sur place c'est une autre affaire. Où cacher ses hommes, par exemple, à supposer qu'il se cache lui-même dans le cagibi aux outils ? Il faudrait qu'il entre dans la maison et leur trouve une planque quelque part dedans. Ce serait mieux s'il arrivait à s'y caser lui-même. Mais où, pour que ni Sabine ni ses filles ne les repèrent pas avant l'arrivée du mari si elles arrivent avant lui ? Il pourrait les embarquer, évidemment, et c'est peut-être ce qu'il faudra faire. Mais ça pourrait faire un vilain grabuge si elles se mettent à rouspéter, et le tintamarre pourrait alerter les voisins. Le tueur aussi, s'il se pointe à ce moment-là. Donc il faut trouver une cachette pour cinq hommes dans la maison, sans qu'ils soient repérés avant l'arrivée du mari. C'est risqué, mais il ne voit pas mieux.

Il y a tellement de portes et de fenêtres partout dans ces bâtiments, qu'à tous les coups ils ont oublié d'en fermer une. Il ne peut pas casser de carreau parce qu'officiellement il vaut mieux ne pas entrer par effraction. Il a de la chance avec un contrevent un peu voilé qui cède sous la force du gros tournevis qu'il a eu la bonne idée de caler dans sa ceinture. La fenêtre est entrouverte derrière. Pas de problème pour l'escalader. Il lance un appel radio et demande aux hommes de venir à pied le rejoindre dans la maison par la porte de derrière qu'il va leur ouvrir. Jusque-là tout roule.

À l'étage il découvre deux chambres qui sont manifestement celles des gamines, mais une troisième n'est meublée que de matériel de repassage, d'un matelas par terre, et d'un porte-cintre chargé d'habits d'hiver. Il faudra faire avec. La porte a une serrure et les hommes n'auront qu'à la fermer à clé en attendant son appel.

Si les filles veulent entrer dans la pièce, elles croiront sans doute que la porte est bloquée. Elles n'iront sûrement pas imaginer que quatre policiers armés sont cachés derrière. De toute façon, il n'y a pas de meilleure solution.

Il laisse ses hommes s'installer dans cette pièce de repassage et part chercher une cachette pour lui. Il y a des jours où il aimerait mieux avoir une taille et un poids jockey. Où dissimuler sa carcasse ? Au rez-de-chaussée, il repère d'abord une grande cuisine avec une souillarde qui pourrait faire l'affaire s'il était une souris, puis une salle avec un placard qui contiendrait un demi-Garrigue ; ensuite une chambre à coucher. Malheureusement, il ne pourrait pas se glisser derrière le baldaquin sans faire avancer le lit d'un bon mètre. La pièce suivante est un bureau avec un lit d'angle et une grande table contre un mur, équipée d'un gros ordinateur. Sans doute celui dont lui a parlé Pujol ? Rien pour se cacher non plus et il ne passerait même pas derrière le lit étroit. À la rigueur, pour gagner quelques minutes, il pourrait se cacher derrière les doubles rideaux de la porte-fenêtre. Si Sabine arrive la première, elle n'aura sans doute pas de raison d'entrer dans cette pièce qui est le bureau du mari. Et si c'est lui qui entre, il le cueillera comme une fleur. Donc, il va rester là puisqu'il n'y a pas d'autre cachette dans ce corps de bâtiment. Et il a de la lecture sur l'architecture moderne s'il veut s'instruire en attendant.

Il ferme la porte du studio à clef et appelle Cadillac pour l'informer de la solution qu'il a trouvée. Il n'a pas mieux. Ils vont couper le contact radio pour ne pas faire de bruit. C'est lui, Garrigue, qui appellera dès qu'il le pourra.

Il s'est presque assoupi sur le lit où il s'est installé,

quand il entend une voiture arriver. Sabine et les filles ? Ou lui ? Les gars ont dû l'entendre de leur étage. Inutile de faire du bruit en les alertant... Une porte s'ouvre... des pépiements de gamines... Elles vont vers la cuisine. Si elles le repèrent, il devra les neutraliser et les embarquer dans le deuxième fourgon qui les attend avec un chauffeur et deux hommes dans le bois voisin. Pour la discrétion c'est nul, mais pour la sécurité il n'y aurait rien de mieux. Après de longues, très longues minutes, les filles montent à l'étage. L'une d'elles a la bonne idée de mettre un disque gueulard. Ça couvrira toujours les bruits que pourraient faire ses hommes. Dans ces cas-là, il le sait bien, il y en a toujours un qui a envie d'éternuer. L'autre fille met la radio ou une télé en route. Encore mieux. Sabine doit toujours être dans la cuisine. Il faut attendre et il devrait avaler un cachet pour ralentir les battements de cœur. C'est ce qu'il ferait s'il avait pensé à en prendre, ou même si cette pilule miracle existait.

Il retourne à sa lecture en tournant rapidement les pages de la revue pour y trouver des images de bâtiments tous plus moches les uns que les autres. Le mieux est d'attendre une deuxième voiture en regardant d'autres photos parce qu'il ne comprend rien aux textes truffés de mots techniques.

La voilà... Un diésel... Il tourne la clé dans la serrure pour être prêt à sortir vite s'il le faut, prend son revolver, s'assure qu'il est chargé et qu'il n'est pas sur cran d'arrêt. *N'oublie pas Garrigue, tu vises les jambes, pas plus haut...* Quelqu'un entre dans la maison. Un homme, d'après le pas. Sûrement lui. Il va vers la cuisine. Il n'entend pas ce qu'ils se disent. Doit-il y aller ? Si ce n'était pas le mari ?... Ils viennent vers lui... Tous les deux.

Garrigue se poste derrière la porte... Si Laborde ouvre, il l'aura facilement par derrière. Ils restent dans la chambre d'à côté. Il ne connaît pas la voix de ce mec. Il faut qu'il écoute ce qu'ils disent pour savoir si elle s'adresse à lui comme s'il était son mari. C'est sûrement le cas, mais il vaut mieux éviter une méchante bourde.

« Mais qu'est-ce que tu fais ? » demande Sabine.

On entend bien qu'elle est étonnée. L'homme ne répond pas. Les filles descendent... Une ou deux ? Deux. La tuile !... Elles sont entrées dans la chambre.

« Tu fais ta valise, papa ? Où tu vas ?

— Sur un nouveau chantier. Je ne crois pas que je pourrai rentrer ce soir.

— Les filles, vous sortez ! C'est Sabine qui crie presque.

— Mais maman...

— Vous sortez ! Tout de suite !

— Mais qu'est-ce qu'il y a ?

— SORTEZ ! »

Cette fois la voix est si impérieuse qu'elle impressionne même Garrigue. En tout cas, elle a une bonne idée d'éloigner les filles, pense-t-il.

« Bon... Bon... dit l'une d'elles. Qu'est-ce qui te prend ?.. Vient Maria... On reviendra quand cette folle sera calmée. »

Elles doivent être sorties. En tout cas, il y a un silence qui dure quelques secondes.

« Tu as appris que Colette Chalard a été arrêtée ? demande Sabine.

— Colette qui ? La bonne de la Malvie ? Et alors ?

— Tu le savais ! La radio locale l'a annoncé. C'est pour ça que tu fais la valise...

— Tu deviens folle ou quoi ? Et pousse-toi...

— NON ! Tu me réponds !

— Dégage, et en vitesse !

— C'est toi ! C'est toi qui as tué maman ! Et Aurélien ! hurle encore Sabine.

— Et je te bute aussi si tu ne dégages pas ! Sors-toi de là... »

Garrigue sait ce qui lui reste à faire. Il actionne sa radio et dit à voix basse en se cachant derrière les rideaux : "Les gars, on y va. Descendez."

Il ouvre la porte qui donne sur la chambre, revolver au poing.

« Police. On ne bouge plus. »

Laborde a bondi. Garrigue n'a pas pu tirer parce que Sabine était dans sa ligne de tir. Ses quatre hommes dévalent l'escalier. Et la tuile ! La mégatuile ! Laborde a trouvé une de ses filles qui devait être derrière la porte et l'utilise comme bouclier. Il part à reculons en la tenant par les épaules de son avant-bras droit replié. Les quatre policiers l'entourent. Tous brandissent des pistolets et vont le cerner. Il est cuit... Non ! Laborde a sorti quelque part un couteau à cran d'arrêt qu'il met sur la carotide de sa fille.

« Vous ne m'aurez pas vivant. Tout ce que vous aurez si vous ne me laissez pas partir, c'est deux morts. Elle et moi.

— Laisse-la ! hurle Sabine.

— Et je tue ta fille si tu ne me fous pas la paix. »

Garrigue a beau réfléchir, il ne sait vraiment pas quoi faire. Cadillac lui a dit de l'appeler en cas de crise, mais c'est de la rigolade dans cette situation. Il voit que Cazenac, son tireur d'élite, tient Laborde en joue, son arme à bout de bras.

« Je tire ? demande-t-il d'une voix calme, comme

s'il demandait s'il devait tirer ou pointer dans une partie de pétanque.

— Non, dit Garrigue. On le laisse partir. »

Mon œil, oui, que je vais te laisser partir, pense-t-il

« Arrêtez-le ! crie Sabine. Maria, n'aie pas peur. On va te délivrer... »

La petite est si blanche de terreur qu'elle effraye Garrigue presque autant que son père avec ses yeux déments.

« On ne peut pas rien faire, madame, dit Garrigue. Il est vraiment capable de tuer votre fille.

— Et comment ! dit Laborde en continuant à reculer vers la porte. Ne franchissez pas cette porte si vous voulez que je la relâche sur la route.

— Laissez-le sortir, dit Garrigue. »

Sabine le regarde avec des yeux écarquillés.

« Vous avez dit qu'il peut la tuer.

— Pas si on le laisse partir. Laissez-le. »

Sabine, image hagarde de la folie, recule. Laborde passe la porte, toujours à reculons, toujours enserrant sa fille, toujours le couteau sur sa carotide. Garrigue, paralysé par il ne sait quoi, attend qu'il soit sorti. Et, soudain, il n'a plus peur. Le formidable sentiment de force qui l'envahit prend les commandes.

« On y va, dit-il. Cazenac tu passes derrière. Je te suis. Il ne peut pas démarrer la voiture sans lâcher la petite. On tire à ce moment-là. Vous autres, suivez-nous et mettez-vous sur le côté du chemin, prêts à tirer dans les pneus si on le rate. Visez bien. »

Il sort derrière Cazenac qui est parti au galop, pistolet au poing. Michel Laborde est arrivé à sa voiture dont il ouvre la porte en tenant toujours Maria contre lui. Il s'assied sur le siège du conducteur, mais est obligé d'utiliser sa main droite pour pousser sur l'autre siège Maria, qui se débat.

« On tire, dit Garrigue qui a suivi Cazenac en courant. »

Cazenac est à un mètre de la voiture quand il choisit de tirer, dans le quart de seconde où Maria ne risque rien. Garrigue qui avait attendu d'avoir Laborde dans son champ de tir entend l'explosion du coup de feu qui fracasse ses oreilles. Lorsqu'il approche, il voit qu'il n'a plus besoin de tirer. La bête est morte.

« On l'a eu, dit Cazenac qui baisse son arme. »

Sabine qui arrive en courant hurle : « Maria ! »

Garrigue baisse les bras, son arme de mort maintenant inutile au bout de sa main pendante. Il voit à peine ce qui suit, comme dans un rêve. Maria sort hagarde de la voiture par la porte du passager et se jette en pleurant dans les bras de sa mère, sans un regard vers son père dont la tête est affaissée sur le volant, un trou noir dans la tempe d'où sort un filet de sang. L'autre fille, la plus grande, arrive en courant et regarde bouche bée. Sa mère et sa sœur sanglotent sans retenue. « Ce n'est rien, ma chérie », dit sa mère qui tient sa jeune sœur dans ses bras. « C'est fini, c'est fini. » La grande approche de la voiture et voit que son père est mort, tué par les hommes qui l'entourent. Elle tourne vers eux un regard d'épouvante. Elle ne comprend pas. Elle ne comprendra jamais, se dit Garrigue. Immobile, hébété et tremblant comme ses hommes, il sait que lui non plus, jamais, jamais de sa vie, il n'oubliera ça.

Mais il ne sait pas s'il est un héros ou un salaud. Cadillac le lui dira.

35

La soirée fut longue pour tous les hommes assemblés dans la grande salle de réunion, chacun à sa tâche. Pujol qui avait la permission de rentrer chez lui, décida de rester. Il se reposerait ce week-end. Il fallait préparer un rapport pour le procureur déjà prévenu par téléphone et un autre pour la presse qu'il fallait cajoler. Les journalistes n'allaient pas aimer avoir été laissés si longtemps dans l'ignorance de cette traque qui durait depuis déjà deux mois. Ils se feraient un plaisir d'accuser la police d'outrepasser ses droits, comme toujours quand elle abattait un tueur. Et ils n'allaient pas s'en priver si on ne les caressait pas dans le sens du poil. Cadillac et Yves allaient passer une partie de la nuit à arrondir les angles, à peser ce qui pouvait être dit ou devait être laissé dans l'ombre ; à enjoliver quand il le fallait, et surtout à dramatiser intensément la folle rage de Laborde qui aurait tué sa femme si la police n'avait pas été là à temps, et aurait certainement tué sa fille prise en otage s'il n'avait pas été tué sur le champ par un remarquable tireur d'élite. Et après tout, c'était vrai. Les journalistes allaient vouloir des détails sur les indices qui avaient mis les policiers sur la piste et il n'était pas question, bien sûr, de mettre en cause le procureur qui n'avait, au départ, autorisé l'enquête qu'avec réticence. Non. Tous avaient flairé du louche dès le début et enquêté discrètement en l'absence de preuves concrètes qu'ils devaient impérativement trouver avant d'agir ou de faire des révélations.

Yves avait reconstitué le parcours d'Aurélien et de Laborde ce fatal dimanche 16 avril. Après avoir appelé en vain Cadillac, Aurélien s'était rendu sur le bateau de Laborde qui l'avait tué quand il avait compris qu'il était découvert. On ne savait pas encore comment - sans doute en l'assommant, comme il avait assommé Albina - et des équipes allaient partir rechercher son corps dans la baie d'Arcachon où Laborde l'avait sûrement jeté, entre 18 et 19 heures. Ensuite, il avait pris la voiture, la veste et les clés d'Aurélien. Il avait laissé sa propre voiture sur le port, puis roulé dans celle d'Aurélien pour faire croire que sa victime, toujours vivante à cette heure-là, se rendait dans les Pyrénées. Cela pour diriger les soupçons des enquêteurs vers Francis Monge. Vers minuit, il l'avait garée devant l'immeuble d'Aurélien et était monté dans son appartement où il avait laissé la veste pour que les policiers établissent qu'Aurélien était bien rentré chez lui ce soir-là. Laborde était reparti à pied vers chez lui dans la nuit, ce qui avait dû lui prendre trois quarts d'heure. Sa femme dormait ; elle ne l'avait pas entendu rentrer et n'avait pas remarqué que sa voiture n'était pas là, puisqu'il était reparti tôt le matin avant qu'elle ne soit levée. Le lendemain lundi, il était parti à pied à son bureau, en trompant le voisin fermier qui avait cru le voir faire du jogging.

C'est cette bizarrerie qui avait alerté Cadillac. Presque convaincu alors de l'innocence de Cornelia, il ne croyait plus à la piste Monsec et s'était posé quelques questions découlant d'une seule : le bon voisin d'Aurélien s'était-il trompé en affirmant l'avoir vu rentrer à minuit ? Dans ce cas, le tueur avait utilisé la voiture d'Aurélien. Il était nécessairement à pied ce soir-là, après minuit, ainsi que le lendemain matin, avant de pouvoir récupérer sa propre voiture. À partir de là, tout collait. Laborde ne faisait pas de jogging. Il allait à pied à son bureau. Et bien sûr, son associé n'avait pas observé qu'il n'avait pas sa voiture. Qui remarque ces choses-là ? Qui, en temps normal demande à un collègue s'il est venu au bureau à pied ou en voiture ? Laborde avait pris le train pour Arcachon ce même lundi matin, en prétendant une visite de chantier et l'avait récupérée pour rentrer, sans que personne à aucun moment n'ait pensé qu'il était sans voiture depuis la veille...

Il ne serait pas fait mention à la presse des deux premiers crimes de Laborde, celui de sa grand-mère et de son beau-père, car les deux affaires étaient enterrées et, l'assassin, décédé.

Colette serait inculpée de complicité d'assassinat et de tentative de vol du collier, puisque le stratagème qui avait permis de la confondre ne pouvait être révélé. Il resterait un secret entre eux. De toute façon, c'était une broutille comparée à toutes ces années de sabotage, à l'œuvre de destruction de la famille Cassagne dont elle avait été le plus vicieux rouage. Personne dans l'équipe, ni Cadillac ni ses hommes, n'avaient d'état d'âme sur cette tricherie. Ils savaient tous qu'elle aurait volé de toute façon, si elle avait pu le faire la nuit où Garrigue l'avait observée dans le parc de la Malvie.

Garrigue, toujours dans un état second, entend à peine ce qui se dit, sauf lorsque Cadillac s'adresse directement à eux en leur donnant congé jusqu'au lendemain matin.

« Messieurs, dit-il, vous avez tous été admirables, mais je crois qu'il faut particulièrement féliciter

Garrigue. Il a magnifiquement mené son opération et nous a évité une sanglante tragédie. Il en mérite tout le crédit. »

Garrigue se demande si c'est bien de lui qu'on parle. Mais aucune erreur n'est possible. Pujol, à sa droite, et Vergne, à sa gauche, lui serrent les deux mains dans un geste d'amitié et d'estime qui lui fait monter les larmes aux yeux.

Il est content. Fatigué, très fatigué, mais content. N'empêche qu'il repartirait bien en vacances. Sauf si le chef et les copains ont besoin de lui, bien sûr.

36

Cadillac sort de chez lui encore mal réveillé, bien que tendu et prêt à affronter la rude journée qui l'attend. Mais en ouvrant sa porte, il trouve une surprise. Cornelia est assise sur le banc près du seuil et se lève à son arrivée. Si cela lui paraissait imaginable, il dirait qu'elle a pleuré.

« Cornelia ? Dieu du ciel ! Je n'ai absolument pas le temps de vous recevoir maintenant. On m'attend pour la conférence de presse et je ne suis pas en avance.

— Emmenez-moi dans votre voiture, alors. Nous parlerons en route.

— Je devrais refuser. »

Il aurait préféré réfléchir à ce qu'il allait dire à la horde de journalistes qu'il va affronter, meute affamée d'informations qu'il devra filtrer sans déraper sur ce qu'il doit dire ou taire. Mais elle le suit jusqu'à sa voiture et il ne peut s'empêcher d'être ému par la détresse qu'elle cache de son mieux.

« Commissaire, dit-elle quand ils sont en route, ma sœur et mes nièces sont démolies et il y a trop de questions qui les rendent folles. Je ne peux pas les laisser comme ça. Je veux savoir. Michel a tué maman et Aurélien ? C'est sûr ?

— C'est tout à fait sûr. Ne rêvez pas qu'Aurélien puisse être vivant. Quand Sabine a épousé Michel Laborde, il avait déjà tué sa grand-mère et son beau-père. Je vous le dis en confidence, parce qu'il n'en sera pas question dans ce dossier. Affaires classées, jamais ouvertes, plutôt. Je ne vous le dis que pour vous alerter. Il y a des hommes dangereux. Très dangereux. Vous en fréquentez un autre qui pourrait bien avoir commis un crime semblable. Soyez sur vos gardes.

— Vous pensez que Francis a tué sa première femme ? C'est ça ?

— Je n'ai pas de certitudes. Je vous demande seulement d'être prudente.

— Compris. De toute façon, a voulu me faire chanter pour des questions d'argent et je l'ai pulvérisé. Je dois dire que c'est grâce à vous et à votre capitaine de gendarmerie qui lui a fait une peur bleue. Je l'ai persuadé que vous étiez dans ce restaurant à ma demande. Il a été si effrayé qu'il ne m'a plus dit un mot et n'a rien pu avaler. »

A-t-on jamais vu de petit fauve plus rusé que cette fille-là ? se demande Cadillac qui serait amusé en d'autres circonstances.

« Mais revenons à Michel, dit-elle. Il aurait pu tuer Sabine et Maria ? Vraiment ?

— Oui ! Aucun doute là-dessus.

— La funeste ordure ! »

Elle reste silencieuse un moment. Un long moment, lui semble-t-il.

« Je regrette qu'il ait eu une si belle mort. Moi je l'aurai fait mourir à petit feu.

— C'est ce qu'on dit. Mais l'époque des tortures est révolue et c'est tant mieux.

— Et Colette, là-dedans ? J'avais raison, n'est-ce pas ?

— Oui. Elle a embobiné votre mère qui était trop naïve et elle a conspiré avec Michel Laborde. Il a vu comment exploiter son avarice et la haine qu'elle portait à vous tous.

— Et elle va s'en tirer avec cinq ans en prison ?

— Ses manigances sont finies. Elle ne nuira plus jamais à personne.

— Mais vous vous rendez compte ! Non ! Vous vous en foutez ! Sabine voudra la tuer !

— Elle voudra, puis elle oubliera. Colette n'était que la comparse d'un vrai tueur, son mari. Le père de ses enfants. Vous feriez mieux de l'aider à récupérer.

— C'est ce que je fais, figurez-vous ! Je ne vais pas la laisser dans cet état. »

La voix est si vibrante, si chargée de passion qu'elle impressionne Cadillac. Comment ne pas la comprendre ? Elle est la seule rescapée d'une famille détruite. Il faut qu'elle tienne le coup.

« Écoutez-moi, Cornelia ! Écoutez-moi attentivement, s'il vous plaît. Des questions d'argent vont se poser. Je n'ai pas beaucoup de temps pour vous dire ce qu'il conviendrait de faire. Pour que Sabine remonte à la surface, elle aura besoin de moyens. Alors, pour une minute, faites taire vos rancœurs.

— Je vous écoute.

— J'ai appris que le co-acheteur de la Malvie, un certain monsieur Ménoire est en bisbille avec sa femme sur cette trop bonne affaire qu'ils ont faite. Je crois même qu'il veut divorcer à cause de ça. Je peux vous aider à faire annuler cette scandaleuse vente en viager qu'il n'aime pas, peut-être parce qu'il a une certaine décence. Je suis presque sûr qu'il pas envie de m'avoir sur le dos pendant des années sur ses affaires douteuses. Je pourrais même lui faire comprendre, à lui et à sa femme, que j'ai des doutes sur une complicité possible avec Colette. Voyez un avocat, et surtout voyez Ménoire vous-même. Il capitulera. Vous pourriez récupérer la Malvie, ou au moins quelques fonds. Vous

n'en avez pas trop besoin, mais ils pourraient être utiles à Sabine.

— Oui. Il faudrait qu'elle vende Bapou et qu'elle
parte avec ses filles. Elle avait un vague projet d'acheter une galerie de peinture à Bordeaux.

— C'est une bonne idée. Mais il y a une urgence
maintenant. Nous allons devant la meute des loups de
la presse. Ils n'aiment pas que la police tue un homme,
même si c'est une bête féroce. Ils vont nous attaquer en
force. Vous pourriez m'aider.

— Et comment ! Si vous ne m'avez jamais vue
dans mes grands jours, je vous conseille de regarder. Je
vous promets de les subjuguer. Ils comprendront que
s'il s'agit de venger maman, Aurélien, Sabine et ses filles, la belle mort de l'immonde Michel Laborde a été
douce en comparaison de ce qu'il méritait. Comptez
sur moi, commissaire. »

Il ne peut s'empêcher de penser que le professeur
Cassagne serait fier de sa fille, Cornelia la Romaine,
solide et fière dans le malheur comme ses héros qu'il
voulait nous faire aimer quand nous étions trop jeunes
pour ne pas en rire.

37

Josiane s'est installée à la terrasse du café Lagarde, une pile d'une dizaine de journaux sur la chaise vide près d'elle et deux doubles cafés qui refroidissent sur la table. Elle ne rêve pas, le commissaire Cadillac fait la une partout.

Les gros titres : *"Le forcené de Bapou"*... *"La police était sur place quand il a tenté de tuer sa femme et sa fille."*... *"Il prend sa fille en otage pour échapper à la police après avoir tenté de tuer sa femme"*... *"Bavure ou opération policière bien menée ?"*... *"Le mystère de la Malvie"*... *"Après avoir tenté de tuer sa femme, il menace sa propre fille"*... *"Abattu par la police alors qu'il tentait de s'enfuir en prenant sa fillette en otage"*... *"Un tireur d'élite était sur place"*

Et les intertitres ! : *"La police enquêtait discrètement depuis deux mois"*... *"L'employée de maison complice du gendre qui voulait hériter trop vite"*... *" La gouvernante était une croqueuse de diamants"*...

Colette Chalard ! Punaise ! quelle bécasse j'ai été ! Depuis le début, cette hyène que je prenais pour une sainte conspirait avec le tueur ! Elle l'a aidé à assassiner Albina Cassagne. L'impensable absolu !

Plus loin : *"Une femme brisée : sa sœur parle pour elle"*... Photo de Cornelia Cassagne. Mince, qu'est-ce qu'elle a l'air jolie ! pense Josiane. Elle va me le piquer. Comme s'il était à toi ! Ressaisis-toi, ma vieille.

Et puis, dans une feuille de chou, un article lyrique

*"Les trois mousquetaires du commissaire Cadillac :
Garrigue le baraqué, Pujol le roué, Vergne le
diplômé."* Zut ! Ils ont oublié le quatrième, pense-
t-elle. Thomas le futé, qui va rester dans l'ombre.

Elle a presque oublié que la veille elle l'avait
appelé pour lui dire que Robert Ménoire avait fait
savoir par lettre à son notaire qu'il se désolidarisait de
sa femme dans l'opération qu'elle avait entamée pour
récupérer la Malvie. Il divorçait et les contacterait plus
tard, après avoir éclairci quelques détails juridiques et
financiers.

Mais Lili n'avait pas pu lui passer Thomas. Il s'était
endormi sur le canapé du salon, épuisé de fatigue,
après avoir tenu des propos incincohérents tels que :
*"Je crois que je vais me débarrasser de la Jaguar et
m'acheter une moto."* Elle ferait la commission dès
qu'il se réveillerait et ils se reverraient dès que les choses seraient plus calmes. Par exemple, après-demain.

Question : comment s'empêcher de rêver qu'elle
allait revoir Cadillac, peut-être même après-demain
chez Thomas et Lili ? Elle ferait mieux de s'intéresser
au blondinet de la table voisine qui la reluque depuis
une bonne demi-heure et ne devrait pas tarder à lui
demander s'il peut lui offrir un troisième double café.
Un chaud, par exemple.

ÉPILOGUE

L a Malvie resplendit en cette fin de journée où l'été veut faire croire aux invités qu'il est déjà là. Nanette avait rêvé d'une belle fête. Elle voit qu'elle est réussie au-delà de ses espérances.

Tout est allé si vite ! Bien sûr, des montagnes de papiers restent à signer, mais l'essentiel est là. Et d'abord la promesse de vente de la Malvie obtenue après que Robert Ménoire ait décidé de faire annuler la vente en viager qui était si scandaleusement avantageuse pour lui. Sa femme, ou plutôt sa future ex-femme, Pauline Ménoire n'a plus fait de difficultés pour signer l'accord après un passage à l'hôtel de police, où, si Nanette a bien compris, elle a dû avoir la frousse de sa vie quand Cadillac lui a fait comprendre qu'elle était mêlée de près ou de loin à deux assassinats juteux pour elle. Colette Chalard a dû renoncer à son héritage acquis dans l'ignominie au prix de deux morts qui pèseraient sur sa conscience, si elle en avait une. Et grâce à la finaude Cornelia qui a tout arrangé avec Ménoire, Sabine a pu s'installer à Bordeaux avec un pécule qui lui permettra peut-être un jour de panser ses plaies, si le confort peut guérir les blessures profondes de l'âme, ce dont doute Nanette.

Elle avait d'abord pensé qu'elle ne pourrait ouvrir son restaurant à la Malvie, qu'au printemps de l'année suivante. Mais comme rien ne pouvait être changé dans cette maison parfaite, les équipes de nettoyage ont suffi avec le remplacement de quelques meubles et l'aménagement des cuisines. L'élagage du parc lui a rendu sa splendeur ensoleillée sans altérer son charme secret. Et cette soirée d'inauguration, où seuls les amis dignes d'une telle fête ont été conviés, lui paraît magique comme si la maison revivait en splendeur après qu'ait disparu la fatalité de sa mort lente, éloignée avec ses anges noirs. Elle la dédie en secret à Albina et Aurélien et veut croire qu'ils sont, par l'esprit, d'une fête qu'ils ont si chèrement payée de leurs vies, ici-bas.

Du coin de l'œil, elle voit arriver son héros, celui grâce à qui, elle le sait, tout a été possible...

*

Cadillac, qui se dirige vers sa table, est surpris par une tape sur l'épaule. Cornelia ! Très en beauté dans une robe sombre de soie moirée qui lui rappelle une Reine de la Nuit vue à l'opéra. Elle n'a autour du cou qu'un ruban de velours noir paré d'un petit camée et il se souvient que le collier de diamants qui compléterait si bien sa toilette a été vendu aux enchères pour aider à payer un appartement à Bordeaux. Elle a dû le pleurer, pense-t-il, avant de se souvenir que Cornelia ne pleure jamais. Dès qu'il s'est retourné, elle monte sur la pointe des pieds et dépose au bord de ses lèvres un baiser qui y laisse une trace de rouge.

« J'ai mérité ça ? demande-t-il avec un sourire amusé.

— Et beaucoup plus ! Mais là, c'est pour le rendre jaloux. »

Il suit son regard et voit Robert Ménoire qui les observe de sa table. Il a bien capté la scène comme elle a prévu, et il semble en effet qu'une morsure l'a touché au cœur.

« Vous me voyez heureux d'aider ! Vous croyez que vous aurez vos haras ? »

Elle mord sa lèvre inférieure, plisse le nez en une grimace comique qui ressemble à un sourire malin, et lui répond avant de partir dans une pirouette qui fait froufrouter la soie de sa robe : « Je crois. »

Joyeux sans trop savoir pourquoi, il se dirige vers la table de la grande salle à manger où Thomas et Lili sont déjà installés avec Josiane, très élégante en tailleur vert pâle et joliment coiffée. Il se demande s'il peut lui faire compliment de sa métamorphose sans paraître goujat, lorsque Lili l'alerte du regard. Un homme guindé qu'elle ne connaît pas s'est approché d'eux. Il les salue d'une façon un peu militaire avant de s'adresser à Cadillac.

« Commissaire ?

— Oh... Monsieur le Procureur ? Dînez-vous ici ce soir ?

— On a eu la bonté de m'inviter. Auriez-vous une minute, si vos amis veulent bien nous excuser un instant ?

— Mais bien sûr », dit Cadillac qui se lève le cœur battant comme un gamin pris la main dans un sac de billes volées.

Le procureur l'entraîne vers l'exubérante orangerie que les invités commencent à déserter à l'annonce du dîner.

« J'ai lu votre rapport, commissaire, lui dit-il d'un

ton glacial. C'est un vrai gruyère, sauf que dans le gruyère il y a quand même plus de fromage que de trous.

— Je... euh...

— Si nous parlions de cette histoire de collier de diamants ?

— Qu'y a-t-il à en dire ?

— Me prenez-vous pour un idiot ?

— Certainement pas !

— Alors s'il vous plaît, dites-moi la vérité. Cette Colette Chalard n'a jamais volé ce collier, n'est-ce pas ?

— Euh... D'une certaine façon... non.

— Et vous l'avez coincée avec ça ? Avec la complicité de ce docteur Cabanne ?

— Il fallait bien que je trouve quelque chose ! On ne pouvait pas laisser traîner cette affaire indéfiniment. On risquait un autre drame avec mort d'homme à tout moment, comme vous avez vu.

— Je me souviendrai que vous utilisez des moyens illégaux pour parvenir à vos fins.

— Vous savez bien que ça ne changera rien à la sentence.

— Je le sais. C'est le procédé qui est totalement condamnable. »

Cadillac ne sait que répondre. Est-ce la fin pour lui ? Une fin de carrière avec sur le dos une étiquette de tricheur qui l'accompagnera toute la vie ? Le procureur garde le silence un moment qui lui semble très long, avant de poursuivre.

« Ce n'est pas la première fois que vous me servez un gruyère, commissaire. Ne croyez pas que je ne l'ai pas remarqué. Mais n'y prenez pas trop goût tout de même. »

Cadillac sait qu'il a gagné et parvient à peine à ne pas dire merci comme un crétin.

« Alors bon appétit », dit le procureur en lui tournant brusquement le dos.

Cadillac s'aperçoit que ses mains tremblent quand il rejoint sa table. Ses amis le regardent inquiets.

« De mauvaises nouvelles ? demanda Lili inquiète.

— Non, des bonnes. Nous avons de la chance d'avoir un bon procureur.

— Mais enfin Martin ! dit Lili. Vous nous avez toujours dit du mal de lui !

— Ah non ! s'exclame Thomas. Il n'en disait jamais de mal, mais il en *pensait*. »

Le formidable éclat de rire de Lili retentit dans la salle entraînant comme toujours l'hilarité de la compagnie jusqu'aux tables voisines.

La pendule au jeune homme insouciant se met à carillonner. Non point pour annoncer qu'il est huit heures, mais pour dire qu'il est content d'entendre à nouveau des rires dans la maison. C'est en tout cas ce que pense Thomas.

*

Nanette qui fait le tour des tables, s'est approchée d'eux. Elle s'adresse à Cadillac presque en confidence.

« Ta chambre est prête mon grand. Tu verras, nous l'avons bien arrangée. Bon appétit à vous tous. »

Elle part, laissant les amis de Cadillac perplexes.

« Vous allez dormir ici cette nuit ? » demande

Josiane le cœur serré. Elle avait tant rêvé qu'au moins il la raccompagnerait !

« Oui, j'ai demandé à Nanette si elle voulait bien me laisser dormir une nuit dans une chambre de cette maison dont je rêve depuis mon enfance. C'est la plus belle que j'ai jamais vue. Les meubles et les boiseries ont les peintures d'origine gris tourterelle aux moulures soulignées par des réchampis bleu pâle. Le baldaquin et les rideaux sont de soie, douce au toucher comme une caresse. Les murs sont décorés de gravures galantes où de jeunes femmes font semblant de repousser de hardis jeunes hommes. Seulement l'artiste à choisi de montrer les quelques secondes avant la capitulation des demoiselles. C'est très suggestif ! »

— Vous me la montrerez ? » demande Josiane.

C'est parti tout seul !! Elle rougit de la tête aux pieds, du dessous de ses talons à la racine de chacun de ses cheveux. Comment a-t-elle osé dire une chose pareille ? Mais c'est de sa faute à lui, aussi ! Il le fait exprès ou il ne se rend pas compte qu'il provoque des rêves si forts qu'elle en perd la tête ? Il va la prendre pour une racoleuse sans vergogne.

Mais il continue, comme si elle n'avait rien dit de spécialement choquant.

« Oui, après le dîner si vous voulez. Je me souvenais surtout d'un délicat petit meuble de toilette avec sa cuvette et son pot à eau si élégants, si délicats, si finement ciselés et décorés qu'ils paraissaient avoir été conçus pour des fées, des anges, des ballerines, des elfes, tout ce qu'on voudra sauf des rustres comme moi-même ou mes copains. Mais ce qui m'avait frappé plus que tout, était le portrait d'une belle dame, très romantique dans ses dentelles. Elle me souriait et son regard s'adressait à moi seul. Je n'ai jamais oublié ses

yeux de porcelaine... Ils me font penser aux vôtres »,
dit-il avec son plus gracieux sourire à Josiane qui ne
s'évanouit pas, mais de justesse.

Et si la nuit qui suivit ne fut pas pour eux cette
"nuit d'ivresse et d'extase infinie" des amants de
Berlioz, ce fut uniquement parce qu'il y manquait la
musique.

FIN

EDITIONS DU PIERREGORD
www.perigord-editions.com

Achevé d'imprimer par

C P I

Imprimerie France Quercy
46090 Mercuès

N° d'impression : 70397/
Dépôt légal : mars 2007

Imprimé en France